Nicci French – hinter diesem Namen verbirgt sich das Ehepaar Nicci Gerrard und Sean French. Seit über zwanzig Jahren sorgen sie mit ihren außergewöhnlichen Thrillern international für Furore und verkauften weltweit über acht Millionen Exemplare. Die beiden leben in Südengland. Zuletzt erschien die achtteilige Bestsellerserie um Ermittlerin Frieda Klein sowie mehrere Stand-Alone-Thriller, die ebenfalls sofort nach Erscheinen in die SPIEGEL-Bestsellerliste einstiegen.

Nicci French in der Presse:

»Nicci French schreibt brillante Psychothriller.«
BRIGITTE

»Nicci French – das ist einfach immer wieder eine Garantie für spannende Unterhaltung.«
hr4

»Das ist gehobenes Handwerk, das unterschwellige Spannung aufzubauen versteht, die heute so vielen Krimis fehlt.«
FAZ

»Nicci Frenchs bestes Buch.«
A.J. Finn, Autor des Bestsellers *The Woman in the Window*

Außerdem von Nicci French lieferbar:

Blauer Montag · Eisiger Dienstag · Schwarzer Mittwoch · Dunkler Donnerstag · Mörderischer Freitag · Böser Samstag · Blutroter Sonntag · Der achte Tag · Der Sommermörder · Was sie nicht wusste · Eine bittere Wahrheit · Tödliche Schuld

NICCI FRENCH

EIN DUNKLER ABGRUND

THRILLER

Aus dem Englischen
von Birgit Moosmüller

PENGUIN VERLAG

Die Originalausgabe erschien 2021
unter dem Titel *The Unheard*
bei Simon & Schuster, London.

MIX
Papier aus verantwortungsvollen Quellen
FSC® C014496

Klimaneutral
Druckprodukt
ClimatePartner.com/14044-1912-1001

Penguin Random House Verlagsgruppe FSC® N001967

1. Auflage 2022

Redaktion: Irmgard Perkounigg
Umschlaggestaltung: www.buerosued.de
Umschlagmotive: mauritius images/Steve Vidler, www.buerosued.de
Satz: Uhl + Massopust, Aalen
Druck und Bindung: GGP Media GmbH, Pößneck
Printed in Germany
ISBN 978-3-328-10958-7

www.penguin-verlag.de

Für Patricia die Tapfere

1

Es heißt, man kann im Traum nicht sterben, aber gestern Nacht kam es mir doch so vor. Ich stürzte in die Tiefe, so wie sie, und erst kurz bevor ich auf dem Asphalt aufschlug – dunkel rauschte er mir entgegen –, wachte ich auf, keuchend und schweißgebadet. Ich hatte es nicht überstanden. Es ging wieder los.

Ich versuchte, ans Meer zu denken, ruhiges Wasser, blauen Himmel, einen Wald, wo der Wind sanft durchs Laub strich. Es funktionierte nicht.

Ich war wach, aber gleichzeitig noch in meinem Traum. Ich war wieder da, wo alles anfing.

Ich saß in einem Café am Fenster, nicht weit vom Broadway Market. Da ich früh dran war, sah ich Jason und Poppy, bevor sie mich sahen. Einen kurzen Moment schien es mir, als hätte sich nichts verändert. Poppy ritt auf Jasons Schultern, hielt sich dabei an seinen Ohren fest und riss vor Vergnügen den Mund auf, während ihr prächtiges rotes Haar wie eine Fahne im leichten Wind wehte: der Vater mit seiner kleinen Tochter, auf dem Weg zur wartenden Mutter.

Obwohl ich direkt von Aidan kam und mich an diesem wunderbar warmen Maitag nach meinem Fußmarsch zum Café so richtig lebendig fühlte, erfüllt von Hoffnung, Begehren, Erregung und der freudigen Ahnung, dass das Leben gerade neu anfing, empfand ich in dem Moment einen Anflug von Traurigkeit. Poppy war so klein, so verletzlich und vertrauensvoll. Und wir beide, Jason und ich, hatten ihr das angetan – ihre Welt entzweigerissen. Doch gemeinsam würden wir dafür sorgen, dass alles wieder besser wurde.

Ich beobachtete, wie sie näher kamen. Jason hielt Poppy an den Beinen fest, damit sie sicher saß, und machte den Eindruck, als würde er singen. Er besaß eine schöne Stimme. Unter der Dusche hatte er immer laut gesungen. Wahrscheinlich tat er das nach wie vor.

Als sie am Fenster vorbeigingen und er mich entdeckte, bedachte er mich mit jenem vertrauten, komischen halben Lächeln, als gäbe es zwischen uns einen privaten Scherz, den nur wir beide verstanden, wie damals in unserer Anfangszeit. Er stellte Poppys kleine Tasche für die Übernachtung auf den Gehsteig, damit er sie hochstemmen und anschließend auf dem Boden absetzen konnte. Poppy deutete aufgeregt in meine Richtung und presste dann das Gesicht gegen die Scheibe, sodass ihre Nase platt gedrückt wurde und ihr Atem das Glas beschlagen ließ. »Mummy«, sagte sie lautlos.

Ich stand auf und ging ihr entgegen. An der Tür nahm ich sie in den Arm, und sie schmiegte das Gesicht an meine Schulter. Sie roch nach Sägemehl und Baumharz. Ich war davon ausgegangen, dass Jason gleich wieder aufbrechen würde, doch er bestellte Kaffee für sich und heiße Schokolade für Poppy, und wir ließen uns alle drei am Tisch nieder. Während Poppy sich auf meinen Schoß kuschelte, betrachtete ich Jason mit leichtem Unbehagen. Ich war immer sehr darauf bedacht, jegliches Wetteifern um ihre Zuneigung zu vermeiden. Aber er lächelte nur.

Jason sah nach wie vor gut aus, auch wenn sein ordentlich getrimmter Bart erste graue Sprenkel aufwies und seine Figur kompakter wirkte. Inzwischen war er ein erwachsener Mann, Schuldirektor, jemand von Rang und Namen, aber ich konnte noch immer den jungen Mann erkennen, in den ich mich verliebt hatte – und der sich in mich verliebt hatte.

Schlagartig erinnerte ich mich sehr lebhaft an jenen ersten

Abend vor all den Jahren. Es war so schnell passiert, ausgerechnet zu einem Zeitpunkt, als ich der Meinung war, dass ich mich nie wieder mit einem Mann einlassen wollte. Ich hatte gerade eine Trennung hinter mir, die mich unglaublich mitgenommen hatte. Der Freund, mit dem ich sieben Jahre lang zusammen gewesen war – meine erste richtige Liebe –, hatte mich wegen einer engen Freundin von mir verlassen, einem Mädchen, das ich fast schon mein Leben lang kannte. Ich verlor sie beide. Sogar die Vergangenheit, die ich mit ihnen teilte, erschien mir durch ihre Lügen vergiftet. Von mir war nur noch ein verletzliches, wundes, matschiges Häufchen Mensch übrig.

Doch an einem Frühlingstag wie diesem, voller Blüten und frischem grünem Laub, hatte mich meine Freundin Gina dazu überredet, mit ihr auf eine Party zu gehen. Sie meinte, das werde mir guttun, und sie akzeptiere kein Nein. Sie wartete neben mir, während ich in ein Kleid schlüpfte, das eher wie ein Sack aussah, rasch durch mein langes, rotes Haar bürstete und mich dann standhaft weigerte, mich zu schminken. Jason war auf der Party, ein großer, schlaksiger Typ mit grauen Augen, einem Grübchen im damals noch bartlosen Kinn und einem ausgewaschenen blauen Baumwollhemd. Ich wusste noch genau, wie er mich angesehen und nicht mehr weggeschaut hatte. Wir kamen ins Gespräch. Wir tanzten miteinander, und ich spürte die Hitze seines Körpers. Plötzlich dachte ich: Also ist mein Leben doch nicht ruiniert. Ich bin immer noch begehrenswert und fähig, jemanden zu begehren. Mein Freund war ein Mistkerl, meine Freundin das Allerletzte, aber ich kann trotzdem noch lachen und tanzen und Sex haben und spüren, wie in mir das Leben pulsiert. Ich kann neu anfangen.

Wir waren in eine Kneipe in der Camden High Street gegangen. Ich weiß noch, dass ich einen Tequila trank und mich schummrig fühlte und dass mir durch den Kopf ging, dass ich aufpassen musste und mich nicht zum Narren machen durfte, nicht schon wieder. Jason legte seine Hand auf meine und eröffnete mir, dass er eine Freundin habe. Es war, als hätte er mir eine Ohrfeige verpasst. Schlagartig war ich wieder nüchtern. Ich erklärte, dass ich nichts mit jemandem anfangen wolle, der in einer Beziehung sei. Ich wisse, wie es sich anfühle, betrogen zu werden. Jason nickte und küsste mich auf die Wange, allerdings ein bisschen zu nah am Mund. Wir verabschiedeten uns. Ich dachte, ich würde ihn nie wiedersehen.

Am nächsten Tag schrieb er mir eine Nachricht. Ich erinnerte mich noch an jedes Wort: *Habe mich gerade getrennt. Kein Druck. Würde dich aber gerne sehen.*

Nun saßen wir hier, Jahre später, mit unserer schönen dreijährigen Tochter, und im Juli würde sich unsere Trennung zum ersten Mal jähren. So viel versprochen, so viel verloren. Eine Scheidung hatte es nicht gegeben, weil wir nie verheiratet waren. Aber wir hatten zusammen ein Kind in die Welt gesetzt und zusammen in einem Haus gewohnt, das Leben miteinander geteilt.

Die junge Barfrau mit dem frischen Gesicht brachte uns die Getränke an den Tisch. Die große Tasse heiße Schokolade stellte sie vor Poppy ab.

»Ich schätze mal, die ist für dich, junge Dame.«

Poppy warf ihr einen finsteren Blick zu, der die Frau sichtlich aus der Fassung brachte.

»Sie ist ein bisschen müde«, erklärte Jason.

»Ich bin nicht müde!«, widersprach Poppy entschieden, wirkte dabei aber auf diese typische Art hibbelig. Da braute sich etwas zusammen.

Die Frau zog die Augenbrauen hoch und entfernte sich.

»Wie war euer Wochenende?«, fragte ich.

Jason sah Poppy an. »Wie war es, Poppy?«

»Es hat regnet.«

»Nicht die ganze Zeit.«

»Es hat regnet, regnet, regnet!«

»Ich weiß, Liebes. Du und ich und Emily haben Spiele gespielt. Und du hast Bilder gemalt und mit Emily gekocht.«

Emily war Jasons Frau, seine Ehefrau. Dieses Mal hatte er geheiratet. Poppy war auf der Hochzeit gewesen. Ich hatte ihr ein gelbes Kleid genäht und ihr am Vorabend die Haare gewaschen. Später sah ich dann das Foto von den dreien, eine komplette neue Familie, ohne mich.

»Das hört sich doch gut an.« Ich bemühte mich zu klingen, als meinte ich es wirklich so. Was ich ja auch tat, zumindest redete ich mir das ein. Wie könnte ich nicht wollen, dass Poppy Spaß hatte? Ich sah meinen Ex-Partner an. »Danke, Jason.«

Jason lächelte wieder sein kleines, verschwörerisches Lächeln, mit dem er mich einlud, seine Komplizin zu sein: Er und ich gegen den Rest der Welt. So war er immer gewesen.

»Wir machen das recht gut, oder?«

»Was meinst du?«

»Uns beide.« Er deutete auf Poppy, die ihre Tasse heiße Schokolade gefährlich schief hielt. »Viele vermasseln es. Sie wenden sich gegeneinander. Das haben wir nicht getan.«

Mein Blick wanderte zu Poppy. Ihr Mund war schokoladeverschmiert, und sie blies gerade vorsichtig in ihr Getränk. Oft schien sie ganz in ihre eigene Welt versunken zu sein, ohne darauf zu achten, was um sie herum geschah, doch in Wirklichkeit war sie ein menschlicher Schwamm, der alles aufsaugte. Man wusste nie so genau, was sie sah, hörte, mitbekam.

»Nein, haben wir nicht.«

»Und werden wir auch nicht.«

Als wir damals beschlossen hatten, uns zu trennen, legten wir Grundregeln fest: Nie wollten wir vor Poppy streiten. Nie um sie wetteifern. Nie versuchen, ihre Zuneigung mit Sonderbehandlungen und Spielsachen zu erkaufen. Nie inkonsequent sein, was ihr Verhalten oder den Ablauf ihrer Tage betraf. Nie irgendwelche Meinungsverschiedenheiten in unsere Beziehung zu ihr einfließen lassen. Nie den anderen ihr gegenüber kritisieren. Im Hinblick auf ihre Erziehung immer zusammenarbeiten. Stets davon ausgehen, dass ihr Wohlergehen unser oberstes Ziel war, und einander als Eltern vertrauen. Und so weiter. Es gab eine ganze Litanei solcher Regeln, sie ergaben fast so etwas wie ein Selbsthilfebuch. Jason schrieb sie alle auf und mailte sie mir, als handelte es sich dabei um einen Vertrag. Und im Großen und Ganzen hielten wir uns auch daran.

Ich betrachtete den Mann, der der Vater meines Kindes war. Er hatte sich nie gerne Kleidung gekauft, sondern das lieber mir überlassen. Die Jacke, die er trug, hatte ich ihm vor drei Jahren zum Geburtstag geschenkt. Das gemusterte Hemd stammte aber nicht von mir. Ich war auch nicht dabei gewesen, als er das Paar weiche Lederschuhe aussuchte. Nachdenklich faltete ich eine Papierserviette auseinander und wischte damit Poppys Schokoladenmund sauber.

»Sollen wir langsam los, Schätzchen?«

Nachdem wir alle vom Tisch aufgestanden waren, beugte er sich zu mir herüber, fast, als wollte er mich küssen, doch stattdessen flüsterte er mir etwas ins Ohr.

»Was?«

»Alles wird gut.«

»Was?«, fragte Poppy.

»Wir verabschieden uns bloß«, erklärte Jason.

Der gemeinschaftlich genutzte Flur vor meiner Wohnung lag immer voller Werbesendungen. Außerdem hatte Bernie, der oben wohnte, sein Rad dort stehen. Als ich die Tür öffnete, hob er es gerade von seiner Halterung.

»Tess!«, begrüßte er mich, als wäre ich monatelang weg gewesen. »Und Poppy!« Mit besorgter Miene beugte er sich vor. »Ist alles in Ordnung?«

Er war etwa in meinem Alter, Mitte dreißig, ein dünner Mann mit schlammbraunen Augen, braunem Haar, das er zu einem Pferdeschwanz gebunden trug, und einem flaumigen braunen Bart. An der linken Hand fehlten ihm die vorderen Glieder zweier Finger, was Poppy immer wieder faszinierend fand. Er hatte die Angewohnheit, einem grundsätzlich ein wenig zu nah auf die Pelle zu rücken. Als er sich nun zu Poppy hinunterbeugte, trat sie einen Schritt zurück und starrte ihn mit großen, runden Augen an.

»Sie ist müde«, erklärte ich, während ich mit der Fußspitze durch die über den Boden verteilte Post fuhr. Ein paar der Umschläge waren an mich adressiert: weitere Rechnungen.

»Wenn ich was tun kann …«

Ich murmelte etwas, von dem ich hoffte, dass es zugleich höflich und entmutigend klang.

Vor der Wohnungstür wartete unsere Katze. Als ich bei Jason ausgezogen war, hatte ich Sunny mitgenommen, außerdem meine Nähmaschine und mein Werkzeug, sonst so gut wie nichts: keine Bilder, keine Möbel, auch nicht die bunt zusammengewürfelten Teller und Gläser, die Weihnachtsdekoration und all die anderen Dinge, die wir im Lauf der Jahre gemeinsam ausgesucht hatten und die mich bloß an die anfängliche Zeit des Glücks erinnert hätten – und daran, wie es uns langsam entglitten war. Unter all das musste ich einen Schlussstrich ziehen, doch Sunny hätte ich nicht bei Jason und Emily in Brixton zurücklassen können, obwohl er schon als kleiner Kater in dem Haus gelebt hatte. Er war mein Gefährte, wenn auch inzwischen alt, fett und struppig, mit ausgeblichenem orangerotem Fell, missbilligenden grünen Augen, hinkendem Gang und einem ausgefransten Ohr.

Poppy hievte Sunny hoch, wobei seine herabbaumelnden Beine ein wenig ungut zwischen ihren Armen hingen, und schleppte ihn in ihr Zimmer. Es war der erste Raum, den ich hergerichtet hatte, als wir eingezogen waren. Ich hatte Regalböden montiert, die himmelblauen Vorhänge genäht, das Bett zusammengebaut und dafür Bettwäsche, bunte Tagesdecken und den kleinen Korbstuhl gekauft. Poppy hatte mir geholfen, die Wandfarben auszusuchen, und als ich sie dann mit der Rolle auftrug, stand sie neben mir und malte mit dem Pinsel, den ich für sie besorgt hatte, kleine saubere Striche.

Ich packte Poppys Tasche aus, stopfte die Latzhose in eine Schublade und warf die getragenen T-Shirts, Slips und Socken in eine Ecke, um sie nachher in die Wäsche zu geben. Den knautschigen Teddy mit den Knopfaugen und die schon etwas schäbige Lumpenpuppe Milly mit dem roten Plüschrock und den Haaren aus orangeroter Wolle legte ich ins Bett, wo ich sie gemäß Poppys strengen Anweisungen bis zum Bauch zudeckte. Poppy ging nicht ins Bett, wenn die beiden nicht links und rechts von ihr lagen. Anschließend stellte ich Poppys Lieblingsbilderbücher zurück in ihr kleines Bücherregal und legte das Mäppchen mit ihren Stiften und Malkreiden auf den Schreibtisch.

Ganz unten in der Tasche lag ein Stapel Blätter mit Poppys Bildern vom Wochenende. Ich ließ mich auf dem Bett nieder.

»Zeigst du mir deine Zeichnungen?«

Poppy setzte sich neben mich. Die Katze glitt von ihrem Schoß. Ich blickte auf die kleine Gestalt hinunter: helle Haut, dunkle Augen, richtig rotes Haar, intensiver rot als meines. Ein wildes, forderndes, fröhliches kleines Mädchen, das noch nicht begriff, was in ihrem Leben passierte. Bei dem Gedanken spürte ich ein schmerzhaftes Ziehen in der Brust.

Das erste Bild bestand aus einem weit oben aufgetragenen Fleck aus leuchtendem Orange, unter dem sich Streifen aus blauen Tupfen reihten.

»Ist das die Sonne?«

»Es hat regnet«, antwortete Poppy.

»Ein schönes Bild.«

Als Nächstes folgte eine Kreatur, bei der es sich wohl um einen Löwen oder ein Pferd handelte, dann eine Prinzessin, ein Haus, alles in Gelb-, Rot- und Blautönen.

»Die sind großartig. Ich werde mir eins aussuchen und übers Bett hängen, damit ich es immer anschauen und an dich denken kann.«

Poppy schien das nicht zu beeindrucken.

Ich legte das Blatt mit dem bunten Haus zur Seite und kam zum letzten Bild. Es war so anders, dass ich mich einen Moment fragte, ob da irgendein Versehen vorlag und die Zeichnung von jemand anderem stammte. Sie war ausschließlich mit schwarzer Kreide angefertigt und wirkte schlicht, elementar, brutal. Man erkannte ein Gebäude, das wie ein Turm aussah, vielleicht ein Leuchtturm, und dicht neben dem oberen Teil des Turms – wenn es denn einer war – eine von Poppys dreieckigen Gestalten, mit Armen und Beinen, die wie zornige Stöckchen von ihr abstanden, und einem dichten Wirrwarr aus Schwarz um den Kopf. Die Figur war schräg eingezeichnet, mit dem Kopf nach unten.

»Ist das ein Turm?«

»Ja, ein Turm.«

Ich war mir nicht sicher, ob Poppy nicht nur wiederholte, was ich gesagt hatte. Ich deutete auf die Figur.

»Wer ist das?«

Poppy legte einen Finger auf den Kopf mit dem schwarzen Wirrwarr rundherum.

»Ich hab ihre Haare malt.«

»Gemalt«, verbesserte ich leise. »Aber wer ist das? Ein Engel? Eine Fee?«

»Eine Fee, eine gute Fee!«

»Kann sie fliegen?«

»Nein.«

»Ist es eine Geschichte? Ein Märchen?«

»Sie war im Turm.«

»Wie Rapunzel?«

»Sie«, sagte Poppy und deutete auf die gezeichnete Figur.

»Nein, ich meine, ist das jemand in einer Geschichte?«

»Er hat sie tot macht.«

»Was?«

»Tot macht, tot macht!«

»Schatz, was sagst du da? Wer?«

Aber nun war Poppy verwirrt und erklärte, sie habe Hunger. Dann verkündete sie plötzlich, sie wäre lieber eine Katze gewesen, und fing zu weinen an. Ich legte die Bilder auf den Schreibtisch. Nur das eine, mit schwarzer Kreide gezeichnete, nahm ich mit.

2

Ich träumte, dass jemand nach mir rief, doch dann wurde mir dumpf bewusst, dass es kein Traum war. Noch halb schlafend glitt ich aus dem Bett, wankte hinüber in Poppys Zimmer und schaltete die Nachttischlampe an. Poppy hatte sich aufgesetzt. Ihr Haar war wild zerzaust, ihr Gesicht in Kummerfalten gelegt. Ich konnte riechen und spüren, was passiert war.

»Mach dir deswegen keine Gedanken. Jetzt sorgen wir erst mal dafür, dass du wieder sauber und trocken bist, und dann beziehe ich dir das Bett frisch.«

»Ich hab macht.«

»Was?«

»Ins Bett macht.«

»Das ist doch nur ein kleines Missgeschick.«

Allerdings hatte Poppy schon monatelang nicht mehr ins Bett gemacht. Das ging mir durch den Kopf, während ich ihr einen sauberen Schlafanzug überstreifte und anschließend das Bett abzog.

»Schlüpf drüben bei mir unter die Decke«, sagte ich zu ihr, »bis ich hier fertig bin. Nimm Teddy und Milly mit.«

»Ich hab macht! Ich hab macht!« Sie verzog das Gesicht und begann zu schluchzen.

»Das ist doch nicht schlimm.«

»Nicht hauen!«

»Dich hauen! Was sagst du denn da? Auf keinen Fall! Ich schlage dich doch nie, mein Schatz. Komm mit.«

Den Rest der Nacht verbrachte Poppy bei mir. Sie schmiegte ihren kräftigen, warmen Körper eng an mich und drehte sich ein paarmal herum, bis sie bequem lag. Ihr Atem roch wie frisches Heu.

»Bist du noch tot?«

Ich stieß ein überraschtes Lachen aus.

»Ich war doch nie tot!«

»Du hast nicht sterbt?«

»Nein, ich bin nicht gestorben, mein Schatz. Ich bin hier. Schlaf jetzt.«

Poppy schlief bis fünf Uhr morgens. Als an den Rändern der Vorhänge das erste fahle Licht hereinfiel, erwachte sie mit einem so heftigen Ruck, dass ich davon ebenfalls geweckt wurde. Sie hatte die Augen weit aufgerissen und starrte mich an, als wäre ich eine Fremde.

»Entschuldige, dass ich so früh anrufe, Jason, aber ich würde gern wissen, ob im Lauf des Wochenendes etwas passiert ist – irgendetwas, das Poppy verstört oder verängstigt haben könnte.«

Ich saß unten im Wintergarten – einem Raum, der nur aus Glas und Stahlträgern bestand und der Grund war, warum ich das Haus überhaupt gekauft hatte, trotz der schäbigen Schlafzimmer und der winzigen, seitlich angebauten Küche – und sprach leise ins Telefon, damit Poppy nichts mitbekam. Draußen im Garten hockten zwei Distelfinken im Vogelhäuschen.

»Es ist noch nicht mal halb sieben.«

»Ich dachte, du bist schon auf. Du stehst doch sonst immer früh auf.«

»Es ist nichts passiert. Nichts hat sie verstört. Es geht ihr gut. Du solltest aufhören, dir wegen jeder Kleinigkeit Sorgen zu machen.«

»Es ist keine Kleinigkeit. Sie benimmt sich seltsam. Und sie hat ins Bett gemacht.«

»Sie ist noch ein kleines Kind, Tess.«

Ich dachte an die Zeichnung. An das, was sie gesagt hatte. An die Art, wie sie sich an mich geklammert hatte.

»Ich habe ein ungutes Gefühl.«

»Ich muss aufhören.«

»Klar«, antwortete ich müde. »Ich meine, du hast recht. Es tut mir leid. Aber ich mache mir trotzdem Sorgen.«

Ich fütterte Sunny und räumte die Spülmaschine aus. Anschließend zog ich Poppy etwas an (die gestreifte Baumwollhose, die ich ein paar Wochen zuvor für sie genäht hatte, ein weites T-Shirt, ihre Jeansjacke und grüne Turnschuhe), danach war ich selber an der Reihe (rostrotes Hemdblusenkleid, Jeansjacke, Stiefeletten). Ich bürstete Poppys rotes Haar und flocht es zu Zöpfen, begleitet von lautem Protestgeschrei. Nachdem ich auch noch mein eigenes, nicht ganz so rotes Haar gebürstet und zu einem Pferdeschwanz gebunden hatte, machte ich für uns beide Porridge. Hinterher packte ich Poppys Pausenmahlzeit (Sandwich, Karotten- und Gurkenscheiben, Apfel) in ihre Pausenbox und mein Mittagessen (dito) in die meine. Kurz bevor wir aufbrachen, verstaute ich die Zeichnung in meinem Rucksack.

Um Viertel vor acht lieferte ich Poppy bei Gina ab. Ich kannte Gina seit der Schulzeit: Wir waren miteinander in Urlaub gefahren, hatten zusammen in einem Haus gewohnt und uns unsere Geheimnisse anvertraut. Wir hatten miterlebt, wie die andere sich verliebte, Trennungen durchmachte, sich auf spektakuläre Weise betrank oder zudröhnte. Wir hatten uns gestritten und wieder versöhnt. Eine Weile war Carlie Teil unseres kleinen Freundschaftsbundes gewesen, bis sie mir dann den Freund ausspannte – weshalb Gina nichts mehr mit ihr zu tun haben wollte und immer noch voller eisiger Verachtung von ihr sprach. Gina und ich waren zur selben Zeit schwanger gewesen und hatten unsere Kinder knapp hintereinander zur Welt gebracht.

Manchmal kam es mir vor, als wären wir eher Schwestern als Freundinnen, verbunden durch eine gemeinsame Vergangenheit. Sie stellte einen der Gründe dar, warum ich nach London Fields gezogen war. Ihr Sohn Jake ging mit Poppy in den Kindergarten. Gina hatte inzwischen ein zweites Kind bekommen, die kleine Nellie, ein sechs Monate altes Mädchen mit stämmigen Beinen, rosigen Pausbacken, die mich immer an rote Äpfel erinnerten, und einer kräftigen Stimme, mit der sie wie ein beschleunigendes Motorrad röhren konnte.

Gina arbeitete für eine Wohltätigkeitsorganisation und war drei Monate nach der Geburt ins Berufsleben zurückgekehrt. Ihr Ehemann Laurie arbeitete von zu Hause aus und übernahm den Großteil der Kinderbetreuung. Manchmal fragte ich mich, ob er überhaupt arbeitete. Es schien ihm wirklich Spaß zu machen, sich um die Kinder zu kümmern. Ständig war er mit ihnen am Backen oder Malen oder unternahm mit ihnen Ausflüge zu seltsamen Veranstaltungen, von denen er im Internet las. Ein paar Monate zuvor hatten Poppy und ich ihn mal zu einem surrealen Kaninchen-Geschicklichkeitsturnier in Barking begleitet und zugesehen, wie ernst dreinblickende Mädchen im Teenageralter ihre perplexen Hasen an Leinen über – besser gesagt, meistens durch – Miniaturhindernisse zerrten. Laurie war von schmächtiger Gestalt, doch ich war es gewohnt, ihn mit Nellie im Tragetuch und Jake auf der Hüfte zu sehen. Zwei- bis dreimal die Woche brachten er oder Gina – aber fast immer er – Poppy und Jake in den Kindergarten und holten sie auch wieder ab. An meinen freien Tagen war ich an der Reihe. Während Jason zum Direktor aufgestiegen war, hatte ich mich nach Poppys Geburt seitwärts bewegt und war Teilzeit-Grundschullehrerin geworden, für ein Gehalt, das meine Unkosten mal mehr, mal weniger deckte. Wie hatte das geschehen können, fragte ich mich, wo wir doch auf gleicher Höhe gestartet waren? Wie hatte ich das zulassen können?

An diesem Morgen wollte Poppy nicht bleiben. Sie schlang die Arme um meine Beine und klammerte sich verzweifelt an mir fest. Ich musste sie regelrecht von mir wegziehen.

»Keine Sorge.« Laurie schob mich sanft zur Tür hinaus. »Sobald du außer Sichtweite bist, geht es ihr wieder gut.«

»Irgendetwas stimmt da nicht«, sagte ich zu Nadine, während wir beide unsere Sandwiches verspeisten. Nadine arbeitete als Inklusionsbeauftragte an der Schule in East London, wo ich Drittklässler unterrichtete. Sie war groß und kräftig, hatte dunkles, sehr kurz geschnittenes Haar und trug gern Kreolen, Lederjacken und Bikerstiefel. Jedes Mal, wenn ich sie zu Hause besuchte, wunderte ich mich darüber, wie viel Lärm und Chaos ihre drei Söhne veranstalteten und wie ruhig sie dabei blieb, als befände sie sich in ihrem ganz eigenen, von allem abgeschotteten Raum. Die Kinder an der Schule hatten ziemlichen Respekt vor ihr, und ich war begeistert von ihr und wollte gerne mehr so sein wie sie – unerschütterlich, selbstbewusst, sicher, verheiratet.

Ich zog die Zeichnung aus dem Rucksack.

»So was kenne ich sonst nicht von ihr.«

Ich erzählte Nadine, was Poppy gesagt, dass sie ins Bett gemacht und wie sie sich an mich geklammert hatte. Nadine hörte mir aufmerksam zu und lächelte dann.

»Es ist nur diese eine Zeichnung, ein einmaliges Missgeschick im Bett. Meinst du nicht, dass du im Moment vielleicht ein bisschen übervorsichtig bist, nach allem, was du im Zusammenhang mit der Scheidung durchgemacht hast?«

»Es war gar keine Scheidung.«

»Aber so ähnlich. Es war eine Krise in deinem Leben, und auch in ihrem. Deswegen löst schon eine Kleinigkeit bei dir Angstgefühle aus.«

»Was ist mit ›er hat sie tot macht‹?«

Sie lachte.

»Du solltest mal hören, was meine Jungs so dahersagen. Sie saugen alles auf, Sachen, bei denen du gar nicht mitbekommst, dass sie sie hören oder sehen. Sie schnappen etwas auf, was jemand im Vorbeigehen auf der Straße sagt oder im Fernsehen oder wo auch immer.«

Ich erhob mich.

»Bestimmt hast du recht.«

»Wenn du dir weiterhin Sorgen machst, kannst du jederzeit mit Alex reden.«

Alex war Nadines Partner und von Beruf Psychotherapeut.

»Er hätte nichts dagegen?«

»Du kannst ihn fragen.«

»Schon gut. Ich werde sie einfach im Auge behalten.«

Als ich Poppy bei Gina und Laurie abholte, stürmte sie mit leuchtenden Augen auf mich zu. Sie hatte gelbe Farbe an der Wange und Gras im Haar. Aufgeregt warf sie sich in meine Arme und lehnte sich dann zurück, um mir die Bildchen zu zeigen, die sie sich auf den Bauch geklebt hatte.

»Wie es aussieht, hatte sie Spaß.«

Laurie wirkte nachdenklich.

»Ja, ich schätze schon.«

»War alles in Ordnung?«

»Sie hatten eine kleine Auseinandersetzung, aber jetzt scheint wohl wieder alles gut zu sein.«

Ich stellte Poppy auf den Boden und wandte mich dann in leiserem Ton wieder an Laurie. Als Lehrerin hatte ich immer versucht, sofort einzuschreiten, wenn ich mitbekam, dass Kinder andere schikanierten. Ich hatte mir geschworen, nie eine von den Müttern zu werden, die nicht wahrhaben wollten, dass auch ihre eigenen Kinder zu so etwas fähig waren.

»Was ist passiert?«

»Jake hat sich ein bisschen aufgeregt.«

»Hat Poppy ihm was getan?«

»Keine Ahnung. Jake hat geweint. Ich glaube, Poppy hat etwas zu ihm gesagt.«

»Was denn?«

»Was genau es war, weiß ich nicht.« Laurie zog die Schultern ein wenig hoch und lächelte mich an, wobei sich in seiner linken Wange ein Grübchen bildete. »Jake hat nur gesagt, dass es etwas Schlimmes war. Er hat geweint.«

»Darf ich Jake danach fragen?«

Laurie schüttelte den Kopf. »Besser nicht, ich hab ihn gerade erst beruhigt. Keine Sorge, wahrscheinlich hat er es schon wieder vergessen. Wir wissen doch beide, wie sie in dem Alter sind.«

Während unseres kurzen Fußmarsches nach Hause versuchte ich mich zu entspannen, aber es gelang mir nicht. Als wir die kleine Grünfläche erreichten, von der es nur noch ein Katzensprung bis zu unserer Wohnung war, blieb ich stehen und ging in die Knie, sodass ich Poppy direkt in die Augen sehen konnte.

»Hattest du Spaß mit Jake?«

»Er hat weint«, stellte Poppy nüchtern fest.

»Ja, ich weiß. Warum?«

»Er hat weint.«

»Hast du etwas gesagt, das ihn zum Weinen brachte?«

»Ich hab Hunger«, wechselte Poppy das Thema. »Viel Hunger.«

Es hatte keinen Sinn, weiter nachzuhaken.

»Das ist gut«, antwortete ich. »Weil wir nämlich gleich mit Aidan grillen werden. Das wird bestimmt nett, meinst du nicht auch?«

Ich fand selbst, dass ich mich lächerlich aufführte. Ich benahm mich genau wie die Glucke, die ich nie hatte werden wollen.

3

Aidan kam mit Essen und mehreren Päckchen schnell brennender Grillkohle. Die Lebensmittel lud er auf dem Küchentisch ab: aufgespießte Maiskolben, rote Paprikaschoten, zwei Scheiben Thunfisch, eine Fischfrikadelle für Poppy, grünen Salat, Tomaten, eine Flasche Weißwein.

»Dir ist aber schon klar, dass wir nur zu dritt sind?«, fragte ich vorsichtig.

»Es ist der erste Grillabend des Jahres«, entgegnete Aidan mit feierlicher Miene. »Das muss angemessen begangen werden.«

Ich wandte mich an Poppy. »Magst du beim Herrichten helfen?«

»Nein«, antwortete Poppy entschieden.

Aidan wirkte ein bisschen enttäuscht.

»Tut mir leid«, sagte ich.

»Schon gut. Nur Männer dürfen in die Nähe eines Grills. Das ist ein Gesetz.«

Der Grill war im Verlauf des Winters zusammengebrochen, sodass Aidan erst mal einige Zeit darauf verwenden musste, ihn wieder in Ordnung zu bringen, ehe er ihn anheizen konnte. Ich ging mit Poppy hinein, drückte ihr ein Malbuch und Kreiden in die Hand und setzte sie an ihren kleinen roten Tisch, auf den dazugehörigen roten Stuhl. Sofort machte sie sich mit großer Konzentration an die Arbeit und produzierte in schneller Abfolge ein Bild nach dem anderen: eine Seite mit violetten Streifen, eine mit grünen und gelben Schleifen und Kreisen, dann einen orangegelben Klecks, von dem ich wusste, dass er Sunny darstellte, denn Sunny war das Motiv, das sie am häufigsten auf

Papier bannte. Ich blickte ihr über die Schulter: Mir fiel nichts Ungewöhnliches auf.

Im Garten kämpfte Aidan noch immer mit einem Bein des klapprigen, verrosteten Grills. Es war vermutlich an der Zeit, einen neuen zu kaufen. Aidan trug eine ausgewaschene schwarze Jeans, ein Jeanshemd, das er bis zu den Ellbogen hochgekrempelt hatte, und abgewetzte Turnschuhe. Sein dunkelbraunes Haar begann sich kaum merklich zu lichten. Seine runden Brillengläser verliehen ihm ein gelehrtes, leicht verblüfftes, fast etwas eulenhaftes Aussehen. Er arbeitete für eine Beraterfirma im Bereich der alternativen Energien. Am Telefon hörte ich ihn manchmal mit Kollegen über Kapazitätsfaktoren, Einspeisungstarife und andere Dinge sprechen, die ich nicht verstand. Er war ein ordentlicher, sanftmütiger, höflicher und ein wenig schüchterner Mann, der sich nie in den Vordergrund drängte, nie jemanden unterbrach und auch nie die Stimme erhob, also in jeder Hinsicht das Gegenteil von Jason. Ich mochte alles an ihm, vor allem die Art, wie er seinen Mitmenschen zuhörte, mit einem Gesichtsausdruck beflissener Konzentration. Poppy gegenüber benahm er sich genauso. Ich machte die Weinflasche auf, schenkte uns je ein Glas ein und ging damit nach draußen. Aidan hatte es inzwischen geschafft, den Grill zu stabilisieren, und zündete gerade die Kohle an. Er trat einen Schritt zurück, und ich reichte ihm eines der Gläser.

»Was meinst du, wann wir essen können?«

Er warf einen Blick auf seine Armbanduhr. »Gegen sieben. Tut mir leid. Ist das zu spät für Poppy?«

»Nein, das passt schon.«

»Hallo!«

Wir wandten beide den Kopf, um herauszufinden, woher die Stimme kam. Bernie lehnte sich aus seinem Fenster.

»Das ist Aidan, und das ist mein Nachbar, Bernie«, stellte ich die beiden vor.

»Ich hab dich schon gesehen«, antwortete Bernie, »kommen und gehen.«

Er sagte das in einem Ton, als würde er Buch führen.

Aidan hob grüßend eine Hand. »Sollen wir ihn einladen?«, fragte er mich im Flüsterton.

»Nein.«

»Grillabend«, stellte Bernie fest.

»Ja. Ich hoffe, der Rauch zieht nicht...«

»Falls ihr gerade überlegt, ob ihr mich runterbitten sollt, macht euch keine Gedanken, ich bekomme Damenbesuch.«

Das Fenster wurde geschlossen. Aidan sah mich fragend an.

»Er hat mehrere solcher Damen«, erklärte ich. »Einige von ihnen sind sehr laut. Man hört sie durch die Decke. Glaubst du, ich kann ihn bitten, ein wenig leiser zu sein? Es ist mir unangenehm.«

»Hört Poppy es auch?«

»Keine Ahnung. Ich hoffe nicht.« Ich registrierte sein Lächeln. »Ich weiß«, fuhr ich fort, »das klingt komisch, aber im Moment scheint mir alles ein bisschen aus dem Lot zu sein.«

Er stieß die Kohle mit dem Schürhaken an und beobachtete, wie sie aufleuchtete. »Was ist los?«

Ich nahm einen Schluck Wein.

»Entschuldige, dass ich dich damit nerve. Manchmal kommt Poppy in seltsamer Stimmung von ihrem Vater zurück, dann mache ich mir Sorgen und fühle mich schuldig, weil wir ihr das angetan haben. Kannst du das nachvollziehen?«

Aidan sah durchs Fenster zu Poppy hinein, die immer noch ganz in ihre Malerei vertieft war, das Gesicht vor Anstrengung in Falten gelegt, die Zungenspitze an der Lippe.

»Du denkst, es geht ihr nicht gut?«

»Ich weiß es nicht.«

»Ich wünschte, ich könnte dir etwas Hilfreiches sagen, aber wahrscheinlich verhält es sich wie mit schlechtem Wetter. Es geht vorüber. Mir ist klar, dass das kein großer Trost ist, wenn man gerade im Regen steht, aber irgendwann hört es zu regnen auf.«

»Ja, wahrscheinlich«, antwortete ich unsicher.

Er hob die Hände. »Tut mir leid, vielleicht ist das mit dem Wetter kein guter Vergleich.«

Ich beugte mich vor und küsste ihn auf seine stoppelige Wange. Er roch gut.

»Du brauchst dich deswegen nicht zu entschuldigen. Ich weiß, dass es kompliziert ist mit Poppy und mir. Ständig sage ich dir im letzten Moment ab oder schicke dich mitten in der Nacht heim. Und oft bin ich mit meinen Gedanken ganz woanders. Ich komme mit Altlasten.«

Aidan berührte mich mit der freien Hand am Hinterkopf und ließ die Finger dann meinen Nacken hinuntergleiten.

»Ich habe mir Arbeit mitgebracht, die ich nach dem Essen erledigen muss. Ist es dir recht, wenn ich danach noch bleibe? Zumindest ein bisschen. Ich meine, natürlich nur, wenn du das möchtest.«

»Ich möchte, dass du bleibst. Aber nicht über Nacht.«

»Schon gut.«

»*Noch* nicht.«

Poppy verspeiste ihre Fischfrikadelle, weigerte sich jedoch hartnäckig, Salat oder Gemüse zu essen. Hinterher verputzte sie eine Schüssel Schokoeis und verkündete dann, ihr tue der Bauch weh. Ich brachte sie nach oben, zog sie aus, half ihr in die Wanne, seifte ihren kleinen Körper ein, blies ein paar Seifenblasen für sie, hob sie dann wieder heraus und wickelte sie in ein Handtuch. Nachdem ich ihr in den Schlafanzug geholfen hatte, las ich ihr etwas vor, wobei sie die Zeilen mitsprach, die sie schon auswendig konnte. Als ich das Buch schließlich weglegte, erklärte Poppy, sie sei nicht müde. Mit starrem Blick erklärte sie mir, ich müsse bleiben. Einen Moment später war sie eingeschlafen.

Während Aidan sich durch seinen Stapel Unterlagen kämpfte, trug ich die Reste unserer Mahlzeit vom Garten ins Haus und räumte auf. Irgendwann blickte er hoch und fragte, ob er helfen könne.

»Es fühlt sich schlecht an«, meinte er, »wenn der Mann arbeitet und die Frau abwäscht.«

»Das sollte sich auch schlecht anfühlen«, erwiderte ich. »Zumindest meistens. Aber heute Abend ist es okay. Ich möchte etwas tun. Mach ruhig mit deiner Arbeit weiter.«

Nachdem alles aufgeräumt war, hievte ich meine Nähmaschine und das Kostüm, das ich für Poppy nähte, auf den Tisch. Sie war in ein paar Wochen zu einer Geburtstagsfeier eingeladen und wollte als goldene Hexe gehen. Ich war nicht ganz sicher, was goldene Hexen trugen, doch Poppy hatte da sehr konkrete Vorstellungen. Wir waren in ein paar Läden in Spitalfields gewesen, wo sich in den Regalen Stoffballen in allen Farben stapelten. Poppy hatte sich schließlich für ein glitzerndes Material in Blau und Gold entschieden, das einem fast in den Augen wehtat. Jetzt nähte ich ihr daraus einen Kapuzenumhang. Ich schob den Stoff auf die Nähplatte und überprüfte die Fadenspannung.

Plötzlich spürte ich Aidan hinter mir. Er legte mir die Hände auf die Schultern und küsste meinen Scheitel. Mit einem leisen Seufzen lehnte ich mich an ihn.

Meine Beziehung mit Jason ließ sich anhand des Verlaufs unseres Sexlebens nachverfolgen, angefangen in den frühen Tagen, als wir die Finger nicht voneinander lassen konnten und es sich fast brutal und gefährlich anfühlte, bis hin zu den letzten Monaten, in denen es beinahe war, als würden wir uns für einen Arztbesuch vorbereiten, wenn wir uns beide auf unserer jeweiligen Bettseite auszogen wie vor einer Untersuchung. Ich dachte daran, wie ich vor Jahren mal das Licht ausgeschaltet hatte und Jason es daraufhin wieder anknipste: »Ich muss dich anschauen«, sagte er damals. In den letzten Jahren hatte er das

Licht immer ausgeschaltet. Inzwischen fragte ich mich, ob er es tat, weil er sich dann vorstellen konnte, ich wäre eine andere.

Mit Aidan hatte ich entdeckt, wie es sich anfühlte, wieder begehrt zu werden – und auch selbst wieder zu begehren. Mein Körper war zum Leben erwacht. Ich ließ Poppys Hexenmantel liegen, stand auf, und wir umarmten uns.

»Schläft sie?«, fragte er.

Ich zog ihn nach oben, in mein Schlafzimmer, wo ich die Tür mit dem Fuß zuschob.

»Tief und fest. Trotzdem sollten wir leise sein.«

»Man möchte ja auch Bernie nicht stören. Wenn wir ihn hören können, hört er uns bestimmt auch.«

Aidan ließ nicht zu, dass ich mich selbst auszog. Ich hatte das Gefühl, dass er jeden Zentimeter von mir sehen wollte, jeden Zentimeter berühren. Dann lag ich unter der Decke und verfolgte, wie er sich seinerseits auszog, seine Sachen zusammenfaltete und auf den Stuhl legte, obenauf Uhr und Brille. Es war schwer, leise zu sein. Ich zog die Decke über uns, sodass wir in unserer eigenen dunklen Höhle lagen. Doch selbst dann machte ich mir noch Sorgen, wir könnten Poppy geweckt haben, und lauschte angespannt, ob aus ihrem Schlafzimmer irgendein Geräusch drang.

Schließlich drehte ich mich auf die Seite und legte die Handfläche auf Aidans Wange. Ohne Brille sah er anders aus, jünger und weniger beherrscht.

»Es tut mir leid, aber du musst jetzt gehen. Ist das ein Problem für dich? Ich möchte dieses Mal alles richtig machen.«

Aidan gab mir keine Antwort, beugte sich aber zu mir herüber und küsste mich, woraufhin ich mich aufsetzte und – eingehüllt in die Bettdecke – zusah, wie er sich anzog. Es gefiel mir, dass er alles, was er tat, ordentlich und ohne Eile erledigte. Selbst beim Schließen seines Gürtels und beim Schnüren seiner Schuhe legte er diese bedächtige Art an den Tag. Ich wartete, bis die Haustür ins Schloss fiel, ehe ich aufstand, meine Schlafanzughose und ein T-Shirt anzog und in Poppys Zimmer ging. Sie lag auf dem Rücken, die Arme ausgebreitet.

Als Poppy noch ein Baby war, hatte ich sie manchmal beobachtet, während sie in ihrem Bettchen schlief, und sie dann aufgeweckt, weil ich plötzlich das Gefühl hatte, dass sie nicht mehr atmete. Selbst jetzt musste ich mich beherrschen, sie nicht aus dem Bett zu heben und fest in den Arm zu nehmen. Ich musste an ihre finstere schwarze Zeichnung denken – an die Gestalt, die aus der Höhe herabstürzte. Ein leichter Schauder durchlief mich.

»Ich beschütze dich«, flüsterte ich leise, bevor ich in mein Bett zurückkehrte.

4

Als ich am nächsten Morgen aufwachte, lag Poppy neben mir. Sie war aus ihrem Zimmer herübergepatscht und neben mich ins Bett geschlüpft, ohne mich zu wecken. Ich hatte schon immer einen guten Schlaf. Bis sie zur Welt kam, schlief ich am Wochenende meistens zehn Stunden oder mehr. Damals lag ich oft am späten Vormittag noch im Bett, während Jason loszog, um die Zeitung und Gebäck zu kaufen. Das schien mir sehr lange her zu sein. Im Moment fühlte ich mich noch ganz benommen von den Emotionen des Vortags und den beklemmenden Träumen, die mich nachts geplagt hatten, auch wenn ich mich jetzt an keine Einzelheiten mehr erinnern konnte, nur an ein Gefühl von beängstigendem Chaos. Ich musste mich erst mal sammeln, mir ins Gedächtnis rufen, dass ich frei hatte. Gut. Ich kuschelte mich noch einmal in mein Kissen und schloss für ein paar wunderbare Sekunden die Augen, ehe ich schließlich aus dem Bett glitt und ins Bad tappte, wo ich mich duschte und rasch fertig machte. Dann weckte ich Poppy und zog ihr eine Jeans und ein leuchtend rotes T-Shirt an, was eine schwierige Angelegenheit war, weil Poppy sich hartnäckig sträubte.

Nachdem ich den Wasserkessel für meinen Kaffee aufgesetzt hatte, gab ich Milch und Haferflocken in einen Topf. Während ich umrührte, hörte ich oben vertraute Geräusche, Poppys Geplapper – sie führte ständig Selbstgespräche – und dann das Federn ihrer Matratze. Sie sprang mal wieder auf ihrem Bett herum. Als das federnde Geräusch verstummte, folgte ein anderes, das ich nicht kannte, eher ein Knallen. Es war erneut zu hören, diesmal lauter, dann richtig laut, als würde etwas brechen. Ich stürmte hinauf in Poppys Zimmer, wo sie gerade dabei war, einen Gegenstand mit voller Wucht an die Wand zu donnern. Es handelte sich dabei um eine kleine hölzerne Kuh. Sie knallte das Spielzeug so heftig gegen die Wand, dass es dort eine Delle hinterließ.

»Poppy, hör auf!«

Poppy wandte den Kopf und starrte mich mit wildem Blick an.

»Fickefotze«, rief sie. »Fickefotze!«

Ich sank auf die Knie, packte sie und drückte sie fest an mich. In erster Linie wollte ich sie dadurch beruhigen, zugleich aber auch am Weitermachen hindern und zum Schweigen bringen.

»Was sagst du denn da, Poppy? Woher hast du das?«

Ich hielt sie ein Stück von mir weg, um ihr Gelegenheit zum Antworten zu geben. Den Gesichtsausdruck, den ich dabei zu sehen bekam, kannte ich von ihr nicht. Ihr Mund war auf eine Art verzogen, die mir Angst machte.

»Poppy, was ist los?«

»Er hat sie tot macht!«

»Hör auf, Poppy. Hör auf!«

»Fickefotze, Fickefotze, Fickefotze!«

Ein Geruch stieg mir in die Nase. Es roch angebrannt.

»Warte einen Moment.«

Ich ließ Poppy los und rannte hinunter in die Küche, wo ich einen überkochenden Topf mit Blasen schlagendem, spritzendem Porridge vorfand. Ich drehte das Gas ab, holte tief Luft und versuchte, mich zu beruhigen. Es kam mir vor, als wäre gerade eine Bombe explodiert, nein, zwei: eine in Poppys Zimmer und eine in der Küche.

So gelassen, wie ich nur konnte, verteilte ich das, was von dem Haferbrei noch übrig war, auf zwei Schüsseln, stellte beide auf den Tisch, fügte jeweils einen Schuss Milch hinzu, um das Porridge abzukühlen, und je einen Teelöffel Honig, um es zu süßen. Dann holte ich Poppy nach unten. Während wir aßen, überlegte ich krampfhaft, was ich tun sollte, konnte jedoch keinen klaren Gedanken fassen. Das Wichtigste zuerst, dachte ich schließlich. Ich bemühte mich um den beruhigendsten Tonfall, den ich zustande brachte.

»Hör zu, Poppy, mein Schatz, was du da vorhin gesagt hast … Weißt du noch, gerade eben? Das darfst du nicht zu anderen Leuten sagen. Im Kindergarten darfst du das nicht sagen. Hörst du?«

»Warum?«

»Die anderen werden sonst traurig. Zu mir kannst du alles sagen, was du willst, aber nicht zu anderen.«

»Bist du traurig?« Sie beugte sich vor und kniff die Augen zusammen. »Hast du weint?«

»Nein, Poppy, ich bin nicht traurig. Aber im Kindergarten darfst du es nicht sagen.«

»Sonst sind alle traurig.«

»Ja, genau, richtig.« Ich wartete ein paar Augenblicke. »Von wem hast du denn das Wort?«

»Denn das Wort?«

Ich gab auf. Statt weiter nachzuhaken, schenkte ich ihr ein Glas Saft ein. Während sie damit beschäftigt war – teils, indem sie daraus trank, teils, indem sie damit herumspielte –, schnappte ich mir das Telefon und ging vor die Tür. Ich wählte die Nummer. Es klickte, dann meldete sich eine männliche Stimme.

»Hallo, Alex, hier ist Tess. Nadine hat gesagt, ich darf dich anrufen. Ich muss dich um einen riesengroßen Gefallen bitten.«

5

Du findest es wahrscheinlich albern, dass ich deswegen deine Zeit verschwende.«

»Nein«, widersprach Alex.

Lieber wäre es mir gewesen, wenn er Ja gesagt hätte. Eigentlich wollte ich hören, dass der Vorfall nichts zu bedeuten habe, dass alles in Ordnung sei und sich das Ganze von selbst wieder geben werde.

Nach dem Telefonat hatte ich Laurie angerufen und ihm erklärt, dass ich Poppy an diesem Morgen erst später in den Kindergarten bringen und daher auch Jake nicht mitnehmen könne, beide aber wie üblich abholen würde, falls das für ihn in Ordnung sei. Dann schickte ich Alex wie von ihm gewünscht eine Mail, in der ich sämtliche ungewöhnlichen Verhaltensweisen auflistete, die Poppy seit dem Wochenende an den Tag gelegt hatte: die Zeichnung, das Schimpfwort, das Bettnässen, ihre verstärkte Anhänglichkeit. Ich hatte ein Foto von der schwarzen Kreidezeichnung gemacht und fügte es der Nachricht bei. Poppy erklärte ich, wir würden vor dem Kindergarten jemanden besuchen.

»Eine gute Fee?«

»Nein, bloß einen Freund.«

Als wir in den Bus nach Primrose Hill stiegen, kletterte Poppy die Treppe hoch und setzte sich auf einen Platz in der ersten Reihe, wo sie die kurzen Beine baumeln ließ und mit freudiger, interessierter Miene nach draußen spähte, den Oberkörper nach vorne gebeugt. Sie deutete auf die Elster in der Platane, den kleinen Hund, der sein Herrchen verloren zu haben schien, den Jungen, der auf seinem Fahrrad Kunststücke vollführte, das silberfarbene Auto, die Schäfchenwolken am ansonsten blauen Himmel, die Schar Schulkinder in ihren gelben Warnwesten, die Mülltonne, die vermutlich ein Fuchs in der Nacht umgestoßen hatte, sodass der Inhalt über den Gehsteig verteilt lag. Fasziniert betrachtete ich das blasse, sommersprossige Gesicht meiner Tochter. Ihr rotes Haar leuchtete, ihre Augen blitzten. Sie erschien mir wie eine kleine, hell lodernde Flamme.

Das Warehouse war ein ehemaliger, erst vor ein paar Jahren renovierter Industriebau, der nun ganz aus Stahl, Glas und Holz bestand. Im Empfangsbereich begrüßte uns eine Frau mit einer dunklen Lockenmähne, die sich als Paz vorstellte. Sie trug ein gelbes Tupfenkleid und riesige Ohrringe. Poppy blickte mit großen Augen zu ihr auf.

»Bist du eine Hexe?«

Paz grinste. »Nein. Jedenfalls keine böse.« Sie sprach mit einem leichten Akzent. Spanisch, dachte ich. »Hast du Angst vor Hexen?«

Poppy überlegte. »Ja. Als ich eine Hexe war.«

Paz wirkte verwirrt.

»Alex erwartet Sie«, wandte sie sich an mich. »Hier entlang, bitte.«

Ich hatte Alex Penrose schon etliche Male getroffen, allerdings immer nur auf Partys oder bei anderen gesellschaftlichen Anlässen. Ich kannte ihn als sehr dünnen, sehr hochgewachsenen Mann, der aufmerksam Wein ausschenkte, gern exzentrische Hemden trug, Witze mit überraschend unanständigen Pointen erzählte und mit viel Elan, aber wenig Eleganz tanzte. Nun begegnete ich einem anderen Alex Penrose. Mit ernster, höflicher Miene gab er mir kurz die Hand, als begegneten wir uns zum ersten Mal, und beugte sich dann aus seiner ungewöhnlichen Höhe hinunter, um Poppy zu begrüßen.

»Hallo, es freut mich, dich kennenzulernen.«

Er sprach in respektvollem Ton mit ihr, als wäre sie eine kleine Erwachsene.

Der Raum, in dem er uns empfing, wirkte nicht wie ein Sprechzimmer. Am Fenster stand ein knautschiges Sofa, vor dem ein gestreifter Teppich lag. An den Wänden hingen Poster, auf einem Tisch waren Kinderbücher und Spielsachen ausgebreitet.

»Wie ich höre, malst du gern«, sagte Alex. »Vielleicht magst du ja etwas für mich malen.«

Er deutete auf eine Schachtel voller dicker Wachsmalkreiden. Poppy musterte ihn mit zusammengekniffenen Augen.

»Etwas für Mummy, nicht für dich.«

Alex lachte. »In Ordnung. Vielleicht kann Mummy unten warten, dann wird es eine Überraschung für sie.« Anscheinend verriet meine Miene meine Bedenken, aber Poppy schien keine zu haben, denn sie saß bereits am Tisch, eine orangegelbe Wachsmalkreide in der Hand, die Stirn vor Konzentration gerunzelt.

»Nicht schauen!«, ermahnte sie mich streng.

»Wir brauchen nicht lang«, sagte Alex an mich gewandt.

Ich saß in einem viel zu tiefen Sessel, gefangen in seiner ausladenden Weichheit. Es war erst kurz nach neun und das Warehouse leer. Sein Tag hatte noch nicht begonnen. Ich versuchte, eine der auf dem Tisch ausgebreiteten Zeitungen zu lesen, doch die Worte ergaben für mich keinen Sinn, sodass ich sie schnell wieder weglegte. Während ich mich zurücksinken ließ, schlug ich die Hände vors Gesicht, weil ich spürte, dass mir heiße Tränen in die Augen stiegen. Mein ganzer Körper fühlte sich flau an vor Angst, als hätten sich meine Knochen aufgelöst. Wie war es möglich, dass ich nun hier saß, in diesem Zentrum für Psychotherapie und geistige Gesundheit, während ein Therapeut, der sich auf Traumata bei Kindern spezialisiert hatte, meine Tochter unter die Lupe nahm?

Noch vor ein paar Tagen hätte ich Jason recht gegeben, dass wir trotz allem – trotz der Trennung, der schmerzhaften Umsiedlung in ein anderes Zuhause in einem anderen Teil von London, der vorsichtigen Umstrukturierung von Poppys Leben in Zeit, die sie mit Daddy, und Zeit, die sie mit Mummy verbrachte, und trotz des niederschmetternden Gefühls, dass wir unsere Tochter so früh in ihrem Leben im Stich gelassen hatten –, dass wir es trotz alledem geschafft hatten. Es würde nicht spurlos an Poppy vorübergehen, sie aber auch nicht ernsthaft schädigen. Bis vor Kurzem hatte sie auf so wundersame Weise unversehrt gewirkt, so lieb und lebhaft, dass ich dachte, wir hätten es tatsächlich geschafft, es tatsächlich überstanden. Allmählich war ich davon ausgegangen, dass ich wieder glücklich werden könnte, nachdem mir das Glück in den letzten Jahren nach und nach abhandengekommen war. Ich hatte sogar zugelassen, dass ich mich wieder verliebte, mich begehrenswert, schön und umsorgt fühlte.

Doch nun das, aus heiterem Himmel: diese *Hässlichkeit.* Was war an dem einen Wochenende bei Jason passiert? Was hatte aus der fröhlichen, in sich ruhenden Poppy ein ängstliches kleines Mädchen gemacht, das nicht einschlafen wollte, ins Bett nässte, Bilder vom Tod malte und mit verzerrtem Mund und böse funkelnden Augen »Fickefotze« rief?

Ich nahm die Hände vom Gesicht und ließ mich von dem Licht blenden, das durch die Glasfront hereinfiel. Draußen auf dem grasbewachsenen Hang blühten Blumen. In den sich belaubenden Ästen bauten Vögel ihre Nester. Ich wünschte, Alex würde lächelnd auf mich zukommen und sagen: *Deiner Tochter fehlt gar nichts, es geht ihr rundum gut.* Aber falls er es tatsächlich täte, würde ich ihm nicht glauben. Ich wusste, dass da etwas war. Bloß was?

Ich hörte eine Tür aufgehen, eine plappernde Stimme, dann tauchte Poppy oben an der Treppe auf, mit Alex an ihrer Seite.

Sie war so klein und er so groß und dünn. Als sie die Treppe hinunterstiegen, nahm er sie an der Hand. In der anderen hielt sie ein paar Blätter.

Ich hievte mich aus dem tiefen Sessel.

»Da seid ihr ja!« Meine Stimme klang blechern.

»Ich hab malt!«, verkündete Poppy triumphierend. Sie drückte mir mehrere Bilder in die Hand.

Ich strich sie auf dem Tisch glatt, voller Angst, ich könnte bedrohliches schwarzes Gekritzel sehen, doch mir leuchteten lauter bunte Farben entgegen. Da war ein Fuchs, oder zumindest etwas Orangerotes mit einem Auge. Ein Regenbogen, schief und kühn, mit der Sonne auf der einen Seite und Regen auf der anderen. Die Anfänge eines Hauses: ein Rechteck, versehen mit zwei Fenstern und einer Tür, daneben ein Baum. Die vierte Zeichnung zeigte drei Dreiecke mit Kreisen obendrauf, aus denen jeweils ein wilder Wirrwarr aus Haar herausspross. Auf einer Seite prangte ein riesiger gelber Kreis.

»Da bist du«, erklärte Poppy und deutete dabei auf das kleinste Dreieck. »Da« – sie zeigte auf das wesentlich größere – »bin ich.«

»Wer ist dann die dritte Person? Ist das Daddy?«

»Daddy wohnt nicht bei uns. Daddy wohnt bei Emily. Das ist die Fee.«

»Und Sunny?«

Poppy starrte mich an. Mit vorwurfsvoller Miene legte sie ihren kurzen, dicken Zeigefinger auf den riesigen gelben Kreis. »Da.«

»Ja, klar.«

»Möchtest du einen Aufkleber, Poppy?« Paz war zu uns getreten.

»Ja! Auf den Arm und auf den Bauch.«

»Dann komm, und lass uns welche aussuchen.«

Alex wartete, bis die beiden außer Hörweite waren.

»Dir ist klar, dass es sich hierbei nicht um eine offizielle Beurteilung handelt?«

»Ja, aber was ist dein Eindruck? Ist mit ihr alles in Ordnung?«

»Deine Tochter ist ein kluges, freundliches, neugieriges, extrovertiertes Kind, Tess.«

»Ich weiß. Aber geht es ihr gut?«

»Ich sage dir das unter sämtlichen üblichen Vorbehalten«, er hielt einen langen, knochigen Finger hoch, »aber ich habe keine Anzeichen für Missbrauch gefunden. Ich meine, für sexuellen Missbrauch.«

Vor Anspannung konnte ich nur flach und keuchend atmen. Ich musste mich setzen.

»Ich habe keine körperliche Untersuchung durchgeführt, aber du sagtest ja am Telefon, dass im Genitalbereich keine wunden Stellen zu sehen sind.«

Ich nickte. Mir war schwindlig. Auf der anderen Seite des großen Raums wühlte Poppy in einem Korb.

»Nein«, bestätigte ich. »Wobei ich natürlich nicht genau weiß, wonach ich Ausschau halten müsste.«

»Mir ist nichts Beunruhigendes aufgefallen, kein sexualisiertes Verhalten. Sie wirkt auf mich auch nicht gehemmt.« Er gestattete sich ein Lächeln. »Um es mal milde auszudrücken: Sie ist sehr mitteilsam. Andererseits …« Wieder reckte er den knochigen Finger in die Höhe. »Alles, was du mir beschrieben hast – die Schlafstörung, das Bettnässen, die Anhänglichkeit, der zornige Ausbruch –, kann symptomatisch für irgendeine Art von Trauma sein. Oder es hat überhaupt nichts zu bedeuten.«

»Du weißt es also nicht.«

»Ohne weitere Informationen kann ich dir einfach nichts Genaueres sagen. Kleine Kinder sind sehr empfänglich für ihre Umgebung. Auf diese Weise lernen sie. Das weißt du selbst so gut wie ich.«

Ich überlegte einen Moment. Ich fühlte mich niedergeschlagen und kam mir außerdem dumm vor, weil ich nicht recht einschätzen konnte, ob das nun eine gute oder eine schlechte Nachricht war.

»Du meinst also, das alles hat wahrscheinlich nichts zu bedeuten.«

Alex überlegte nun seinerseits einen Moment.

»Nicht direkt. Ich will damit nur sagen, dass ich keinen Anlass zu der Annahme sehe, dass ihr jemand etwas angetan hat. Trotzdem könnte sie vielleicht etwas beobachtet haben. Oder sie spürt nur etwas.«

»Wie meinst du das?«

»Du sagst, das Ganze hat angefangen, nachdem sie von ihrem Vater zurückkam.«

»Ja.«

»Wie ist ihr Verhältnis zu ihm?«

»Gut. Bestens. Jason ist wie immer – ich meine, du kennst ihn ja. Es geht ihm gut. Er…« Ich hielt inne und rieb mir das Gesicht. Meine Augen fühlten sich sandig an. »Ach, ich weiß es doch auch nicht. Nicht *mehr*. Normalerweise verbringt sie während der Woche jeweils einen Tag bei ihm, außerdem jedes zweite Wochenende, sodass ich über diesen Teil ihres Lebens nicht mehr Bescheid weiß. Sie ist erst drei, aber was mit ihr passiert, wenn sie nicht hier ist, kann ich nicht sagen. Es gibt einen Teil von ihr, den ich bereits verloren habe.«

»Das ist schwer.«

»Er ist ein guter Vater. Er vergöttert Poppy.«

Vor meinem geistigen Auge sah ich Poppy auf Jasons breiten Schultern reiten, beide Hände an seinen Ohren, und mit ihm lachen, während er sie die sonnige Straße entlangtrug, mir entgegen.

»Und da ist nur Jason?«

»Du meinst… ach so, verstehe. Nein. Er ist verheiratet. Nach unserer Trennung hat er ziemlich schnell geheiratet. Emily ist sehr viel jünger als er.« Ich schnitt eine Grimasse. »Überraschung, Überraschung! Wie auch immer, ich kenne sie nicht wirklich gut, aber sie wirkt recht lieb. Lieb – das ist kein Ausdruck, den ich normalerweise für eine Frau verwende. Aber für sie scheint er mir passend.«

Ich sprach zu viel und zu schnell und holte tief Luft, um mich zu beruhigen.

»Was soll ich tun?«, fragte ich.

»Behalte Poppy im Auge. Vielleicht möchtest du die Leute im Kindergarten über deine Bedenken informieren.«

»Ja, das mache ich.«

Er schwieg erneut einen Moment, als überlegte er.

»Derartiges Verhalten bei einem Kleinkind«, fuhr er schließlich fort, »kann auch mit etwas anderem zu tun haben.«

»Woran denkst du dabei?«

»Ich hatte ja schon erwähnt, dass Kinder sehr viel mitbekommen. Wie geht es denn dir eigentlich?«

»Mir?« Ich fühlte mich plötzlich befangen. »Gut. Ich tue, was ich kann. Manchmal ist es schwierig.«

Er kommentierte meine Worte nicht. Stattdessen zog er ein Stück Papier aus der Tasche und faltete es auseinander.

»Dieses Bild hat Poppy auch noch gemacht«, bemerkte er, während er es mir reichte.

Ich betrachtete es. Es handelte sich um eine Frau, das erkannte ich an den Haaren und dem dreieckigen Kleid. Zusätzlich hatte Poppy eine Reihe von vertikalen Linien gezogen, die die Frau fast bedeckten.

»Was stellt das dar?«, fragte ich.

Alex blickte in die Richtung, wo Poppy neben Paz stand.

»Laut Poppy bist das du.«

»Und was bedeuten die Linien?«

»Sie hat gesagt, das sei ein Käfig, wie im Zoo.«

»Ein Käfig?«, fragte ich erschrocken. »Warum hat sie mich in einen Käfig gesteckt?«

»Ein Käfig kann dazu da sein, jemanden einzusperren«, erklärte er. »Er kann aber auch etwas aussperren.«

»Und in diesem Fall?«

»Keine Ahnung.«

6

Als ich vor dem Kindergarten Poppys Hand losließ, stürzte sie sich sofort in das Getümmel auf dem Spielplatz. Ich sah ihr ein paar Augenblicke nach. Mit dem roten T-Shirt und ihrem leuchtenden Haar war sie trotz der vielen kleinen Gestalten leicht auszumachen. Außerdem hörte ich ihr selbstbewusstes, kehliges Lachen. Mir wurde bewusst, wie angespannt ich nach ihr Ausschau hielt, als wartete ich auf etwas. Würde Poppy gleich irgendeine Obszönität rufen oder jemanden schubsen? Würde ihre Fröhlichkeit in etwas Düsteres, womöglich sogar Gewalttätiges umschlagen?

Ich wandte mich ab und ging hinein ins Klassenzimmer, wo Poppys Kindergärtnerin Lotty gerade ihr Sandwich aß. Sie schien mir beunruhigend jung zu sein, Anfang zwanzig vielleicht, und hatte die glatte Haut eines Kindes, doch sie wirkte immer gut gelaunt und ruhig. Poppy vergötterte sie.

Plötzlich fiel es mir schwer, die richtigen Worte zu finden. Es laut auszusprechen, ließ es auf grimmige Weise real werden, als würde ich etwas Schlafendes zum Leben erwecken. Ich erzählte ihr alles. Lotty hörte mir zu, ohne mich zu unterbrechen, den Kopf zur Seite geneigt. Ihr Sandwich hatte sie weggelegt.

»Bestimmt beunruhigt Sie das sehr«, sagte sie, nachdem ich geendet hatte.

Ich brachte kein Wort heraus, wandte lediglich den Kopf ab und nickte.

»Ich kann dazu erst mal nur sagen, dass mir bisher nichts Ungewöhnliches aufgefallen ist, aber natürlich werde ich nun, da Sie mir das erzählt haben, besonders gut aufpassen.«

»Poppy kommt hier klar?«

»Sie ist gescheit, steckt voller Energie und macht überall mit. Hin und wieder kann sie auch überdreht sein, übermütig und laut, aber das ist kein Grund zur Sorge. Soweit ich es beurteilen kann, geht es ihr gut.«

Ich schluckte. »Ich nehme an, Sie werden Ihre Jugendschutzbeauftragte informieren?«

»Das ist Vorschrift«, antwortete sie, »wie Ihnen ja bekannt sein dürfte.«

»Wer wird sonst noch darüber Bescheid wissen?«

»Abgesehen von ihr noch die Kindergartenleiterin sowie deren Stellvertreterin. Das war's dann wohl.«

»Und Sie werden ein Auge auf sie haben?«

»Natürlich.«

»Und es mir sagen, wenn es etwas gibt, das ich wissen muss?«

»Auf jeden Fall. Aber ich bin davon überzeugt, dass da nichts ist.«

Ich biss die Zähne zusammen. Wie konnte sie da so sicher sein? »Danke.«

Nach diesem Gespräch blieb ich einen Moment draußen auf dem Hof stehen, in der seidigen Wärme des Tages. Auf dem Spielplatz rannte Poppy vorbei, ohne mich zu bemerken, zielstrebig und mit strahlendem Gesicht.

Ich wandte mich zum Gehen. Trotz der Tatsache, dass sowohl Alex als auch Poppys Erzieherin auf ihre jeweilige Art gelassen und beruhigend gewesen waren, schien es mir, als hätte ich etwas in Gang gesetzt.

Aber was hatte ich eigentlich in Erfahrung gebracht? Nichts, mal davon abgesehen, dass es vermutlich keinen Grund zur Sorge gab. Poppy ging es gut, und ich war eine übervorsichtige alleinerziehende Mutter, eine von der Sorte, mit der ich in meinem Beruf oft zu tun hatte und über die sich Jason immer aufregte.

Was hatten sie mir geraten? Nichts, außer abzuwarten und die Augen offenzuhalten und zu versuchen, mir keine allzu großen Sorgen zu machen.

Ich hatte drei Stunden Zeit, bis ich Poppy und Jake wieder abholen musste, und wusste nicht, wie ich diese Zeit verbringen sollte. Normalerweise wäre ich nach Hause gegangen und hätte ein bisschen Yoga gemacht oder wäre gejoggt, um anschließend an Poppys Hexenkostüm weiterzuarbeiten. Oder ich hätte eine Runde durch die Secondhandläden gedreht, auf der Suche nach Sachen, die ich noch für die Wohnung brauchte. Oder mich mit einer Freundin getroffen. Ein-, zweimal war ich sogar ins Kino gegangen, hatte mich in die hinterste Reihe gesetzt und in der Dunkelheit die verbotene Freude des Alleinseins genossen. Eigentlich aber sollte ich mich um den wachsenden Berg von Rechnungen und Mahnungen kümmern.

Doch ich wollte nichts davon machen, weil ich von einer brennenden Unruhe erfüllt war. Hätte ich noch geraucht, dann hätte ich mir jetzt eine Zigarette nach der anderen angezündet, nur um die Zeit totzuschlagen.

Langsam ging ich die Straße zu meiner Wohnung entlang, vorbei an der üppig blühenden Magnolie, vorbei am Schrottplatz und den mit Brettern vernagelten Läden. Dann blieb ich stehen. Ich dachte an die Zeichnung, an Poppys Worte und die Art, wie sie sich an mich geklammert hatte. Was hatte sie gesehen, was gehört? Was versuchte sie, mir mitzuteilen?

Ich machte kehrt, ging bis zur Hauptstraße und steuerte dort auf die Polizeidienststelle zu. Ohne mir Zeit zum Nachdenken zu lassen, öffnete ich die Tür und trat ein.

7

»Hoffentlich denken Sie nicht, dass ich nur Ihre Zeit vergeude«, begann ich.

Detective Inspector Kelly Jordan war hinter ihrem Schreibtisch hervorgekommen, als wäre ihr daran gelegen, möglichst nicht einschüchternd zu wirken. Ich war erleichtert. Aus irgendeinem Grund hatte ich mir einen rotgesichtigen, stämmigen Mann mittleren Alters vorgestellt, der seine buschigen Augenbrauen hochziehen und mich missbilligend anfunkeln würde. Aber ich hatte es mit einer Frau zu tun, noch dazu einer, die aussah, als könnte sie meine Freundin sein. Ich schätzte sie auf Ende dreißig, Anfang vierzig, jedenfalls entdeckte ich erste feine Lachfalten um Mund und Augen. Sie hatte eine lässige Leinenhose mit Kordelzug an, dazu ein langärmeliges schwarzes Shirt und trug kein Make-up. Was ihre Frisur betraf, hatte sie offensichtlich keine Zeit gehabt, mehr mit ihrem dunklen Haar anzustellen, als es eilig zu einem Knoten zusammenzufassen. Ich hatte das Gefühl, mit ihr über meine Sorgen sprechen zu können.

»Sie wollen also ein Verbrechen melden«, stellte sie fest.

Schon begann sich das Ganze schwierig zu gestalten.

»Ich glaube in der Tat, dass es möglicherweise zu einem Verbrechen gekommen sein könnte.«

Jordan runzelte die Stirn. »Das verstehe ich jetzt nicht.«

Ich holte tief Luft und legte los, indem ich Poppys schwarze Kreidezeichnung hervorholte und sie der Kriminalbeamtin zeigte. Ich berichtete ihr, wie sich Poppy verhalten und was sie gesagt hatte. Ich schilderte ihr unseren Besuch beim Psychotherapeuten. Dabei fühlte ich mich zunehmend unbehaglich. Als ich endete, herrschte eine Weile Schweigen.

»Wenn Sie an meiner Stelle wären«, sagte sie schließlich, »was würden Sie tun?«

»Keine Ahnung«, antwortete ich, obwohl mir natürlich klar war, was sie meinte. »Sie sind Kriminalbeamtin. Sie wissen, wie man mit solchen Dingen umgeht.«

»Gut, dann lassen Sie es mich anders ausdrücken: Was erwarten Sie von mir?«

»Dass Sie in der Sache ermitteln.«

»In welcher Sache?«

Jordan wartete. Anscheinend hatte sie im Gegensatz zu mir keine Angst vor peinlichen Pausen. Ich empfand dann immer den Drang, diese Pausen zu füllen.

»Ich melde kein konkretes Verbrechen, weil ich nicht weiß, um welches Verbrechen es sich konkret handelt. Trotzdem bin ich der Meinung, dass meine Tochter etwas Schlimmes mit ansehen musste. Eine Dreijährige ist nicht wirklich in der Lage, ein Verbrechen zu melden, aber ich glaube, auf ihre ganz eigene Weise hat sie es doch getan, und zwar durch diese Zeichnung und das, was sie zu mir gesagt hat.«

»Wo hat das Verbrechen stattgefunden?«

»Das weiß ich nicht.«

»Wer ist das Opfer?«

»Sie können fragen, solange Sie wollen. Ich weiß es nicht.«

»Haben Sie jemanden in Verdacht?«

»Ich möchte niemanden ohne Beweise beschuldigen.«

»Ihnen ist sicher klar, dass ich Sie das fragen muss: Verdächtigen Sie Ihren Ex-Mann?«

»Ex-Partner, um genau zu sein. Wir waren nicht verheiratet. Nicht, dass es eine Rolle spielt. Und die Antwort lautet …« Ich schwieg einen Moment, weil ich nicht wusste, was ich sagen sollte. Ich wollte nur, dass mich jemand ernst nahm, begriff jedoch, dass mir diese Kriminalbeamtin, wie mitfühlend sie auch sein mochte, wieder nur den Rat geben würde, nach Hause zu gehen und mich zu beruhigen. »Nein, ich verdächtige ihn nicht. Natürlich nicht. Er ist ein guter Mann.« Ich zögerte den Bruchteil einer Sekunde. War Jason wirklich gut? Charmant, ja. Voller Energie, definitiv. Interessant, ganz bestimmt. Aber gut? »Er ist einer der verlässlichsten Menschen, die ich kenne«, erklärte ich mit zu viel Nachdruck. »Wenn er etwas zusagt, tut er es auch.«

»Wen dann?«

»Wie meinen Sie das?«

»Wen verdächtigen Sie dann?«

»Niemanden. Ich bin nicht hier, um Namen zu nennen, sondern weil ich glaube, dass Poppy etwas gesehen hat und Sie herausfinden müssen, was.«

»Ich habe selbst zwei Kinder«, erwiderte die Kriminalbeamtin. »Ich kann nachvollziehen, dass Sie Ihr Kind beschützen wollen. Als Mutter empfinde ich genauso. Deswegen verstehe ich Ihre Ängste. Allerdings weiß ich auch, dass Kinder …« Sie schien zu überlegen, wie sie es ausdrücken sollte. »Dass Kinder viel Fantasie besitzen.«

»Sie meinen, dass sie Geschichten erfinden?«

»Ich meine, dass sie viel Fantasie besitzen. Deswegen kann man sich auf das, was sie von sich geben, nicht immer verlassen. Wenn ich alles glauben würde, was meine Tochter Layla behauptet, wäre ich schon längst verrückt geworden.«

»Sie werden also nicht ermitteln?«

»Tess – ist es in Ordnung, wenn ich Sie Tess nenne?«

»Natürlich.

»Gut. Also, Tess, was genau soll ich denn ermitteln? Wenn Sie uns über einen dubiosen Todesfall berichten könnten, würden wir der Sache nachgehen. Aber es gibt nicht nur keinen Verdächtigen, sondern nicht einmal ein Verbrechen. Ich kann meine Leute ja wohl kaum mit dem Auftrag losschicken, einfach mal zu schauen, ob sie eines finden.«

»Warum nicht?«

Ich klang wie ein Kind. Jordan erhob sich.

»Da Sie weder Journalistin noch Politikerin sind, darf ich Ihnen ein kleines Geheimnis verraten? Wir sind derart unterbesetzt, dass es eine ganze Reihe von Verbrechen gibt, bei denen wir gar nicht erst zu ermitteln beginnen. Bei bestimmten Formen von Diebstahl schicken wir nicht mal einen Beamten hin. Es ist schon schwierig genug, die Fälle zu bewältigen, die wir tatsächlich bearbeiten. Dass ich hier mit Ihnen dieses Gespräch geführt habe, über ein Verbrechen, das noch nicht mal zu existieren scheint, bedeutet, dass ich …«, sie warf einen Blick auf ihre Armbanduhr, »… fast fünfzehn Minuten zu spät zu einer Besprechung komme, bei der es um eine laufende Mordermittlung geht, einen Fall mit einer realen Leiche und einigen sehr realen Verdächtigen.«

Ich erhob mich ebenfalls. »Sie sind also der Meinung, ich soll das Ganze einfach vergessen?«

Jordan zog eine Karte aus der Tasche und reichte sie mir. »Das ist meine Durchwahl. Sie können mich jederzeit anrufen.«

»Sie meinen, wenn ich etwas herausfinde?«

»Um Gottes willen, spielen Sie ja nicht Detektivin!«, entgegnete sie. »Am besten, Sie unternehmen gar nichts. Konzentrieren Sie sich auf sich selbst und Ihre Tochter.«

»Wahrscheinlich finden Sie mein Anliegen einfach lächerlich. Und vielleicht haben Sie ja recht. Auf jeden Fall habe ich bereits zu viel von Ihrer Zeit in Anspruch genommen.«

»Das ist schon in Ordnung. Und falls wirklich ein Verbrechen geschieht, haben Sie meine Nummer.« Jordan streckte mir ihre Hand hin, und ich schüttelte sie. »Mit Kindern ist es unglaublich schwierig«, fuhr sie fort. »Man weiß nie, ob man das Richtige tut, aber am Ende geht es meist nicht allzu schlecht aus.«

»Es sei denn, es geht doch schlecht aus.«
»Dann kann man uns zu Hilfe rufen.«
»Das habe ich versucht.«
»Es ist noch nicht schlecht ausgegangen.«
»Ich hoffe nicht.«

Auf dem Nachhauseweg überlegte ich mir, ob die Beamtin vielleicht doch recht hatte. Ich sprach die Worte sogar laut aus. »Vielleicht hat sie recht.« Ich holte Poppy und Jake vom Kindergarten ab und bemühte mich um einen entspannten Tonfall, als ich sie fragte, wie ihr Tag gewesen sei. Ihre Antworten fielen gewohnt knapp aus, sodass sie mir recht normal erschienen. Zu Hause angekommen, sausten die beiden unter lautem Geschrei herum, während ich eine Pizza in den Ofen schob und Salat zubereitete.

Bald darauf traf Laurie ein, um Jake abzuholen. Er hatte Nellie dabei, die in ihrem Kinderwagen fest schlief. Laurie wuschelte Poppy zur Begrüßung durchs Haar und beugte sich dann zu seinem Sohn hinunter. Er und Jake sahen sich sehr ähnlich. Beide wirkten schmächtig und hatten seidiges, dunkles Haar und blaue Augen. Gina dagegen war groß und hatte dunkelblondes Haar, das sie immer raspelkurz trug.

»Hallo, kleiner Mann. Wie war dein Tag?«, fragte er.

Ich rechnete halb damit, dass Jake in Tränen ausbrechen oder irgendetwas Schockierendes wiederholen würde, das Poppy zu ihm gesagt hatte, doch er hielt bloß den kleinen Stoffhasen hoch, den er den ganzen Tag mit sich herumtrug und nachts neben sich ins Bett legte.

Laurie richtete sich auf. »Wie läuft es bei dir, Tess?«

Das fragte er mich immer. Als Jason und ich uns getrennt hatten, war Gina eine der Freundinnen gewesen, bei denen ich am häufigsten Trost gesucht hatte. Sie war nach Brixton gekommen und hatte mir geholfen, meine Sachen zu packen und die Kisten und Schachteln anschließend in ihr Auto zu hieven. Sie hatte versucht, ein Abenteuer daraus zu machen und möglichst gute Laune zu verbreiten. Ich musste an den ersten Abend denken, den Poppy und ich in der neuen Wohnung verbracht hatten. Gina, Nadine und ein paar andere Freundinnen waren mit Essen hereingeschneit. Wir hatten uns auf den Boden gesetzt, thailändische Gerichte aus Alubehältern gegessen und billigen Rotwein aus Teetassen getrunken. Gina hatte ihre Tasse erhoben, und alle hatten auf unsere neue Behausung angestoßen. »Denk daran, Tess, ihr seid nicht allein. Ihr habt uns«, hatte Gina gesagt.

Sie war eine Freundin, der ich alles erzählen konnte, egal, wie persönlich es war. Von ihr fühlte ich mich nie beurteilt. Allerdings hatte ich manchmal den Verdacht, dass sie einige meiner Geheimnisse mit Laurie teilte und er womöglich mehr wusste, als mir lieb war – über meine Fehler, meine Verletzungen und Demütigungen, meine Wutanfälle und peinlichen Momente. Während ich nun sein lächelndes Gesicht betrachtete, fragte ich mich, was er wohl sagen würde, wenn ich ihm erzählte, dass ich mir wegen Poppy ernsthaft Sorgen machte, an diesem Tag bereits einen Therapeuten zu Rate gezogen hatte und darüber hinaus auf einem Polizeirevier gewesen war und mit einer Kriminalbeamtin gesprochen hatte.

»Gut«, antwortete ich leichthin. »Und bei dir?«

»Eher bescheiden«, antwortete er. »Nellie und ich haben den Tag mit meiner Mutter verbracht. Sie hat uns gestresst.« Er beugte sich über den Kinderwagen und gurrte hinein: »Nicht wahr, Nellie?« Ich wartete darauf, dass seine Tochter aufwachen und losbrüllen würde. »Sie hat darauf bestanden, dass wir eine Runde mit ihrem Hund drehen. Ich hatte schon Angst, wir würden uns verspäten.«

»Deswegen hättest du dir keine Sorgen machen müssen. Wir haben ja nichts vor.«

»Danke.«

Er küsste mich auf die Wange. Ich spürte seine Bartstoppeln und einen Schwall warmen Atem. Eukalyptus, ging mir durch den Kopf.

Nachdem Laurie, Jake und Nellie weg waren, richtete ich meine Aufmerksamkeit ganz auf Poppy, die noch ein bisschen herumtrödelte, bis ich sie schließlich badete und dann ins Bett brachte, wo ich ihr wie üblich eine Gutenachtgeschichte vorlas. Dabei fragte ich mich die ganze Zeit, ob sie anders war als sonst. Vielleicht eine Spur lauter oder ein bisschen zu anhänglich? Oder ängstlicher, als ich am Ende das Licht ausschaltete?

Diese Fragen stellte ich mir auch hinterher noch, während ich selbst schon im Bett lag und darauf wartete, vom Schlaf übermannt zu werden. Doch wahrscheinlich wirkte jedes Kind auf die eine oder andere Art seltsam, wenn man es nur genau genug unter die Lupe nahm.

8

Am nächsten Tag sollte Poppy zu Jason. Für gewöhnlich verbrachte sie während der Woche jeweils einen Tag bei ihm. Auch wenn ich oft Bedenken hatte, sie durcheinanderzubringen, hatten er und ich uns nun mal darauf geeinigt, als wir uns trennten. Es erschien uns fair, und wir waren fest entschlossen, fair und zivilisiert miteinander umzugehen, alles richtig zu machen.

Normalerweise holte Jason Poppy bei Gina und Laurie ab, doch während ich noch in der Schule war und mich auf den nächsten Unterrichtstag vorbereitete, bekam ich eine Textnachricht von ihm: *Stress in der Arbeit. Kannst du Poppy bringen?*

Ich schrieb zurück: *Du meinst, zu euch?*

Ja.

Soll sie heute lieber nicht kommen?

Nein.

Heißt das, nein, sie soll nicht kommen?

Es heißt, nein, sie soll kommen.

Ich fluchte leise. Eigentlich wollten Aidan und ich uns nachher einen Film ansehen, sodass ich nun weitere Textnachrichten schreiben und meine Verabredung mit ihm auf später verschieben musste.

Der Rest war eine einzige Hetzerei. Trotzdem nahm ich mir, als ich Poppy abholte, noch Zeit, mich zu erkundigen, wie es gelaufen war. Gina, die früher von der Arbeit zurückgekommen war und gerade Nellie an sich drückte und jedes Mal leicht wiegte, wenn sie aufzuwachen drohte, zuckte bloß mit den Achseln und flüsterte, es habe nichts Besonderes gegeben.

»Hat Poppy gemalt?«

»Nein. Die zwei waren müde, und Nellie ist heute ein Monster. Bis gerade eben wollte sie einfach nicht einschlafen, deswegen habe ich den beiden ein paar Honigtoasts gemacht und sie einen Zeichentrickfilm anschauen lassen.«

Normalerweise war es eine stille Übereinkunft zwischen Jason und mir, alles so zu regeln, dass ich nicht zu ihm nach Brixton kommen musste, wo ich bis vor einiger Zeit ja selbst zu Hause gewesen war. Nach unserer Trennung hatte Jason eine Hypothek aufgenommen, um mich auszahlen zu können. Es war ein seltsames Gefühl, an den Läden vorbeizugehen, die mir lange Zeit so vertraut gewesen waren, dem Lebensmittelgeschäft und dem kleinen Feinkostladen, wo alle mich mit Namen kannten. Mir fiel auf, dass es einen neuen Bäcker ab. Es war seltsam, auf mein Haus zuzugehen, das nicht mehr meines war. Dort zu klingeln, fand ich auch seltsam. Noch merkwürdiger aber fühlte es sich an, als schließlich meine alte Haustür aufschwang und mir eine lächelnde Emily gegenüberstand, die mich überschwänglich begrüßte. Sie bat uns hinein, umarmte Poppy und legte mir dann eine Hand auf den Arm, während sie auf mich einredete und dabei immer wieder grundlos lachte.

Für meinen Geschmack lachte und lächelte sie zu viel, wirkte krampfhaft bemüht, es allen recht zu machen. Ich fragte mich, ob es das war, was Jason sich gewünscht hatte.

Während Emily uns in die Küche führte – als würden wir den Weg nicht kennen –, Wasser aufsetzte und Poppy Saft einschenkte, hörten wir plötzlich ein kratzendes Geräusch.

»Du weißt wohl nicht, ob du reinkommen oder lieber draußen bleiben sollst, was?«, gurrte Emily liebevoll in Richtung Küchentür.

»Wie bitte?«

Emily zog die Tür auf, woraufhin eine Kreatur hereinstürmte, die nicht viel größer war als Sunny, mit zotteligem grauem Fell und Stummelschwanz.

»Hund!«, jauchzte Poppy.

»Sie ist seit Montag da«, informierte mich Emily. An Poppy gewandt, fügte sie hinzu: »Das ist Roxie.«

Poppy ließ sich auf den Boden sinken und schlang die Arme um das Tier, das sie mit düsterem Blick musterte.

»Ich dachte, Jason hasst Hunde.«

Kaum hatte ich es ausgesprochen, tat es mir auch schon leid. Aber ich hatte während unserer gemeinsamen Zeit mehrfach vorgeschlagen, einen Hund anzuschaffen, was Jason jedes Mal entschieden ablehnte.

»Sie gehört uns nicht«, erklärte Emily. »Sie ist nur zu Besuch. Nicht wahr, Roxie?«

Poppy fuhr Roxie leicht über den Kopf.

»Wem gehört sie? Vorsicht, Poppy, ich glaube nicht, dass sie das besonders gerne mag.«

»Ach, das ist schon in Ordnung. Poppy und Roxie freunden sich gerade an. Komm, trink einen Schluck Saft, Honigschnecke«, sagte Emily. »Aus deiner Lieblingstasse!«

Poppys Lieblingstasse war mit Elefanten verziert. Sie hielt sie mit beiden Händen, als wäre sie noch ein richtiges Kleinkind, keine drei Jahre alt.

Honigschnecke, wiederholte ich in Gedanken voller Groll. Sofort schämte ich mich, weil ich deswegen Groll empfand.

Mir widerstrebte, dass in meiner alten Küche mit den blauen, von mir genähten Vorhängen nun ein schimmernder neuer Kühlschrank stand. Wie konnten sie sich einen solch teuren Kühlschrank leisten, während ich es kaum schaffte, meine Heizkosten zu begleichen? Mir widerstrebte, dass in der Diele Mäntel hingen, die nicht mir gehörten, obwohl ich es gewesen war, die den Garderobenständer auf einer Müllkippe entdeckt und mühevoll repariert hatte. Mir widerstrebte auch der Hund, weil Poppys Gesicht vor Freude leuchtete, während sie ihn streichelte. Außerdem störte mich, dass Emily sich hier so zu Hause fühlte. Aber schließlich war es jetzt ihr Heim. Mich störte auch, dass Emily so jung war, noch keine dreißig schätzungsweise, und so hübsch aussah mit ihrem runden, weichen Pfirsichgesicht. Genau genommen war ihr ganzer Körper weich, gerundet, sanft geschwungen. Bei ihrem Anblick fühlte ich mich dürr, knochig und grob – und außerdem ziemlich angesäuert, was allerdings ungerecht von mir war, weil Jason mir immer wieder versichert hatte, er habe Emily erst nach unserer Trennung kennengelernt. Dass Jason sie geheiratet hatte – nachdem wir uns jahrelang gegenseitig beteuert hatten, die Ehe sei überbewertet, eine veraltete patriarchalische Institution, wichtig sei nur, dass man sich liebe, sich jeden Tag neu dafür entscheide zusammenzubleiben und ein Kind miteinander habe –, war nicht Emilys Schuld.

Sie stellte mir eine Tasse Tee und ein kleines Milchkännchen hin.

»Hübsches Kännchen«, bemerkte ich.

»Ich war mal in einem Töpferkurs«, erklärte Emily. »Das Ding ist nur eines der albernen Kleinigkeiten, die ich da zusammengepfuscht habe.«

Ich hörte oben Schritte.

»Ist Jason doch schon da?«

»Nein«, antwortete Emily, »das ist mein Bruder. Kennst du Ben überhaupt?«

»Nein.« Wann hätte ich ihren Bruder kennenlernen sollen?

»Er bleibt eine Weile bei uns. Er hatte in letzter Zeit Probleme.«

»Wie meinst du das? Was für Probleme?«

»Ach, nicht der Rede wert. Er ist bloß hier, um einige Dinge zu klären. Roxie gehört ihm. Ein paar Tage war sie bei einem

Freund von ihm untergebracht, aber sie hat Ben gefehlt, deswegen hat Jason nachgegeben.«

»Wie lange ist er schon da?«

»Wie lange?« Meine Frage schien Emily zu überraschen.

»Ja. Wann ist er angekommen?«

»Letzten Freitag.«

Ich hörte die Haustür aufgehen und eine Stimme einen Gruß rufen. Roxie stand auf und begann zu knurren. Sie hatte spitzige gelbe Zähne.

Es war Jason. Wieder überkam mich das Gefühl, dass es keine gute Idee gewesen war herzukommen. Er betrat die Küche in seinem Arbeitsanzug, mit gelockerter Krawatte. Als Erstes schnappte er sich Poppy und stemmte sie fast bis zur Decke hoch. Sie kreischte vor freudiger Angst. Er stellte sie wieder auf die Füße, küsste Emily und flüsterte ihr etwas zu. Den Hund streifte er mit einem finsteren Blick, der ebenso finster erwidert wurde. Mir nickte er nur zu. Schlagartig fühlte ich mich in dieser Szenerie häuslicher Vertrautheit schrecklich allein und einsam. Es war, als wäre in diesem Haus alles wie gewohnt weitergegangen, nur mit einer anderen Frau. Mein eigenes Leben mit Poppy in unserer kleinen Wohnung erschien mir plötzlich schäbig und unbefriedigend.

»Vielen Dank«, sagte er zu mir. »Ausnahmezustand in der Arbeit.«

»Kein Problem.« Ich schluckte schmerzhaft. »Emily hat mir gerade von Ben erzählt.«

»Ich bin Ben«, sagte eine Stimme hinter mir. Ich fuhr herum.

Er trug keine Schuhe und hatte die Küche völlig lautlos betreten. Ich sah eine große Zehe aus einer dicken orangeroten Socke hervorlugen. Er war ein massiger Mann, mit weichem Bauch und runden Schultern. Sein Gesicht wirkte teigig. Er hatte sich das strähnige braune Haar hinter die Ohren geschoben und trug ein graues Sweatshirt über einer weiten Jogginghose mit Kordelzug. Er sah ungesund aus – aber nicht im Sinne von krank, sondern wie jemand, den das Leben fertiggemacht hatte.

Zu jedem anderen Zeitpunkt hätte ich Mitgefühl mit ihm empfunden. Nun aber stieg Panik in mir auf. Er war am Freitag angekommen, kurz vor Poppys Wochenende dort. Kurz bevor sie sich so seltsam verhalten hatte.

»Hallo, Ben«, sagte ich und streckte ihm die Hand hin.

Langsam griff er danach. Die seine war groß und fühlte sich kalt und schlaff an.

»Ihr habt eine süße Tochter«, bemerkte er.

Er beugte sich hinunter und streichelte den struppigen Kopf seiner Hündin. Er machte alles ganz langsam, als strengte es ihn enorm an.

Emily schob ihm eine Tasse Tee hin, doch Poppy hatte andere Vorstellungen. Sie wollte unbedingt auf seine Füße steigen und so mit ihm durchs Haus marschieren. Entschlossen schlang sie die Arme um seine Beine und stieg auf seine Füße.

»Später«, sagte er.

»Jetzt, jetzt, jetzt!«

»Lass das, Poppy!«, ermahnte ich sie.

Meine Stimme klang so schrill, dass alle mich erschrocken ansahen. Neurotisch, ging mir durch den Kopf, dafür halten sie mich nun, eine neurotische, verbitterte Zicke, die nicht loslassen kann. Mein Blick fiel auf Emilys weiches, bekümmert dreinblickendes Gesicht. Jason wirkte etwas verlegen, aber auch missbilligend.

»Wie lange bleibst du?«, fragte ich Ben.

»Er bleibt, solange er braucht, um seine Angelegenheiten zu regeln«, meinte Jason. »Hör auf, Roxie zu füttern, Poppy.«

»Und es ist schön, ihn hier zu haben«, fügte Emily hinzu und lächelte ihren Bruder an, wobei ihre Wangengrübchen und ihre makellosen weißen Zähne zu sehen waren.

Ben starrte mich nur an – mit seinen gesprenkelten Augen, seinem resignierten Lächeln und einem Gesicht, das wohl attraktiv gewesen wäre, hätte es nicht seine Elastizität verloren und dadurch konturlos und schwammig gewirkt.

»Ben ist ein Zauberer«, verkündete Poppy.

»Er hat Zauberkarten«, klärte Emily mich strahlend auf.

»Toll«, sagte ich mit Blick auf meine Tochter, die sich wieder neben Roxie gehockt hatte. Mir war schlecht.

»Tess«, wandte Jason sich in leisem Ton an mich, so wie er auch mit den Kindern in seiner Schule sprach, wenn sie etwas richtig Schlimmes angestellt hatten. »Ben ging es in letzter Zeit nicht so gut, deswegen muss er jetzt eine Weile hier bei uns bleiben.«

»Klar«, antwortete ich. »Aber du hättest es mir sagen sollen.«

Er überlegte. Ich beobachtete dabei seine Miene, die grauen Augen und die Lachfalten rundherum, den gepflegten grauen Bart, den er noch nicht gehabt hatte, als wir zusammenlebten. Ich hatte irgendwann aufgehört, ihn als attraktiven Mann zu sehen, doch nun, da ich ihn aus einer gewissen Distanz betrachtete, wie einen Fremden mit seiner hübschen jungen Frau, wurde es mir plötzlich wieder bewusst. Es war schwer zu glauben, dass wir vor knapp einem Jahr noch im selben Bett schliefen, einander in den frühen Morgenstunden im Arm hielten und Poppy trösteten, wenn sie schlecht geträumt hatte.

»Es tut mir leid.« Bens Stimme klang zögernd und ein wenig verwaschen. Er runzelte die Stirn, als wäre das Sprechen für ihn extrem anstrengend, jedes Wort wie ein großer Stein, den er hochhieven musste.

Wir wandten uns alle ihm zu. Es folgte eine lange, peinliche Pause.

»Es ist ein bisschen chaotisch«, sagte er schließlich.

»Chaotisch?«

»Ihr wisst schon. Ich war mit Fliss in Lewisham, unser Leben schien in Ordnung, doch dann ging auf einmal alles schief. Es war nicht meine Schuld.«

»Das sagt doch auch niemand«, entgegnete Emily in beschwörendem Ton. Ihre Augen leuchteten gütig.

Man hatte das Gefühl, dass es immer einen Moment dauerte, bis bei Ben ankam, was gesagt wurde, wie bei jenen Telefonaten, bei denen Zeitverzögerungen das Gespräch abgehackt und seltsam wirken ließen.

»Es ist einfach passiert«, fuhr er fort.

»Ich sollte aufbrechen«, wandte ich mich an Poppy. »Wir sehen uns morgen, Schätzchen.«

Poppy war gerade damit beschäftigt, Roxie vorsichtig in die Seite zu stupsen, und gab mir keine Antwort.

»Nach dem Kindergarten«, fügte ich hinzu. Verlegen hob ich eine Hand. »Macht es gut, alle miteinander.«

»Ich begleite dich raus«, sagte Jason.

»Ich kenne den Weg.«

Doch er folgte mir trotzdem aus der Küche nach draußen.

»Das war unhöflich«, stellte er fest.

»Du hättest es mir sagen sollen.«

»Tatsächlich?« Er zog die Augenbrauen hoch. »So wie du es mir sagst, wenn Aidan vorbeikommt?«

»Das ist etwas anderes.«

»Inwiefern?«

»Sei nicht albern.«

»Nein, wirklich, inwiefern, Tess? Emilys Bruder macht gerade eine schwierige Phase durch. Seine Ehe ist gescheitert, und er hat seine Arbeit verloren. Deswegen lebt er vorübergehend bei uns. Du findest, du kannst da ein Veto einlegen?«

»Aidan bleibt jedenfalls nicht über Nacht«, entgegnete ich hilflos. »Es sei denn, Poppy ist bei dir.«

Jason musterte mich auf eine Weise, wie er wahrscheinlich

auch die Menschen ansah, mit denen er beruflich zu tun hatte: nicht feindselig, aber kühl abschätzend. Wieder einmal spürte ich die schwindelerregende Kluft zwischen dem Leben, das ich noch vor einem Jahr geführt hatte, und meinem jetzigen.

»Ich vertraue darauf, dass du tust, was deiner Meinung nach das Richtige für Poppy ist, und ich hoffe, du vertraust mir umgekehrt genauso«, sagte er.

»Ja«, antwortete ich, obwohl ich nicht völlig überzeugt war. Er fixierte mich immer noch prüfend. Ich musste daran denken, dass einige seiner Lehrkräfte Angst vor ihm hatten. Aber ich würde mich von ihm nicht einschüchtern lassen. Stattdessen hakte ich noch einmal nach. »Wir sollten einander über alles informieren, was für Poppy relevant ist. Wie beispielsweise die Tatsache, dass es bei euch im Haus einen neuen Mitbewohner gibt.«

»Ganz wie du meinst.«

Jetzt sprach er mit mir in diesem typischen, herablassend-geduldigen Ton, der mich so reizte, dass ich am liebsten laut geschrien hätte. Stattdessen lächelte ich mit zusammengebissenen Zähnen.

»Danke. Dann sage ich dir jetzt nämlich, dass Poppy sich seit ihrem letzten Wochenende mit euch ein bisschen seltsam verhält.«

»Seltsam? Wie meinst du das?«

»Anhänglicher als sonst. Außerdem hat sie das erste Mal seit einer Ewigkeit wieder ins Bett gemacht. Und sie hat leichte Schlafprobleme.«

Jason runzelte die Stirn. »Das hast du mir schon erzählt. Mir ist, wie gesagt, nichts aufgefallen.«

»Sie hat davon gesprochen, jemand sei tot gemacht worden, und sie hat einen obszönen Ausdruck benutzt. Zumindest glaube ich das.«

»Was soll das heißen, du glaubst das?«

»Sie hat ›Fickefotze‹ gesagt. Wahrscheinlich abgeleitet von verfick …«

»Schon klar.« Jason lachte. »Ich frage mich, woher sie das hat. Von mir nicht, falls du das meinst.«

»Es passt alles zusammen.«

»Was passt zusammen?«

»Dass irgendetwas nicht stimmt.«

»Seit sie bei uns war.«

»Ja.«

»Dazu kann ich nur sagen, dass es ihr gut ging. Für mich klingt das wirklich nicht nach einem Grund zur Beunruhigung.«

»Ich bin trotzdem beunruhigt.«

Ich überlegte, ob ich Jason darüber informieren sollte, dass ich mit Poppy bei Alex gewesen war und anschließend mit einer Polizeibeamtin gesprochen hatte. Vor meinem geistigen Auge sah ich schon seine ungläubige Miene, und dann – was? Wut? Verachtung?

»Mütter!« Er zuckte mit den Achseln.

»Wie bitte? *Was* hast du gerade gesagt?«

»Du bist eine überängstliche Mutter, eine richtige Glucke. Mit der Sorte habe ich jeden Tag zu tun.«

»Wage es nicht, Jason. Ich bin keine Glucke. Ich bin die Mutter deiner Tochter, deine Ex-Partnerin. Vergessen? Es ist Poppy, über die wir hier sprechen, nicht irgendein beliebiges Kind.«

»Du musst loslassen. Sie geht jetzt in den Kindergarten, raus in die Welt. Du kannst sie nicht ewig beschützen.«

»Ich versuche gar nicht …«

»Weißt du noch, wie du in der Anfangszeit, als sie ganz klein war, immer neben ihrem Bettchen gekauert bist, um dich zu vergewissern, dass sie noch atmet?«

Wenn ich mich richtig erinnerte, hatten wir das beide getan, todmüde vor Erschöpfung und leicht verlegen, weil wir so närrisch waren. Schlagartig verpuffte meine Wut, und ich hätte am liebsten geheult über das, was ich als Verrat an unserer früheren Zärtlichkeit empfand.

»Was auch immer du von mir und meiner Ängstlichkeit hältst, ich fand, du solltest wissen, dass Poppy im Moment ein wenig angeschlagen wirkt. Behalte sie im Auge und lass mich wissen, wie es ihr geht, ja?«

»Klar.«

Ich registrierte ein leichtes Flackern in seinem Blick.

»Was?«, fragte ich. »Was ist los? Du verschweigst mir doch etwas.«

»Ich wollte es eigentlich noch nicht erwähnen.«

»Was?«

Schlagartig begriff ich. Natürlich.

»Emily ist schwanger.«

»Oh. Glückwunsch.«

»Danke. Sie ist noch ganz am Anfang.«

Mein Blick glitt an Jason vorbei, zu dem Haus, das wir gemeinsam bewohnt hatten. Nun gehörte es Jason, Emily und Poppy, und bald auch Poppys neuem Geschwisterchen.

»Wann ist es so weit?«

»Mitte bis Ende Oktober.«

Ich rechnete nach: so ganz am Anfang auch wieder nicht.

»Ihr freut euch bestimmt sehr.«

Er starrte mich mit zusammengezogenen Augenbrauen an, was sein Gesicht fast hässlich wirken ließ. Einen Moment sah er aus, als wollte er etwas sagen, doch er überlegte es sich anders.

»Weiß es Poppy schon?«

»Wir haben es ihr noch nicht gesagt.« Er zögerte. »Allerdings könnte sie etwas mitbekommen haben, als wir darüber sprachen.«

»Heißt das, sie weiß Bescheid?«

»Ich glaube, sie hat gehört, wie wir darüber gesprochen haben, es aber vermutlich nicht begriffen.«

»Verstehe.«

»Es geht ihr gut, Tess. Außerdem sind Emily und ich der Meinung, dass es ihr guttun wird, kein Einzelkind zu sein, sondern Teil einer richtigen Familie.«

Ich fühlte mich, als hätte ich eine Ohrfeige bekommen. »*Was* hast du da gerade gesagt?«

»Ich wollte nicht …«

»Vergiss es.«

»Tess.«

»Ich habe gesagt, vergiss es.«

»Lass uns nicht streiten. Wir haben es doch bis jetzt so gut hinbekommen.«

Ich betrachtete seine Miene. Ich kannte dieses Gesicht in all seinen Facetten: zärtlich, verbissen, erschöpft, traurig, verärgert, wütend, freudig, voller Liebe und Begehren. Inzwischen jedoch war es für mich nur noch eine ansehnliche, aber ausdruckslose Fläche, verschlossen und unergründlich.

9

Aidan und ich hatten uns eigentlich einen Film anschauen wollen, doch nun gingen wir stattdessen essen. Mir war nach Reden zumute, ich hatte das dringende Bedürfnis, mich auszusprechen. Bei dem nahe gelegenen Italiener waren wir schon etliche Male gewesen. Sogar unser erstes Rendezvous hatte dort stattgefunden, vor fast drei Monaten, noch im Winter. Ein paar Wochen später waren wir wieder dort gewesen – an dem Tag, als Jason und Emily heirateten. Es hatte geschneit, und als wir hinterher das Lokal verließen, fühlte es sich an, als wäre uns durch die weiße Pracht eine ganz frische, neue Welt beschert worden. Wir hatten gelacht und uns dann mit kalten Lippen geküsst, während die Flocken in unseren Wimpern hängen geblieben und in unserem Haar geschmolzen waren. Ich war mir vorgekommen wie in einem Kitschfilm.

Nun saßen wir an unserem üblichen Stammplatz am Fenster, die Köpfe über die Speisekarte gebeugt. Es war Mitte der Woche und das Lokal halb leer.

»Vielleicht nehme ich die Pasta«, sagte ich.

»Damit du sie zu Hause nachkochen kannst«, meinte Aidan grinsend. »Du kochst zu Hause *oft* Pasta.«

Erneut studierte ich die Karte. Ich fühlte mich irgendwie leer, deswegen brauchte ich etwas Tröstliches, Sättigendes.

»Tut mir leid, es muss einfach die Pasta sein. Mit Waldpilzen.«

Nachdem das Essen serviert worden war und der Kellner mit seiner riesigen Pfeffermühle feierlich schwarzen Pfeffer über unsere Gerichte gemahlen hatte und wir beide vor einem Glas Rotwein saßen, holte ich tief Luft.

»Emily bekommt ein Baby«, verkündete ich.

Aidan sagte erst mal nichts, schaute mich nur an. Das mochte ich an ihm. Er überstürzte nie etwas: Alles, was er tat, machte er geduldig, bedächtig und gewissenhaft. Wenn er für mich und Poppy kochte, verfuhr er ebenso. Er legte alle Zutaten bereit und spülte immer gleich alles ab, was er nicht mehr brauchte. Ich hatte ihn beobachtet, wenn er sich Arbeit mitbrachte und dann mit hoch konzentrierter Miene am Laptop saß, die langen Pianistenfinger auf der Tastatur. Mich sah er auch manchmal so an: als versuchte er, mich zu erfassen. Er verhielt sich völlig anders als Jason, der ungestüm und ungeduldig war, gern seinen Willen durchsetzte und alle mit sich riss. Jason gefiel sich in der Rolle des Anführers.

»Hast du es gerade erst erfahren?«, fragte er schließlich.

»Ja. Als ich Poppy vorbeibrachte.«

»Wie fühlst du dich deswegen?«

»Ich weiß nicht. Ein bisschen niedergeschlagen.«

Ich bemerkte, wie er kaum merklich zuckte, und legte meine Hand auf seine.

»Das hat nichts mit mir und Jason zu tun, jedenfalls nicht so, wie du wahrscheinlich denkst. Wir haben uns über eine lange Zeit hinweg auseinandergelebt, ohne es wirklich zu bemerken, bis es dann zu spät war, sodass wir uns in gegenseitigem Einverständnis getrennt haben. Angeblich passieren Trennungen nie in gegenseitigem Einverständnis, aber ich bin ehrlich der Meinung, dass es in unserem Fall so war. Es hätte schon viel eher geschehen können, wäre da nicht Poppy gewesen.«

Aidan nickte. Natürlich hatte ich ihm das vorher schon mehrfach erklärt.

»Es ist bloß ein bisschen seltsam. Jason und ich waren uns immer einig, dass wir beide nicht allzu viel von der Ehe halten, und dann heiratet er Emily schon wenige Monate, nachdem er sie kennengelernt hat. Bei uns dauerte es sehr lange, bis er damit einverstanden war, dass wir versuchen würden, ein Baby zu bekommen, und als es dann so weit war, hatten wir uns entfremdet und fanden nicht mehr zueinander, so sehr wir uns auch bemühten. Bei Emily hingegen war es nur eine Frage von Monaten. Es tut mir kein bisschen leid, dass ich nicht mehr mit Jason zusammen bin. Alles, was mit ihm zu tun hat, scheint mir schon eine Ewigkeit her zu sein. Ich bin auch nicht eifersüchtig auf Emily. Im Grunde hatte ich schon damit gerechnet, dass sie schnell schwanger wird. Ich fühlte mich nur heute, als er es mir sagte, irgendwie traurig: nicht mehr ganz so jung und ein bisschen angeschlagen und gebeutelt von alledem. Und wenn ich ehrlich bin, habe ich auch Angst, dass Poppy in Zukunft mehr mit ihm und Emily und ihrem neuen Baby zusammen sein will als mit mir, was natürlich Blödsinn ist, aber ich kann einfach nicht anders. Ich weiß auch nicht, irgendwie läuft das Leben nicht so, wie man sich das vorstellt, oder?« Ich hatte das Kinn auf die Hand gestützt und betrachtete ihn über den Tisch hinweg. »Wahrscheinlich bin ich nur müde«, erklärte ich. »Ich habe ein paar anstrengende Nächte hinter mir. Poppy hat nicht gut geschlafen. Dann liege ich wach und … du weißt ja, wie das ist in den frühen Morgenstunden, wenn alle Fenster weit offen sind für beängstigende Gedanken.«

Aidan wartete immer noch. Er hatte ein schmales, kluges Gesicht und Augen, die die Farbe wechseln konnten. Manchmal wirkten sie grau, manchmal blau.

»Du bist sehr lieb zu mir«, fuhr ich fort. »Ich war in den letzten Monaten so glücklich. Aber es ging so schnell.«

»Bitte sag mir, dass das jetzt kein Trennungsgespräch wird.«

»Es wird kein Trennungsgespräch.«

»Ich höre ein ›Aber‹.«

»Aber ich mache mir ernsthafte Sorgen wegen Poppy.«

»Poppy? Warum?«

»Im Lauf des vergangenen Jahres haben sich ihre Eltern

getrennt, wir sind in eine neue Wohnung gezogen, sie ist in den Kindergarten gekommen, es gibt eine neue Mutterfigur in ihrem Leben, dann habe ich dich kennengelernt, und jetzt kriegt sie bald ein kleines Geschwisterchen, einen Bruder oder eine Schwester. Ich frage mich, ob das nicht alles zu viel für sie ist.«

»Weißt du noch, wie wir uns kennengelernt haben?«, fragte Aidan.

Natürlich wusste ich das noch. Seit jenem Tag hatten wir uns dieses Ereignis viele Male gegenseitig erzählt, einander korrigiert, neue Details hinzugefügt und auf diese Weise unsere Erinnerungen zu einer gemeinsamen Geschichte geformt, die uns beiden gefiel. Es war in dem Lebensmittelladen ganz in der Nähe meiner Wohnung passiert, an einem kalten Winternachmittag, als es bereits dunkel wurde und ein eisiger Regen fiel. Ich hatte frische Ravioli besorgt, weil ein paar Freundinnen zum Abendessen kamen und ich – wie Aidan ja vorhin ganz richtig festgestellt hatte – meistens Pasta kochte, vor allem, weil wir gerade erst eingezogen waren, noch alles in Kisten steckte und ich auch noch keine Vorhänge genäht hatte, sodass die Fenster mit Decken verhängt waren.

Beim Einkaufen hatte Poppy sich vor lauter Übermüdung und Ungeduld fürchterlich aufgeführt: Sie hatte sich auf den Boden geworfen, gebrüllt wie ein Seelöwe und wild um sich geschlagen. Eine von den Frauen im Laden hatte damals wohl befürchtet, es könnte sich um einen ernsthaften Anfall handeln, und mich gefragt, ob sie den Notarzt rufen solle. Eine andere murmelte – gerade laut genug, dass alle es hören konnten –, dass man kleine Kinder nicht zum Einkaufen mitnehmen solle, wenn man sie nicht im Griff habe. Ich hatte mich über meine Tochter gebeugt, dieses sich windende, zappelnde Ding im blauen Dufflecoat, und sie vom Boden hochzuziehen versucht, woraufhin Poppy mit den Füßen nach mir zu treten begann und mich dabei erst im Gesicht erwischte und dann eine Flasche horrend teures Olivenöl durch die Luft segeln ließ. Das Öl war vor Aidans Füßen zerschmettert und auf seine Hosenbeine gespritzt, was ihn aber weder zu überraschen noch zu ärgern schien. Wortlos hatte er sich auf den Boden gekauert, um die Glasscherben einzusammeln und dafür zu sorgen, dass Poppy sich nicht schnitt.

»Kommen Sie klar?«, hatte er gefragt, während ich aus dem Laden wankte, beladen mit einer schluchzenden Last namens Poppy und einer vollen Einkaufstüte, die mir in den Unterarm schnitt und bei jedem Schritt gegen die Hüfte schlug.

Am Ende war er uns mit der Pasta nachgelaufen, die ich liegen gelassen hatte, und bis zur Wohnung mitgegangen, wobei er mir sämtliche Einkäufe trug. Am nächsten Tag hatte er mir eine Nachricht durch die Tür geschoben und angefragt, ob ich mal einen Kaffee mit ihm trinken wolle.

»Du hättest kilometerweit laufen sollen«, sagte ich jetzt zu ihm, »und zwar in die entgegengesetzte Richtung, so weit dich deine Füße getragen hätten.«

»Tja«, meinte Aidan, als würde er über die Vorstellung nachdenken. »Da stand ich mit meinem wohlgeordneten Leben und kaufte mir ein Abendessen für eine einzelne Person, als plötzlich diese schöne rothaarige Frau und ihre kleine rothaarige Tochter in den Laden platzten, besser gesagt, in meine Welt. Ich habe euch beide gemeinsam kennengelernt. Poppy ist kein Anhängsel, sondern ein Teil von dir und mit ein Grund, warum ich mich in dich verliebt habe. Mir ist klar, dass sie an erster Stelle steht. Wir machen es in deinem Tempo, wie auch immer das aussehen mag.«

Ich nahm seine Hand, hob sie an meine Lippen und küsste die Fingerknöchel.

»Selbst wenn ich dich immer wieder mitten in der Nacht wegschicke oder dir absage oder mit meinen Gedanken anderswo bin?«

Er zog ein Gesicht. »Wir sind keine Teenager mehr. Wir haben beide unsere Altlasten.«

Ich kannte die seinen – seinen bipolaren Vater, die Frau, mit der er neun Jahre zusammen gewesen war und die jahrelang direkt vor seiner Nase eine Affäre gehabt hatte, und sein dadurch bedingtes Abtauchen in die Welt der Arbeit.

»Es wird nicht ganz einfach werden, aber du hast trotzdem ein Anrecht auf … was ist los? Tess?«

Er war irritiert, weil ich plötzlich nicht mehr ihn anschaute, sondern aus dem Fenster, wo eine Frau wie angewurzelt dastand und zu uns hineinstarrte. Es handelte sich um eine kleine, schlanke Person mit einem dreieckigen Gesicht und kurzem dunklem Haar, bekleidet mit einer gestreiften Baumwolllatzhose und einem weißen T-Shirt. Zwischen Zeigefinger und Daumen hielt sie etwas, das aussah wie eine Baskenmütze. Auf mich wirkte die Frau wie eine Zirkusartistin – oder eine Elfe: eine Elfe, die mich strahlend anlächelte und dann mit den Lippen Worte formte. Ich drehte mich um, weil ich dachte, dass sie vielleicht jemanden hinter mir meinte – aber nein, sie meinte definitiv mich.

»Wer ist das?«, fragte ich.

»Keine Ahnung.« Aidans Blick wanderte von ihr zu mir. Er zog ein Gesicht. »Glaubst du, mit ihr ist etwas nicht in Ordnung?«

»Ich weiß nicht.«

»Achte einfach nicht auf sie. Worüber haben wir gerade gesprochen?«

»Altlasten«, antwortete ich.

Doch inzwischen gestikulierte die Frau wild in meine Richtung. Dann eilte sie vom Fenster weg und stand wenige Augenblicke später an unserem Tisch.

»Sie! Sie sind es!« Lachend deutete sie mit dem Zeigefinger auf mich.

Ich empfand einen Anflug von Panik. War sie eine von den Müttern aus der Schule? Manchmal lief mir auf der Straße eine von ihnen über den Weg, und ich wusste dann nicht, wo ich sie einordnen sollte. Oder kannte ich sie vom Studium oder aus meiner Schulzeit? Oder war ich ihr bloß mal auf einer Party begegnet?

»Es tut mir leid«, sagte ich, ärgerte mich aber sofort über mich selbst. Tess Moreau entschuldigte sich mal wieder. »Kennen wir uns?«

»Sind Sie anderer Meinung?«

»Ich glaube nicht, dass wir uns schon einmal begegnet sind. Oder doch?«

Die Frau lächelte immer noch breit, eine Hand in die Hüfte gestemmt, als wartete sie darauf, dass bei mir endlich der Groschen fiel.

»Ich glaube, Sie wissen es. Bestimmt wissen Sie es.«

Sie erschien mir zu jung, um Mutter eines achtjährigen Kindes zu sein. Vielleicht arbeitete sie als Tagesmutter? Wie auch immer, ihr theatralisches, überfreundliches Getue wirkte auf mich fast ein wenig bedrohlich.

»Könnten Sie mir vielleicht auf die Sprünge helfen?«, erwiderte ich. »Womöglich verwechseln Sie mich ja.«

»Das glaube ich nicht. Sie haben eine kleine Tochter.«

»Ja. Und?«

»Rothaarig wie Sie.«

»Das reicht.« Mir wurde immer mulmiger zumute. »Wer sind Sie?«

Die Frau starrte mich weiterhin lächelnd an. Zusätzlich schüttelte sie nun langsam den Kopf.

»Unglaublich«, sagte sie und wandte sich dann Aidan zu. »Ist sie nicht unglaublich? Zu behaupten, mich nicht zu kennen!«

Ihr Lächeln war inzwischen so breit, dass es ihr ganzes Gesicht einzunehmen schien.

Sie drehte sich um und ging. Wenige Augenblicke später sahen wir sie draußen am Fenster vorbeieilen. Sie blickte in meine Richtung, setzte mit einer schwungvollen Bewegung ihre Kopfbedeckung auf und marschierte davon.

»Was war denn das?« Ich ließ mich zurücksinken und nahm einen großen Schluck Wein. Die Begegnung hatte mich irgendwie mitgenommen. Mein Blick wanderte nach draußen zu der Stelle, wo sie gestanden hatte, und dann zurück zu Aidan, der seine Brille abgenommen hatte und sich die Augen rieb.

»Du warst mir keine große Hilfe«, stellte ich fest.

»Wie meinst du das?«

»Du hast seelenruhig dagesessen, während diese Verrückte auf mich losgegangen ist.«

»Sie ist nicht auf dich losgegangen. Ich schätze mal, sie hat dich einfach nur verwechselt.«

»Du bist mir vorgekommen wie ein unbeteiligter Zuschauer.«

»Das Ganze war doch wirklich nicht der Rede wert. Vielleicht hatte sie irgendwas eingeworfen.«

»Für mich hat es nicht so belanglos ausgesehen. Ich fühlte mich bedroht.«

»Was hast du denn von mir erwartet? Hätte ich sie zu Boden ringen sollen?«, fragte er mit einem Lächeln, das ziemlich gezwungen wirkte.

»Na toll. Unser erster Streit.«

»Das ist kein Streit«, widersprach Aidan. »Und wenn es einer wäre, dann nicht unser erster. Lass dich doch von so was nicht derart irritieren. Es ist völlig unwichtig.«

Ich schüttelte den Kopf.

»Nein. Ich halte es für wichtig.«

In den frühen Morgenstunden schreckte ich mit einem Ruck aus dem Schlaf hoch. Einen Moment kam es mir so vor, als wäre ich wieder in meinem alten Haus in Brixton und der friedlich schlummernde Mann in der Dunkelheit neben mir Jason. Dann strömte die Erinnerung zurück in den seltsamen Zeitriss, den der Schlaf manchmal hinterlässt. Meine Welt pendelte sich wieder ein. Ich legte eine Hand auf Aidans Schulter, um seine Wärme zu spüren. Auf meinen Beinen fühlte ich Sunnys Gewicht. Ich stellte mir vor, wie sich seine Flanken hoben und senkten. Ich war zu Hause, in Sicherheit. Trotzdem empfand ich immer noch ein undefinierbares Gefühl von Beklemmung.

Leise stand ich auf und ging nach unten. Emily hatte Emily Carey geheißen, bevor sie heiratete und den Namen ihres Mannes annahm. Ich klappte meinen Laptop auf und gab »Ben Carey« in die Suchleiste ein.

Dutzende, nein, Hunderte von Einträgen füllten meinen Bildschirm. Ben Carey, der Schauspieler. Ben Carey, der Firmendirektor. Ben Carey, der Schüler, der ein paar Mathepreise gewonnen hatte. Ben Carey, der Hundertdreijährige, dessen Geheimrezept für ein langes Leben ein halber Liter Starkbier zu jedem Mittagessen war. Ben Carey, der 2013 bei einem Verkehrsunfall ums Leben gekommen war. Zu viele Ben Careys. Ich klickte auf die Bilder und schaute die Ben-Carey-Gesichter durch, junge bis alte, doch das von mir gesuchte war nicht darunter.

Ich ging auf Facebook und gab seinen Namen ein.

Erneut jede Menge Ben Careys. Soweit ich sehen konnte, war er wieder nicht dabei.

Schließlich kehrte ich ins Bett zurück, konnte jedoch nicht mehr einschlafen. Mit offenen Augen lag ich da und dachte an die Frau in dem Restaurant: an ihr strahlendes Elfengesicht und ihren auf mich gerichteten Zeigefinger.

10

Es hatte etwas Beruhigendes, Poppy Abend für Abend dieselben Geschichten vorzulesen: vom schläfrigen Bären, von den ängstlichen kleinen Eulen, vom Grüffelo. Ich war in meinem Leben nur in einigen wenigen Gottesdiensten gewesen, anlässlich von ein paar Hochzeiten und der Beerdigung einer Großtante, dachte mir aber, dass es etwas zutiefst Tröstliches haben musste, Tag für Tag, Jahr für Jahr die vertrauten Antworten, Rituale und Lieder zu wiederholen.

Poppy war müde und still gewesen, als ich sie vom Kindergarten abholte. Nun saß ich an ihrem Bett, sprach die Worte, die sie längst auswendig kannte, mit den immer gleichen Betonungen und Pausen, zeigte ihr die Bilder, befeuchtete den Zeigefinger, um die dicken Seiten leichter umblättern zu können, und genoss das beruhigende Rascheln des Papiers. Sunny lag eingerollt am Fußende des Bettes.

Unten wartete Gina ohne Baby und Ehemann auf einen Drink. Inzwischen war der kleine Bär bereits zum zweiten Mal unter dem gelben Mond eingeschlafen, wohingegen Poppy immer noch nicht ganz schlief, aber zumindest schon müde blinzelte und sich ein paarmal hin und her wälzte, um eine möglichst bequeme Position zu finden.

Durch die Zimmerdecke hörte ich plötzlich Geräusche, mehrere spitze Schreie und dann wiederholtes Stöhnen. Poppy schien es vor lauter Müdigkeit gar nicht mitzubekommen. War es an der Zeit, etwas zu unternehmen? Wenn ich es schon nicht schaffte, es Bernie ins Gesicht zu sagen, dann vielleicht in Form eines Zettels, den ich ihm unter der Tür durchschob?

Ich griff nach dem Teddy und legte ihn neben Poppy. Suchend blickte ich mich nach der Lumpenpuppe um.

»Wo ist denn Milly?«

Poppy gab nur ein Murmeln von sich. Sie war am Einschlafen. Da ich wusste, dass sie sich immer aufregte, wenn sie nachts aufwachte und entweder ihren Bären oder Milly nicht finden konnte, spähte ich zunächst unters Bett und schob dann die Hände zwischen Bett und Wand, stieß jedoch nur auf ein altes Apfelkerngehäuse. Nachdem ich auch noch unter der Bettdecke nachgesehen hatte, erhob ich mich und versuchte nachzudenken. Konnte es sein, dass Poppy ihre Lumpenpuppe bei Jason gelassen hatte? Nein, ich hatte sie seitdem doch gesehen.

Rund ums Bett war sie nirgendwo zu entdecken. In der Kiste mit den weniger begehrten Spielsachen steckte sie auch nicht. Ich war schon fast auf dem Weg, um den Rest der Wohnung nach ihr abzusuchen, als ich aus einem Impuls heraus einen Blick in den Papierkorb in der Ecke warf. Da war sie. Poppy hatte sie wohl versehentlich hineinfallen lassen. Ich beugte mich hinunter, um danach zu greifen, zuckte dann jedoch zurück, als hätte mir jemand einen Stromschlag verpasst. Der Körper war völlig zerfetzt. Der Kopf, ein Arm und ein Bein waren abgerissen, sodass die Füllung aus dem Torso quoll. Ich empfand den Anblick als richtig schockierend, fast, als hätte ich ein verstümmeltes Lebewesen entdeckt. Verstört kehrte ich zu Poppy zurück, kniete mich neben das Bett und streichelte ihr über die Stirn. Sie wirkte ganz friedlich.

»Schätzchen, was ist denn mit Milly passiert?«

»Sie ist tot«, antwortete Poppy schläfrig, ohne die Augen zu öffnen.

»Aber du …« Ich stockte. Mir fehlten die Worte, um zu beschreiben, was Poppy getan hatte. »Warum hast du das gemacht?«

Sie riss abrupt die Augen auf.

»Sie war nicht brav. Jetzt ist sie tot.«

Am liebsten hätte ich sie an den Schultern gepackt, geschüttelt und gefragt, was denn auf einmal mit ihr los sei. Was hatte sie getan? Was hatte sie gesehen? Was lief da ab in diesem ruhelosen Gehirn?

Stattdessen beugte ich mich über sie, küsste sie auf die Stirn und zog noch einmal die Bettdecke zurecht.

»Schlaf jetzt, und träum was Schönes«, flüsterte ich.

Dann griff ich nach dem, was von Milly übrig war, und nahm es mit nach unten.

»Bin gleich bei dir!«, rief ich zu Gina hinein, wobei ich mich um einen möglichst normalen Tonfall bemühte. Ich hörte Geklapper in der Küche, das Klirren von Gläsern.

Ich verließ die Wohnung, trat aus der Haustür und stopfte die zerfledderte Lumpenpuppe samt Kopf und abgerissenen Gliedmaßen tief in die Mülltonne. Ich wollte sie nicht im Haus haben.

11

Ich zog den Deckel von dem Plastikbehälter, kippte die Oliven in eine kleine Schale und riss eine Chipstüte auf. Gina mixte uns gerade einen Negroni. Die Stirn vor Konzentration gerunzelt, goss sie den Campari hinein und gab die Orangenscheiben dazu.

»Ich muss dich warnen«, sagte sie, »ich hatte schon einen, allerdings nur einen kleinen. Aber du warst eine Ewigkeit da oben.«

»Tut mir leid.«

»Muss es nicht. Ich weiß ja, wie es ist. Auch wenn heute mein freier Abend ist: ohne Ehemann, ohne Kinder, ohne Verpflichtungen. Ich werde mich betrinken und mit dem Taxi heimfahren.«

Krampfhaft versuchte ich, das Bild der verstümmelten Puppe zu verdrängen. Ich brachte es nicht fertig, Gina davon zu erzählen: An diesem Abend wollten wir Negroni trinken, uns etwas zum Essen kommen lassen und so tun, als wären wir wieder einundzwanzig, kinderlos und solo, unbeschwert und jung.

Wir stießen an und nahmen einen Schluck, woraufhin wir beide einen leisen, fast identisch klingenden Seufzer von uns gaben.

»Weißt du noch, wie wir mal sturzbetrunken waren und du darauf bestanden hast, dass ich dir die Haare schneide?«

»Klar.«

»Ich versuchte, es möglichst gleichmäßig hinzubekommen, und schnitt dabei immer mehr weg, während du ganz ahnungslos auf deinem Stuhl gesessen und gar nicht gemerkt hast, was passierte. Ich schnitt weiter panisch vor mich hin, und all die dicken Locken deines schönen Haars landeten auf dem Boden.«

»Vielleicht solltest du mir jetzt auch wieder die Haare schneiden.«

»Auf keinen Fall.«

»Vielleicht brauche ich einen neuen Look.«

»Mir gefällt dein alter Look. Aidan auch.«

»Einen Neuanfang«, fuhr ich fort.

»Ich schneide dir nie wieder die Haare. Du kannst neu anfangen, ohne auszusehen wie eine Vogelscheuche.«

»Na gut.«

Ich nahm einen weiteren, bittersüßen Schluck und spürte, wie sich die Wärme in meinem Körper ausbreitete.

»Wir sollten das öfter machen«, meinte Gina.

Ich lachte. »Das erinnert mich an Jason. Wir unternahmen irgendwas, zum Beispiel gingen ins Kino, und während wir dort saßen, sagte er: Wir sollten uns öfter mal einen Film ansehen. Worauf ich antwortete: Genau das tun wir gerade, wir sind hier im Kino, leb doch einfach in der Gegenwart. Ich hatte manchmal das Gefühl, dass er in Gedanken immer woanders war, egal, was wir taten – schon wieder am Vorausplanen, am Berechnen. Sein Gehirn läuft irgendwie neben der Spur.«

»Neben der Spur? Das klingt ein bisschen gruselig.«

»Wahrscheinlich fange ich bloß an, ihn anders zu sehen. Der Jason, den ich zu kennen glaubte, und der Jason, den ich jetzt sehe, scheinen nicht zusammenzugehören. Welcher ist wohl der echte Jason?«

»Kann er nicht beides sein? Er hat bestimmt viele Gesichter. Aber du kannst nicht mit all diesen Jasons eine Beziehung führen. Ich würde jetzt gern etwas Intelligentes über multiple Persönlichkeiten sagen, aber der Negroni hindert mich daran. Was wahrscheinlich gut ist.«

Gina nahm einen weiteren Schluck.

»Du bist also der Meinung, dass keiner von uns ganz zu durchschauen ist?«

»Ganz zu durchschauen? Um Himmels willen, natürlich nicht. Würdest du das wollen?«

»Ich weiß nicht. Nein. Kennt Laurie dich denn nicht in- und auswendig?«

Gina überlegte.

»Er kennt mich nicht so, wie du mich kennst. Und du kennst mich nicht so, wie er mich kennt. Und keiner von euch beiden kennt mich so, wie ich mich selbst kenne.« Gina zog eine komische Grimasse. »Wobei ich manchmal das Gefühl habe, dass ich mich selbst am allerwenigsten verstehe.«

»Tja, vermutlich hast du recht. Das ist aber schon beängstigend, oder nicht?«

»Mir ist aufgefallen«, erwiderte Gina, »dass du in der ersten Zeit nach der Trennung von Jason irgendwie befreit gewirkt hast, so als könntest du tatsächlich neu anfangen, wie du es vorhin ausgedrückt hast. Eine neue Tess entdecken, unabhängig von ihm. Ich weiß, das war schmerzhaft und teilweise beängstigend, aber auch aufregend. Ich war fast ein klein wenig eifersüchtig. Was natürlich blöd ist, aber es war so.«

»Wirklich? Und ich war meinerseits eifersüchtig auf dich und Laurie, weil ihr es immer schafft, so freundlich und lieb miteinander umzugehen. Als gleichberechtigte Partner. Ganz zu schweigen von der Art, wie er sich als Vater einbringt. Ich bin immer noch ein bisschen eifersüchtig, muss ich zugeben. Denn wenn ich jetzt über mich und Jason nachdenke, fällt es mir rückblickend schwer nachzuvollziehen, wie ich zulassen konnte, dass unser Leben derart von seinen Wünschen und seiner Karriere beherrscht wurde.«

Mit einem klackenden Geräusch stellte Gina ihr Glas auf den Tisch.

»Gut«, sagte sie mit Nachdruck.

»Gut? Was ist daran gut?«

»Dass du das inzwischen so siehst.«

»Soll das heißen, du hast das auch so empfunden?«

»Na ja, er hat schon was von einem Alphamännchen.«

Aus Ginas Mund war das kein Lob. Mein Negroni ging zur Neige. Ich brauchte noch einen.

»Fandest du mich zu … du weiß schon, zu unterwürfig?«

»Du neigst durchaus dazu, dein Licht unter den Scheffel zu stellen«, antwortete sie. »Zumindest manchmal. Du nimmst zu viel Rücksicht auf die Gefühle der anderen. Du bemühst dich so sehr, die Dinge aus deren Blickwinkel zu sehen, dass du manchmal Gefahr läufst, dich selbst auszulöschen.«

»Mich selbst auszulöschen! Das klingt nicht gesund.«

»Aber es war auch gut. Du hast dein Bestes gegeben. Du warst erstaunlich tolerant.«

»Tolerant? War ich das?« Ich beugte mich vor. »Erst unterwürfig und jetzt auch noch tolerant. Was habe ich denn toleriert?«

»Du weißt schon, dass Jason eben Jason war.«

»Was genau meinst du damit?«

»Ach, keine Ahnung. Seine ganze Art halt.«

Gina griff nach ihrem Drink und nahm einen so großen Schluck, dass der halbe Inhalt des kleinen Glases verschwand. Überrascht starrte sie es einen Moment an, dann schob sie sich eine Olive in den Mund.

»Die Hauptsache ist, dass du dann, als es nicht mehr funktionierte, sehr souverän damit umgegangen bist, wirklich bewundernswert. Für dich stand immer Poppy an erster Stelle, egal, was passierte.«

»Ich glaube, Poppy geht es im Moment nicht so gut«, erwiderte ich. Plötzlich hätte ich am liebsten alles laut hinausgeschrien, um endlich ernst genommen zu werden. Ich wünschte mir, jemand würde das, was gerade passierte, auch so wahrnehmen wie ich.

»Poppy geht es großartig! Alle Kinder haben gute und schlechte Tage.«

»Meinst du?«

»Jedenfalls war ich immer der Meinung, so etwas wie eine gute Trennung gäbe es nicht. Mein Gott, wenn ich da an ein paar Fälle aus unserem Freundeskreis denke – oder an deine *Eltern*! Das war vielleicht ein Theater, als die sich scheiden ließen. Da warst du anders, Tess.«

»Und Jason? War der auch anders?«

»Für ihn war es leichter.«

»Warum?«

Zwischen Ginas Augen bildete sich eine kleine Steilfalte.

»Vielleicht täusche ich mich ja«, räumte sie ein, »aber ich hatte zumindest den Eindruck. Immerhin konnte er das Haus behalten. Das habe ich sowieso nie verstanden. Und dann bekam er auch noch seine tolle neue Stelle. Und Emily.«

»Emily kam erst später.«

»Ach ja, stimmt.«

»Oder nicht?«

»Lieber Himmel, das darfst du mich nicht fragen. Ich weiß nur, was du mir erzählt hast.«

Doch während sie das sagte, rutschte sie unbehaglich auf ihrem Stuhl herum und wandte den Blick ab. Ein Gedanke bohrte sich in meinen Kopf, scharf und giftig. Mir wurde schlagartig übel. Gleichzeitig musste ich fast lachen, weil es eigentlich auf der Hand lag und ich eine solche Närrin war. Hatte ich es die ganze Zeit gewusst, aber verdrängt, weil ich es lieber nicht sehen wollte? Gehörte ich zu den Frauen, die beide Augen zudrückten?

»Darf ich dich etwas fragen, was mich und Jason betrifft? War Jason mir untreu?«

Gina stellte ihr Glas auf den Tisch. Sie wirkte richtig geschockt und erschüttert.

»Was tust du, Tess? Warum fragst du mich so was?«

Mir war plötzlich ganz kalt. Ich fühlte mich wie erstarrt und schlagartig stocknüchtern. Ich sah Gina direkt ins Gesicht, als könnte ich sie dadurch zwingen weiterzusprechen.

»Du befindest dich inzwischen in einer neuen Phase deines Lebens«, sagte sie und klang dabei leicht verzweifelt. »Du machst das wunderbar mit Poppy. Du hast einen neuen Mann kennengelernt. Das willst du doch jetzt nicht kaputtmachen, oder?«

»Du bist meine Freundin«, entgegnete ich. »Sogar meine beste Freundin, glaube ich. Warum hast du es mir nicht gesagt? Warum hast du es mir *verdammt noch mal* nicht gesagt?«

Als Gina zu einer Antwort ansetzte, zitterte ihre Stimme. Es kam mir fast so vor, als kämpfte sie mit den Tränen. »Willst du das jetzt wirklich durchziehen?«

»Ich muss.«

Gina legte eine Hand auf meinen Arm, doch ich schüttelte sie ab.

»Hör zu, Tess. Ich hatte mal eine Freundin, die herausfand, dass der Mann *ihrer* Freundin eine Affäre hatte. Sie sagte es ihr, und die Ehe ging in die Brüche. Ich hatte immer das Gefühl, dass das Handeln meiner Freundin ein Akt der Aggression war, oder so was in der Art. Sie hatte den Mann nie gemocht, und ich glaube, sie war von Anfang an der Meinung, dass die beiden nicht zusammenpassten.« Sie schniefte, zog ein Taschentuch heraus und putzte sich die Nase. »Ehepaare machen manchmal Fehler. Wahrscheinlich kommt das in jeder Ehe vor. Du weißt von einigen Krisen, die ich mit Laurie durchgemacht habe. Aber die übersteht man. Manchmal ist es besser, wenn man etwas nicht weiß. Mein Gott, ich habe wirklich mit mir gekämpft, aber am Ende kam ich zu dem Ergebnis, dass ich nicht das Recht hatte, es dir zu sagen und alles kaputt zu machen.«

In mir loderte eine solche Wut hoch, dass ich die Hitze fast körperlich empfand. Am liebsten hätte ich Gina angeschrien oder sogar geschlagen. Ein Gefühl von Demütigung durchflutete mich. Jason war fremdgegangen, und andere hatten es gewusst, hatten wahrscheinlich über mich geredet, mich bedauert, mich bemitleidet. Ich konnte den Gedanken nicht ertragen.

»Du wusstest also diese wichtige Sache über mich und hast beschlossen, dass es besser für mich sei, nicht Bescheid zu wissen, ja? Deswegen hast du es mir nicht gesagt. Wer war sie?«

»Tess«, antwortete Gina in flehendem Ton. »Was soll das? Was bringt dir dieses Wissen, außer dass du dich selbst damit quälst?«

»Darum geht es nicht. Kenne ich sie?«

Gina holte tief Luft. »Ellen Dempsey.«

»Ellen? *Ellen*? Lorraines kleine Schwester? Die ein ganzes Stück jünger ist als wir? Fast noch ein *Kind*!«

Gina nickte niedergeschlagen.

»Wie hast du davon erfahren? *Wann* hast du davon erfahren?«

»Vor etwa anderthalb Jahren, nein, eher schon zwei.« Gina sah mich noch immer nicht an, sondern an mir vorbei zum Fenster hinaus. »Gegen Ende des Sommers wollte Ellen sich auf einen Drink mit mir treffen, und da brach es dann aus ihr heraus. Sie fühlte sich ganz schrecklich. Ich glaube, sie brauchte jemanden, dem sie es beichten konnte.«

»Sie wollte es meiner besten Freundin beichten?«

»Ich weiß, das klingt schräg. Ehrlich gesagt hat mich das Ganze auch ganz schön mitgenommen.«

»Ach, du tust mir ja so leid, weil du das durchmachen musstest«, bemerkte ich sarkastisch. Gina wirkte verletzt. Gut so, dachte ich. Ich wollte ihr wehtun.

Rasch rechnete ich nach. Poppy war zu der Zeit etwa ein Jahr alt, fing gerade zu laufen an, brachte ihre ersten Worte zustande, und Jason ging fremd. Und Gina hatte es gewusst. So viele Male hatten wir beide über unsere Beziehungen gesprochen, unser Privatleben, und jedes Mal war ihr vermutlich durch den Kopf gegangen: Ich weiß etwas über Tess, das sie selbst nicht über sich weiß.

»Du wusstest es also schon, als Poppy noch ein Baby war. Du wusstest es, als ich in Teilzeit ging, während Jason die Karriereleiter hinauffiel und Direktor wurde. Und…« Ich regte mich so auf, dass ich kaum sprechen konnte. Mit zitterndem Zeigefinger deutete ich auf meine Freundin. »Als wir zur *Partnerschaftsberatung* gingen? Ich erzählte dir damals genau, wie unsere Sitzungen abliefen. Dir muss also klar gewesen sein, dass Jason seine Affäre mit keinem Wort erwähnt hatte, während ich die ganze Zeit der Meinung war, wir wären beide ehrlich miteinander und versuchten, unser Bestes zu geben, um unsere Beziehung zu kitten oder sie auf anständige Weise zu beenden. Dabei wusstest du Bescheid. Du wusstest über das Ganze Bescheid und hast es mir nicht gesagt. Obwohl wir all die Jahre immer wieder darüber gesprochen hatten, was es bedeutet, eine Frau zu sein, eine Mutter, und wie wichtig es ist, eigenständig zu bleiben, sich seine Unabhängigkeit zu bewahren, die Kontrolle über sein Leben zu behalten. Von wegen Kontrolle! Verdammte Scheiße! Wem wollte ich eigentlich etwas vormachen? Während Jason eine Affäre hatte. Und du hast es gewusst – und wahrscheinlich auch Laurie erzählt.«

Gina gab mir keine Antwort. Ihr Gesicht wirkte plötzlich ganz schlaff.

»Verstehe. Er wusste also auch Bescheid. Wer noch?«

»Keine Ahnung. Ich habe mit niemandem außer Laurie darüber gesprochen, natürlich nicht. Alles, was ich weiß, habe ich dir gerade erzählt.« Endlich sah sie mich an. »Es tut mir leid. Es tut mir wirklich sehr, sehr leid. Mir ist klar, dass du jetzt wütend auf mich bist. An deiner Stelle wäre ich auch wütend auf mich.«

Ich rieb mir das Gesicht. Ich fühlte mich plötzlich todmüde, völlig erschlagen.

»Ich bin tatsächlich wütend – so wütend, dass ich dir kaum ins Gesicht schauen kann. Aber im Grunde bin ich gar nicht wütend auf dich, sondern auf Jason und auf mich selbst. Ich bin wütend auf mich selbst, weil ich es nicht gesehen habe. Und ich fühle mich gedemütigt. Ich komme mir so unsäglich blöd vor, wie eine Vollidiotin. Konnten alle es sehen? Wieso habe ich dann nichts gemerkt? Wie konnte ich so blind sein?«

»Du hast nichts gemerkt, weil du ihm vertraut hast, und genau so muss man im Grunde leben«, entgegnete Gina. Sie hatte Tränen in den Augen, und ihr schönes Gesicht wirkte kummervoll. »Ich wünschte, ich hätte es dir erzählt. Aber ehrlich gesagt wusste ich einfach nicht, wie ich mich verhalten sollte. Nachdem ihr euch dann getrennt hattet, dachte ich, es sei zu spät, um es dir noch zu beichten, weil es ja vorbei war und du damit gut klarzukommen schienst.«

»Aber es ist nicht vorbei.«

»Wie meinst du das?«

»Es ist nicht vorbei. Es ist noch da, ein übler, hässlicher Fleck, der immer größer wird, sich immer mehr ausbreitet. Irgendetwas ist im Gange.«

»Wovon um alles in der Welt redest du?«

Ich dachte an Poppy, die ein Stockwerk über uns im Bett lag. Ich dachte an die verstümmelte Lumpenpuppe, die brutale Zeichnung, das obszöne Schimpfwort, die nächtlichen Angstzustände. Da war etwas in mein Leben eingebrochen, das ich nicht unter Kontrolle hatte.

»Egal. Arbeitet sie?«

»Ellen?« Gina überlegte mit gerunzelter Stirn. »Irgendwas im Bereich Bildung.«

»Lehrerin?«

»Nein. Sie arbeitet für eine Organisation, die mit Bildung zu tun hat.«

»Welche Organisation?«

12

Der Mann am Empfang begann, in seinen Unterlagen zu blättern.

»Sie erwartet mich nicht«, erklärte ich.

»Wen soll ich melden?«

»Ich heiße Tess Moreau. Falls sie sagt, sie habe keine Zeit, dann richten Sie ihr bitte aus, dass es um Jason Hallam geht. Es ist wichtig, und ich verschwinde erst wieder, wenn ich mit ihr gesprochen habe.«

Mein Ton klang ungewohnt – klar und scharf, wie ein Befehl. Der Mann zog die buschigen Augenbrauen hoch und griff nach dem Telefon.

Kaum hatte ich mich hingesetzt, ging auch schon die Lifttür auf, und eine Frau steuerte schnellen Schrittes auf mich zu. Ich erhob mich wieder. Wir musterten uns ein paar Sekunden, ohne zu lächeln. Wenigstens verzichtete sie darauf, mir etwas vorzuspielen.

»Sollen wir eine Runde gehen?«, fragte ich.

»Wir können in den Park, Lincoln's Inn Fields. Da ist es ein bisschen ruhiger.«

Seite an Seite überquerten wir die stark befahrene Straße und steuerten dann auf eine kleine Passage zu, die in eine üppige Grünfläche mündete, wo das frische Laub der Bäume im Wind raschelte und in den Blumenbeeten Tulpen in leuchtenden Farben blühten. Ich erlaubte mir, meine Begleiterin etwas genauer unter die Lupe zu nehmen. Ellen Dempsey besaß kurzes Haar und schmale, dunkle, mandelförmige Augen. Sie war gepierct – an einer Augenbraue und an der Nase – und hatte eine schöne

Tätowierung, die sich wie eine Ranke oder ein Ast ihren linken Arm hinaufwand. Sie trug einen schwarzen Lederrock und Turnschuhe mit Keilabsätzen. Das alles bestätigte mir, was ich bereits gewusst hatte: Sie war sehr jung, viel jünger als ich, eine ganz andere Generation. Mir ging durch den Kopf, dass sie in etwa das Alter meiner jüngsten Halbschwester Polly hatte. Ich war zwölf gewesen, als Polly zur Welt kam, und hatte sie immer als Baby betrachtet. War das Jasons Typ? Da bestand aber wenig Ähnlichkeit mit Emily, abgesehen vom jugendlichen Alter natürlich. Ellen war schlanker, kantiger, wirkte zumindest äußerlich viel härter.

Nachdem wir durch das Tor die Grünfläche betreten hatten, die tatsächlich fast wie ein kleiner Park wirkte, wandte Ellen sich mir zu, wobei sie die Arme schützend um ihren Körper schlang und gleichzeitig auf ihre vor Nervosität leicht zuckende Unterlippe biss.

»Ich bin nicht mehr mit ihm zusammen«, erklärte ich.

»Ich weiß.«

»Er ist inzwischen mit einer anderen verheiratet.«

»Das weiß ich auch.« Ellen holte tief Luft. »Er hat mir irgendwann eine Textnachricht geschickt, in der er mich über seine Heiratspläne informierte.« Sie schluckte und wischte sich dann wie ein kleines Kind mit dem Ärmel ihres Pullovers über die Nase. »Ich hatte das Gefühl durchzudrehen. Ich versuchte, mit ihm Kontakt aufzunehmen, weil ich eine Erklärung wollte. Ich wollte wissen, was passiert sei, aber er drohte mir, einen Anwalt einzuschalten, wenn ich ihn weiter belästige – als würde ich ihn stalken oder so. Dabei wollte ich nur eine Erklärung.«

»Das kommt davon, wenn man mit verheirateten Männern schläft.«

»Er war nicht verheiratet«, entgegnete sie, verzog aber sofort schuldbewusst das Gesicht. »Tut mir leid, ich weiß, das spielt keine Rolle. Er hatte Sie, und er hatte ein Kind.«

»Stimmt. Er hatte mich, und er hatte ein Kind. Warum haben Sie es trotzdem getan?«

Ellen begegnete meinem Blick. Sie hatte eine trotzige, leicht streitlustige Miene aufgesetzt.

»Haben Sie diese Frage auch Jason gestellt?«

Ich nickte. Es stimmte. Ellen hatte mich nicht betrogen. Jason schon. Mir hatte es nie gefallen, dass Frauen oft der anderen Frau die Schuld geben, weil es dann weniger schmerzhaft ist. Es erlaubt ihnen, die Augen zu verschließen vor dem, was wirklich wichtig ist und was ihnen tatsächlich angetan wurde.

»Noch nicht. Aber das werde ich.«

Sie verzog das Gesicht. Dabei sah sie aus, als würde plötzlich die ganze Atemluft aus ihr entweichen.

»Verdammte Scheiße!«, stieß sie hervor. »Das wollte ich jetzt eigentlich gar nicht sagen. Es ist nur…« Sie zuckte mit ihren schmalen Schultern. »Ich wollte nicht mal eine Beziehung, schon gar nicht mit einem älteren Mann, der mit einer anderen zusammenlebte und ein Kind hatte. Ich war gerade frisch getrennt, und es ging mir nicht so gut. Da kamen wir auf einer Party ins Gespräch.« Sie wandte den Blick ab und fügte so leise, dass Tess es kaum hören konnte, hinzu: »Sie waren sogar auch da, nur ein paar Schritte entfernt, auf der anderen Seite des Raums, wo Sie bei einer Gruppe von Leuten standen und sich lachend unterhielten. Die Situation war also ein bisschen schräg. Am nächsten Tag hat er mich angerufen.«

Ich bemühte mich, keine Miene zu verziehen, empfand aber einen scharfen Schmerz, als hätte mir jemand einen Schlag verpasst. Was sie erzählte, kam mir so bekannt vor. Genau auf die gleiche Art waren Jason und ich uns das erste Mal begegnet, vor all den Jahren, als ich noch eine junge Närrin war, verletzlich und bereit, mir das Herz brechen zu lassen.

»Er war ziemlich hartnäckig«, fuhr Ellen fort. »Ich schätze mal, ich fühlte mich geschmeichelt. Dabei hatte ich anfangs gar nicht den Wunsch, dass mehr daraus wird. Wahrscheinlich wollen Sie das gar nicht hören.«

»Ich versuche gerade, mir im Nachhinein einen Reim auf das Ganze zu machen – quasi meine Vergangenheit aufzuarbeiten.«

Ellen nickte. Das verstand sie.

»Er war so verliebt in mich, oder gab mir zumindest das Gefühl. In seiner Gegenwart kam ich mir vor, als wäre ich die tollste Frau der Welt. Er sagte, er wolle mit mir zusammen sein, aber es sei schwierig, wegen der ganzen Situation. Ich dachte …« Sie brach ab.

»Was?«

»Ich dachte, Sie wüssten sowieso Bescheid. Die ganze Zeit, meine ich. Er hat irgendwie so getan, als führten Sie beide jeweils ihr eigenes Leben. Als wäre das für Sie in Ordnung.«

Ich musterte Ellen wortlos, mit zusammengekniffenen Augen, weil mich die Sonne blendete.

»Sie wussten es also wirklich nicht?«, fügte sie hinzu.

»Ich wusste es wirklich nicht. Wann fing es an?«

»Was für ein Schlamassel!«

»Wann fing es an?«

»Vor etwa zwei Jahren. Im Frühsommer. Anfangs ging es nur von ihm aus, doch dann habe ich mich irgendwie in ihn verliebt. Nach ein paar Monaten schien es immer schwieriger zu werden, Zeit für unsere Treffen zu finden, aber ich verstand die Zeichen nicht. Ich war so eine Idiotin. Am Ende schickte er mir, wie gesagt, diese Textnachricht.«

»Das war vor einem Jahr?«

»So in etwa, ja.«

»Wie ging es dann weiter?«

»Wollen Sie das wirklich wissen?«

»Ja.«

Ellen wischte sich mit dem Handrücken die Tränen von der Wange.

»Ich dachte, ich drehe durch. Erst hatte er mir eingeredet, er könne nicht mehr ohne mich leben, und plötzlich tat er so, als wäre es gar nichts Ernstes gewesen, bloß ein Strohfeuer. Er hat Sie verlassen und …«

»In gegenseitigem Einvernehmen«, unterbrach ich sie. »Wir haben uns in gegenseitigem Einvernehmen getrennt.«

Aber stimmte das überhaupt? Da war ich mir inzwischen nicht mehr so sicher, und diese Unsicherheit bewirkte, dass ich mich schwach und wackelig fühlte, irgendwie ohne Halt.

»Wie auch immer«, fuhr Ellen vorsichtig fort. »Sie haben sich getrennt, und mit mir wollte er auch nichts mehr zu tun haben. Ich nehme an, da hatte er schon diese andere Frau kennengelernt.«

Ich war im Begriff, sie erneut zu unterbrechen und ihr zu erklären, dass er Emily erst nach unserer Trennung kennengelernt hatte, ließ es dann aber sein. Denn wer wusste, ob das überhaupt stimmte?

»Das Wort ›abgelegt‹ trifft am besten, wie ich mich fühlte.« Ellen wandte den Kopf, ließ den Blick über die sonnenbeschienene Grünfläche schweifen. »Weggeworfen. Ich versuchte, ihn telefonisch zu erreichen, und schrieb ihm mehrfach. Ich spielte sogar mit dem Gedanken, bei ihm vorbeizuschauen und ihm die Autoreifen aufzuschlitzen oder ein Fenster einzuwerfen oder ihn in der Schule abzupassen und mich dort so richtig aufzuführen. Erregung von öffentlichem Ärgernis – das hätte ihm nicht gefallen. Stattdessen bin ich in Therapie gegangen, was eine viel bessere Idee war, denn ich will mich ja schließlich nicht umbringen, und ihn auch nicht. Mir ist nicht mal daran gelegen, ihn zum Gespött zu machen. Ich will einfach nur mein Leben weiterleben und nie, nie wieder auf diese Weise abhängig sein. Mittlerweile halte ich ihn bloß noch für ein Arschloch – für einen von diesen typischen Scheißkerlen, die nach wehrloser Beute Ausschau halten. Und was Sie betrifft, tut es mir wirklich von Herzen leid. Allerdings glaube ich, Sie sind ohne ihn besser dran.«

»Ach, tatsächlich? Dann ist es ja gut.«

»Entschuldigen Sie. Das war eine blöde Bemerkung von mir.«

»Ja, war es. Obwohl ich Ihnen recht gebe.«

Ellen zögerte einen Moment, dann stieß sie hervor: »Hat er Ihnen je was getan?«

»Wie bitte? Was sagen Sie denn da! Hat er Sie geschlagen?«

»Nein.« Röte kroch ihren Hals hinauf und breitete sich über ihr Gesicht aus. »Aber er... ich habe es immer für möglich gehalten. Sie wissen schon.«

»Ja.« Mir wurde leicht flau im Magen.

»Hin und wieder hat er mir Angst gemacht. Deswegen habe ich mich gefragt, ob er bei Ihnen...«

»Nein.«

»Gut.«

»Hatte er noch andere Affären?«

Ellen verzog das Gesicht. »Keine Ahnung. Das müssen Sie ihn selbst fragen. Wobei... ich bin irgendwie davon ausgegangen... aber ich weiß es nicht.«

»Sie sagten, Sie hätten versucht, Kontakt mit ihm aufzunehmen. Wann genau war das?«

»Als es mir so schlecht ging, nachdem er mich verlassen hatte.«

»Haben Sie es seitdem noch einmal versucht? Sich noch einmal mit ihm getroffen?«

»Warum, zum Teufel, sollte ich? Ich bin fertig mit alldem. Ich will nie wieder diese Person sein.«

13

Ich rief Aidan an und erklärte ihm, wir könnten uns an diesem Abend doch nicht sehen.

»Das passiert neuerdings ganz schön oft.«

»Was?«

»Dass du mir absagst.«

»Ich weiß. Tut mir leid. Es ist im Moment nur ...« Ich sprach den Satz nicht zu Ende.

»Verschweigst du mir irgendwas? In Bezug auf uns, meine ich.«

»Nein. Ehrlich nicht. Ich erkläre es dir später.«

Ich beendete das Gespräch und schickte Jason eine Textnachricht, in der ich ihm mitteilte, wir müssten dringend reden, und zwar unter vier Augen. Die Antwort kam praktisch sofort: *sehr beschäftigt, kann es warten?*

Nein, schrieb ich.

Dann schickte ich gleich noch eine Nachricht hinterher: *Morgen vor deiner Schule? 8.15?*

Ich rief die Sekretärin meiner Schule an. Am frühen Morgen hatte ich mich bei ihr für diesen Tag krankgemeldet. Nun ließ ich sie wissen, dass ich am Freitag auch nicht kommen würde. Magen-Darm, fügte ich hinzu. Sehr ansteckend. Ich wisse noch nicht, wann ich wieder einsatzbereit sei. Anschließend rief ich Gina an, um sie darüber zu informieren, dass ich Poppy zwar vom Kindergarten abholen, morgens aber nicht hinbringen könne, und fragte, ob sie oder Laurie sie mitnehmen würden. Es fiel mir sehr schwer, mit Gina zu sprechen und mir dabei ihren bemühten, flehenden Gesichtsausdruck vorzustellen. Am liebsten hätte ich meine gestörte kleine Tochter genommen und möglichst weit weggebracht, an irgendeinen einsamen, friedlichen und heilsamen Ort. Vor meinem geistigen Auge sah ich uns auf einem Hügel, an einem kleinen See, umschmeichelt von lauer Frühlingswärme: Der Mai war mein Lieblingsmonat, weil da alles so frisch und neu wirkte.

Aber was sollten wir auf einem Hügel?

Als im Kindergarten die Glocke läutete, wartete ich bereits vor Poppys Raum. Sie kam herausgestürmt, schlang die Arme um meine Beine und drückte sich an mich. Ich streichelte ihr über den Kopf, spürte ihre Wärme.

»Können wir kurz reden?«

Es war Lotty, Poppys Kindergärtnerin, die mich da ansprach. Ihr rundes, glattes Gesicht wirkte ernst.

Ich befreite mich aus Poppy Umklammerung. »Hol deine Jacke und warte hier einen Moment auf mich. Wir gehen schwimmen.«

»Schwimmen? Ich und du?«

»Ja.«

»Jake nicht?«

»Nur wir beide.«

Ich ließ Poppy in der Obhut einer anderen Kindergärtnerin und folgte Lotty in den Saal.

»Sie hatten mir doch kürzlich gesagt, dass Sie sich wegen Poppy Sorgen machen.«

»Ist mit ihr alles in Ordnung?«

»Heute hatte sie keinen guten Tag. Sie hat Sadie gebissen.«

»*Gebissen*?«

»Wir mussten Sadie verarzten lassen. Sie brauchte einen Verband. Ihre Mutter hat sich sehr aufgeregt.«

»Das ist ja schrecklich!«

»Das ist noch nicht alles. Noch schlimmer finde ich fast, was

Poppy gesagt hat.« Sie rümpfte die Nase. »Sie hat mich eine Fotze genannt.«

Ich hatte das Bedürfnis, mich zu setzen, konnte aber keine Sitzgelegenheit entdecken. Sämtliche herumstehenden Stühle waren viel zu klein für mich.

»Das tut mir so leid. Aber sie weiß ja gar nicht, was sie da sagt.«

»Das ist mir schon klar. Trotzdem können wir derartige Akte von Gewalt und Aggression bei unseren Kindern nicht dulden.«

»Ich rede mit ihr. Ich mache ihr das klar.«

»Ich habe die Bedenken, die Sie kürzlich geäußert haben, bereits weitergegeben und werde diesen Vorfall ebenfalls melden müssen.«

»Natürlich.«

»Haben Sie eine Ahnung, warum sich Poppys Verhalten derart verändert hat?«

»Nein. Ihr Vater und ich haben uns getrennt, aber das war schon vor einem Jahr, und bisher schien sie recht gut damit klarzukommen.«

»Wie auch immer, wir werden sie im Auge behalten. Zögern Sie nicht, sich wieder an mich zu wenden, wenn ich irgendetwas tun kann.«

In meinen Augen brannten Tränen. »Danke«, sagte ich. »Es tut mir so leid.«

Wir verbrachten fast eine Stunde im Becken. Poppy lernte schwimmen: Sie strampelte wild mit ihren kräftigen kleinen Beinen. Nur ihr bleiches, rundes Gesicht befand sich über der Wasseroberfläche. Wie eine Seerose, dachte ich, oder eine Qualle. Sie hatte keine Angst. Von Zeit zu Zeit ging sie unter und wurde zu einer verschwommenen, sich windenden Gestalt, doch einen Moment später tauchte sie prustend und lachend wieder auf und spuckte mir das Wasser entgegen, das ihr in den Mund geraten war.

Zu Hause angekommen, nahmen wir Kekse und Saft mit hinaus in unseren kleinen Garten und inspizierten die Blumen. Als wir eingezogen waren, hatten wir so ziemlich als Erstes – noch bevor wir mit dem Auspacken und Verteilen unserer Sachen fertig waren – Blumenzwiebeln und Sträucher fürs nächste Frühjahr gepflanzt. Die Narzissen und Tulpen waren bereits verblüht, aber ich hatte auch ein paar Akeleien eingesetzt. Poppy kauerte neben ihnen und stupste die festen Knospen an, die sich bereits zu öffnen begannen. Nach einer Weile krabbelte sie zu mir herüber – ich hatte mich im Schneidersitz auf dem Rasen niedergelassen – und legte ihren Kopf in meinen Schoß. Gemeinsam beobachteten wir die Distelfinken am Vogelhaus. Poppys Gesicht schien im sanften Abendlicht fast zu leuchten. Sie wirkte so normal und wundervoll. Es war schwer zu glauben, dass sie ihre scharfen kleinen Zähne in das Fleisch ihrer Freundin geschlagen hatte.

Über uns öffnete sich ein Fenster. Ich wandte den Kopf und entdeckte Bernie. Neben ihm stand eine Frau mit kurz geschorenem Haar und dunklen Augenbrauen. Er winkte überschwänglich. Ich winkte verhalten zurück.

»Wir haben Brot gebacken!«, rief er. »Zu viel für uns. Möchtet ihr welches?«

»Das ist wirklich nett von euch, aber wir haben Brot.«

»Bestimmt kein Sauerteigbrot!«

Er verschwand, bevor ich antworten konnte.

Poppy und ich aßen Fischstäbchen mit Erbsen, wobei sie die knusprige Kruste aus Semmelbröseln vorsichtig abzog, um sie sich bis zum Schluss aufzusparen. Danach ließ ich ihr ein Bad ein und ging neben der Wanne in die Hocke, um zu versuchen, ein paar Seifenblasen zustande zu bringen, indem ich mit Zeigefinger und Daumen einen Kreis formte und hindurchblies.

Als ich Poppy nach einer Weile wieder aus dem Wasser hob und auf meinen Schoß setzte, um sie abzutrocknen, spürte ich die feuchte Wärme ihres sauberen Körpers. Ich zog ihr einen frischen Schlafanzug an und setzte sie auf ihr Bett.

»Geschichte!«, rief Poppy im Befehlston. »Kleiner Bär!«

»Gleich. Vorher möchte ich dich etwas fragen. Deine Kindergärtnerin hat mir erzählt …«

»Ich war es nicht!«

»Du hast Sadie gebissen. Und du hast ein schlimmes Wort zu deiner Kindergärtnerin gesagt.«

»Ich hasse sie. Ich hasse dich. Ich *hasse* dich!« Sie sah mich triumphierend an. »Fotze!«, stieß sie hervor.

»Das Wort sagt man nicht.«

»Fickifotzi Fotze!«

»Poppy!«

Doch sie wandte sich von mir ab und schob sich mit einem zornigen Ruck unter die Bettdecke.

»Poppy, ich werde nicht gehen. Ich möchte mit dir reden. Selbst wenn du aufgebracht oder sauer bist, darfst du niemanden beißen – oder schlagen. Und du darfst auch keine solchen Schimpfworte benutzen. Das ist ganz schlimm. Es regt die anderen sehr auf.«

»Ich will Milly. Wo ist Milly?«

»Hör zu, Poppy.« Ich biss mir auf die Unterlippe, bemüht, die richtigen Worte zu finden. »Ich glaube, du hast etwas gesehen, das dir Angst gemacht hat.«

»Ja. Gesehen. Gesehen!«

»Hat Daddy jemandem wehgetan?«

»Ja, Daddy wehtan!« Poppy richtete sich auf. Sie wirkte fast euphorisch.

»Wem hat er wehgetan?«

»Wehtan!«

»Wem?«

»Milly?« Ihr Ton klang fragend.

Ich fing das Ganze völlig falsch an. Die Grundregel im Umgang mit Kindern lautete, niemals Suggestivfragen zu stellen, wenn man etwas von ihnen erfahren wollte.

»Vielleicht war es ja gar nicht Daddy?«, mutmaßte ich lahm.

»Nicht Daddy?«

»Hat Ben jemandem wehgetan?«

Schon wieder verkehrt. Auf diese Weise pflanzte ich nur Ideen in den fruchtbaren Boden ihres Gehirns.

»Ben!« Poppy nickte heftig. »Ben wehtan!«

Frustriert rieb ich mir über das Gesicht. Ich fühlte mich wie eine Ermittlerin, die mit schmutzigen Stiefeln über entscheidende Fußabdrücke getrampelt war und sie dadurch unbrauchbar gemacht hatte. Stur trampelte ich weiter.

»Als du bei Daddy und Emily warst, ist da etwas passiert, das dich traurig gemacht hat?«

Poppy starrte mich an. Ihre Augen blitzten, die Pupillen waren geweitet. Den Mund hatte sie zu einem Strich zusammengepresst, und ihr ganzer Körper wirkte angespannt. Ich konnte sehen, dass sich in ihr ein Sturm zusammenbraute.

»Geschichte!« Sie kniff mich fest in den Arm. Ihre Finger fühlten sich an wie Zangen. »Jetzt! Kleiner Bär!«

Als ich mich schließlich über sie beugte, um ihr einen Gutenachtkuss zu geben, weil ich dachte, sie wäre eingeschlafen, schlug Poppy mit flatternden Lidern die Augen auf und starrte mich an wie eine Fremde.

»Bist du jetzt tot?«, flüsterte sie schläfrig.

»Nein, ich lebe und bin hier bei dir.«

»Wenn du dann tot bist, wo bist du dann?«

Ich starrte meine Tochter an. Wer bist du, ging mir durch den Kopf. Was denkst du? Was hast du gesehen?

Bernie brachte das Brot vorbei, während ich Zeugnisse schrieb. Drei hatte ich schon fertig, siebenundzwanzig weitere musste ich in den nächsten zwei Wochen noch schaffen. Lächelnd stand er in der Tür, den Laib an die Brust gedrückt.

»Danke.« Ich klang kurz angebunden. »Das ist sehr nett von dir«, fügte ich hinzu.

»Gern geschehen.«

Wie befürchtet trat er seinen üblichen Schritt vor und kam mir dabei wie immer eine Spur zu nahe.

»Nachdem wir jetzt schon eine Weile Nachbarn sind«, sagte er, »sollten wir eigentlich mal was miteinander machen. Einen Umtrunk oder so.«

»Ach, übrigens«, stieß ich hervor, weil ich mir dachte, jetzt oder nie, »das wollte ich dir schon die ganze Zeit sagen: Dein Schlafzimmer liegt über dem von Poppy. Sie kann dich hören.«

Er wurde ein bisschen rot, wirkte aber nicht sauer oder beleidigt.

»Ich kann euch auch hören«, antwortete er.

14

Ich habe nur etwa fünfzehn Minuten«, verkündete Jason mit einem Blick auf sein Telefon, während er seine Aktentasche auf den Boden stellte und die Sonnenbrille abnahm, alles ganz geschäftsmäßig.

Obwohl ich Poppy vorher bei Gina abgegeben und dann durch halb London hatte fahren müssen, wohingegen Jason nur ein paar Minuten von seiner Schule entfernt wohnte, war er zu spät dran. Ich saß schon seit zehn Minuten in dem Café und sah zu, wie mein Cappuccino kalt wurde.

»Was gibt es denn so Dringendes?«

»Poppy ist dringend«, entgegnete ich. »Deswegen könnte es auch länger als fünfzehn Minuten dauern.«

Jason seufzte. »Das hatten wir doch schon.«

»Hast du vielleicht vergessen, mir was zu erzählen? Abgesehen davon, dass Emily schwanger ist und Ben bei euch wohnt, meine ich. Mit einem Hund, dem ich nicht traue.«

»Tess, was ist los? Warum bist du so?«

»Also nichts?«

»Ich habe wirklich keine Zeit für so was. Hör zu.« Er beugte sich vor. Einen Moment dachte ich, er würde seine Hand über meine geballte Faust legen. »Ich verstehe deine Frage nicht. Hat sie etwas mit Poppy zu tun? Es scheint ihr doch recht gut zu gehen.«

Er ließ sich zurücksinken. Ich ertappte ihn dabei, wie er einen verstohlenen Blick auf seine Armbanduhr warf.

»Ich habe mit Ellen Dempsey gesprochen.«

Ich ließ ihn nicht aus den Augen, während ich ihm das sagte, und war gegen meinen Willen beeindruckt. Er zuckte vor Überraschung nur kaum merklich zusammen.

»Hast du gehört?«, fragte ich, nach vorne gebeugt und wesentlich lauter. Am Nebentisch blickte sich ein anderes Paar nach uns um. »Bestimmt erinnerst du dich an sie. Lorraines Schwester. Die *jüngere* Schwester.«

»Nicht jetzt«, sagte er, immer noch ruhig. »Nicht hier.«

»Zu einem Zeitpunkt, als Poppy noch ganz klein war. Als wir über unsere Beziehung sprachen und beschlossen, uns eine zweite Chance zu geben. Als du mir erklärtest, ich unterliege Stimmungsschwankungen, sei erschöpft und deswegen unzufrieden. Als wir zur Partnerschaftsberatung gingen und uns versprachen, ehrlich miteinander zu sein und alle Karten auf den Tisch zu legen. Erinnerst du dich?«

»Hast du dich hier mit mir verabredet, um mir in aller Öffentlichkeit eine große Szene zu machen?«, fragte Jason. »Bist das wirklich du?«

Mit dieser Bemerkung erwies sich Jason als guter Beobachter, aber auch als unsensibel und manipulativ. Denn er hatte recht: Das war nicht ich. Ich wich schon mein ganzes Leben lang jeder Konfrontation aus, entschuldigte mich immer als Erste und nahm grundsätzlich an, dass alles irgendwie meine Schuld war. Ich spielte ernsthaft mit dem Gedanken, ihn beim Wort zu nehmen und mich in aller Öffentlichkeit mal richtig schlimm aufzuführen – mal so richtig auf den Tisch zu hauen. Aber ich tat es nicht. Ich wusste, dass mir so etwas nicht lag, sodass es bestimmt schieflaufen und ich mich hinterher ganz schrecklich fühlen würde.

»Darum geht es jetzt nicht«, erwiderte ich. »Nachdem ich davon erfahren hatte, war es mir einfach wichtig, dich wissen zu lassen, dass ich es weiß.«

»Schön«, meinte Jason. »Dann weiß ich jetzt, dass du es weißt. Falls du eine Entschuldigung erwartest, die kannst du haben, ich entschuldige mich. Es war eine schwierige Zeit, die Sache mit Ellen hatte nichts zu bedeuten, aber ich entschuldige mich dafür.«

»Ihr zufolge warst du sehr verliebt und hast ihr die Ehe versprochen.«

»Sie war wütend und durcheinander.«

»Gab es noch andere Affären?«

»Lass uns damit aufhören.«

»Weil deine fünfzehn Minuten fast um sind? Oder weil mein Verdacht stimmt?«

Er setzte sich aufrechter hin, riss sich sichtlich am Riemen. Es kam mir vor, als versuchte er nach Kräften, eine möglichst verächtliche Miene aufzusetzen. Als ihm das gelungen war, kehrte auch seine Selbstsicherheit zurück.

»Das mit uns ist vorbei, Tess. Wir waren zusammen, bekamen eine tolle Tochter und beschlossen dann, getrennte Wege zu gehen. Inzwischen führen wir keine Beziehung mehr, über die wir sprechen müssten, abgesehen von unserer elterlichen Verantwortung gegenüber Poppy. Wir haben uns weiterentwickelt: Du hast einen neuen Partner, ich habe eine neue Partnerin. Was vorher war, ist Vergangenheit.«

»Meine Vergangenheit ist nicht das, wofür ich sie hielt. Wir als Paar, als Familie, waren nicht das, wofür ich uns hielt. Kannst du dir vorstellen, wie mich das ankotzt?«

Jason erhob sich. »Ist das Poppys Tasche für heute Abend?« Er griff danach.

»Ich mag dir ja inzwischen egal sein, aber ich hoffe, Poppy ist dir nicht egal. Sie hat gestern im Kindergarten ein anderes Mädchen gebissen. Sie hat ihre Kindergärtnerin eine Fotze genannt. Mit ihr stimmt irgendetwas nicht.«

»Ja, das glaube ich langsam auch«, antwortete er. »Schau dich doch mal an! Meinst du nicht, dass dein Groll und deine Paranoia auf Poppy abfärben? Vielleicht ist ja dein eigenes

Verhalten der Grund, warum sie sich so aufführt, und nicht irgendein Fehler von mir, der schon Jahre zurückliegt.«

Ich stand ebenfalls auf und lehnte mich über den Tisch zu ihm hinüber, bis mein Gesicht nur noch wenige Zentimeter von seinem entfernt war.

»Ich muss ständig an all die Lügen denken«, sagte ich. »Das ist es, was mich so fertig macht.«

Ich verfolgte, wie er nach seiner Aktentasche griff, die Sonnenbrille aufsetzte und das Lokal verließ, ohne sich noch einmal umzublicken. Und jetzt? Ich hatte den ganzen Tag schulfrei, aber wozu? Ich fühlte mich nach der Begegnung mit Jason sehr dünnhäutig, aber auch voller rastloser, nervöser Energie.

Ich marschierte die fünfzehn Minuten bis zum Brockwell Park und wanderte dort eine Weile ziellos über die weiten Flächen. Als Poppy noch ein Baby war, hatte ich ihren Kinderwagen oft durch diesen Park geschoben, vorbei am Strandbad und am Café, um schließlich bei den schönen Teichen haltzumachen und die Enten zu füttern. Wie weit entfernt mir diese heile Welt inzwischen erschien. Binnen weniger Tage hatte sich mein ganzer Blick auf die Vergangenheit geändert, sodass mir alles völlig fremd vorkam. Sogar ich selbst kam mir fremd vor.

Ich setzte mich auf eine Bank, schloss die Augen und legte den Kopf zurück, um die milde Wärme der Sonnenstrahlen zu spüren, die schräg durch die hohen Bäume fielen und den Park mit Licht sprenkelten. In den Ästen über mir zwitscherten Vögel. Ich wusste nicht, was ich als Nächstes tun sollte. Die Polizeibeamtin war zwar mitfühlend gewesen, ansonsten jedoch keine große Hilfe. Alex hatte mich ernst genommen, mir aber auch nur zur Wachsamkeit raten können. Jason kam mir plötzlich vor wie ein Feind. Ich konnte mit Gina reden – doch das wollte ich nicht. Mit Nadine wollte ich auch nicht sprechen, weil sie vermutlich nur wiederholen würde, was sie mir bereits gesagt hatte. Meine Freundin Becky kam ebenso wenig infrage, denn sie steckte gerade mitten in einer bitteren Scheidung. Einen Moment zog ich in Betracht, mich an Aidan zu wenden, aber er war zu neu in meinem Leben, zu involviert in meine emotionalen Turbulenzen. Ich brauchte eine Frau, und zwar eine, die mit der alten Tess vertraut war – derjenigen Tess, die fast zehn Jahre lang mit Jason zusammengelebt, ihn geliebt und ihm vertraut hatte – und so blind gewesen war.

Aus einem Impuls heraus rief ich bei meiner Mutter an, wurde aber gleich an die Mailbox weitergeleitet. Mir fiel ein, dass sie sich am Freitagvormittag in dem Naturkostladen aufhielt, wo sie dreimal die Woche arbeitete. Ich war vier gewesen, als mein Vater uns verließ, um eine neue Familie zu gründen – nicht viel älter als Poppy, als Jason und ich uns trennten. Ich wusste noch – zumindest glaubte ich, mich daran erinnern zu können –, wie heftig meine Eltern sich im Vorfeld oft gestritten hatten. Die Streitigkeiten zwischen ihnen waren viele Jahre weitergegangen: Zwischen den beiden herrschte damals eine grimmige Feindseligkeit, die sich recht häufig zu etwas Dramatischerem hochschaukelte. Ich hatte miterlebt, wie Wut und Kummer aus meinen Eltern zwei Menschen machten, bei denen ich mich nicht mehr sicher fühlte, Menschen mit hässlich verzerrten Gesichtern und harten, bitteren Worten. Beide hatten mir immer wieder erklärt, wie falsch die Gegenpartei sich verhalte und dass ihr nicht zu trauen sei. Es war beängstigend gewesen, richtig übel. Jason und ich hatten uns geschworen, derartiges Verhalten unbedingt zu vermeiden.

Vor meinem geistigen Auge tauchte das Gesicht meiner Mutter auf: faltig, angespannt und stets gefasst auf schlechte Neuigkeiten. Ich hinterließ keine Nachricht.

Ich hatte keinen Beweis, keine greifbaren Fakten, nur eine nagende Angst, dass Poppy Zeugin von irgendetwas Schrecklichem geworden sein könnte. Mein Instinkt sagte mir, dass sie unbewusst versuchte, ihrer Mutter mitzuteilen, was sie gesehen hatte – wenn es mir doch nur gelänge, genau genug hinzuhören.

Da kam mir plötzlich eine Idee, und ich stand auf. Es war auf jeden Fall besser, als gar nichts zu tun.

15

Ich hatte es mir richtig schwierig vorgestellt, aber es war ganz einfach. Schon nach einigen wenigen Minuten der Onlinesuche fand ich eine Grafik mit den jährlichen Mordfällen in London. Ich hatte vage damit gerechnet, Hunderte oder Tausende von Fällen durchforsten zu müssen, doch in diesem Jahr, das ja fast schon zur Hälfte vergangen war, hatte es bisher nur zweiundsechzig davon gegeben.

Die Statistik ließ sich unter verschiedenen Kategorien durchsuchen: Alter, Art der Mordwaffe, Geschlecht des Opfers. Als ich das Feld »weiblich« anklickte, sank die Zahl auf dreizehn. Dreizehn? In einer Stadt mit neun Millionen Einwohnern? Das schien mir eine erstaunlich kleine Zahl zu sein. Die einzelnen Mordfälle wurden durch Punkte dargestellt. Wie es aussah, war der Süden Londons sicherer als der Norden – nur drei Punkte –, der Westen sicherer als der Osten, der Außenbereich sicherer als das Zentrum. Ich bewegte meinen Cursor zu einem der Punkte nahe Brixton und klickte ihn an, woraufhin die Details auftauchten: Messer, 31 Jahre.

Das fühlte sich nicht richtig an. Von einem Messer hatte Poppy nichts gesagt. Ihre Zeichnung wirkte zwar brutal, zeigte aber eine Person, die abstürzte. Ich klickte auf drei weitere Fälle: Messer, Messer, Messer. Beim vierten Versuch hieß es: Waffe unbekannt. Das erschien mir schon vielversprechender. Die Frau hieß Vicky Silva und war achtundzwanzig Jahre alt.

Ich öffnete ein neues Fenster, suchte nach »Todesfall Vicky Silva« und stieß sofort auf einen Zeitungsbericht: Ihr Ehemann hatte gestanden, sie erwürgt zu haben. Ich kehrte zum Stadtplan zurück und klickte auf einen weiteren Fall: stumpfer Gegenstand. Was war ein stumpfer Gegenstand? Auf jeden Fall kein Messer.

Nächster Fall: Waffe unbekannt. Wieder startete ich eine Suche zum Namen des Opfers und fand einen Bericht. Demnach hatte der Mörder vermutlich Selbstmord begangen. Die Frau war neben der Leiche ihres Ehemannes aufgefunden worden. Die Todesumstände waren bei beiden unklar, doch die Polizei war zu dem Schluss gekommen, dass der Ehemann erst seine Frau und dann sich selbst umgebracht hatte. Nie anders herum, ging mir durch den Kopf.

Eine andere Frau war durch einen Brand ums Leben gekommen, den ihr Ex-Partner gelegt hatte. Bei einem weiteren Fall war die Waffe unbekannt und das Opfer nicht identifiziert. Was bedeutete das? Es – was auch immer – hatte in Dartford stattgefunden. Das klang zu weit ab vom Schuss, um für mich relevant zu sein. Trotzdem schrieb ich »Dartford?« auf meinen Notizblock, auch wenn ich keine Ahnung hatte, was ich damit anfangen sollte.

Beim nächsten Fall hieß es auch wieder: Waffe unbekannt. Eine in Hampstead lebende Russin war ermordet in ihrer Wohnung aufgefunden worden. Man hatte zwei Landsmänner und eine Landsmännin von ihr verhaftet. Es ging bei dem Fall um große Geldsummen, alles klang ein bisschen seltsam, kompliziert und exotisch – und hatte bestimmt nicht das Geringste mit dem zu tun, wonach ich suchte.

Opfer Nummer elf war neunundachtzig Jahre alt. Aus irgendeinem Grund war ich automatisch davon ausgegangen, dass das Opfer in Poppys Zeichnung jung war, doch es bestand kein Grund für diese Annahme. Ich startete also eine Suche zu dem Namen und fand heraus, dass die Frau bei einem Einbruch ums Leben gekommen war. Der Täter war gefasst worden und hatte den Mord gestanden. Als Mordwaffe wurde erneut ein stumpfer Gegenstand genannt.

Bei Opfer Nummer zwölf war die Todesursache unbekannt. Die Suche zum Namen ergab, dass die Leiche der Frau in ihrer Wohnung in Stoke Newington gefunden worden war. Obwohl die Autopsie keine eindeutigen Ergebnisse geliefert hatte, war bereits ein Mann der Tat angeklagt worden: ein weiterer Ex-Partner.

Die dreizehnte und letzte Frau war von ihrem Freund erschlagen worden. Er hatte gestanden und war zu lebenslanger Haft verurteilt worden. Ich las den Bericht eines Lokalblatts über den Mord, den Zustand der Leiche, als man sie gefunden hatte, die Ereignisse, die der Tat vorausgegangen waren, und die anderen Verbrechen, die der Täter bereits begangen hatte. Nach einer Weile musste ich aufhören, den Blick vom Bildschirm abwenden und ein paarmal tief durchatmen.

Trotzdem ging mir nicht aus dem Kopf, was allen diesen Frauen zugestoßen war. Die Jüngste war siebzehn, die Älteste neunundachtzig. Obwohl es sich um eine vergleichsweise kleine Zahl handelte, stammten die Frauen aus recht unterschiedlichen Schichten und Kulturen. Als ich daraufhin meine Notizen noch einmal durchsah, fiel mir auf, dass nur zwei von Fremden getötet worden waren. Die größte Gefahr für diese Frauen war von ihren Ehemännern und Geliebten ausgegangen – denjenigen Männern, mit denen sie intim gewesen waren und denen sie vertraut hatten. Soweit ich es einschätzen konnte, waren die meisten der Opfer bei sich zu Hause gestorben.

Ich ließ den Blick durch mein Wohnzimmer schweifen. Mit einem Schaudern wurde mir klar, dass der Ort, den ich für mein Refugium gehalten hatte, in Wirklichkeit der war, wo mir die größte Gefahr drohte. Bei Fremden sind wir alle sicherer, dachte ich, weil die uns nicht genug lieben oder hassen, um uns zu töten.

Trotzdem hatte ich das, was ich suchte, noch nicht gefunden. Ich war auf keinen Todesfall gestoßen, der mich an Poppys Zeichnung erinnerte. Diese armen Frauen waren erstochen, erwürgt oder erschlagen worden oder in einem brennenden Gebäude ums Leben gekommen. Keine von ihnen war irgendwo hinuntergestoßen worden. Keine von ihnen war durch einen Sturz gestorben.

Durch einen Sturz, wiederholte ich in Gedanken. Ich begriff, dass vermutlich nicht jeder Mord automatisch als solcher erkannt wurde. Wenn eine Person von einer hoch gelegenen Stelle gestoßen wurde, konnte es auch wie ein Unfall oder Selbstmord aussehen. Ich startete eine Suche nach Selbstmorden und stellte rasch fest, dass sich das viel schwieriger gestalten würde. Das Vereinigte Königreich war ein Land mit wenig Morden, aber vielen Selbstmorden. Auf einer Website der Regierung fand ich die Information, dass im Vorjahr sechseinhalbtausend Selbstmorde registriert worden waren. Bei fast drei Viertel dieser Selbstmörder handelte es sich um Männer, doch damit blieben immer noch fast zweitausend Fälle übrig, die es zu durchforsten galt.

Während ich weiterlas, wurde mir klar, dass in den wenigen Mordfällen des Landes zügig und mit viel Publicity ermittelt wurde, wohingegen das bei Selbstmorden ganz anders war. Sie stellten nur einen Teil der Flut von Todesfällen dar, die sich ständig überall ereigneten. Deswegen bekamen sie nicht viel öffentliche Aufmerksamkeit, es sei denn, sie waren besonders spektakulär. Ermittelt wurde in diesen Fällen nicht von der Polizei, sondern in Form von amtlichen Untersuchungen, die Monate oder Jahre dauern konnten.

Es sei denn, sie waren spektakulär. Ich las einen Bericht über die verschiedenen Ursachen von Selbstmorden im Vereinigten Königreich. Ein paar tiefe Atemzüge reichten da nicht aus. Ich machte mir eine Tasse Kaffee und ging hinaus in meinen kleinen Garten, wo ich mich in die Sonne stellte, bis ich wieder in der Verfassung war weiterzumachen.

Ich kehrte an meinen Laptop zurück. Die üblichen Methoden, mit denen Menschen sich das Leben nahmen, waren oft trostlos und trivial. Dagegen schaffte es ein Sturz aus einem hoch gelegenen Fenster unter Umständen in die Zeitung. Ich suchte »Todesfälle durch Sturz im Vereinigten Königreich« und las eine Reihe von Berichten über kleine Kinder und Fenster mit kaputten Riegeln, eingestürzte Gerüste und Bergsteigerseile, die sich gelöst hatten. Bei allen diesen Fällen handelte es sich um herzergreifende Dramen, doch in dem von mir gesuchten Zusammenhang war keiner von ihnen relevant. Ich begrenzte die Suche auf »Todesfälle durch Sturz in London«, fand jedoch wieder nichts, das sich richtig anfühlte.

Schließlich klappte ich meinen Laptop zu, blieb aber nachdenklich sitzen. Ich hatte noch immer meinen Stift in der Hand, obwohl es nichts aufzuschreiben gab. Stattdessen zeichnete ich nun kleine Rechtecke, denen ich dann kleine Dreiecke hinzufügte, um sie anschließend alle zu schraffieren.

Was wusste ich? Ich war mir inzwischen fast sicher, dass in London und Umgebung in den ersten vier oder fünf Monaten dieses Jahres keine Frau durch einen Sturz ums Leben gekommen war, sei es nun durch einen Unfall, Selbstmord oder weil jemand sie absichtlich von einer hoch gelegenen Stelle oder einem hohen Gebäude gestoßen hatte. Ich klopfte mit meinem Stift auf dem Papier herum. Übersah ich etwas?

Ich griff nach meinem Handy und rief Laurie an, der klang, als wäre er überrascht, von mir zu hören.

»Alles in Ordnung bei dir?«

»Ja, mir geht's gut. Ich rufe dich wegen einer Sache an, die vielleicht ein bisschen seltsam klingt, aber du hast doch in den letzten Wochen viel Zeit mit Poppy verbracht, deswegen habe ich mich gefragt, ob du Poppy und Jake eigentlich auch Geschichten vorliest.«

»Geschichten? Natürlich.« Er klang verletzt, als hätte ich seine Fähigkeiten im Umgang mit Kindern angezweifelt. »Ich versuche, ihnen jeden Tag etwas vorzulesen, es sei denn, Nellie hat einen ihrer Brüllanfälle und hört nicht mehr zu schreien auf.«

»Ich weiß, ich weiß, du machst das wunderbar. Ich frage nur, weil Poppy ein paar seltsame Bilder gemalt hat und ich mir nicht erklären kann, woher sie die Ideen dazu nimmt. Zum Beispiel würde mich interessieren, ob du ihnen in letzter Zeit Märchen vorgelesen hast.«

»Ich habe bloß die Bücher genommen, die wir im Haus haben. Ich kann sie dir zeigen, wenn du magst. Ich bin mir sicher, dass sie nichts für Kinder Ungeeignetes enthalten.«

»So war das nicht gemeint. Hast du ihnen beispielsweise mal die Geschichte von Rapunzel vorgelesen?«

»Rapunzel?«

»Das ist die Geschichte von dem Mädchen im Turm, sie hat langes Haar und …«

»Ja, ich weiß, worum es bei Rapunzel geht.«

Er klang definitiv verletzt.

»Hast du ihnen das mal vorgelesen?«

»Nein, ich habe Poppy die Geschichte von Rapunzel nie vorgelesen. Und Jake auch nicht. Auch keine anderen Geschichten, bei denen es um Prinzessinnen mit langem Haar geht.«

»Ich dachte mehr an den Teil mit dem Turm. Dass jemand von einem Turm fällt – oder springt.«

»Ich habe keine Geschichten über Prinzessinnen in Türmen vorgelesen. Oder Türme im Allgemeinen.«

»Gibt es nicht einen Disney-Film darüber?«

Ich hörte Laurie am anderen Ende der Leitung lachen.

»Du gibst echt nicht auf, oder?«

»Ich versuche nur herauszubekommen, was Poppy so durcheinandergebracht hat.«

»Ich halte es nicht für wahrscheinlich, dass es ein Märchen war.« Laurie klang inzwischen ein wenig ungeduldig. »Aber ja, ich glaube, es gibt einen Disney-Zeichentrickfilm über Rapunzel, den ich allerdings nicht habe, sodass ich ihn Jake oder Poppy definitiv nicht zeigen konnte. Ich weiß, ich sollte Jake dazu ermutigen, sich Filme über Prinzessinnen anzusehen, doch er bevorzugt Abenteuer und Kämpfe. Wahrscheinlich macht mich das zu einem schlechten Vater, aber …«

»Auf keinen Fall macht dich das zu einem schlechten Vater.« Ich legte eine Pause ein. Er wartete ab. »Du bist als Vater wunderbar«, fuhr ich fort. »Einfach großartig. Danke, das war schon alles, was ich wissen wollte. Wo auch immer Poppy ihre Ideen aufgeschnappt hat, bei dir jedenfalls nicht, und wahrscheinlich ist es sowieso völlig unwichtig.«

Ich beendete das Gespräch in der Hoffnung, dass ich nicht völlig durchgeknallt rübergekommen war.

Poppy hatte die Idee also nicht aus einer Geschichte oder einem Film. Zumindest hatte sie sie nicht bei Gina und Laurie aufgeschnappt. Ich konnte noch bei Lotty nachfragen. Vielleicht hatten sie im Kindergarten ein Projekt über Rapunzel oder eine ähnliche Geschichte gemacht. Und was war mit Jason? Jason las Poppy ebenfalls vor, und Emily auch. Ich zog diese Möglichkeiten in Betracht. War es denkbar, dass Poppys zunehmend eskalierendes Verhalten allein durch ein Märchen ausgelöst wurde?

Es gab natürlich noch eine andere Möglichkeit. Ich hatte nichts über den Hintergrund von Poppys Bild in Erfahrung gebracht, bisher wusste ich nicht mal, ob es überhaupt einen Hintergrund gab. Aber ich hatte eine neue Erkenntnis über meine Beziehung mit Jason gewonnen. Vielleicht hatte Poppy unbewusst die Spannungen, Lügen und Täuschungen bei der Trennung ihrer Eltern mitbekommen, und das Bild handelte davon.

Vielleicht war die Gestalt auf dem Bild in Wirklichkeit Poppy selbst, im freien Fall.

16

Es war noch nicht mal Mittag. Ich öffnete den Kühlschrank und spähte hinein: Milch, Butter, vier Eier, ein halbes Glas grünes Pesto, ein wenig Parmesan, eine Tüte Salatblätter und eine kleine Schüssel Kartoffelpüree – der Überrest eines Abendessens, das Aidan vor Wochen mal gekocht hatte. Bestimmt war das Püree längst schlecht geworden. Ich zog die Frischhaltefolie ab und tauchte einen Finger in die Masse: definitiv schlecht geworden. Nachdem ich den Kartoffelbrei in den Müll gekippt hatte, schaute ich mich um. Am liebsten hätte ich in einem Putzanfall die ganze Küche auf Hochglanz poliert, doch es war bereits alles blitzsauber und aufgeräumt. Ich war vielleicht keine Meisterköchin, aber im Ordnunghalten und Putzen war ich gut, genau wie meine Mutter und meine Großmutter: Generationen von Frauen, die wuschen, sortierten, zusammenfalteten, wegräumten – Ordnung in Durcheinander und Chaos brachten.

Ich blickte mich wieder in dem großen Raum um. An einer Stelle breitete sich über der Bodenleiste ein feuchter Fleck aus, um den ich mich bald kümmern musste. Der Kühlschrank war alt. Ich hatte ihn gebraucht gekauft, und wie es aussah, gab er allmählich den Geist auf. Auch die Heizung hatte den ganzen Winter über nicht gut funktioniert. Ich befürchtete, der Rest des Geldes, das ich für meinen Hausanteil in Brixton erhalten hatte, könnte allzu schnell zur Neige gehen. Außerdem hatte ich Angst, dass sich diese Wohnung für Poppy nicht wie ihr Zuhause anfühlte – dass sie lieber bei ihrem Vater wäre, in einem Haus mit vielen Räumen und größerem Garten, gefüllt mit dem tröstlichen Krimskrams, der sich im Lauf der Jahre ansammelte.

Ich ging in Poppys Zimmer, zog unnötigerweise ihre Bettdecke zurecht, öffnete ihre Schubladen und betrachtete die bunten T-Shirts, die kleinen Sockenpaare. Ich stellte mir Poppy im Kindergarten vor. Jetzt war bestimmt gerade Mittagspause. Vor meinem geistigen Auge sah ich ihr blasses kleines Gesicht vor mir, wie sie mit blitzenden Augen und wehendem rotem Haar über den Spielplatz sauste, vor Freude strahlend.

Dann stellte ich mir vor, wie sie ihre Kindergärtnerin anschrie, ihre Freundin biss und Jake zum Weinen brachte. Am liebsten wäre ich auf der Stelle zum Kindergarten gerast, um sie nach Hause zu holen, wo sie sicher war. Aber heute sollte Poppy wieder zu Jason: Ein paar Tage hintereinander bekam er sie erst in der Pfingstwoche, deswegen hatten wir schon vor einiger Zeit vereinbart, dass sie an diesem Wochenende von Freitag bis Samstagnachmittag bei ihm bleiben würde.

Die Aussicht, bis zum nächsten Nachmittag ohne sie zu sein, war für mich ganz schlimm; die Vorstellung, dass sie sich bei Jason in diesem Haus voller neuer Leute und alter Erinnerungen aufhält – unerträglich. Da konnte etwas passieren. Womöglich kam sie dann wieder frisch traumatisiert zurück.

Ich tigerte durch die Wohnung, unfähig, mich still zu halten. Aus einem Impuls heraus schnappte ich mir mein Handy und schrieb Jason eine Nachricht. Schnell drückte ich auf Senden, bevor ich Zeit hatte, den Text noch einmal zu lesen oder es mir anders zu überlegen: *Sorry, ist sehr kurzfristig, aber Mum plant für heute Abend Überraschung für Poppy – sie hat es mir gerade erst gesagt! Hoffe, das ist für dich in Ordnung.*

Ich überflog die gesendete Nachricht, runzelte die Stirn und schrieb dann: *Bin sicher, du hast dafür Verständnis.*

Erneut drückte ich auf Senden, bereute es aber sofort, weil diese Anmerkung nach unserem letzten Treffen so offenkundig geheuchelt klang. Als weiteren Nachsatz fügte ich hinzu: *Hole Poppy vom Kindergarten ab.*

Mir fiel ein, dass Jason Poppy bei ihrem nächsten Treffen womöglich nach der Überraschung fragen würde. Ich rief bei meiner Mutter an, doch es war besetzt. Fluchend startete ich eine Suche nach Veranstaltungen für Kinder an diesem Wochenende in Abingdon – schließlich hatten Poppy und ich meine Mutter schon wochenlang nicht mehr besucht, sodass es eine gute Gelegenheit war, die Lüge in Wahrheit zu verwandeln. Am Samstagvormittag gab es eine Marionettenvorführung. Erneut rief ich die Nummer meiner Mutter auf.

In dem Moment ließ mich das Klingeln meines Telefons erschrocken zusammenfahren. Jason.

»Hallo«, sagte ich leichthin. »Entschuldige das Kuddelmuddel.«

»Deine Mutter will also heute Abend mit Poppy irgendwohin?«

»Ja.« Am anderen Ende herrschte einen Moment Stille, und wie immer verspürte ich den Drang, sie zu füllen: »Anscheinend hat sie das schon vor einer Ewigkeit geplant, mir aber gerade erst Bescheid gegeben.« Ich stieß ein kleines, heiseres Lachen aus. »Typisch.«

»Ach, tatsächlich?«

Irgendetwas an seinem Ton verursachte mir einen Anflug von Unbehagen.

»Ich habe dich sofort informiert. Ich weiß, es ist ein bisschen ärgerlich, aber du hast Poppy ja erst vor ein paar Tagen gesehen und kannst sie gerne nächstes Wochenende einen Tag haben. Ist das ein Problem für dich?«

»Das kann man wohl sagen.«

»Ach?«

»Ich habe gerade mit deiner Mutter telefoniert.«

Mir brach am ganzen Körper der Schweiß aus.

»Warum telefonierst du mit meiner Mutter? Das machst du doch sonst nie. Du magst sie doch gar nicht.«

Wieder herrschte Stille. Ich spielte mit dem Gedanken, das Handy an die Wand zu werfen, das Festnetz auszustecken, die Vorhänge zuzuziehen und mich vor Scham zu einer ganz kleinen Kugel zusammenzurollen.

»Ich habe sie angerufen«, meldete Jason sich schließlich wieder zu Wort, »weil ich wissen wollte, ob sie tatsächlich heute Abend mit Poppy rechnet.«

»Das hättest du nicht tun sollen.« Ich hatte die Augen geschlossen, als würde Dunkelheit meine Demütigung erträglicher machen. »Dazu hattest du kein Recht«, fügte ich hilflos hinzu.

»Sie war sehr überrascht, von mir zu hören, und noch überraschter zu hören, dass sie heute Abend ihre Enkelin ausführt.«

»Also gut. Ich habe gelogen.« Ich schlug die Augen auf und holte tief Luft. »Ich will Poppy heute Abend bei mir haben.«

»Sie kommt zu uns, wie geplant. Emily holt sie vom Kindergarten ab.«

»Bitte, Jason. Ich muss sie heute Abend einfach hier haben. Sie ist im Moment nicht sie selbst. Es ist nur eine Ausnahme, ich mache das bestimmt nicht öfter. Und ich hätte dich nicht anlügen sollen. Aber ich wusste, dass du Nein sagen würdest, wenn ich dich darum bäte.«

»Stimmt. Ich sage in der Tat Nein.«

»Ich mache mir Sorgen um sie.«

»Und ich mache mir Sorgen um dich.« Ich spürte, dass er die Situation genoss. Er weidete sich daran, wie ich mich wand. »Hast du schon mal überlegt, mit jemandem darüber zu sprechen?«

Am liebsten hätte ich laut geschrien, das Telefon hinaus in den Garten geschleudert, ihm sein attraktives Gesicht zerkratzt.

»Sag so etwas nicht zu mir. Das steht dir nicht mehr zu.«

»Ich passe nur auf meine Tochter auf. Was auch immer du gerade durchmachst, tut mir leid, Tess, aber ich möchte nicht, dass Poppy darunter leidet.«

Ich ging laufen. So schnell ich konnte, sprintete ich Richtung London Fields, die kleinen Seitenstraßen entlang, bis meine Waden brannten. Der Schmerz tat mir gut. Hinterher duschte ich ausgiebig und schrieb dann zwei weitere Zeugnisse. Anschließend setzte ich mich an meine Nähmaschine und schob eine Weile Poppys goldenen Hexenumhang der gleichmäßig tickenden Nadel entgegen. Schließlich griff ich nach meinem Handy, um Aidan anzurufen, weil ich das Bedürfnis hatte, eine freundliche Stimme zu hören. Ich musste mit jemandem reden, der eindeutig auf meiner Seite stand. Doch bevor er rangehen konnte, legte ich wieder auf.

Dann schnappte ich mir meine Jacke und meinen Schlüsselbund und marschierte raschen Schrittes Richtung Poppys Kindergarten. Die innere Stimme, die mir sagte, dass das keine gute Idee war, ignorierte ich. Unter der Platane blieb ich stehen und beobachtete, wie Emily eintraf. Sie sah sehr hübsch aus mit ihrem geblümten Kleid und ihrem dunkelblonden Haar, das sanft ihr Gesicht umrahmte. Ich sah zu, wie Emily sich zu Poppy hinunterbeugte, um sie zu begrüßen. Da war sie, meine kecke kleine Tochter, in ihrem gelben Baumwollrock, mit wehendem rotem Haar. Sie griff nach Emilys Hand, und die beiden setzten sich in Bewegung. Wippend und winkend hüpfte Poppy neben Emily her. Ich hätte am liebsten geheult vor Zärtlichkeit, vor Eifersucht.

Ich war so blöd. Blöd, blöd, blöd.

Jason hatte mich belogen und betrogen. Er hatte eine Affäre gehabt – wahrscheinlich sogar mehrere. Poppy machte eine schlimme Phase durch. Und ich führte mich auf wie eine Irre.

17

An diesem Abend gingen Aidan und ich zusammen auf eine Party. Ich schlüpfte in mein grünes Seidenkleid, steckte mir das Haar hoch und trug einen leuchtend roten Lippenstift auf, der meinem Gesicht eine ungesunde Blässe verlieh. Zum Schluss tupfte ich mir ein wenig Parfüm hinter die Ohren. Als ich dann vor den Spiegel trat, hatte ich das Gefühl, einer Fremden gegenüberzustehen, was mich mit einer Mischung aus Hochgefühl und Unbehagen erfüllte.

Wir tranken einen großen Gin Tonic, bevor wir aufbrachen, und bei der Ankunft im Haus von Lex und Corry, das in der Nähe des Victoria Park lag, schenkte ich mein Glas bis zum Rand mit Rotwein voll. Es handelte sich um eine Feier anlässlich eines vierzigsten Geburtstags. Es waren viele Leute da, von denen die meisten taten, als wären sie noch jung und kinderlos. Ich umarmte alte Freunde und stellte sie alle Aidan vor. Er kannte noch nicht viele Leute aus meinem Freundeskreis und ich auch nur ein paar aus seinem. Ich rauchte mit Lex und einem Mann namens Geoffrey draußen in dem schmalen Garten eine Zigarette, von der mir schwindlig und ein bisschen übel wurde. Der Mond stand bereits am Himmel, buttergelb und fast voll. Rosenduft stieg mir in die Nase. Im weiteren Verlauf des Abends tanzte ich viel, wobei ich mich sehr entspannt fühlte. Irgendwann hielt ich meinen Mund dicht an das Ohr meines alten Freundes Simon und fragte: »Mochtest du eigentlich Jason?«

»Jason? Ich mochte ihn, weil du mit ihm zusammen warst.«

»Aber *mochtest* du ihn?«

»Ist das eine ernst gemeinte Frage?«

»Ja.«

»Ich würde sagen, er war ein bisschen arrogant, zumindest manchmal. Nicht immer.«

»Hat Jason dich jemals angemacht?«, fragte ich meine Freundin Megan, während wir aneinandergelehnt auf der Treppe saßen.

»Du bist betrunken«, stellte Megan in freundlichem Ton fest. »Und ich bin es auch.«

»Hat er?«

»Nein. Aber ich hatte bei ihm immer den Eindruck, dass er …«, sie machte mit der freien Hand eine wegwerfende Geste, »…zu haben war.«

»Zu haben«, wiederholte ich.

Ich hatte das Gefühl, mich in einem gefährlichen Zustand zu befinden, als würde sich ein Teil von mir, den ich immer sorgsam unter Kontrolle gehalten hatte, plötzlich befreien und entfalten. Ich suchte Aidan und schlang ihm die Arme um den Nacken. Er küsste mich auf die Wange.

»Schöne Frau«, sagte er sanft.

»Lieber Mann«, gab ich zurück.

»Was ich gesagt habe, war netter.«

»Nein. Mehr Sexappeal kannst du für mich gar nicht haben. Lieber, lieber Mann.« Ich küsste ihn hart auf die Lippen. »Wenn du mich je betrügst, war's das mit uns. Keine zweiten Chancen.«

Um halb fünf Uhr morgens erwachte ich mit trockenem Mund. Aidan lag neben mir auf dem Rücken, kerzengerade wie ein Baumstamm, beide Hände auf der Brust, die sich friedlich hob und senkte. Im Schlaf wirkte er jünger, verletzlicher.

Leise glitt ich aus dem Bett und ging hinüber in den Wohnraum, der immer noch von Mondlicht durchflutet war, obwohl es schon allmählich Tag wurde. Ich machte mir eine Tasse Tee, setzte mich damit an die Terrassentür und starrte in den Garten hinaus. Kilometerweit entfernt, auf der anderen Seite der Stadt, schlief Poppy. Ich konnte sie mir genau vorstellen, die Hände unterm Kinn wie zum Gebet gefaltet, den Mund ganz leicht geöffnet, die Züge entspannt, nachdem die Hitze und Hetze des Tages von ihr abgefallen waren.

Aber war sie dort wirklich sicher? Die Frage ließ mein Herz schneller schlagen. Ich wiegte die Teetasse in meiner Hand und versuchte, an etwas anderes zu denken. Doch die Angst, Poppy könnte dort, weit weg von mir, in Gefahr sein, hatte erneut von mir Besitz ergriffen und erfüllte mich mit brennender Sorge.

Schließlich schlich ich auf Zehenspitzen zurück in mein Schlafzimmer und schlüpfte in Jeans, T-Shirt und Turnschuhe. Ich legte Aidan einen Zettel auf den Küchentisch – *Konnte nicht schlafen, bin spazieren, bald wieder da xxxx* –, nahm meine leichte Jacke vom Haken in der Diele und verließ die Wohnung, wobei ich die Haustür so leise wie möglich ins Schloss fallen ließ.

In dem Haus in Brixton waren alle Vorhänge zugezogen, aber unten brannte Licht. Um zwanzig vor acht ging die Haustür auf, und ich erhaschte einen Blick auf Emily im Morgenmantel. Sie stellte eine Tüte Recyclingmüll nach draußen und verschwand wieder im Haus.

Um zehn vor acht wurden in Poppys Zimmer, das auf die Straße hinausging, die Vorhänge geöffnet. Auf der anderen Straßenseite an einen Lampenpfosten gelehnt, hoffte ich, Poppy selbst zu sehen, konnte aber nur eine größere Gestalt ausmachen, die sich kurz durch den Raum bewegte. Jason? Mein Magen verlangte knurrend nach Frühstück. Ich hätte jetzt gemütlich in meiner Wohnung sitzen können, eine Tasse Kaffee vor mir, während Aidan für uns Rührei zubereitete und draußen die Distelfinken ans Vogelhaus kamen.

Eine halbe Stunde später ging erneut die Haustür auf, und Emilys Bruder Ben trat heraus, mit Roxie im Schlepptau. Er bewegte sich langsam und schlurfend, als trüge er eine schwere Last. Die Hände hatte er tief in den Taschen, den Kopf gesenkt.

Zehn Minuten später kehrte er mit einem Bündel Zeitungen zurück. Jason las immer gern die Samstagszeitung.

Eine weitere halbe Stunde verging, dann schwang die Haustür weit auf, und heraus traten Jason, Emily und Poppy. Ich wusste, wo sie hinwollten; dorthin, wo auch Jason, Poppy und ich am Samstagvormittag immer gegangen waren: zu dem kleinen Café am Rande des Parks. Jason würde Knuspermüsli mit Blaubeeren und zwei Tassen Kaffee bestellen, mit separater Milch. Poppy würde wahrscheinlich die Pfannkuchen mit Ahornsirup nehmen. Es war das gleiche alte Spiel, nur mit anderer Besetzung.

Ich folgte ihnen in sicherer Entfernung. Poppy hielt Jason und Emily an der Hand. Manchmal zerrte sie an ihren Armen. Mir war klar, dass sie verlangte, in die Luft geschwungen zu werden. Zweimal ließen sie sich erweichen. Ich sah Poppy in die Höhe segeln und hörte sie vor Vergnügen juchzen.

Nun wollte Poppy nicht mehr gehen. Sie versuchte, sich auf die Straße zu setzen, doch Jason zog sie an einem Arm hoch, sodass sie da hing wie eine Lumpenpuppe. Er zerrte sie weiter. Ich stöhnte laut auf. Nachdem sie im Café verschwunden waren, lungerte ich ein paar Minuten dämlich auf dem Gehsteig herum, ehe ich mich vorsichtig ein Stück näher Richtung Eingang wagte.

»Tess?«

Ich fuhr herum. Da stand Ben mit Roxie an der Leine und starrte mich verwirrt an.

Ich wusste nicht, was ich sagen sollte.

»Ich dachte, du holst Poppy erst später ab.«

»Ich war gerade in der Gegend. Da ist mir eingefallen, dass ich vergessen habe, Jason etwas zu geben.«

»Er ist da drin.« Ben machte eine Kopfbewegung Richtung Café.

»Es ist nicht so wichtig.«

»Gib es doch einfach mir.« Er hielt mir seine große, weiche Handfläche hin. »Was auch immer es ist.«

»Ich habe es mir anders überlegt.« Ich trat einen Schritt zurück.

»Gib's mir«, wiederholte er.

»Es ist nicht wichtig. Ich muss weiter.«

»Du magst mich nicht, oder?«

»Wie kommst du darauf? Ich will dich bloß nicht aufhalten.«

Ich wandte mich zum Gehen, doch in dem Moment schwang die Tür des Cafés auf, und Jason kam auf mich zu.

»Tess!« Sein Ton verhieß nichts Gutes.

»Ich bin zufällig hier vorbeigekommen und schon wieder am Gehen«, stammelte ich. »Eigentlich wollte ich … Aber das passt schon. Ich sehe Poppy ja heute Abend. Blöd von mir. Gar nicht der Rede wert.« Ich hob zum Abschied kurz die Hand und eilte dann so schnell ich konnte davon. Mein Atem ging keuchend. Wo war das Loch, in dem ich mich verstecken konnte? Wo war der Boden, der sich auftat und mich verschluckte?

Jason holte mich problemlos ein.

»Was?«

»Du spionierst mir nach.«

»Nein, das tue ich nicht.«

»Emily sagt, sie habe dich gestern vor dem Kindergarten gesehen, als sie Poppy abholte.«

»Ich musste mit der Kindergärtnerin sprechen.«

»Hör auf.«

»Ich gehe jetzt«, sagte ich.

Er legte mir eine Hand auf die Schulter. Ich wich ruckartig zurück und schüttelte ihn ab.

»Vorsicht«, mahnte Jason. »Poppy könnte sehen, wie du dich aufführst. Willst du das?«

»Also, was hast du mir zu sagen?«

Er lehnte sich vor. Ich hatte seine Bartstoppeln direkt vor der Nase und roch seinen Kaffeeatem. »Es fehlt nur noch *so* viel …«, er hielt Daumen und Zeigefinger so, dass sie sich fast berührten, »… dann schalte ich meine Anwälte ein.«

Ich gab ein schnaubendes Geräusch von mir, das mehr wie ein Quieken klang.

»Ich meine es ernst. Das ist kein Spaß. Du hast versucht, mich daran zu hindern, Poppy zu sehen. Du hast mir diese Lügengeschichte über die angeblichen Pläne deiner Mutter aufgetischt. Du hast meiner Frau hinterherspioniert.« Die Phrase »meiner Frau«, derart wichtigtuerisch ausgesprochen, veranlasste mich zu einem hämischen Grinsen. »Und jetzt bist du hier, um meiner Familie nachzuspionieren. Wie eine Stalkerin. Du musst dich wieder in den Griff kriegen, Tess, und zwar schnell.«

»War's das?«

»Das war's.«

»Gut. Dann überlasse ich dich jetzt wieder deiner Frau, deiner Familie.«

»Das will ich hoffen.«

18

Möchtest du ein Glas Wein?«, fragte Aidan.

Er hatte sich eine gestreifte Schürze umgebunden und bereitete mit hochgekrempelten Ärmeln Pizza für Poppys Heimkehr vor. Ich saß völlig erledigt am Küchentisch, erschöpft von meinem ständigen Gefühlsaufruhr, genoss aber dennoch seinen Anblick. Ihm beim Arbeiten zuzusehen, beruhigte mich. Den Teig hatte er schon fertig, weich und schwammig ruhte er in der Schüssel, bereits im Aufgehen begriffen. Jetzt machte er die Soße: Er gab die gerade fein gehackten Zwiebeln in den Topf, wo sie sofort zu brutzeln begannen, presste Knoblauch hinein, fügte eine Dose Tomaten hinzu.

»Nein«, antwortete ich, »obwohl, eigentlich schon, aber ich glaube, ich sollte damit warten, bis Jason Poppy gebracht hat.«

Er warf mir einen prüfenden Blick zu. »Ist mit dir alles in Ordnung?«

»Nicht wirklich.«

»Möchtest du mit mir darüber reden?«

»Ich glaube, ich trinke einen Kräutertee.«

»Die Aufregungen der letzten Nacht«, bemerkte er grinsend.

Ich musste eine Weile im Schrank herumstöbern, bevor ich ganz hinten eine Schachtel fand, die noch zwei Beutel Pfefferminztee enthielt. Gesunden Tee zu kochen, war jetzt genau das Richtige für mich, ich hatte das dringende Bedürfnis, irgendetwas Gesundes zu tun.

Als der Tee fertig war – er roch unangenehm nach Zahnpasta –, ließ ich mich auf meinen Küchenstuhl sinken und versuchte, mich zu beruhigen, bevor Jason kam. Ich hatte mal gelesen, wenn man sich gestresst fühlt, sollte man den Blick schweifen lassen, jeden Gegenstand in seiner Umgebung erfassen und dann – was? Ich konnte mich nicht genau erinnern. Es ging irgendwie darum, jedes einzelne Ding für sich zu betrachten, ohne es zu beurteilen oder sich zu überlegen, wofür man es benutzen konnte. Ich begutachtete den abgewetzten Teppich. (Er gehörte wirklich durch einen neuen ersetzt oder ganz entfernt, allerdings musste dann wahrscheinlich der Holzboden abgeschliffen und poliert werden, aber so was machte ich ja gern.) Ich musterte die grüne Vase auf dem Kaminsims mit den Tulpen, bei denen bereits die Blütenblätter nach unten hingen und die Stiele weich wurden.

Aidan riss gerade einen Mozzarella in Stücke und begann dann, Parmesan zu reiben. Er tat das alles so gewissenhaft, dass es fast schon komisch wirkte. Die ganze Küche roch bereits köstlich nach Tomaten und Knoblauch.

»Soll ich uns Musik auflegen?«, fragte ich.

»Gute Idee.«

Kurz darauf besang eine tiefe weibliche Stimme – eine wunderbar rauchige Stimme, die einen an Whisky, Sex und Herzschmerz denken ließ –, wie es sich anfühlte, halb verrückt zu werden. Ich war selbst auch halb verrückt geworden. Zumindest hatte ich Dinge getan, die verrückte Frauen tun. Bald würde Jason hier sein, und mir war klar, dass ich ihm auf keinen Fall weitere Munition liefern durfte. Er hatte ein Händchen dafür, immer alles so hinzudrehen, dass er am Ende im Recht zu sein schien, selbst wenn er es nicht war.

Während einer unserer Partnerschaftssitzungen hatte Toni, eine Frau mittleren Alters mit einer Vorliebe für ausgefallene Strickjacken, uns erklärt, wir müssten beide Verantwortung übernehmen. Ich hätte heulen können, wenn ich daran dachte, wie ich mich Toni und Jason gegenüber geöffnet hatte, was meine Gefühle betraf, meine schlechten Gedanken. Ich hatte ihnen erklärt, wie sehr mich die Mutterschaft verändert habe und dass ich vielleicht nicht mehr genug auf unsere Beziehung geachtet hätte und durchaus verstehen könne, wie schwer das für Jason sei – und Jason hatte traurig lächelnd genickt, obwohl ihm dabei die ganze Zeit, wirklich die ganze verdammte Zeit bewusst gewesen war, dass er ja noch mit einer anderen Frau schlief und das Ganze bloß eine Farce war. Jemanden wie mich konnte man leicht in den Wahnsinn treiben. Manche Menschen ließen sich problemlos davon überzeugen, dass alles ihre Schuld war, ihr Fehler, ihr Versagen.

Ich trank einen weiteren Schluck von dem grässlichen Tee. Aidan zog gerade den Teig auseinander wie ein Stück Gummi, das sich sofort wieder zusammenzog, sobald er seinen Griff lockerte. Er legte das Backblech damit aus, löffelte die reichhaltige Soße darauf und verteilte dann großzügig Käse über das Ganze. Als er meinen Blick spürte, kam er zu mir an den Tisch. Seine Brille war beschlagen, sodass ich seine Augen nicht sehen konnte, doch er setzte sie ab, beugte sich über mich und gab mir einen Kuss.

»Was auch immer dir zu schaffen macht, wird bestimmt bald besser«, sagte er.

»Meinst du?«

»Ja.«

Er schob mir ein paar Haarsträhnen hinter die Ohren, setzte seine Brille wieder auf und kehrte zum Herd zurück.

»Aidan?«

»Ja?«

»Danke.«

Ich verspürte eine neue, unsichere Ruhe, die sich noch nicht wieder verflüchtigt hatte, als es kurz vor sieben klingelte. Ich ging die paar Stufen nach oben in die Diele und machte auf. Jason und Poppy standen vor der Tür. Poppy trug ihren kleinen Rucksack. Ihr Haar war zu Zöpfen geflochten, die sich schon halb aufgelöst hatten. Jason betrachtete mich mit völlig ausdrucksloser Miene, als wäre ich eine Fremde.

Ich widerstand dem Drang, Poppy an mich zu reißen und fest zu drücken.

»Hattest du eine schöne Zeit, Schatz?«

Poppy gähnte nur und riss dabei den Mund so weit auf, dass ich das Rosarot ihres Rachens sehen konnte.

»Sie ist müde«, erklärte Jason. »Und muss ins Bett.«

»Möchtest du reinkommen?«

»Ich fahre lieber gleich zurück.«

»Es ist nett von dir, dass du sie die ganze Strecke gebracht hast«, erwiderte ich förmlich. »Ich weiß, dass es eine lange Fahrt ist. Wir hätten uns in der Mitte treffen können, wie üblich.«

»Ich hielt es heute für besser so.« Er klang kurz angebunden und leicht vorwurfsvoll.

Es folgte eine Pause. Mir war klar, dass von mir erwartet wurde, dass ich sie füllte, wahrscheinlich mit einer Entschuldigung. Es kostete mich körperliche Anstrengung, es nicht zu tun, sondern die Worte hinunterzuschlucken, die in mir nach oben drängten: Es tut mir leid, es tut mir so leid, ich wollte das nicht, ich bin gerade ein bisschen unter Druck …«

»War alles in Ordnung?«, fragte ich stattdessen.

»Wie meinst du das?«

»Du weißt schon.« Ich deutete auf Poppy, die Jasons Hand umklammert hielt und gleichzeitig gähnte.

»Das ist vielleicht nicht der richtige Zeitpunkt«, entgegnete er.

Ich nahm Poppy auf den Arm.

»Sag auf Wiedersehen zu Daddy, Süße«, forderte ich sie auf.

Doch sie vergrub das Gesicht an meinem Hals.

Jason hielt noch Poppys Übernachtungstasche in der Hand und zusätzlich einen prall gefüllten schwarzen Müllsack. Er beugte sich vor und stellte beides drinnen neben die Tür.

»Emily hat ein paar alte Klamotten aussortiert, von denen sie dachte, Poppys Kindergarten könnte sie vielleicht für die Verkleidungskiste brauchen.«

»Super.«

»Ich rufe dich an.«

Er wandte sich zum Gehen, die Hände in den Taschen.

Ich schloss die Tür und trug Poppy hinunter in die Küche, wo Aidan ihr über den Kopf strich und erklärte, die Pizza sei jeden Moment fertig. Doch Poppys Gesicht war immer noch an meinem Hals vergraben.

Ich flüsterte Aidan ein paar erklärende Worte zu: dass Poppy immer ein bisschen komisch sei, wenn sie von Jason zurückkomme. Ich nahm ihr den winzigen Rucksack ab, stellte ihn auf den Boden und trug sie dann hinaus in den Garten, um gemeinsam mit ihr nach Sunny zu sehen. Sie wollte mich noch immer nicht loslassen, sondern schlang mir die Arme fest um den Hals und umklammerte mit den Beinen meine Taille wie ein verängstigter kleiner Koala. Ihr Körper fühlte sich weich und schlapp an, und sie roch leicht säuerlich. Ihr Haar musste ebenfalls dringend gewaschen werden, aber das würde ich morgen machen.

Wir aßen draußen, an dem klapprigen kleinen Tisch, den ich kurz nach unserem Einzug in einem Trödelladen entdeckt hatte. Poppy bestand darauf, auf meinem Schoß zu bleiben. Sie rührte die Pizza, auf die Aidan so viel Zeit verwendet hatte, kaum an und wollte auch keine von den Erdbeeren essen, die er gekauft hatte.

»Das Bad sparen wir uns heute«, verkündete ich. »Ab ins Bett mit dir!«

»Geschichte!«, forderte Poppy.

Ich holte ihren Rucksack und die Tasche, die Jason neben der Tür abgestellt hatte, und trug Poppy in ihr Schlafzimmer, wo ich sie in ihren Clown-Schlafanzug steckte und ihr die fröhlichsten

Geschichten vorlas, die ich finden konnte. Nach einer Weile merkte ich, dass ihr langsam die Augen zufielen.

»Soll ich das Licht ausschalten?«

Poppy riss die Augen auf und starrte mich an. »Noch eine Geschichte!«, forderte sie. »Und dann noch eine und noch eine!«

»Weißt du, was? Ich packe jetzt erst mal deine Sachen aus und räume sie auf. Danach suche ich Teddy, und wenn ich mit alledem fertig bin, lese ich dir noch eine Geschichte vor.«

Ich zog den Reißverschluss der Tasche auf. Beim Anblick der kleinen Latzhosen und T-Shirts, der winzigen Slips und Socken, wurde mir plötzlich ganz wehmütig ums Herz. Vor meinem geistigen Auge sah ich meine kleine Tochter wie eine Vagabundin von Ort zu Ort ziehen, noch viel zu jung, um zu begreifen, was mit ihr passierte. Sie hatte noch nicht die Worte dafür.

Ich verstaute die Sachen in ihren jeweiligen Schubladen, begab mich anschließend auf die Suche nach Teddy, wurde fündig und schob ihn neben Poppy, die inzwischen fast schon schlief. In dem kleinen Rucksack stieß ich auf ein paar Sachen, die wohl ebenfalls für die Verkleidungskiste des Kindergartens gedacht waren: ein Paar klobige Halsketten, ein paar Armreifen, eine Cordkappe. Emilys ausgemustertes Zeug. Ich warf es in die Ecke. Darum würde ich mich später kümmern. Der Rucksack fühlte sich jetzt leer an, doch um sicherzugehen, steckte ich die Hand hinein. Ich berührte etwas Weiches und zog es heraus. Bei seinem Anblick traf mich fast der Schlag. Vor Schreck kippte ich nach hinten, sodass ich auf dem Fußboden von Poppys Schlafzimmer landete, während ich das Ding vor mich hinhielt und fassungslos anstarrte.

Ich hatte Milly in der Hand, Milly, die Puppe – Milly, die Lumpenpuppe, die Poppy in Stücke gerissen und die ich draußen in die Mülltonne geworfen hatte, weil ich es nicht ertragen konnte, sie im Haus zu haben.

Auch jetzt fiel es mir schwer, sie anzusehen. Die Puppe war grob repariert worden, mit dickem schwarzem Faden, damit man ja ganz deutlich sah, dass man sie zusammengestückelt hatte. Der Kopf war falsch herum angenäht, mit dem Hinterkopf nach vorn, der Arm zu tief angesetzt, sodass er wie eine Fehlbildung nach unten baumelte. Bei dem reparierten Bein zeigte der Fuß nach außen, und zwischen den großen, schiefen Stichen quoll die Füllung hervor.

Entsetzt starrte ich sie an. Hatte mein Kummer bei mir eine Art Gedächtnisverlust ausgelöst? War es möglich, dass ich die Puppe gar nicht wirklich in die Mülltonne geworfen hatte? Ich versuchte mir vorzustellen, wie ich die Puppe repariert und es dann vergessen hatte. Nein, das konnte nicht sein. Wie viel Durcheinander und Düsternis in meinem Kopf auch herrschen mochte, eines war klar: Jemand hatte die Puppe aus der Tonne gezogen, auf scheußliche Weise repariert und dann Poppy zurückgegeben.

Ich saß immer noch auf dem Boden. Mühsam schob ich mich zu Poppys Bett hinüber.

»Poppy?«, flüsterte ich.

Doch Poppy schlief, den rechten Arm über dem Kopf.

»Schau mal«, sagte ich zu Aidan, der im Dämmerlicht draußen im Garten saß. »Sieh dir das an!«

Aidan griff nach der verstümmelten Puppe. Während er sie betrachtete, breitete sich ein Ausdruck von Abscheu über sein Gesicht aus. »Das verstehe ich nicht. Was ist mit ihr passiert?«

Mir wurde klar, wie viel ich ihm nicht erzählt hatte.

»Poppy hat sie zerfetzt.«

»Warum um alles in der Welt…?«

»Nein, warte. Darum geht es gar nicht. Ich habe sie vor ein paar Tagen in ihrem Zimmer gefunden, geköpft und mit abgerissenen Gliedmaßen, und daraufhin weggeworfen, draußen in die Mülltonne.« Ich hörte selbst, wie schrill meine Stimme plötzlich klang, und hielt ein paar Augenblicke inne, um mich zu fangen. »Und jetzt taucht sie wieder auf. So. In ihrem Übernachtungsgepäck. Was läuft da ab?«

»Moment mal«, sagte Aidan langsam. Er hielt noch immer die Puppe in der Hand. »Willst du damit sagen, jemand hat sie draußen aus der Tonne gezogen, repariert – wenn man das Reparieren nennen kann – und dann Poppy zurückgegeben?«

»Ja. Ich weiß es doch auch nicht. Wer würde so was tun? Und warum?«

»Das ist widerwärtig«, sagte Aidan. Ich spürte, wie eine neue Welle der Angst in mir hochstieg. »Bist du dir da wirklich sicher?«, fügte er hinzu.

»Was soll ich bloß machen?« Ich sprach mehr mit mir selbst als mit ihm.

»In ihrem Übernachtungsgepäck, sagst du?«

»In ihrem kleinen Rucksack.«

»Und du bist sicher, dass sie da nicht schon drin war, als du Poppy zu Jason gebracht hast?«

»Wie hätte sie da reinkommen sollen? Ich habe sie doch weggeworfen.«

»Wann war das?«

»Wann? Mittwoch? Nein, am Donnerstag, Donnerstagabend. Als Gina da war.«

»Wem hast du davon erzählt?« Er hob den Kopf und sah mich an. »Mir jedenfalls nicht.«

»Niemandem. Ich wollte nicht mehr daran denken.«

»Nicht mal Gina?«

»Nein. Da bin ich mir ganz sicher. Wir hatten andere Themen zu besprechen«, fügte ich in grimmigem Ton hinzu.

»Du hast Jason nichts davon gesagt?«

»Nein. Wahrscheinlich hätte ich das tun sollen, aber ich kann momentan nicht so gut mit ihm reden.«

»Poppy kann sie nicht selbst aus der Tonne gezogen haben?«

»Poppy? Nein. Ganz bestimmt nicht. Und selbst wenn, was dann? Sie hat sie definitiv nicht selbst zusammengenäht.«

»Und du bist ganz sicher, dass du sie weggeworfen hast?«

»Ja. Draußen in die Tonne.«

»Man bringt leicht mal was durcheinander.«

»Haltet ihr mich eigentlich alle für bekloppt?«, gab ich giftig zurück. »Entschuldige. Ich bin mit den Nerven völlig am Ende. Aber mein Gedächtnis funktioniert noch. Ich wollte das Ding nicht mehr im Haus haben, der Anblick verursachte mir eine Gänsehaut. Und jetzt – sieh's dir an! Jetzt hab ich wirklich das Gefühl, langsam durchzudrehen.«

Aidan nickte. Nachdenklich starrte er die Lumpenpuppe an.

»Was willst du jetzt unternehmen?«, fragte er schließlich.

»Unternehmen? Was kann ich denn tun?«

»Zur Polizei gehen«, antwortete er.

»Was würde das bringen? Welches Verbrechen soll ich ihnen melden? Dass meine Tochter gerade eine schlimme Phase durchmacht und deswegen ihre geliebte Puppe kaputt gemacht hat, die nun unter mysteriösen Umständen von einer unbekannten Person wieder zusammengeflickt wurde?«

»Wenn du es so ausdrücken willst«, antwortete Aidan.

»Es kommt mir vor wie eine Botschaft. Eine Warnung – oder ein Fluch.«

19

Ausnahmsweise ließ ich Aidan mal über Nacht bleiben, doch als es fast schon hell war, stupste ich ihn wach.

»Tut mir leid«, sagte ich.

Mit einem Anflug von schlechtem Gewissen sah ich zu, wie er sich anzog. Ich hätte es schön gefunden, wenn wir drei den Tag miteinander verbracht hätten, aber wir führten nach wie vor unsere separaten Leben. Aidan traf sich mit seinem Kollegen Frederick Gordon – oder Gordon Frederick, ich konnte mir nicht merken, wie herum er hieß – auf einer Konferenz in Birmingham, wo es um Bioenergie gehen würde. Poppy und ich fuhren mit dem Zug zu meiner Mutter, die im Umland von Abingdon wohnte. Das war schon längst mal wieder fällig. Als Mutter war sie ängstlich und nörgelig gewesen, doch als Großmutter hatte sie sich in eine Person der Güte und des Trostes verwandelt. Sie hatte für Poppy einen Ritt auf dem alten Esel eines Nachbarn organisiert. »Sam der Desel«, nannte ihn Poppy, als sie schließlich mit einem Gesichtsausdruck feierlicher Begeisterung auf seinem rauen Rücken thronte.

Unser Mittagessen nahmen wir in Mutters Garten ein, der genauso makellos war wie ihr Wohnzimmer. Es gab dort kaum ein Blatt, das sich nicht genau dort befand, wo es hingehörte. Danach schlenderten wir zum Spielplatz. Ich ließ Poppy nicht aus den Augen, während ich sie auf der Schaukel anschubste, ihr auf der Wippe gegenübersaß und anschließend half, das Klettergerüst zu erklimmen. Sie wirkte immer noch still, aber klammerte nicht mehr so stark. Das Gewitter schien vorübergezogen.

Als wir schließlich zum Haus zurückgingen und Poppy in einiger Entfernung vor uns her hüpfte, sagte meine Mutter in leisem Ton: »Tess, ich muss dich was fragen. Jasons Anruf kürzlich …«

Sie sprach den Satz nicht zu Ende. Ich sah ihr an, wie verlegen sie war.

»Du meinst, als er wissen wollte, ob Poppy und ich etwas mit dir vereinbart hatten?«

»Ja. Wovon ich keine Ahnung hatte.«

»Das war nur ein Missverständnis«, erklärte ich leichthin. »Deswegen brauchst du dir keine Sorgen zu machen.«

»Er schien nicht sehr glücklich über dein Verhalten zu sein.«

Ich betrachtete ihr ängstliches Gesicht, das mit dem Alter weich und schlaff wurde. Auch die Mimik- und Kummerfalten kamen mir tiefer vor, als ich sie in Erinnerung gehabt hatte.

»Er ist tatsächlich nicht sehr glücklich über mein Verhalten, da hast du recht, Mum, aber das macht nichts. Wir sind getrennt. Ich muss mir wegen seiner Launen keine Gedanken mehr machen. Das Einzige, was mich mit ihm noch verbindet, ist die Tatsache, dass er Poppys Vater ist.«

Poppy, die uns ein paar Meter voraus war, hob den Fuß und ließ ihn mit voller Wucht auf eine große Schnecke niedersausen.

»Es scheint ihr gut zu gehen«, bemerkte meine Mutter.

Ich öffnete den Mund, um sie darüber aufzuklären, dass es Poppy ganz und gar nicht gut ging. Dass sie gerade eine Krise durchmachte. Ich spielte mit dem Gedanken, meiner Mutter von all meinen Befürchtungen und Vermutungen zu erzählen. Vor meinem geistigen Auge sah ich sie mit hängenden Schultern und jenem vertrauten Gesichtsausdruck hilflosen Kummers, die Mundwinkel tief nach unten gezogen.

»Ja«, sagte ich, »Poppy geht es großartig.«

»Das ist alles, was zählt«, antwortete meine Mutter zufrieden.

Doch als ich an diesem Abend an Poppys Bett saß, sagte sie plötzlich: »Böses Mädchen.«

»Wer ist böse?«

Poppy starrte mich an.

»Du bist mein liebes, braves Mädchen«, versuchte ich sie zu beruhigen. »Hat jemand behauptet, du seist nicht brav?«

»Böse«, wiederholte Poppy. »Pass du bloß auf.«

Der nächste Tag begann recht friedlich. Wir standen beide zeitig auf. Vor dem Frühstück besichtigten wir auf Poppys Drängen hin die Sachen für die Verkleidungskiste ihres Kindergartens. Ich nahm jedes Teil einzeln aus der Tüte und hielt es Poppy hin, damit sie ihr Urteil abgeben konnte. Sie hatte in solchen Dingen recht klare Vorstellungen. Begeistert akzeptierte sie zwei geblümte Kleider, die wohl Emily gehört hatten, eine alte Ledertasche mit Schnappverschluss und ein Paar weiße Handschuhe, die ihr bis zu den Ellbogen reichten. Von den Ketten und Armreifen, die ich im Rucksack entdeckt hatte, war sie ebenfalls sehr angetan. Weniger Anklang fand Jasons schicke Weste (die ich ihm geschenkt hatte, als wir uns noch gar nicht lange kannten), und bei der Cordmütze mit dem kastanienbraunen Schild schwankte sie eine Weile, ehe sie das Teil vor dem Spiegel anprobierte, kicherte, als es ihr über die Augen rutschte, und es dann doch behalten wollte. Ihr absolutes Lieblingsstück aber war ein breiter Schal mit einem Zickzackmuster in Grün und Rosa.

Hinterher gab es dicke, buttrige Pfannkuchen zum Frühstück, und dann machten wir uns Hand in Hand auf den Weg zu Ginas Haus. Poppy hüpfte über jeden Riss im Asphalt und zählte die Hunde, die uns begegneten. Schließlich gab ich sie in Lauries Obhut und stieg in den Bus zu meiner Schule. Ich hatte nach dem Unterricht noch einen Termin mit einem Elternteil, schaffte es aber, Poppy um fünf wieder abzuholen.

Gina öffnete mir die Tür.

»Ich habe mit Laurie gerechnet«, sagte ich.

»Er ist bei seiner Mutter. Ich habe mir heute freigenommen. Mir war spontan danach. Weißt du, Tess, irgendwann werde ich auf diese Zeiten zurückblicken und bedauern, dass ich meine Kinder nicht richtig habe aufwachsen sehen. Aber jetzt fühle ich mich völlig erschöpft. Wie schafft Laurie das bloß Tag für Tag? Komm rein. Du musst entschuldigen, wie es hier aussieht. Wir haben Cupcakes gebacken. Nellie schläft ausnahmsweise mal, deswegen hatte ich Zeit. Die beiden verzieren sie gerade.«

»Wie schön!« Ich betrachtete das Chaos in der Küche. Jake war voller Mehl, und Poppy hatte grüne und gelbe Tupfen rund um den Mund und dick verklebte Finger. Sie blickte kaum von ihren unförmigen kleinen Kuchen hoch, die sie wild mit Zuckerguss bekleckert hatte.

»Das hat Spaß gemacht«, sagte Gina.

»Danke.«

Gina drehte sich zu mir um und fragte leise: »Passt es zwischen uns wieder?«

»Ja, klar. Natürlich passt es wieder. Du konntest ja nichts dafür, das ist mir durchaus bewusst. Du warst nur die Überbringerin einer schlechten Nachricht, und ich kann auch nachvollziehen, dass du in einer extrem blöden Situation warst. Es hat mich bloß irgendwie kalt erwischt. Außerdem mache ich mir schon die ganze Zeit Sorgen um Poppy.«

»Heute wirkte sie recht munter.«

»Gut. Hat Lotty etwas gesagt?«

»Nein.« Gina griff nach meiner Hand. »Was ist los?«

»Es hat sich so einiges ereignet – aber das ist eine längere Geschichte. Zu lange für jetzt.«

»Dann sollten wir bald den nächsten Negroni trinken.«

»Unbedingt.«

»Gut. Ich bin so froh, dass wir uns wieder vertragen. Ich

hatte deswegen richtig Magenschmerzen. Es tut mir wirklich leid, Tess.«

»*Mir* tut es leid.«

Wir stießen beide ein gepresstes Lachen aus. Ich nahm Gina in den Arm, woraufhin sie laut schniefte und mich dann auf die Wange küsste.

»Wir müssen aufeinander aufpassen«, sagte sie.

»Ja, klar.«

Sie musterte mich eindringlich. »Nein, wirklich, ich meine das ernst. Ich kenne diesen Zustand, wenn man sich sowieso schon Sorgen macht und dann der kleinste Auslöser genügt, um einen so richtig in Panik zu versetzen.«

Ich nickte automatisch, doch ich hatte keine Ahnung, wovon sie sprach.

»Was meinst du mit ›Auslöser‹?«

»Mit Jake ist mir das auch schon passiert. Man sieht zufällig irgendetwas Gruseliges und bekommt dadurch Angst um sein Kind. Laurie hat mir davon erzählt.«

Nun kannte ich mich überhaupt nicht mehr aus. War ich gerade besonders begriffsstutzig?

»Tut mir leid, Gina, aber ich habe keinen blassen Schimmer, was du meinst.«

»Du liest einen Bericht über eine Frau, die von einem Hochhaus stürzt, und befürchtest, Laurie könnte den Kindern davon erzählen. Aber das würde er nie tun.«

Jetzt war ich noch verwirrter.

»Du hast da irgendwas falsch verstanden.«

»Ach so? Ich weiß, dass meine Gedanken manchmal abschweifen, wenn Laurie mir etwas erzählt, aber ich bin mir sicher, dass er was von der Frau gesagt hat, die von einem Hochhaus fiel.«

»Ich habe ihn nur nach einem Märchen gefragt.«

»Oh, verstehe. Tut mir leid. Mein Fehler.«

»Moment mal.« Ich lotste Gina aus der Küche, hinaus in die Diele. »Eine Frau ist von einem Hochhaus gefallen? Wie ist es dazu gekommen? Ist sie gestorben?«

Gina zuckte mit den Achseln.

»Ich habe es bloß online auf irgendeiner lokalen Nachrichtenwebsite gelesen. Wo genau es passiert ist, weiß ich nicht mehr. Eine Frau wurde am Fuß eines Hochhauses aufgefunden. Ich weiß nicht, ob sie gestürzt oder gesprungen ist.«

»In London? Wann ist es passiert?«

»Ich habe dir alles erzählt, was ich weiß.« Gina musterte mich besorgt. »Warum interessiert dich das so? Klar ist es schlimm, aber es hat doch nichts mit deinen Sorgen wegen Poppy zu tun, oder?«

»Nein«, antwortete ich langsam. »Nein, natürlich nicht. Wie sollte es?«

Ich gestattete mir erst, online zu gehen, nachdem Poppy tief und fest schlief. Ihr Mund war leicht geöffnet, ihre Brust hob und senkte sich sanft, ihr Gesicht wirkte entspannt.

Ich klappte meinen Laptop auf und gab »Frau stirbt durch Sturz von Gebäude« in die Suchleiste ein. Sofort füllte sich mein Bildschirm.

Eine junge Frau war in den frühen Morgenstunden durch einen Sturz aus ihrer Wohnung im achten Stock eines Hochhauses nahe Elephant and Castle ums Leben gekommen. Offenbar ohne Beteiligung weiterer Personen. Ich überflog Bericht um Bericht, fand aber nicht recht viel mehr zu dem Fall: keinen Namen, keine Fotos, keine Erklärung.

Es war keine große Sensation, sondern nur eine alltägliche Tragödie: eine junge Frau, die durch einen Sturz aus einem Wohnblock ums Leben kam – oder sich das Leben nahm.

Eine junge Frau, die von einem Turm stürzte.

Ich las das Ganze noch einmal. Im Grunde war es genau das,

wonach ich gesucht hatte, als ich die Mordstatistik durchforstet hatte, ohne fündig zu werden. Aber es gab ein Problem. Es war erst an diesem Tag passiert, am Montag. Die Frau war gestorben, nachdem Poppy ihr Bild gezeichnet hatte, nicht davor.

Es fühlte sich so an, als hätte ich etwas zu fassen bekommen, das mir sofort wieder entglitt.

20

In dieser Nacht machte Poppy ein weiteres Mal ins Bett. Ich trug sie hinüber ins Bad, wusch sie, trocknete sie ab, zog ihr einen frischen Schlafanzug an und murmelte ihr dabei die ganze Zeit beruhigende Worte ins Ohr. Schließlich setzte ich sie in den weichen Sessel am Fenster und zog ihr Bett ab, wobei ich ein stilles Dankgebet für das kunststoffbeschichtete Laken sprach, das ich immer unterlegte.

Nachdem ich das Bett frisch bezogen hatte, hob ich Poppy hoch, um sie wieder hineinzulegen, doch sie wollte mich nicht loslassen und begann, bitterlich zu weinen. Sie klammerte sich mit ihren kleinen Fingern so fest an mich, dass es fast schon wehtat. Um mich aus ihrem Griff zu befreien, hätte ich jeden Finger einzeln aufbiegen müssen.

»Ist schon gut, mein Schatz.«

Ich trug Poppy hinüber in mein Schlafzimmer, legte sie dort ins Bett und holte ein großes Badehandtuch, das ich unter sie schob. Bis ich das Licht ausgemacht und mich neben sie gelegt hatte, schlief Poppy bereits, wimmerte aber trotzdem noch leise vor sich hin.

Lange Zeit – meinem Gefühl nach waren es Stunden – lag ich wach und zerbrach mir den Kopf über unsere Situation. So konnte es nicht weitergehen. Ich brauchte Hilfe, aber welcher Art?

Irgendwann schlief ich ein, doch es kam mir vor, als würde ich die ganze Nacht immer wieder aufwachen und einschlafen, bis ich überhaupt nicht mehr unterscheiden konnte, was real war und was ich geträumt hatte.

Als ich schließlich richtig aufwachte, hatte ich das Gefühl, aus einer tiefen, dunklen Höhle ans Licht gezerrt zu werden, mit verklebten Augen und einem Brummschädel. Poppy kletterte über mich und begann, auf dem Bett zu hüpfen. Nach ein paar kraftvollen Sprüngen verlor sie das Gleichgewicht und landete mit voller Wucht auf mir. Ich empfand einen Anflug von Wut, musste dann aber an die Ereignisse der Nacht denken, woraufhin mein Zorn in Erleichterung umschlug. Wilden Übermut fand ich bei Weitem besser als das, was in der Nacht geschehen war. Alles war besser als das.

Ich warf einen Blick auf die Uhr. Ich hatte vergessen, den Wecker zu stellen. Es war bereits zehn nach acht, sodass uns nicht viel Zeit blieb. Ich fühlte mich wie erschlagen. Nach einer Blitzdusche schleppte ich auch Poppy in die Dusche, wo sie in wütendes Geschrei ausbrach und sich unter meinen Händen wand, während ich sie von oben bis unten wusch.

Dann zog ich mich rasch an und suchte für Poppy Unterwäsche und ein Trägerkleid heraus. Als Frühstück gab es für mich nur eine Tasse Kaffee, für Poppy eine Schüssel Cornflakes. Anschließend machte ich mich auf die Suche nach Poppys Kindergartenmappe und Jacke. Nachdem ich beides gefunden hatte, fiel mir die Tüte mit den Verkleidungssachen ein, außerdem brauchte ich ja auch noch meinen Laptop und den Schlüssel für die Schule. Es war eine solche Hetze, dass ich erst, nachdem wir Jake abgeholt und schon die halbe Strecke zum Kindergarten zurückgelegt hatten, allmählich realisierte, dass Poppy fast die Alte zu sein schien: Sie blickte sich um und kommentierte, was sie sah. Erst eine Frau auf einem Rad, dann eine mit zwei Hunden, einem sehr kleinen und einem sehr großen.

»Da ist der Babyhund«, belehrte Poppy Jake.

Ich versuchte, den beiden zu erklären, dass es verschiedene Hunderassen gab, die ganz unterschiedlich groß waren und auch unterschiedlich ausschauten. Poppy ließ wieder den Blick schweifen, deswegen war ich nicht sicher, ob sie mir überhaupt zuhörte.

»Löwe seht«, sagte sie plötzlich.

»Was? Wo?«

»Löwe seht und …«, Poppy runzelte angestrengt die Stirn, »… und Papagei. Und Hund. Und …«, erneut suchte sie nach dem richtigen Wort, »… Fant.« Sie legte eine weitere Pause ein. »Elfant«, sagte sie schließlich.

»Das sind aber viele Tiere.« Ich war ziemlich beeindruckt von Poppys Vokabular.

»Wo hast du die gesehen?«

Poppy starrte mich an, als könnte sie so viel Ignoranz gar nicht fassen.

»Die wohnen im Zoo.«

Ich wusste nicht recht, was ich darauf antworten sollte. Zu den Dingen, die Eltern mit Kindern unternahmen, gehörten auch Zoobesuche, ich hatte selbst noch lebhafte Kindheitserinnerungen an den sauren Geruch im Löwenhaus und das schrille Gekreische der Affen. Ich erinnerte mich an eine Fütterung, während der ein großer weißer Tiger einen Baumstamm hinaufgeklettert war, um an ein Stück Fleisch heranzukommen. Aber schon als Kind hatte ich es nicht wirklich genossen, Tiere hinter Gittern zu sehen. Deswegen war ich noch nie mit Poppy im Zoo gewesen, und Jason ebenfalls nicht, da war ich mir ziemlich sicher. Laurie bestimmt auch nicht – nicht, ohne es mir zu sagen.

»Wart ihr mit dem Kindergarten im Zoo?«, fragte ich.

»Ja«, antwortete Poppy. »Als ich ein Löwe war.«

»Nein«, antwortete Jake ebenso entschieden.

Es erschien mir unwahrscheinlich, dass Poppy recht hatte. Normalerweise musste jeder noch so banale Kindergartenausflug von den Eltern abgesegnet werden, und zwar mit einer Unterschrift auf einem Formular. Konnte es wirklich sein, dass sie mit dem Kindergarten im Zoo gewesen waren, ohne dass ich es mitbekommen hatte, und Poppy es jetzt erst erwähnte? Nein, vermutlich hatte sie es erfunden, angeregt durch ein Buch oder so. Trotzdem steuerte ich auf Lotty zu, nachdem ich mich von Poppy und Jake verabschiedet und einer der Erzieherinnen die Tüte mit der aussortierten Kleidung von Jason und Emily in die Hand gedrückt hatte. Lotty wirkte leicht gestresst und setzte bei meinem Anblick eine besorgte Miene auf. Ich wusste, wie sie sich gerade fühlte. Eltern kamen meist mit schlechten Nachrichten.

»Es ist eigentlich gar nicht der Rede wert. Ich wollte nur nach etwas fragen, das Poppy auf dem Weg hierher erwähnt hatte. Sie meinte, sie sei im Zoo gewesen. Wir waren aber nie mit ihr dort. Deswegen habe ich mich gefragt, ob sie vielleicht mit dem Kindergarten dort war, ohne dass ich es mitbekommen habe.«

»Keine Sorge. Wir schicken Ihnen rechtzeitig das nötige Formular.«

»Wie meinen Sie das? Von welchem Formular sprechen Sie?«

»Das dauert aber noch eine ganze Weile. Den Kindern haben wir vorab schon erzählt, dass wir im nächsten Halbjahr einen Ausflug in den Zoo machen wollen. Wir haben ihnen erklärt, was ein Zoo ist und welche Tiere dort leben, und wir werden sie diese Tiere erst mal zeichnen lassen, bevor wir dann hingehen und sie uns anschauen. Aber Sie bekommen rechtzeitig eine Ankündigung mit sämtlichen Details.«

Ich war so verwirrt, dass mir keine passende Antwort einfiel, was aber nichts machte, weil Lotty zu dem Zeitpunkt bereits quer durch den Raum spurtete, um einen kleinen Jungen zu retten, der gerade auf einen Tisch gestiegen war. Benommen verließ ich den Kindergarten – mit dem Gefühl, mich in dichtem Nebel zu bewegen.

Abrupt blieb ich stehen. Bei Poppy war keine Schraube locker. Und ich wusste plötzlich, was ich zu tun hatte.

21

Die Kriminalbeamtin nahm mir gegenüber Platz. Sie wirkte halb argwöhnisch, halb schicksalsergeben.

»Ich habe heute einen anstrengenden Tag«, begann sie. »Also.« Kelly forderte mich mit einer Geste zum Sprechen auf.

»Sie erinnern sich daran, dass ich Ihnen die Zeichnung meiner Tochter gezeigt habe? Die Zeichnung einer Frau, die von einem Turm fällt?«

»Ja, ich erinnere mich.«

Ihr Ton legte nahe, dass sie diese Erinnerung mit einem unangenehmen Gefühl verband, wie die Erinnerung an einen Migräneanfall oder einen verstauchten Knöchel.

Ich nahm mein Handy heraus und warf einen Blick darauf.

»Tut mir leid, nun ist es wieder weg. Einen Moment, es dauert nicht lang.« Nach einer guten Minute hektischen Klickens und Suchens fand ich die Meldung der Lokalzeitung und reichte das Telefon an die Polizistin weiter, die den Bericht überflog und mir das Handy dann zurückgab.

»Was halten Sie davon?«, fragte ich.

»Was halten *Sie* davon?«

»Finden Sie das nicht relevant? Eine Frau, die von einem hohen Gebäude stürzt. Genau wie in Poppys Zeichnung.«

Kelly Jordon holte tief Luft.

»Wie Ihnen sicher aufgefallen ist, hat sich das erst gestern ereignet. Die Frau ist von dem Hochhaus gestürzt, *nachdem* Ihre Tochter die Zeichnung angefertigt hatte, nicht vorher. Ich verstehe wirklich nicht, worauf Sie hinauswollen.«

»Ja, das war auch mein Gedanke. Aber es geht mir jetzt nicht nur um das Bild. Als ich mit Poppy darüber sprach, dachte ich, sie hätte mir gesagt, dass eine Frau von dem Turm gefallen sei. Ich bin also automatisch davon ausgegangen, dass es sich um etwas handelte, das bereits passiert war.«

»Oder von dem sie glaubte, dass es passiert war – oder sich einbildete, dass es passiert war.«

»Ja, wie auch immer. Jedenfalls erzählte mir Poppy heute früh auf dem Weg zum Kindergarten, sie sei im Zoo gewesen. Das erschien mir seltsam, weil ich mir das nicht vorstellen konnte. Wäre Jason mit ihr dort gewesen, dann hätte ich das gewusst. Deswegen fragte ich ihre Kindergärtnerin, und dabei stellte sich heraus, dass für das nächste Halbjahr ein Zoobesuch geplant ist. Also in der Zukunft.«

Die Polizistin starrte mich verständnislos an, aber ich ließ mich nicht aus dem Konzept bringen.

»Es war, als hätte ich einen kurzen Blick in das Gehirn einer Dreijährigen geworfen. Für Poppy ist der Unterschied zwischen dem, was passiert ist, und dem, was passieren wird, noch nicht ganz klar. Zumindest ist er ihr sprachlich noch nicht klar.«

Es folgte eine lange Pause. Kelly Jordan hatte die Augen fast geschlossen, als würde sie im Geiste gerade komplizierte Berechnungen anstellen. Schließlich schüttelte sie den Kopf.

»Ich verstehe noch immer nicht«, sagte sie. »Welches Problem ist dadurch gelöst? Wollen Sie damit sagen, Ihre Tochter ist eine Art Hellseherin?«

»Nein, nein, ganz und gar nicht. Poppys Bild hat mir Angst gemacht, und sie selbst hatte anscheinend auch Angst. Hat sie immer noch. Aber ich kam nicht dahinter, was genau sie da gezeichnet hatte. Inzwischen glaube ich es zu wissen: Poppy hat jemanden sagen hören: Ich werde dich vom Balkon stoßen. Zukunft. Daraufhin hat Poppy das Bild gezeichnet. Und ein paar Tage später hat man die Frau dann tatsächlich vom Balkon gestoßen.«

»Man?«

»Er. Oder sie. Wohl eher ein Mann, oder? Erst drohte er, es zu tun, und dann tat er es.«

»Da lesen Sie aber eine ganze Menge aus einer kleinen Nachrichtenmeldung heraus, in der nichts davon steht, dass noch jemand beteiligt war. Da heißt es nur, sie sei am Fuß des Wohnblocks gefunden worden. Es kann ein Unfall gewesen sein. Sie kann gesprungen sein. Da wird nicht mal ihr Name genannt.«

»Beim letzten Mal haben Sie gesagt, es gebe nichts zu ermitteln, kein Verbrechen. Jetzt gibt es etwas. Wenn am Fuß eines Wohnblocks eine Frauenleiche gefunden wird, gibt es doch bestimmt irgendeine Art polizeiliche Ermittlung, oder etwa nicht?«

Kelly Jordan trommelte leicht mit den Fingern auf der Schreibtischplatte herum.

»Wie läuft es mit Ihrer Tochter?«, fragte sie.

»Nicht besonders. Sie schläft schlecht. Sie benimmt sich seltsam. Zu ihren Freunden ist sie grob, mir gegenüber sehr anhänglich.«

»Ich weiß, es geht mich nichts an, Tess, aber vielleicht sollten Sie sich mehr Gedanken über Ihre Tochter machen, statt nach einem Verbrechen Ausschau zu halten, das gar nicht existiert.«

»Sie haben recht. Es geht Sie nichts an. Ihre Aufgabe ist es, Ermittlungen anzustellen, wenn jemand ein Verbrechen meldet.«

»Vorsicht«, sagte Kelly in schärferem Ton. »Die meisten meiner Kollegen hätten Sie schon beim ersten Mal rausgeworfen und Sie heute überhaupt nicht mehr empfangen. Daran sollten Sie denken, wenn Sie hier hereinschneien und mich belehren, wie ich meine Arbeit zu machen habe.«

»Entschuldigen Sie«, murmelte ich.

»Wenn ich Zeit habe – falls ich Zeit habe –, hake ich da mal telefonisch nach, und falls es mir irgendwie sinnvoll erscheint, schicke ich jemanden hin. Sollte sich etwas ergeben, lasse ich es Sie wissen.«

»Ich kann Sie ja anrufen und nachfragen, ob Sie etwas herausgefunden haben.«

»Nein!« Sie wirkte alarmiert. »Rufen Sie mich nicht an. Gehen Sie einfach nach Hause und spielen Sie mit Ihrer Tochter.«

Ich verkniff mir eine scharfe Antwort. Im Grunde war sie ja sehr nett zu mir. Zumindest hatte sie mir zugehört, während andere mich wahrscheinlich weggeschickt hätten. Das war doch schon mal was.

Als ich das Polizeirevier verließ, kam mir plötzlich ein Gesprächsfetzen in den Sinn. Also legte ich einen Zwischenstopp in einem Café ein, wo ich mich mit einer Tasse Kaffee an einem Fenstertisch niederließ und meinen Laptop aus dem Rucksack nahm. Nachdenklich klappte ich ihn auf.

In Lewisham mit Fliss. Das hatte Ben bei unserer ersten Begegnung in Brixton gesagt. Ich wusste also nicht nur seinen Namen, sondern auch, dass er mit jemandem namens Fliss in Lewisham gelebt hatte. War das seine Frau? Jason hatte gesagt, Bens Ehe sei gescheitert.

Fliss Carey war kein häufiger Name. Ich tippte ihn in die Suchleiste. Nichts. Ich fügte »Lewisham« hinzu. Wieder nichts.

Nachdem ich einen Schluck Kaffee getrunken hatte, tippte ich: Carey, Lewisham. Da fand ich sie – oder zumindest eine Frau namens Felicity Carey Connors, die in Lewisham lebte und als Cellolehrerin arbeitete. Konnte sie das wirklich sein? Unter Bens Ehefrau hatte ich mir keine Cellolehrerin vorgestellt. Ich klickte auf ihr Bild: Sie hatte ein offenes, sympathisches Gesicht, oval, mit weichen Konturen. Auf dem Foto trug sie eine Brille mit runden Gläsern und hatte ihr hellbraunes Haar zurückgebunden.

Es waren eine Telefonnummer und eine Mailadresse angegeben. Nach kurzem Zögern schrieb ich ihr eine Nachricht:

Hallo, ich würde mich gerne mit Ihnen treffen und Ihren Rat einholen. Bei mir ginge es dieses Wochenende. Danke, Tess.

Vage genug, um bei ihr den Eindruck zu erwecken, dass ich eine Cellolehrerin brauchte, aber nicht gelogen – jedenfalls nicht direkt.

22

Poppy wirkte sehr aufgeregt, als ich sie vom Kindergarten abholte. Sie hatte rot gefleckte Wangen, und ihre Stimme klang schrill wie ein Bohrer.

»Ich bin Rotkäppchen!«, rief sie. »Große Augen! Große Zähne! Damit ich dich besser fressen kann!«

»War sie heute gut drauf?«, fragte ich Lotty.

»Ein bisschen überdreht. Wie Sie ja sehen.« Sie wandte sich an Poppy. »Wir mussten dich bitten, ruhig zu sein und dich auf den Teppich zu setzen, stimmt's, Poppy?«

Poppy gab ihr keine Antwort. Sie blickte so aufmerksam vor sich hin, dass sowohl Lotty als auch ich ihrem Blick folgten, um herauszufinden, was sie derart faszinierte. Doch da war nichts. Ich wandte mich wieder an Lotty.

»Aber nicht besorgniserregend?«

»Na ja, richtig beruhigt hat sie sich nicht«, antwortete Lotty. »Schauen Sie selbst. Ich habe heute ein paar Polaroidfotos von der Gruppe gemacht. Da können Sie Poppy in Aktion sehen.«

Ich warf einen Blick auf die Bilder, die sie mir hinhielt. Das erste zeigte Poppy auf der Rutsche, mit hochgereckten Armen und wildem Lächeln. Es folgte eine Nahaufnahme von ihrem Gesicht, wobei die Augen halb von der Kappe verdeckt waren, die Jason gespendet hatte, sodass man hauptsächlich ihren zum Schrei aufgerissenen Mund sah. Poppy wirkte auf dem Foto wie die Miniaturausgabe eines Fußballrowdys. Auf dem nächsten Bild sah man sie Hand in Hand mit Sadie, dem Mädchen, dem sie kürzlich eine Bisswunde zugefügt hatte. Poppy blickte direkt in die Kamera, Sadie dagegen lugte ein wenig ängstlich zu ihr hinüber – oder vielleicht auch richtig ängstlich. Das letzte Foto zeigte Poppy nur verschwommen, aber man konnte trotzdem erkennen, dass sie schrie und mit dem Zeigefinger herumfuchtelte.

»Danke.«

»Nehmen Sie die Bilder ruhig mit.«

Ich wollte sie eigentlich gar nicht. Auf all diesen Fotos wirkte Poppy irgendwie wild, fast schon an der Grenze zur Hysterie. Sie hielt Sadies Hand umklammert, als hätte sie sie gefangen genommen.

Auf dem Nachhauseweg machten wir einen Abstecher in den Park. Dort beruhigte sie sich allmählich. Wir fütterten die Enten und spielten Ochs am Berg. Das Abendessen nahmen wir anschließend in unserem kleinen Garten ein, wo ein paar Vögel munter vor sich hin zwitscherten. Ich hatte mit Käse überbackenen Blumenkohl vorbereitet, und als Nachspeise schnitt ich eine Mango auf, die Poppy gierig verschlang, sodass sie sich dabei den ganzen Mund gelb verschmierte.

Hinterher aber fühlte ich mich erschöpft und wackelig auf den Beinen. Als ich im Vorbeigehen einen Blick auf mein Spiegelbild erhaschte, stellte ich fest, dass ich dünner und älter aussah und neue Falten um die Augen hatte. Die Haare musste ich mir auch dringend waschen. Ich beschloss, ein ausgiebiges Bad zu nehmen und mich anschließend noch ein bisschen hinaus ins Dämmerlicht zu setzen. Zur Abwechslung fand ich es mal ganz schön, dass Aidan nicht da war und ich mich um niemanden außer Poppy kümmern musste.

Poppy lag bereits frisch gebadet und friedlich zusammengerollt in ihrem Bett. Während ich sie betrachtete – ihre runden Wangen, die sich bei jedem Atemzug leicht blähten, ihre langen Wimpern –, hätte ich vor Liebe am liebsten geheult.

Ich schaltete den Wasserkocher ein, um mir eine Tasse Tee

zu machen, und befestigte ein paar von den Fotos aus dem Kindergarten mit Magneten am Kühlschrank, warf aber das von Poppy mit Sadie in den Müll. In dem Moment klingelte es an der Haustür. Leise fluchend ging ich hinaus, um zu öffnen. Ich nahm an, dass es Bernie war, mit noch mehr Sauerteigbrot, doch da hatte ich mich getäuscht.

»Ist alles in Ordnung? Haben Sie etwas herausgefunden?«

»Darf ich reinkommen?« Kelly Jordans Blick schweifte an mir vorbei in die Diele. »Ich bin gerade auf dem Heimweg von der Arbeit. Es war ein langer Tag.«

Ich führte die Kriminalbeamtin hinunter in die Wohnküche, wobei ich nun meinerseits den Blick schweifen ließ, um mich zu vergewissern, dass das Geschirr vom Abendessen abgeräumt war und keine Spielsachen mehr herumlagen, doch abgesehen von einem einzelnen Bilderbuch auf dem Küchentisch wirkte alles ordentlich und gepflegt. Draußen fielen bereits lange Schatten über den Garten.

»Schön haben Sie es hier«, bemerkte Jordan. Sie ließ sich am Küchentisch nieder, griff nach dem Buch, legte es aber gleich wieder beiseite. »Ist Ihre Tochter auch da?«

»Sie schläft schon. Tee? Kaffee? Wein?«

»Nein, danke. Ich bleibe nicht lang.«

»Es ist nett, dass Sie vorbeischauen. Sie haben wohl nichts herausgefunden? Über die Frau, meine ich.«

»Ich habe zumindest den Namen und ein paar Informationen zu den Umständen ihres Todes.«

»Ja?«

Die Polizistin öffnete ihre kleine Aktentasche und zog ein Blatt Papier heraus, das sie erst einmal eine Weile studierte.

»Ihr Name«, sagte sie schließlich, »lautet Skye Nolan.«

»Skye Nolan«, wiederholte ich. Das kam mir überhaupt nicht bekannt vor. »Ich kenne keine Skye, und meines Wissens auch niemanden mit dem Nachnamen Nolan.«

»Na, sehen Sie. Ich habe noch ein paar persönliche Daten zu ihr. Sie war siebenundzwanzig Jahre alt und solo.« Erneut studierte Kelly Jordan ihr Blatt. »Sie war vor anderthalb Jahren nach London gezogen, in eine Wohnung in nächster Nähe von Elephant and Castle.«

»War sie berufstätig?«

»Mit Unterbrechungen. Seit etwa einem Jahr verdiente sie den Großteil ihres Geldes bar auf die Hand, durch das Spazierenführen von Hunden. Anscheinend läuft das heutzutage unter Job.«

»Das habe ich auch schon gehört«, bestätigte ich. »Es gibt viele Hunde, die spazieren geführt werden müssen.«

»Das Wichtigste, was Sie wissen sollten, ist jedoch, dass es keine verdächtigen Todesumstände gab. Nichts weist auf die Beteiligung einer weiteren Person hin. Die Kollegen gehen davon aus, dass sie sich das Leben nahm, indem sie vom Balkon ihrer Wohnung im achten Stock sprang. Allem Anschein nach litt sie unter starken Stimmungsschwankungen und längeren depressiven Phasen.«

»Ihre Kollegen sind da ganz sicher?«

»Ich gebe nur an Sie weiter, was man mir gesagt hat. Vielleicht können Sie jetzt aufhören, nach einem Geheimnis zu suchen, das nicht existiert. Übrigens habe ich auch noch ein Foto von ihr.« Sie schob die Hand in die Aktentasche und zog einen kleinen Plastikumschlag heraus. »Hier.«

Ich griff nach dem Foto. Einen kurzen Moment betrachtete ich dieses fröhliche, lächelnde Gesicht aus reiner Neugier, ohne zu wissen, was mir bevorstand – was das Schicksal für mich bereithielt. Plötzlich jedoch spürte ich eine Art Kribbeln im Kopf, wie ein Geräusch, dessen Quelle ich nicht ausmachen konnte, dann kam langsam die Erinnerung. Offenbar war mir das anzusehen, denn wie aus weiter Ferne hörte ich Kelly Jordans Stimme fragen, ob ich die Frau denn kennen würde.

»Ich weiß nicht«, antwortete ich. »Sie kommt mir so…« Da fiel es mir ein. »Ich glaube, ich bin ihr begegnet.«

»Sie glauben, Sie sind ihr begegnet? Was soll das heißen?«

Ich starrte immer noch auf das Foto. Ein schmales, dreieckiges Gesicht. Große, dunkle Augen. Wie eine Elfe, ging mir durch den Kopf. Eine Elfe, voller Leben und Übermut.

»In einem Restaurant«, sagte ich ganz langsam. Ich erinnerte mich jetzt wieder ganz genau, auch an das seltsame Gefühl, das ich bei der Begegnung gehabt hatte. »Ich war dort mit meinem Freund, wir saßen an einem Fenstertisch, und sie stand draußen, winkte zu mir herein und begann dann zu gestikulieren. Sie trug eine gestreifte Latzhose.«

»Aber Sie kannten sie nicht?«

»Nein, definitiv nicht. Ich bin mir sicher, dass ich sie vorher noch nie gesehen hatte. Aber sie kannte mich, oder glaubte es zumindest.«

»Vielleicht kannte sie Ihren Freund? Oder eine andere Person in dem Restaurant, die vielleicht an einem anderen Tisch saß?«

»Sie meinte eindeutig mich, denn am Ende kam sie herein und sprach mich an.«

»Was hat sie gesagt?«

»Sie sagte…« Ich runzelte die Stirn. »Sie zeigte mit dem Finger auf mich und sagte: ›Sie!‹«

»Sie? Und sonst nichts?«

»Ich fragte sie, ob wir uns kennen. Weil ich sie überhaupt nicht einordnen konnte. Ich hatte den Verdacht, dass es sich um eine von den Müttern aus meiner Schule handelte oder eine aus der Schule, an der ich vorher war, oder vielleicht um eine Tagesmutter, an die ich mich nicht erinnerte.«

Kelly Jordan runzelte die Stirn, als wäre sie nicht überzeugt. Ich biss mir auf die Unterlippe. Krampfhaft versuchte ich, mir die Situation noch genauer ins Gedächtnis zu rufen.

»Sie grinste die ganze Zeit so seltsam. Das war mir unangenehm. Sie behauptete, wir würden uns kennen, und dann …« Ich brach abrupt ab und schlug beide Hände vor den Mund. »Dann fragte sie mich nach meiner kleinen Tochter.«

»Sind Sie sicher?«

»Ja. Ja, was das betrifft, bin ich mir absolut sicher. Sie wusste, dass Poppy rote Haare hat.«

»Sprechen Sie weiter.«

»Ich gab ihr irgendeine Antwort, an die ich mich nicht mehr entsinne, woraufhin sie so etwas sagte wie ›erstaunlich‹. Nein. ›Unglaublich‹, das war es. Sie lächelte mich an und sagte: ›Unglaublich!‹ Dann ging sie.«

»An mehr erinnern Sie sich nicht?«

»Nein.«

»Haben Sie sie noch einmal wiedergesehen?«

»Nein. Aber ich verstehe das nicht. Was hat das zu bedeuten? Was hat das bloß zu *bedeuten*?«

»Keine Ahnung.« Jordan wartete einen Moment, ohne mich aus den Augen zu lassen. »Ich weiß ja nicht mal, ob es überhaupt etwas zu bedeuten hat.«

»Doch, natürlich! Das kann doch kein Zufall sein!«

»Versuchen Sie es mal aus meiner Warte zu sehen. Nein, versuchen Sie es aus dem Blickwinkel einer wildfremden Person zu sehen – aus dem Blickwinkel eines meiner Kollegen beispielsweise. Sie befinden sich bereits in einem nervlich etwas angeschlagenen Zustand, als eine Frau, der Sie noch nie begegnet sind, Sie in einem Restaurant anspricht. Da Sie ohnehin schon nervös und misstrauisch sind, erschreckt Sie das. Ein paar Tage später sehen Sie dann ein Foto von einer Frau, die ums Leben gekommen ist. Die ähnelt ihr ein wenig, hat das richtige Alter, deswegen reden Sie sich ein, dass sie es ist – dass alles Schlimme, das gerade passiert, mit Ihnen und Ihrer Tochter zu tun hat. Verstehen Sie?«

»Nein, da liegen Sie falsch.«

»Vielleicht, vielleicht auch nicht. Ich versuche, es von allen Seiten zu betrachten und Ihnen ebenfalls eine andere Sehweise zu ermöglichen. Sie empfinden die Welt im Moment als feindseligen Ort, Tess. Alles fügt sich in hässliche Muster ein. Womöglich hat das Ganze nicht das Geringste mit Ihnen und Ihrer Tochter zu tun.«

»Sie glauben mir nicht«, sagte ich dumpf.

»Es geht nicht darum, ob ich Ihnen glaube oder nicht.« Ihr Ton klang jetzt wieder sanfter.

»Ich bin dieser Frau begegnet, und sie hat behauptet, mich zu kennen. Ich schwöre es.«

Ich stand auf, ging ein paar Schritte im Raum umher, blieb an der Terrassentür stehen und presste die Stirn einen Moment an das kühle Glas, ehe ich zu Kelly Jordan zurückkehrte, die mit irritierter, unzufriedener Miene am Tisch saß.

»Lassen Sie uns das Ganze noch einmal zusammenfassen, damit ich alles richtig verstehe«, sagte sie. »Los geht es damit, dass Ihre Tochter eine Zeichnung anfertigt, die eine stürzende Person darstellt, und erklärt, jemand habe es getan. Was auch immer *es* sein mag.«

»Ja. Ich meine, sie ist noch keine vier Jahre alt. Sie haben die Zeichnung gesehen. Ihre Worte waren: ›Er hat tot macht‹, um genau zu sein. Und dann noch zweimal, in aufgeregtem Ton: ›Tot macht, tot macht!‹«

»Ab da wirkte sie zunehmend bekümmert.«

»Ja.«

»Deswegen wenden Sie sich an mich, woraufhin ich Ihnen erkläre, dass ich nichts unternehmen kann.«

Ich nickte.

»Dann hören Sie von einer Frau, die von einem Balkon im achten Stock gestürzt ist, und Sie fragen sich, ob das mit Poppys Zeichnung zusammenhängt.«

»Ja. Das liegt doch auf der Hand.«

»Meiner Meinung nach liegt da gar nichts auf der Hand. Die Frau starb erst etliche Tage, nachdem Poppy die Zeichnung angefertigt hatte, sodass da kein Zusammenhang zu bestehen scheint – bis Ihnen klar wird, dass Ihre Tochter beim Sprechen häufig die Zeiten verwechselt, Vergangenheit und Zukunft. Daher kommt Ihnen der Verdacht, dass ihre Zeichnung womöglich gar nicht von einem bereits vergangenen Ereignis handelt, sondern von einer Drohung, die sie mitbekommen hat: etwas, das erst passieren *wird.*«

»Genau.«

»Und nun glauben Sie auch noch, dass Sie der Frau begegnet sind.«

»Ich weiß, dass es so war.«

»Ich halte Ihnen jetzt keinen Vortrag über die Verlässlichkeit von Augenzeugen.«

»Da ist noch etwas.«

»Was?«

»Ich bin erst vor Kurzem dahintergekommen, dass mein Ex-Partner. Jason mir untreu war. Ich hatte keine Ahnung. Nichts war so, wie ich dachte. Alles war ganz anders, ich habe es bloß nicht gemerkt. Wie konnte ich nur so blind sein?«

»Hören Sie, so etwas macht einem natürlich sehr zu schaffen und ...«

»Und dann hat Poppy Milly zerfetzt.«

»Wie bitte?«

»Ihre Lumpenpuppe Milly. Ohne die sie nicht einschlafen konnte. Sie hat sie zerfetzt.«

Jordan setzte zu einer Antwort an, doch ich hielt sie mit einer Handbewegung davon ab und erzählte weiter.

»Warten Sie. Ich habe die Puppe draußen in die Mülltonne geworfen. Ich wollte sie einfach loswerden. Doch als Poppy zwei Tage später von ihrem Vater zurückkam, fand ich die Puppe in ihrem kleinen Rucksack. Sie war wieder komplett zusammengeflickt, allerdings auf eine grobe, scheußliche Art, mit schiefen Gliedmaßen und falsch herum angenähtem Kopf.«

Kelly Jordan starrte mich verständnislos an.

»Kann ich die Puppe mal sehen?«

»Moment.«

Ich lief nach oben, schlich auf Zehenspitzen in Poppys Zimmer und fischte Milly von dem hohen Regalfach über dem Kleiderschrank. An jenem Abend war mein erster Impuls gewesen, die Puppe erneut in den Müll zu werfen, doch am Ende hatte ich sie nur außer Reichweite von Poppy versteckt. Nun reichte ich sie der Kriminalbeamtin. Jordan inspizierte sie und gab sie mir dann zurück.

»Es kam mir vor wie eine Drohung. Bösartig.« Ich hörte meine Stimme brüchig werden und legte eine kurze Pause ein, um mich wieder zu fangen. »Jetzt glauben Sie mir doch, oder? Sie müssen! Irgendjemand muss mir glauben! Ich wusste mir keinen Rat mehr, weiß mir noch immer keinen. Was soll ich denn tun?«

Kelly Jordan schüttelte langsam den Kopf. »Ich weiß nicht, was ich von all dem halten soll: Kinderzeichnungen und Puppen. Ich bin mir nach wie vor nicht sicher, ob das wirklich ein Fall für die Polizei ist – ob da überhaupt irgendeine Verbindung besteht. Womöglich stellen Sie in Ihrem verängstigten Zustand Verbindungen her, die gar nichts miteinander zu tun haben, und behaupten, alles hinge zusammen.«

Ich sah, wie sich ihre Miene verschloss, und spürte eine verzweifelte Wut in mir aufsteigen.

»Es hängt tatsächlich alles zusammen, begreifen Sie das denn nicht? Poppys Zeichnung, ihre Worte, ihr seltsames Verhalten, der Tod dieser armen jungen Frau, und auch Milly. Einfach alles. Ich wusste von Anfang an, dass etwas Schlimmes im Gange war. Ich wusste es. Es lag nicht an mir, ich war nicht nur am Durchdrehen. Aber es geht um Poppy. Ich meine, Poppy …

ihr darf nichts passieren. Ich muss dafür sorgen, dass es ihr gut geht. Verstehen Sie?«

»Tess.« Jordan hielt eine Hand hoch. »Hören Sie.«

»Helfen Sie mir!« Ich packte die Kriminalbeamtin am Arm. »Bitte! Sie müssen mir helfen, damit das aufhört.«

23

Sie kamen am nächsten Vormittag um zehn: Kelly Jordan und eine Beamtin mit spezieller Ausbildung im Bereich Kinderschutz, Madeleine Finch, eine große, knochige Frau mit widerspenstigem dunklem Haar und kräftigem Händedruck.

»Wie läuft das jetzt ab?«, erkundigte ich mich. »Ich meine, kann ich dabei sein? Ich möchte nicht, dass sie Angst bekommt.«

In Wirklichkeit machte Poppy gerade gar keinen ängstlichen Eindruck. Sie kauerte im Garten und unterhielt sich in strengem Ton mit Sunny, drohte ihm mit dem Finger und stupste ihn gelegentlich in die Seite. Der lange Schweif des Katers zuckte bereits bedenklich. Ich hatte Poppy angekündigt, dass wir den Vormittag zusammen verbringen würden und vielleicht ein paar Freundinnen vorbeikämen, um sich mit ihr zu unterhalten. Sie hatte bloß genickt und leichthin gesagt: »Über den Zoo.«

»Das ist in Ordnung«, erklärte Madeleine Finch, »solange Sie sich nicht einmischen. Es geht darum, ihr so schnell wie möglich alle wichtigen Informationen zu entlocken. Ich werde ihr nur offene Fragen stellen. Wie Sie ja wissen, sind Kinder sehr empfänglich für Suggestivfragen. Da ist es entscheidend, jede Kontamination zu vermeiden.«

Ich hatte das ungute Gefühl, dass ich bereits alles, was Poppy sagen konnte, massiv kontaminiert hatte.

Wortlos unterschrieb ich die Einverständniserklärung, die Madeleine Finch mir hinhielt, und öffnete dann die Tür zum Garten.

Immerhin trabte Poppy gehorsam an, auch wenn sie, als sie ihre Faust öffnete, die glänzenden Überreste einer Schnecke an der Handfläche kleben hatte. Ich wusch ihr den Schleim ab und setzte sie dann mit ihrem Saft an den Tisch. Madeleine Finch und Kelly Jordan ließen sich ihr gegenüber nieder. Poppy musterte sie wohlwollend.

»Ich hab Löwe seht«, informierte sie die beiden. »Ich hab Fant seht.«

Ich öffnete den Mund, um ihnen zu erklären, dass sie damit einen Elefanten meinte, klappte ihn aber gleich wieder zu.

»Das ist schön.« Madeleine Finch sprach mit einem sanften Gurren, das mir gegen den Strich ging. Poppy nahm sich einen Keks von dem Teller, den ich vor sie hingestellt hatte, und stopfte ihn sich in den Mund.

»Also, Poppy, du hast da eine Zeichnung gemacht.« Mit diesen Worten hielt Madeleine Finch eine Fotokopie des bedrohlichen, mit dicken schwarzen Kreidestrichen angefertigten Bildes hoch: die dreieckig geformte Gestalt, die kopfüber von einem hohen Gebäude fiel, das aussah wie ein Leuchtturm.

Poppy warf ohne großes Interesse einen Blick darauf, während sie mit dicken Backen vor sich hin kaute.

»Kannst du mir sagen, worum es dabei geht?«

Ein unverständlicher Laut drang aus Poppys Mund. Beide Frauen warteten.

»Ich hab Löwe malt«, erklärte sie schließlich.

»Aber diese Zeichnung hier.« Madeleine Finch legte einen Finger auf das Blatt. »Was stellt sie dar?«

»Zoo?«

»Was ist das?« Die Beamtin deutete auf das Dreieck.

»Löwe?« Poppy wartete. »Fant?«, fügte sie hilfsbereit hinzu.

Kelly Jordan zog das Foto aus ihrer Aktentasche und reichte es an die andere Frau weiter.

»Sieh mal, Poppy«, sagte Madeleine Finch, »ich zeige dir jetzt ein Foto.«

Sie schob die Aufnahme quer über den Tisch vor Poppy hin.

»Wer ist das?«

Poppy nahm ihr Glas und trank laut schlürfend ihren Saft. Dann schob sie sich einen weiteren Keks in den Mund, während sie mit beiden Beinen gegen den Stuhl trommelte, auf dem sie saß.

»Ich will Sunny!«, verkündete sie durch einen Sprühregen aus Krümeln.

»Ich will Teddy! Ich will Milly!«

»Wer ist diese Frau, Poppy?«

Poppy glitt von ihrem Stuhl.

»Kannst du mir verraten, ob du sie kennst?«

»Sie kennst.« Es war unmöglich zu sagen, ob es sich dabei um Zustimmung, bloße Wiederholung oder eine Frage handelte.

»Kennst du ihren Namen?«

»Milly. Ich hab's macht.«

Ein Hauch eines Stirnrunzelns huschte über Madeleine Finchs Gesicht.

»Ist Milly deine Puppe?«, ergriff Kelly Jordan das Wort.

Keine offene Frage, ging mir durch den Kopf. Ich merkte, dass es in Poppy zu brodeln begann.

»Nein!«, rief sie sehr laut. »Nein, nein, nein!«

»Poppy. Wenn du dieses Bild anschaust …«

»Ich will Sunny! Meine grüne Tasse! Ich will Teddy! Milly! Grüffelo! Kleiner Bär! Baby-Eule! Ich will Cornflakes!« Ihre Stimme schwoll zu einem Brüllen an. »Ich *will*!«

Madeleine Finch sah Kelly Jordan an. »Und dafür riskierst du Kopf und Kragen? Dir ist schon klar, dass du das sein lassen musst?«

Kelly Jordan nickte. Sie wirkte nicht glücklich.

Ich stand auf, umrundete den Tisch und kauerte mich neben Poppy.

»Ist schon gut.«

»Mummy?«

»Ich bin hier.«

»Ich war böse.«

»Nein, Liebling.«

»Milly ist tot?«

»Nein. Sie ist eine Puppe. Sie lebt nicht, also kann sie auch nicht sterben.«

»Bist du tot?«

»Ich bin doch hier bei dir.«

»Aber bist du tot?«

Ich blickte zu den beiden Kriminalbeamtinnen hoch.

»Ich glaube, wir haben getan, was wir konnten«, sagte Finch.

An der Tür hielt ich Kelly Jordan zurück.

»Was meinte Ihre Kollegin, als sie vorhin sagte, Sie würden Kopf und Kragen riskieren?«

»Deswegen brauchen Sie sich keine Gedanken zu machen.«

»Ich wüsste es trotzdem gern.«

Sie stieß einen kleinen Seufzer aus. »Es wird ziemlich schwierig werden, die Zeit und die Kosten zu rechtfertigen, die ich in Ihre Bedenken investiert habe.«

»Oje. Bekommen Sie deswegen Probleme?«

»Vielleicht einen kleinen Anschiss – und jede Menge Formulare zum Ausfüllen, was ich wesentlich schlimmer finde.«

»Warum dann überhaupt?«

»Sie meinen, warum ich es mache?«

»Weil Sie mir glauben?«

»Ich weiß es nicht, Tess. Vielleicht liegt es nur daran, dass ich selber auch Mutter bin.«

»Danke«, sagte ich leise.

24

»Wir sind gleich wieder weg.«

Vor der Haustür stand Aidan mit einer rosa Pfingstrose in einem großen Terrakottatopf und hinter ihm ein untersetzter Mann mit silbergrauem Haar, beladen mit einer weiteren großen Pflanze.

»Was bringt ihr mir denn da?«

»Ein Kunde hat sie mir geschenkt, aber da ich keinen Garten habe, dachte ich an dich.«

»Bist du sicher, dass du sie hergeben magst?«

»Natürlich.«

»Du hättest mich vorwarnen sollen«, sagte ich. Obwohl ich ihn dabei anlächelte, meinte ich das ernst. Ich mochte keine Überraschungen. »Ich hätte unterwegs sein können.«

»Dann hätten wir sie einfach draußen abgestellt. Aber nachdem wir nun schon mal da sind, könntest du uns vielleicht reinlassen, bevor wir sie fallen lassen?«

Aidan stellte mir seinen Kollegen Fred Gordon vor, der einen atemlosen Gruß keuchte. Von seinem rot angelaufenen Gesicht tropfte der Schweiß.

Als ich daraufhin einen Schritt zurücktrat, wankten sie in die Diele, und im selben Moment riss Bernie seine Tür auf, sodass wir uns zu viert in dem kleinen Raum drängten, während ich die Tür zur Wohnung öffnete.

»Ich nehme dir das mal ab, Kumpel«, wandte sich Bernie an Fred. »Du siehst aus, als bekämst du gleich einen Herzinfarkt.«

»Wo ist Pops?«, fragte Bernie, während sie die Pflanzen hinunter in den Wintergarten trugen.

Ich deutete auf die Ecke des Gartens, in der Poppy und Jake am Boden kauerten.

»Sie suchen Würmer«, erklärte ich. »Das ist ihre neueste Lieblingsbeschäftigung. Im Kühlschrank steht ein Krug Wasser mit Holunderblütensirup. Mögt ihr was davon?«

»Ja, gern.«

Bernie saß bereits, als wollte er sich für längere Zeit häuslich niederlassen. Fred stand an der Glastür und wischte sich mit einem Taschentuch über die Stirn.

Aidan holte Gläser, riss den Kühlschrank auf und schenkte allen Holunderblütenwasser ein, auch Bernie.

»Prost«, sagte er, reichte mir ein Glas und legte mir gleichzeitig eine Hand auf den Rücken.

Bernie wanderte mittlerweile mit seinem Getränk herum und begutachtete meine Bilder und Bücher.

»Wie war die Konferenz?«, erkundigte ich mich bei Aidan.

Er berührte meine Hand und sagte so leise, dass nur ich es hören konnte: »Du hast mir gefehlt.«

»Magst du bleiben?«

»Ich kann nicht. Wir müssen noch zu einer beruflichen Veranstaltung.«

Wieder klingelte es an der Tür.

»Ich gehe«, bot Aidan an und verließ den Raum, ehe ich ihn davon abhalten konnte.

»Der kleine Kerl sieht nicht allzu glücklich aus«, bemerkte Bernie.

Ich warf einen Blick hinaus in den Garten. Jake krümmte sich auf dem Boden und hielt sich die Hände vors Gesicht, während Poppy versuchte, eine Handvoll Erde durch seine Finger zu drücken. Ich riss die Tür auf.

»Poppy! Lass das!«

Ich stürmte hinaus und zog Poppy von Jake herunter, woraufhin dieser sofort in Tränen ausbrach.

»Als ich ein kleiner Junge war«, hörte ich Bernie hinter meinem Rücken sagen, »aß ich gerne Würmer.«

Poppy starrte ihn an, und Jake hörte schlagartig zu weinen auf.

»Lecker, lecker«, sagte Bernie und rieb sich den Bauch. Jake kicherte.

»Was ist denn los?«

Sowohl Laurie als auch Jason standen im Garten, gefolgt von Aidan, der ein wenig aufgelöst wirkte. An mich gewandt, machte er eine halb entschuldigende, halb hilflose Geste, indem er die Handflächen nach oben drehte und gleichzeitig die Schultern hochzog. Mir wurde klar, dass er Laurie zumindest vom Sehen kannte, Jason aber zum ersten Mal begegnete.

Jason musterte Aidan abschätzend, wobei er den Kopf ein wenig schräg legte und den Mund zu einem kleinen Lächeln verzog. Ich spürte, wie mein Herz einen Satz tat, weil Aidan neben ihm so schmächtig wirkte, sein Haar bereits etwas schütter wurde und seine Brille leicht schief saß. Laurie dagegen starrte auf das tränennasse, mit Erde verschmierte Gesicht seines Sohnes. Nellie saß in einem Tragegestell auf seinem Rücken. Ihr rundes Gesicht spähte vorwurfsvoll über seine Schulter.

»Was ist denn mit Jake passiert?«, fragte Laurie. »Ist mit dir alles in Ordnung, Jake?«

»Ich bin Aidan.« Aidan streckte Jason eine Hand hin, die dieser mit festem Griff packte. Wie es aussah, nutzten die beiden diesen Handschlag für eine Art Zweikampf. Aidan presste die Lippen fest zusammen, während Jason zwar lächelte, aber nur mit dem Mund, nicht mit den Augen. Es war fast schon komisch. Fast.

Laurie zog Jake auf die Füße. Aidan und Jason ließen beide den Arm sinken. In dem Moment kniff Poppy die Augen ganz fest zusammen, riss den Mund so weit auf, dass er ihr ganzes Gesicht einzunehmen schien, und begann zu brüllen.

»Fickefotze!«, schrie sie. »Fickefotze, Fickefotze, Fickefotze!«

»Da ist aber jemand müde«, bemerkte Bernie trocken.

»Das reicht jetzt aber, Poppy.« Jason sprach mit seiner Schuldirektorenstimme und versuchte, sie auf den Arm zu nehmen, doch Poppy wand sich und trat ihm hart gegen das Schienbein.

»Mummy«, rief sie, schlang beide Arme um meine Beine und vergrub ihr Gesicht darin. »Ich will nach Hause.«

»Wir sind zu Hause, Liebling.«

»Ich will brav sein.«

25

Während ich am nächsten Morgen Poppy in den Kindergarten brachte, rief mich Kelly Jordan an.

»Sind Sie daheim?«

»Ja, aber erst nachdem ich Poppy abgeliefert habe. Zur Arbeit muss ich heute nicht.«

»Können wir gegen zehn vorbeikommen?«

»Klar. Aber wen meinen Sie mit *wir*?«

»Bis dann.«

Um zwei Minuten nach zehn stand Kelly Jordan vor der Tür, und neben ihr ein Mann.

»Das ist Chief Inspector Durrant«, stellte sie ihn vor.

»Ross«, fügte der Mann hinzu, lächelte dabei jedoch nicht.

Er sah aus, als hätte er sich unter Zeitdruck angezogen und dabei einen Anzug erwischt, der ihm ein wenig zu klein war. Auch seine Krawatte wirkte etwas nachlässig gebunden. Er hatte ein rotes Gesicht und Hängebacken. Sogar die kahle Stelle an seinem Oberkopf, eingefasst von ungepflegtem, lockigem grauem Haar, wirkte rot angehaucht. Er atmete schwer, als wäre ihm schon die kurze Strecke vom Wagen zum Haus zu viel gewesen. Als er sich auf das Sofa sinken ließ, registrierte ich kleine Schweißperlen auf seiner Stirn.

»Bestimmt haben Sie es sehr eilig«, bemerkte ich.

»Wieso?«

Die Frage klang so barsch, fast aggressiv, dass ich ihn überrascht anstarrte und einen Moment brauchte, bis ich antworten konnte.

»Das war nur so dahingesagt. Ich wollte nur höflich sein.«

»Schon in Ordnung«, mischte sich Kelly Jordan ein. »Chief Inspector Durrant ist der verantwortliche Beamte im Todesfall Skye Nolan.«

»Sie sagen also nicht ›Mordfall‹.«

»Deswegen sind wir hier«, erklärte Ross Durrant.

»Soll ich eine Aussage machen?«

»Das ist im Moment noch nicht nötig.« Er zog einen kleinen Notizblock aus der Außentasche seiner Jacke, fischte anschließend einen Kugelschreiber aus der Innentasche und legte beides auf den Tisch. Es schien mir eher das Werkzeug fürs Niederschreiben einer Einkaufsliste zu sein als für ernsthafte Polizeiarbeit.

Ross Durrant sah mich direkt an. Ich registrierte, dass er auffallend dunkelbraune Augen hatte. Er lächelte weder beruhigend, noch runzelte er die Stirn. Seine Miene blieb völlig ausdruckslos, als würde er mir gleich die Details einer Versicherungspolice erklären. Ich fühlte mich sofort im Unrecht.

»Lassen Sie mich die Situation mal so beschreiben, wie sie sich von außen betrachtet darstellt«, begann er. »Wir haben zum einen die Leiche von Skye Nolan.«

»Glauben Sie, sie ist gesprungen?«

»Das halte ich durchaus für denkbar. Vielleicht war es auch ein Unfall. Auf der anderen Seite haben wir eine Zeichnung einer Dreijährigen, die meiner Meinung nach als Beweismittel vor Gericht nicht zulässig wäre. Die polizeiliche Befragung des Kindes war jedenfalls ergebnislos. Außerdem haben wir Ihre Aussage, Sie seien der Frau begegnet. Ich möchte Sie nicht beleidigen, indem ich Ihnen von den Problemen mit Augenzeugen berichte.«

»Darüber wurde ich schon aufgeklärt. Aber ich bin ihr trotzdem begegnet, das weiß ich mit hundertprozentiger Sicherheit. Und die Puppe gibt es ja auch noch.«

»Ach ja, natürlich, die Puppe.«

Ross Durrant griff nach seinem Kugelschreiber und klopfte

damit an sein Notizbuch, schlug es aber nicht auf. Stattdessen sah er Kelly Jordan an. Sie erwiderte seinen Blick mit einer leichten Neigung ihres Kopfes. Es erinnerte mich an die Art, wie sich Ehepaare manchmal wortlos verständigten. Wenn ich es richtig interpretierte, sollte es so viel heißen wie: »Dieses Gespräch haben wir doch schon geführt.«

»Wie auch immer«, sagte Ross Durrant schließlich. »Es handelt sich um eine ungewöhnliche Situation. Da Sie sich mit Ihren Bedenken an uns gewandt haben, bin ich verpflichtet zu ermitteln, ob diese Bedenken auf irgendwelchen Fakten basieren.« Er ließ mich gerade wissen, dass er mir nicht glaubte. »Sie haben eine schwierige Trennung hinter sich, wenn ich richtig informiert bin. Vom Vater Ihrer Tochter.«

»Ja, das stimmt«, antwortete ich. »Ich weiß nicht, ob das relevant ist, aber ich wollte einfach offen sein. Ursprünglich dachte ich ja, ich hätte eine gute Trennung hinter mir. Aber nachdem nun das alles passiert ist...« Ich legte eine Pause ein. »Ich habe ein bisschen nachgehakt, und wie sich nun herausstellt, war ich, was manche Dinge betrifft, extrem blauäugig.«

»Ihr Partner, Jason Hallam, war Ihnen untreu«, stellte Durrant fest.

»Ja.«

»Sie wissen von einer Person, haben aber den Verdacht, dass es noch andere gab.«

Es war ein schreckliches, beschämendes Gefühl, mit einem wildfremden Menschen diese Unterhaltung zu führen.

»Ich halte es für möglich.«

Er überlegte einen Moment. »Wenn ich Ihre Theorie richtig verstehe...«

»Es ist nicht direkt eine Theorie.«

»Also gut, wenn ich die von Ihnen geäußerten Bedenken richtig verstehe, sind Sie der Meinung, dass Ihre Tochter Zeugin einer Drohung geworden ist.«

»Vielleicht hat sie nur zufällig etwas mitbekommen.«

»Auch wenn man etwas nur zufällig mitbekommt, wird man Zeuge davon. Wir müssen also die Personen in Betracht ziehen, mit denen Ihre Tochter in den letzten paar Wochen Zeit verbracht hat. Da liegt es natürlich nahe, mit Mister Hallam zu beginnen.«

»Zumindest kam sie mit dieser Zeichnung nach Hause, nachdem sie bei ihm war.«

»Und sie hat dort auch die meiste Zeit verbracht«, sagte er. »Wenn sie nicht hier war.«

»Ja.«

»Mit wem kommt sie dort in Kontakt? Abgesehen von Mister Hallam, meine ich.«

»Mit seiner neuen Frau, Emily Hallam. Sie ist übrigens schwanger. Und sie scheint sehr nett zu sein. Auch zu Poppy, soweit ich das beurteilen kann.«

»Gut«, antwortete Ross Durrant.

Er hatte sein Notizbuch noch immer nicht aufgeschlagen und auch sonst keine Notizen vorliegen, auf die er Bezug nehmen konnte. Das nötigte mir einen gewissen Respekt ab. Allem Anschein nach hatte er seine Hausaufgaben gemacht.

»Emilys Bruder wohnt zur Zeit auch dort«, fügte ich hinzu. »Ben.«

»Ben wer?«

»Carey.«

»Was halten Sie von ihm?«

»Er ist offenbar ein bisschen gestört.«

»Gestört? Inwiefern?«

»Ich glaube, er hat Probleme, eine Art depressive Krise. Er ist arbeitslos, und nun hat ihn auch noch seine Frau verlassen. Deswegen wohnt er momentan dort. Erst seit einer Woche oder so. Genauso lang, wie Poppy sich seltsam benimmt. Vielleicht ist es Zufall. Wie auch immer, ich bin ihm erst einmal begegnet.« Zweimal, fiel mir ein, wenn man unsere Begegnung im Park mitzählte. Ich versuchte, den Gedanken gleich wieder zu verdrängen. »Er wirkte auf mich ziemlich passiv.«

Es folgte eine Pause. Wieder zeigte Durrant kaum eine Reaktion.

»Trauen Sie diesem Ben, was Ihre Tochter betrifft?«

»Sie wollen von mir wissen, ob ich ihm traue?«

»Ja.«

»Es wäre mir jedenfalls nicht recht, wenn er auf Poppy aufpassen würde. Er kann ja kaum auf sich selbst aufpassen.« Ich riss mich am Riemen. »Das ist zumindest mein Eindruck. Vielleicht bin ich da ungerecht. Allerdings gehe ich davon aus, dass er bisher nie mit ihr allein war.«

Jetzt schlug Ross Durrant sein kleines Notizbuch auf und schrieb etwas hinein, das ich nicht lesen konnte.

»Ich habe in der Akte gesehen, dass Sie einen neuen Partner haben. Allerdings stand da nicht recht viel mehr als sein Name: Aidan Otley.«

Ich schluckte, plötzlich sehr befangen. Der Stiefvater. Wobei er natürlich nicht der Stiefvater war. Für mich klang es nicht einmal korrekt, ihn als meinen neuen Partner zu bezeichnen. Aber die Worte hatten bereits etwas Verdächtiges, genau wie alles, was ich dazu oder über Aidan sagen würde. Mir war bisher gar nicht in den Sinn gekommen, dass Aidan in das Ganze hineingezogen werden würde – dass er unter Verdacht geraten könnte. Schlagartig begriff ich, dass es Auswirkungen auf mein gesamtes Umfeld haben würde, die Schuldigen und die Unschuldigen und alle zwischendrin: Jason, Ben, die Leute in Poppys Kindergarten, meine Freunde. Und Aidan.

»Ja«, sagte ich.

»Ich hatte gehofft, Sie würden mir ein bisschen mehr erzählen.«

»Ich weiß nicht, was Sie da von mir hören wollen. Wir sehen uns erst seit Kurzem.«

»Seit Kurzem? Seit einer Woche? Einem Monat?«

»Seit ein paar Monaten.«

Ross Durrant machte sich eine Notiz.

»Demnach hat er schon viel Zeit mit Poppy verbracht.«

»Nicht wirklich viel, würde ich sagen. Als wir anfingen, uns zu treffen, war ich sehr vorsichtig. Ich befürchtete, Poppy könnte sich an ihn gewöhnen, und am Ende würde es vielleicht doch nicht funktionieren. Aus diesem Grund war er noch nicht so viel bei uns, und es gab immer Grenzen. Selbst jetzt bleibt er nicht über Nacht, wenn Poppy hier ist. Es ist kompliziert.«

»Stört ihn das?«

Darüber hatte ich bisher nicht einmal mit Gina gesprochen, ja noch nicht mal selbst richtig darüber nachgedacht.

»Keine Ahnung. Frustrierend ist es vermutlich schon. Allerdings wusste er, worauf er sich einließ, als er mich kennenlernte. *Uns*, sollte ich besser sagen.«

Ross Durrant klappte sein Notizbuch zu und legte es auf den Tisch.

»Ihnen ist natürlich klar, dass wir mit allen sprechen werden.«

»Jetzt, wo Sie es sagen, ist es mir klar.«

»Das gibt keine Probleme?«

»Wie meinen Sie das?«

»Ich meine, mit ihrem Ex-Mann oder dessen Schwager, oder Ihrem neuen Partner. Wird das nicht unangenehm für Sie?«

»Natürlich wird das unangenehm für mich und für die anderen auch. Aber darum geht es nicht. Ich denke an Poppy – und an eine tote Frau.« Ich schwieg einen Moment. »Aber Sie werden doch behutsam vorgehen?«

»Behutsam?«

»Ich meine, nicht grob?«

Er verzog keine Miene. »Wenn jemand unschuldig ist, hat er oder sie keinen Grund, sich Sorgen zu machen, oder?«

»Das sehe ich ganz und gar nicht so.«

Wieder blieb er ernst. Er griff nach seinem Notizbuch, steckte es ein und erhob sich – was ihm offenbar Mühe bereitete, denn er gab dabei ein leises Ächzen von sich.

»Sie sind doch diejenige, die der Meinung ist, dass da draußen ein Mörder herumläuft«, bemerkte er. »Sie sind diejenige, die uns eingeschaltet hat. Wollen Sie nicht, dass wir ihn finden?«

26

Ich wanderte ziellos dahin, in Gedanken versunken, sodass ich kaum etwas mitbekam von den vorbeidonnernden Autos und Bussen. Dasselbe galt für die Radfahrer, die sich auf dem Gehsteig durchschlängelten, um nicht dem Verkehr auf der Straße ausgesetzt zu sein. Auch ein paar Luftballons, denen die Luft ausgegangen war, sodass sie nun schlaff und ineinander verschlungen zwischen den prächtigen Blütenkerzen einer Magnolie hingen, registrierte ich nur ganz am Rande. Genauso wenig Beachtung schenkte ich der Sonne, die gerade durch die Wolken brach, und dem Lärm von London, der mich von allen Seiten umgab: dieser Stadt, die niemals leise war, niemals still, sondern stets in Bewegung, ständig im Wandel.

Ich dachte über das nach, was ich in Gang gebracht hatte. Bald, vielleicht schon heute, würde die Polizei Jason befragen, und Ben – den armen, gestörten, aus dem Gleichgewicht geratenen Ben. Auch Aidan würden sie nicht schonen. Nun kam alles ans Licht.

Während ich weiter die Straße entlangstapfte, dachte ich über die drei Männer nach. Ben kannte ich kaum. Trotzdem war offensichtlich, dass es ihm nicht gut ging. Seine Frau hatte ihn verlassen, aus welchen Gründen auch immer, da konnte ich nur mutmaßen. Arbeit besaß er auch keine. Mein Eindruck war, dass er sich sehr elend fühlte und nichts mehr auf die Reihe bekam. In diesem Zustand war er nun im Haus seiner Schwester gelandet, bei meiner kleinen Tochter. Was dort vor sich ging, entzog sich meiner Kenntnis.

Aber ich kannte Jason. Noch vor ein paar Tagen hätte ich behauptet, ihn in- und auswendig zu kennen, auch wenn wir nicht mehr zusammen waren – besser als Emily oder sonst jemand. Ich kannte ihn als Geliebten, als Partner, als Vater, als Freund. Ich kannte ihn schon als ganz jungen und mittlerweile als nicht mehr ganz so jungen Mann. Ich hatte ihn wachsen sehen, sich verändern, sich festigen. Ich hatte ihn in der Arbeit erlebt, erfolgreich, von der Welle seines Ehrgeizes nach oben getragen. Ich hatte ihn krank erlebt, betrunken, verkatert, zugedröhnt, zärtlich, zornig, unsicher, freundlich, spöttisch, gehässig.

Inzwischen wusste ich, dass es eine Seite von ihm gab, die ich nicht kannte. Sie war mir verborgen geblieben, weil ich immer davon ausging, dass man sich in einer Beziehung vertrauen muss. Zumindest hatten wir das damals zueinander gesagt, in der berauschenden Anfangszeit, als es noch unvorstellbar war, dass wir jemals wieder jemand anderen begehren könnten. Mit dem Vertrauen ist es wie mit dem Glauben: Es handelt sich dabei um einen Willensakt, gelenkt durch Optimismus. Sobald man anfängt, seinem Partner zu misstrauen, ist es vorbei.

Ich traute Jason nicht mehr. Er hatte mich betrogen und im Verlauf seiner Affäre mit Ellen Dempsey immer wieder belogen – und wenn mit ihr, warum nicht auch mit anderen?

Aber war er fähig, jemanden zu *töten*? Jason? Poppys Vater? Vor meinem geistigen Auge sah ich sein Gesicht während unseres letzten Streits, verzerrt vor Wut und Verachtung. Womöglich war er doch dazu fähig. Aber falls dem so war, was sagte das dann über alle anderen aus?

Nein. Natürlich meinte ich nicht alle anderen. Ich meinte Aidan: den lieben, bescheidenen, ein wenig schüchternen Aidan, dessen Miene sich bei meinem Anblick aufhellte und der mir so aufmerksam zuhörte, dass ich das Gefühl hatte, wahrgenommen und geschätzt zu werden. Aidan, der Poppy nicht onkelhaft, sondern mit Respekt behandelte und mit seinen Tüten voller aufwendiger Zutaten in meiner Wohnung eintraf, um dann stundenlang Mahlzeiten zuzubereiten, in denen Poppy anschließend nur skeptisch mit der Gabel herumstocherte. Aidan, der sich als Glückspilz fühlte, weil er eine alleinerziehende Mutter und ihre kleine Tochter kennengelernt hatte. Traute ich Aidan? Hielt ich ihn – ich überquerte eine Straße, wodurch sich ein Autofahrer zu einer Vollbremsung gezwungen sah und mich anhupte –, hielt ich Aidan für fähig, jemanden zu töten?

Nein.

Nein, auf keinen Fall. Natürlich nicht.

Trotzdem zwang ich mich, weiter über Aidan nachzudenken. Er hatte mich kennengelernt, als ich gerade ganz am Boden war. Hatte er mich kennengelernt, *weil* ich gerade ganz am Boden war? Schon immer, schon als Teenager, hatte ich mich als Außenseiterin gefühlt, am Rande jeder Gruppe, von den anderen missachtet. Ich glaube, ich war immer dankbar – zu dankbar – für jedes bisschen Aufmerksamkeit. Ein-, zweimal hatte ich deswegen sogar mit jemandem geschlafen, sozusagen zum Dank, weil der Betreffende mich wollte, und erst hinterher festgestellt, dass es sich dabei um die Sorte Männer handelte, die jede wollten.

Wie verhielt sich das bei Aidan? War Aidans Aufmerksamkeit – seine Bereitschaft, Poppy als einen Teil von mir anzunehmen – nur eine Form von Kontrolle? Noch während ich darüber nachdachte, darin herumstocherte wie in einer offenen Wunde, wurde mir klar, dass das wieder typisch für mich war, die alte Tess. Nachdem ich seit jeher an starken Selbstzweifeln litt, zweifelte ich auch an jedem, der sich in mich verliebte – denn warum sollte sich jemand in mich verlieben?

Bis ich Jason traf. Von Jason hatte ich mich wirklich geliebt gefühlt und mich selbst auf eine Art aufgegeben wie nie zuvor. Doch das war ein Fehler gewesen. Denn nun stellte ich fest, dass auch er mich belogen hatte, und deswegen traute ich plötzlich niemandem mehr. Bei niemandem fühlte ich mich richtig sicher, niemand schien wirklich so zu sein, wie ich dachte. Alle – der Mann in der kurzen Hose, der gerade mit seinem an der Leine zerrenden Terrier über die Straße ging, genauso wie der im Nadelstreifenanzug mit seiner Aktenmappe, oder der im Wagen, den Ellbogen auf dem offenen Fenster, ein jeder, egal, ob jung, mittleren Alters oder alt –, alle verbargen ihr geheimes Selbst.

Ich blieb stehen. Um mich herum strömten die Leute weiter, während ich zu einer Entscheidung gelangte, von der ich gar nicht gewusst hatte, dass ich sie treffen würde, die aber wohl schon die ganze Zeit in mir herangereift war.

Mit Aidan war es vorbei. Es musste sein. Wenn ich auch nur einen Hauch von Zweifel hatte, was ihn betraf, dann konnte ich nicht mehr mit ihm zusammen sein.

Aber auch wenn ich ihm hundertprozentig vertraute, musste Schluss sein. Er war die richtige Person zum falschen Zeitpunkt.

Es ging um Poppy. Da war für niemand anderen Platz. Traurigkeit breitete sich wie ein Schmutzfleck in mir aus.

An diesem Nachmittag stellten wir den Hexenumhang fertig. Eingehüllt in das glitzernde Kleidungsstück, stand Poppy auf einem Stuhl, während ich den Saum absteckte, den Mund voller Stecknadeln. Als ich schließlich fertig war, wollte sie das Ding nicht mehr ausziehen. Sie raste damit durch den Garten. Unter der Glitzerkapuze strahlte ihr Gesicht vor Begeisterung.

Ich stand da und sah ihr zu. In dem Moment piepte mein Handy: Aidan. Mein Herz begann zu flattern, und mir wurde vor Panik flau im Magen.

Kann ich heute Abend vorbeikommen? Lass es mich wissen, wenn Poppy schläft x

Mache ich.

Aidan griff nach meinen Händen.

»Wir müssen reden.« Seine Miene wirkte ernst. Wusste er

schon, was ich ihm mitteilen wollte, oder war es wegen der Polizei? Ich konnte es nicht sagen.

»Komm rein.«

Eines seiner Brillengläser war leicht verschmiert, was ihm gar nicht ähnlich sah. Normalerweise wirkte er immer ordentlich und gepflegt.

Wir gingen in den Wintergarten und setzten uns einander gegenüber. Er trug das dunkelgrüne Hemd, das ich so gern an ihm mochte.

»Aidan, hör zu«, begann ich, denn wenn ich mein Vorhaben in die Tat umsetzen wollte, musste es sofort und ohne Zögern geschehen, wie das Abreißen eines Pflasters. Aber er brachte mich mit einer Handbewegung zum Schweigen.

»Erst muss ich dir etwas sagen«, verkündete er, »auch wenn es mir schwerfällt.«

»In Ordnung.« Ich musterte ihn fragend. Er machte keinen wütenden Eindruck.

»Heute kam die Polizei vorbei, um mit mir zu reden.« Er verzog ein wenig das Gesicht. »Das klingt harmloser, als es war.«

»O Gott. Was ist passiert?«

»Sie sind bei mir in der Arbeit aufgetaucht. Einer von ihnen trug Uniform, damit es ja alle mitbekamen. Ich war gerade in einer Besprechung, aber sie meinten, es könne nicht warten.«

»Dabei hatte ich sie extra gebeten, behutsam vorzugehen.«

Aidan schaute mich an. »Was hast du getan?« Seine sanfte Art war schrecklich.

»Ich hätte es dir vorher sagen sollen. Letzte Woche war ich bei der Polizei, weil ich mir solche Sorgen um Poppy machte. Natürlich fanden sie meine Bedenken lächerlich. Deswegen habe ich es auch nicht erwähnt, denn es klingt ja tatsächlich albern: Poppy fängt an, ins Bett zu machen und obszöne Ausdrücke zu gebrauchen, und ich gehe deswegen zur Polizei! Als ich dann von der Frau hörte, die von ihrem Balkon gestürzt war, ging ich noch mal hin, weil es genauso war wie auf Poppys Zeichnung. Aber das weißt du bestimmt, sie haben es dir sicher erzählt.«

Er schüttelte wortlos den Kopf.

»Dann wurde es richtig seltsam, denn wie sich herausstellte, kannte ich die Frau, die durch den Sturz ums Leben kam, zwar nicht wirklich, irgendwie aber doch, weil es sich nämlich um die Frau handelte, die wir beide im Restaurant gesehen haben. Du erinnerst dich bestimmt an sie.«

»Wovon sprichst du?«

»Die Frau beim Italiener kürzlich. Die aus irgendeinem Grund glaubte, mich zu kennen.«

Endlich war ich zu ihm durchgedrungen. Er trat einen Schritt zurück.

»Das war die Frau, die ums Leben gekommen ist?«

»Ja.«

»Und du kanntest sie?«

»Nein, du warst doch dabei. Sie hat bloß behauptet, mich zu kennen.«

Ich sah ihm an, wie krampfhaft er nachdachte.

»Das ergibt keinen Sinn«, sagte er schließlich. »Wenn sie dich kannte, musst du doch auch wissen, wer sie war.«

»Nein, keine Ahnung. Ich hab dir schon an dem Abend gesagt, dass sie mir überhaupt nicht bekannt vorkam. Seitdem habe ich mir immer wieder das Gehirn zermartert, kann mich jedoch beim besten Willen nicht an sie erinnern. Vielleicht stehe ich nur auf der Leitung, und es gibt eine ganz naheliegende Erklärung. Aber allein schon der Name: Skye Nolan. Wenn mir jemals eine Frau namens Skye untergekommen wäre, wüsste ich das. Allerdings könnte ich sie irgendwo getroffen haben, ohne ihren Namen zu kennen. Wie auch immer, es tut mir leid. War es schlimm?«

Er bedachte mich mit dem Anflug eines Lächelns.

»Das kannst du dir ja denken. Von der Polizei befragt zu

werden, ist …« – er suchte nach dem richtigen Wort – »… beunruhigend. Wobei sie schon in Ordnung waren. Ich wünschte nur, sie hätten ein bisschen mehr auf Diskretion geachtet.«

»Ich musste es der Polizei melden, verstehst du das nicht? Poppys Zeichnung und ihr Verhalten waren so seltsam. Ich musste es ihnen sagen.«

»Tess«, sagte er sanft. »Versuch es mal einen Moment aus meinem Blickwinkel zu sehen. Ich verliebe mich in eine Frau, die eine kleine Tochter hat, und wir fangen an, uns zu treffen. Ich bin glücklich, so glücklich wie noch nie – oder jedenfalls fast noch nie.«

»Ach, aber ich doch auch …«

Er hielt eine Hand hoch. »Warum hast du es mir denn nicht *gesagt*?«

»Ich hätte es dir sagen sollen. Das ist mir inzwischen auch klar. Ich dachte nur … ich war so verstört.«

»Ich kann gar nicht glauben, dass ich dich das fragen muss, aber hast du mir denn nicht vertraut?«

Ich war fast schon im Begriff, eine Entschuldigung zu stammeln, hielt mich dann aber zurück.

»Darum geht es nicht. Ich weiß gar nicht mehr, was Vertrauen bedeutet. Die Polizei muss einfach ermitteln, auch wenn ich mich deswegen schrecklich fühle.«

Er fixierte mich. Ich schaffte es kaum, seinem Blick standzuhalten.

»Ich bin in dich verliebt«, erklärte er. »Ich liebe dich, und ich mag dich. Und dasselbe gilt für Poppy. Es ist nur …« Er hielt einen Moment inne, hob seine Brille an und rieb sich mit dem Handrücken über die Augen. »Es ist nicht nur die Sache mit der Polizei. Ich habe mich die ganze Zeit bemüht, es dir recht zu machen, mich nie beklagt, wenn du mir mal wieder abgesagt hast. Du wolltest nicht, dass ich über Nacht bleibe, also bin ich aufgestanden und gegangen. Du wolltest nicht, dass ich so tue, als wäre ich Poppys Vater. Natürlich habe ich das akzeptiert. Gleichzeitig wolltest du, dass ich dich und Poppy als Einheit sehe. Auch das habe ich akzeptiert. Das soll jetzt kein Vorwurf sein, aber irgendwas bekommen wir nicht so recht hin. Ich möchte, dass du mir sagst, wie wir das besser machen können.«

Ich hätte ihn nicht so lange reden lassen dürfen, doch ich war es nicht gewohnt, etwas zu beenden, jemandem wissentlich Schmerz zuzufügen, indem ich ihm den Laufpass gab. Das war nicht mein Ding. Mühsam rang ich nach Luft. Ich musste mich richtig zwingen, das Wort zu ergreifen.

»Bitte, Aidan. Ich muss dir etwas sagen.«

Er starrte mich an. Da wusste er Bescheid. Ich sah es an seinem Blick und auch an der Art, wie er sich ins Gesicht fasste, seine Brille zurechtrückte, sich wappnete. Schlagartig wirkte er kleiner, hagerer, und ich kam mir vor wie ein Ungeheuer.

»In letzter Zeit war ich so in Anspruch genommen von meiner Sorge wegen Poppy und der Veränderungen, die mit ihr vorgehen, dass ich an gar nichts anderes mehr denken konnte. Im Moment ist für mich nichts anderes wichtig. Sie kommt bei mir an erster Stelle, und das wird auch immer so bleiben. Immer. Das wusstest du von Anfang an.«

»Natürlich wusste ich das.«

»Aber im Moment bedeutet es, dass ich in meinem Leben für niemand anderen Platz habe.«

»Du meinst, keinen Platz mehr für mich.«

Ich nickte. Dabei hätte ich ihn am liebsten in den Arm genommen und an mich gezogen, um ihn zu trösten, damit er sich nicht mehr so einsam und allein fühlte.

»Es war so schön«, fuhr ich fort. »Nein, das ist nicht das richtige Wort. Es war wundervoll. Du warst wundervoll …« Ich unterbrach mich, weil ich spürte, dass mir eine Träne über die Wange lief. »Nur momentan schaffe ich das einfach nicht. Ich weiß nicht, wie es weitergehen soll, aber ich kann nicht… Ich kann einfach nicht. Es tut mir so leid.«

Ich bemühte mich nach Kräften, nicht zu weinen. Schließlich war ich diejenige, die ihm wehtat. Mein Hals schmerzte von dem unterdrückten Schluchzen, das ich erst zulassen würde, wenn er weg war, und meine Augen brannten.

»Du willst damit sagen, dass es vorbei ist.«

»Ja.«

»Ich dachte, wir wären glücklich. Ich dachte, ich würde dich glücklich machen.«

»Das hast du. Ich kann nur einfach nicht. Ich kann nicht.«

»Aber was habe ich falsch gemacht?«

»Nein! Nichts, gar nichts. Es liegt an mir – an Poppy, alldem. Es ist der falsche Zeitpunkt. Tut mir leid.«

»Du musst dein Leben neu ordnen, mit dir selbst ins Reine kommen, das verstehe ich. Aber gibt es denn gar nichts, was ich…«

»Es tut mir so leid, Aidan.«

Wir schwiegen beide. Ich sah ihn an. Er war blass, sein Mund fest zusammengekniffen. Unsere Blicke trafen sich. Einen Moment dachte ich, ich würde gleich den Arm ausstrecken, ihn an der Hand nehmen, zu mir heranziehen und ihn meinen Liebling nennen – doch ich tat es nicht.

Er griff nach seiner Jacke und ging, ohne die Tür hinter sich zu schließen.

27

Ich stand auf dem Pausenhof meiner Schule und beobachtete, wie die um mich herum tobenden Kinder Gruppen formten und wieder auflösten, einander zuflüsterten, sich gegenseitig anrempelten. Es war der Tag vor den Pfingstferien, sodass sie noch aufgedrehter waren als sonst. Ich behielt Fatima im Auge, die allein in der hintersten Ecke saß, krampfhaft bemüht, nicht aufzufallen und dabei gleichgültig dreinzublicken, als wäre ihr alles egal, und auch den kleinen Georgio, einen Neuzugang, der noch kaum ein Wort Englisch sprach und nur halb so groß war wie die anderen Jungs in der Klasse. Er hatte knochige Handgelenke, knubbelige Knie und dunkle Augen, die viel zu groß wirkten für sein kleines Gesicht. Ich fragte mich, was er in seinem kurzen Leben schon alles zu sehen bekommen hatte. Dann dachte ich an Poppy, auf einem anderen Pausenhof. Ich stellte mir vor, wie sie ihren kräftigen kleinen Körper zielstrebig durch wuselnde Kindergrüppchen schob, um zu kriegen, was auch immer sie wollte.

Poppy würde ein langes Wochenende in Brixton verbringen und den Rest der Pfingstferien bei mir. Ich sollte mir allmählich Gedanken darüber machen, was ich mit ihr unternehmen wollte, doch allein schon die Vorstellung, irgendetwas zu organisieren, überforderte mich. Eigentlich wünschte ich mir, in einem einsam gelegenen Haus zu sitzen, während draußen ein Unwetter tobte, sodass ich Poppy Bücher vorlesen oder vor dem Fernseher heißen Buttertoast mit ihr verspeisen und die Welt aussperren konnte.

Ich fühlte mich müde und dumpf. Der letzte Abend mit Aidan

kam mir mittlerweile vor wie ein in Zeitlupe ablaufender Albtraum einer Trennung. Es war, als hätte ich einen Autounfall gehabt, den ich nun ständig vor meinem geistigen Auge Revue passieren ließ. Mehrere Male hatte ich bereits mit dem Gedanken gespielt, ihn anzurufen, sogar schon die Hand nach dem Telefon ausgestreckt, sie dann aber wieder zurückgezogen. Denn was gab es noch zu sagen?

Ich warf einen Blick auf mein Handy, obwohl ich genau wusste, dass ich noch keine Nachricht von Jason erhalten hatte. War die Polizei schon bei ihm gewesen? Wir hatten vereinbart, uns zur Übergabe von Poppy im Vauxhall-Park zu treffen. Aber das war natürlich gewesen, bevor ich der Polizei seinen Namen genannt hatte.

»Frau Lehrerin, Frau Lehrerin!« Ich schreckte aus meinen Gedanken hoch. Ein Junge kam auf mich zugerannt. Rasch warf ich einen schnellen letzten Blick auf mein Handy. Noch immer nichts von Jason.

Ein paar Stunden später erkannte ich bereits auf den ersten Blick, dass Jason fuchsteufelswild war. Allein schon die Art, wie er auf uns zustapfte, die Füße entschlossen in den gekiesten Weg rammte, war eine Warnung. Er wirkte wie eine große, wuchtige Masse männlichen Zorns.

»Daddy!«, rief Poppy. »Ich hab Eichhorn seht!«

Jason beugte sich über sie, hob sie hoch und wirbelte sie herum. Vor Begeisterung jauchzte sie und zappelte gleichzeitig wild mit den Beinen. Über ihre Schulter hinweg bohrte sich Jasons Blick in mich.

»Ich habe Brot dabei«, verkündete er, als er Poppy absetzte. »Sollen wir die Enten füttern gehen?«

»Enten und Babyenten!«

»Genau. Komm, suchen wir sie.«

»Ich verabschiede mich«, sagte ich.

»Wir füttern die Enten gemeinsam«, widersprach Jason im Befehlston.

»Ja«, rief Poppy. »Wir alle: Mummy und Daddy und Poppy. Nehmt mich an der Hand! Lasst mich schwingen, ganz hoch schwingen!«

»Eins, zwei, drei, und hoch mit dir!« Während Poppy kreischend in die Luft segelte, fügte er an mich gewandt hinzu: »Die Polizei war heute bei mir in der Schule.«

Ich gab ihm keine Antwort.

»Noch mal«, forderte Poppy. »Noch mal! Höher!«

Wieder segelte sie empor.

»Was führst du im Schilde?«

»Haben sie dir nicht gesagt, worum es geht?«

»In der Schule, vor meinen Lehrern und meinen Eltern! Weißt du, was das für mich bedeutet?«

Es faszinierte mich, wie Jason von »meinen« Lehrern und »meinen« Eltern sprach.

»Ich bin mir sicher, dir ist eine passende Erklärung eingefallen«, entgegnete ich.

»Sie waren auch bei mir zu Hause und haben mit Ben gesprochen. Dem geht es sowieso schon nicht gut. Ist dir eigentlich klar, was du ihm damit antust?«

»Noch mal!«, forderte Poppy, während sie sich an unsere Hände hängte und mit ihrem Po quasi über den Boden schleifte.

»Nein«, widersprach Jason so heftig, dass sie erschrak. »Hier hast du ein Stück Brot. Brich kleine Stücke ab – ganz kleine Bröckchen, damit es lange reicht. Die kannst du dann an die Enten verfüttern.«

Sie sauste davon.

»Eine Frau ist gestorben«, sagte ich leise.

Vor uns schleuderte Poppy Brotbrocken ins Wasser und lachte glucksend, als die erste Ente sie fand.

»Was hat das mit uns zu tun?«, zischte Jason dicht neben meinem Ohr. »Deine dreijährige Tochter hat ein Bild gemalt und ins Bett gemacht. Bist du irre?«, fügte er im Flüsterton hinzu.

»Schau«, sagte ich, während ich neben Poppy in die Hocke ging und auf die Enten deutete. »Ein Küken. Da! Auf der anderen Seite.«

Ich richtete mich wieder auf. Zu meiner eigenen Überraschung ließ mich Jasons geflüsterte Attacke ziemlich kalt.

»Nur eine Verrückte kann auf die Idee kommen, dass das etwas mit einer toten Frau zu tun haben könnte«, fuhr Jason zischend fort.

»Ich bin ihr begegnet. Sie hat mich aufgespürt.«

»Das ist mir scheißegal! Ich will nichts hören von dieser seltsamen, paranoiden Welt, in der du lebst.«

»Jason.« Ich sah mein Spiegelbild in seinen Pupillen und registrierte auch die winzigen Bartstoppeln an seinem Kinn. »Um das alles geht es nicht. Kanntest du Skye Nolan?«

»Natürlich nicht.«

»Was solltest du auch anderes sagen.«

»Dann frag doch gar nicht erst.«

»Daddy!« Poppy rannte auf ihn zu und streckte ihm die Hand hin. »Mehr Brot!«

Er drückte ihr eine weitere trockene Scheibe in die kleine Faust.

Sobald sie außer Hörweite war, wandte er sich wieder an mich. »Sie haben mir Fragen zu meinem Privatleben gestellt.«

»Du meinst, zu deinen Affären?«

»Zu meiner *einen* Affäre.«

»War es denn nur eine?«

»Ich hatte eine Affäre, das war falsch, aber du kannst doch nicht zur Polizei gehen und behaupten, ich hätte eine Frau umgebracht, bloß weil du dich an mir rächen willst!«

»Ist Daddy sauer?« Poppy war zurück.

»Nein, Daddy ist nicht sauer. Ein letztes Stück Brot, dann

muss ich gehen.« Ich wartete, bis Poppy sich ein weiteres Mal entfernt hatte. »Glaubst du das allen Ernstes? Dass ich das alles tue, um es dir heimzuzahlen?«

»Entweder das, oder du hast einen richtig schlimmen Sprung in der Schüssel.«

»Ist dir noch nicht in den Sinn gekommen, dass es eine dritte Möglichkeit gibt? Dass ich mir wegen Poppy ernsthafte Sorgen mache und echte Angst habe, dass sie auf irgendeine Weise mit dem zu tun hat, was dieser Frau passiert ist? Skye Nolan«, korrigierte ich mich selbst. »Ich versuche doch nur, etwas Schlimmes zu verhindern beziehungsweise die Wahrheit über etwas herauszufinden, das bereits passiert ist – etwas, von dem ich das Gefühl habe, dass es sehr wohl mit uns zu tun hat, mit unserem Leben und mit Poppy. Es ist wie ein Albtraum, von dem ich dir schon die ganze Zeit zu erzählen versuche, aber du hörst mir einfach nicht zu, oder vielleicht …« Ich brach abrupt ab. Poppy schaute zu mir herüber. Ich lächelte ihr beruhigend zu.

Jason murmelte etwas, das ich nicht verstand.

»Weißt du, was? Eigentlich interessiert mich deine Meinung gar nicht mehr«, erklärte ich und stellte zu meiner Überraschung fest, dass es stimmte. »Poppy befindet sich gerade in einem sehr verletzlichen und verängstigten Zustand: Das zählt für mich. Eine Frau ist gestorben: Das zählt für mich. Anderes weniger.«

Wir starrten uns an. Da geschah für einen flüchtigen Moment etwas Unerwartetes zwischen uns: Ein Funke des Erkennens glomm auf, und das Eis begann zu schmelzen. Ich begriff, dass in diesem Moment, hätte einer von uns die Hand zu einer freundschaftlichen Versöhnung ausgestreckt, der andere sie genommen hätte. Einen Augenblick glaubte ich fast, wir könnten miteinander über unsere Wut und unser absurdes Verhalten lachen. Ich spürte, dass es ihm auch so ging. Ein Wort, eine Geste hätte gereicht. Doch der Moment verstrich. Es war, als würde die Sonne hinter einer Wolke verschwinden.

Poppy wandte sich von den Enten ab, rannte auf uns zu und nahm uns beide an der Hand.

»Schiebt mich auf der Schaukel an«, schlug sie vor. »Oder wir können wippen!«

»Ich muss los.«

Mit diesen Worten beugte ich mich zu ihr hinunter, küsste sie auf den Scheitel, nickte Jason zu und ging.

Es war Freitagabend, der Beginn der Pfingstferien. Ich war allein: keine Poppy, keine Verabredung mit Aidan, wie ursprünglich geplant. Nie wieder eine Verabredung mit ihm. Die Wohnung war aufgeräumt und sauber, der Kühlschrank leer, das Telefon stumm.

Ich ging kurz laufen, duschte, warf einen Blick in meine Mails und fragte mich, warum ich nie eine Antwort von Felicity Carey Connors erhalten hatte. Plötzlich kam mir ein Gedanke, ich klickte auf Junk Mail, und da war sie.

Liebe Tess,
bitte entschuldigen Sie, dass ich erst jetzt antworte – es war eine anstrengende Woche! Sehr gerne treffe ich mich mit Ihnen. Bei mir ginge es diesen Sonntagnachmittag gegen vier, falls Sie da Zeit haben, oder ist das zu kurzfristig? Meine Adresse lautet Faversham Drive 12a. Vielleicht bringen Sie Ihr Cello mit, dann können wir schauen, wo Sie stehen.
Felicity.

Ich antwortete ihr, Sonntag passe mir gut. Das Cello erwähnte ich nicht. Ich traute mich nicht, ihr zu schreiben, dass ich sie lediglich nach Ben fragen wollte.

Dann machte ich mir einen Gin Tonic mit wenig Tonic und kippte eine kleine Tüte gewürzte Nüsse in eine Schale. Außerdem verspürte ich den starken Drang, eine meiner seltenen Zigaretten zu rauchen. Also ging ich in mein Schlafzimmer und wühlte in der Schublade mit der Unterwäsche und den T-Shirts herum, bis ich auf eine zerknautschte Schachtel stieß. Es waren noch fünf Zigaretten übrig. Ich zog eine heraus und begab mich damit nach draußen in den Garten, der in ein weiches, silbriges Licht getaucht war. Eine sanfte Brise strich raschelnd durch die Blätter.

Ich zündete meine Zigarette an, die ziemlich schal schmeckte, weil sie schon so alt war, nahm einen Schluck Gin Tonic, schob mir eine Nuss in den Mund und beobachtete einen der Distelfinken. Mir war leicht schummrig, teils von dem ungewohnten Nikotin, teils von dem Gefühl, dass meine Welt vollkommen aus den Fugen geriet. Jason und ich waren uns fremd geworden, ich hatte mich von Aidan getrennt, mir standen drei Tage ohne meine Tochter bevor, und Pläne hatte ich auch keine. Sämtliche Ereignisse der vergangenen zwei Wochen lagen hinter mir wie ein Trümmerfeld, und die Zukunft gähnte leer vor mir.

Als ich benommen die Augen schloss, tauchte ein Bild aus der Vergangenheit vor mir auf: Jason und ich, kurz nachdem wir uns kennengelernt hatten, beim Bergwandern in Tirol. Es war Nebel aufgezogen, bis wir den Pfad vor uns kaum noch sehen konnten, geschweige denn den Berggipfel. Ich erinnerte mich lebhaft daran, wie ich mich umgedreht und die verschwommene Gestalt Jasons hinter mir gesehen hatte, fast schon vom Nebel ausgelöscht. Genau so fühlte ich mich jetzt. Alles, was unser gemeinsames Leben ausgemacht, alles, was ich für gegeben gehalten hatte, schien sich aufzulösen. Alles, was vor mir lag, war unsichtbar geworden.

Ich ließ die Zigarette fallen und drückte die Glut mit dem Absatz aus. Nachdenklich leerte ich mein Glas und verspeiste dazu die Nüsse. Der Distelfink war verschwunden, das Licht schwächer geworden.

Was würde als Nächstes geschehen?

28

Am Samstagmorgen rief mich Kelly Jordan an und fragte, ob sie vorbeikommen könne.

»Mögen Sie es mir nicht einfach am Telefon sagen?«

»Persönlich ist es besser.«

»Haben Sie gute oder schlechte Neuigkeiten?«

»Das erfahren Sie, wenn wir uns sehen.«

Ich war so aufgewühlt und durcheinander, dass ich mich durch sinnloses Herumwerkeln im Haushalt abzulenken versuchte. Als es schließlich klingelte, schrubbte ich gerade die Kloschüssel.

Fünf Minuten später saß die Kriminalbeamtin am Küchentisch, während ich uns beiden Kaffee einschenkte. Ich brannte vor Nervosität und Neugier, hatte meinerseits aber auch etwas zu sagen und konnte mich nicht länger beherrschen.

»Warum mussten Sie Aidan unbedingt in der Arbeit aufsuchen? Warum in aller Öffentlichkeit? In Jasons Schule sind Sie auch gewesen. Er war stocksauer – auf mich.«

»Darüber möchte ich mit Ihnen sprechen.«

»Haben Sie etwas herausgefunden?«

Kelly Jordan antwortete mit einem halben Nicken. Ich war mir nicht ganz sicher, ob das ja oder nein hieß. Rasch trug ich die zwei dampfenden Kaffeetassen zum Tisch und stellte eine davon vor sie hin.

»Ich weiß nicht mehr, ob Sie Milch möchten. Oder Zucker.«

»Das passt so.«

Ich nahm ihr gegenüber Platz. Sie wirkte müde. An ihren Augenwinkeln entdeckte ich erste feine Fältchen. Sie hatte noch andere Dinge zu erledigen, andere Fälle, weitere Aspekte dieses Falls zu überprüfen, weitere Leute, die sie aufsuchen musste. Es war Samstag. Vielleicht warteten ihre Kinder zu Hause auf sie. Ich war nur ein Name in ihrem übervollen Terminkalender, noch dazu einer von den schwierigeren.

»Sie waren sehr geduldig mit mir. Und freundlich.« Ich legte eine Pause ein. »Darf ich Ihnen einen Keks anbieten?«

Kelly Jordan nahm einen Schluck von ihrem Kaffee, ohne auf meine Frage zu antworten, und stellte die Tasse gleich wieder ab.

»Die Anhörung zur Todesursache im Fall Skye Nolan findet kommenden Montag statt«, informierte sie mich.

»Das ging jetzt aber schnell, oder?«

Sie schüttelte leicht den Kopf. »Dabei handelt es sich nur um eine Formalität. Man wird die Anhörung eröffnen und dann wegen der Mordermittlung sofort vertagen.«

Es dauerte einen Moment, bis ich begriff, was sie da gerade gesagt hatte.

»Das heißt, es wird nun tatsächlich wegen Mordes ermittelt?«

»Wir haben gestern den Autopsiebericht bekommen. Ich hatte mir nicht viel davon erwartet. Ich dachte, bei einer Leiche, die aus dreißig Metern Höhe auf Beton gestürzt ist, würde die Untersuchung kaum etwas ergeben.«

»Was hat sie denn ergeben?«

»Wie erwartet hat der Sturz großen Schaden angerichtet, eine Vielzahl von Brüchen. Das Seltsame ist, dass unter all diesen gebrochenen Knochen einer war, der nicht hätte brechen sollen.«

Sie hob das Kinn und fasste sich sanft an die Kehle.

»Es gibt da einen komischen kleinen Knochen. Der bricht praktisch nie. Er bricht auch nicht, wenn man stürzt, nicht mal aus einer Höhe von acht Stockwerken. Was ihn am ehesten brechen lässt, ist direkte Gewalteinwirkung durch zwei Hände im Halsbereich.«

Darüber musste ich erst mal einen Moment nachdenken.

»Sie meinen, wenn jemand erwürgt wird.«

»Ja.«

»Das heißt, Skye Nolan war schon tot, als sie fiel?«

»Ja. Und nicht nur das. Der Gerichtsmediziner hat außerdem dunkle Flecken auf der Haut festgestellt. Dazu kommt es nach Eintritt des Todes, wenn das Blut nicht mehr zirkuliert und allmählich durch die Schwerkraft nach unten sackt. Dadurch entstehen Blutansammlungen. Es ist wie bei einem nassen Handtuch, das man zum Trocknen aufhängt. Die Nässe staut sich im unteren Teil des Handtuchs. So muss man sich das vorstellen.«

»Bloß mit Blut.«

»Ja.«

»Sie sagen also zum einen, dass sie erwürgt wurde, bevor sie …«, ich zögerte, weil es mich plötzlich mit Grauen erfüllte, dass das alles tatsächlich passiert war, »… bevor ihre Leiche vom Balkon geworfen wurde. Aber Sie sagen noch mehr. Dieses Phänomen mit dem Blut, das sich an bestimmten Stellen sammelt, das braucht doch Zeit. Die Leiche muss also eine Weile da gelegen haben.«

»Dem Bericht zufolge mindestens eine halbe Stunde.«

»Warum? Warum sollte man jemanden töten und dann so lange warten?«

»Das wissen wir nicht«, antwortete Jordon.

Ich empfand einen Anflug von Hochgefühl. Ich hatte recht gehabt. Ich war zur Polizei gegangen, aber man hatte mir keinen Glauben geschenkt. Auch meine Vermutung, dass Skye Nolan vielleicht ermordet worden war, wurde in Zweifel gezogen. Nun hatte ich den wissenschaftlichen Beleg, dass meine Vermutung stimmte, schwarz auf weiß. Doch der Augenblick der Euphorie ging schnell vorüber.

»Da ist noch etwas, nicht wahr?«

»Es handelt sich um laufende Ermittlungen«, erklärte die Polizeibeamtin, »deswegen darf ich über die Einzelheiten nicht sprechen. Aber es ist klar, dass Skye Nolan eine junge Frau mit Problemen war. Sie hatte ein turbulentes Privatleben.«

»Turbulent? Was soll das heißen?«

»Problematische Beziehungen.«

»Mit Männern?«

»Ja, mit Männern. Zusätzlich hatte sie psychische Probleme. Wir haben in ihrer Wohnung eine beträchtliche Menge verschreibungspflichtiger Medikamente gefunden.«

»Inwiefern ist das relevant? Sie wurde trotzdem ermordet.«

»Ich will damit nur sagen, dass wir gründlich vorgegangen sind: Wir haben mit ihrer Mutter und dem einen Partner gesprochen, mit dem sie relativ lange zusammen war. Wir haben ihre telefonischen Aktivitäten und ihre Social-Media-Kontakte überprüft – mit dem klaren Ergebnis, dass wir zu keiner der Personen, die Sie uns genannt haben, irgendeine Verbindung herstellen konnten.«

»Und?«, antwortete ich. »Könnte das nicht einfach bedeuten, dass Sie nicht gründlich genug gesucht haben?«

Jordans Miene verhärtete sich. »Tess, wir waren wirklich sehr geduldig, was Sie und Ihre Bedenken betrifft. Wir haben diese Bedenken ernst genommen – was so manche Kollegen nicht getan hätten, das dürfen Sie mir glauben. Wir haben die Leute, die Sie uns genannt haben, so weit unter die Lupe genommen, wie es machbar war – und auch gesetzlich vertretbar. Wir haben sie befragt und nach jeder erdenklichen Verbindung zu Skye Nolan gesucht, aber keine gefunden, nicht einmal ansatzweise. Es gibt keine solche Verbindung.«

»Was ist mit Poppys Zeichnung? Was ist mit der Puppe?«

Jordan machte eine ungeduldige Handbewegung. »Polizeiliche Ermittlungen funktionieren einfach nicht so. Ich gebe ja zu, dass Sie mich erst auf diesen tragischen Fall aufmerksam gemacht haben, und deswegen war es mir auch wichtig, Ihre Bedenken ernst zu nehmen. Aber unsere Ressourcen sind begrenzt. Nein, noch schlimmer, nicht begrenzt, sondern kaum vorhanden. Im Zusammenhang mit diesem Mordfall hatten Sie ein ungutes Gefühl, basierend auf einer Kinderzeichnung. Wir sind dem nachgegangen. Ohne Ergebnis. Kein Problem. So etwas kommt vor, auch wenn ich hoffe, dass ich meinem Chef niemals erklären muss, warum ich in diese Richtung ermittelt habe. Der Stand der Dinge ist, dass wir als Opfer eine Frau haben, die ein chaotisches Leben führte und eine Reihe von sexuellen Kontakten mit Fremden hatte. Aller Wahrscheinlichkeit nach ist da irgendwas aus dem Ruder gelaufen, und sie wurde getötet, möglicherweise im Rahmen eines Raubüberfalls. Vielleicht hat sie einfach die falsche Person mit nach Hause genommen.«

»Sie werden dem, was ich Ihnen gesagt habe, also nicht weiter nachgehen.«

»Haben Sie mir denn nicht zugehört? Wir sind dem nachgegangen, und zwar gründlich. Und wir haben nichts gefunden.«

»Es lag an dem anderen Beamten, stimmt's? Ich habe gleich gemerkt, dass er mir nicht glaubte.«

»Nein, es lag nicht an ihm. Wir konnten einfach nichts finden. Es gab nichts, wo wir anknüpfen konnten.«

»Was ist mit der Zeichnung?«, fragte ich schwach.

»Eine einzelne Kinderzeichnung reicht nicht«, erwiderte Kelly Jordan. »Es ist nur eine Zeichnung. Und womöglich fällt diese Frau gar nicht, sondern fliegt. Ist Ihnen das schon mal in den Sinn gekommen?«

»Laut Poppy ist sie gefallen.«

»Poppy ist drei.«

Ich rang nach Luft. Mein Puls raste. Am liebsten hätte ich laut geschrien und die Faust an die Wand geknallt – oder in Kelly Jordans Magen. Ich versuchte, tief durchzuatmen.

»Ihnen ist aber schon klar«, begann ich, erneut um einen ruhigen Ton bemüht, »dass, falls ich recht habe und Sie sich irren, irgendwo da draußen ein Mörder herumläuft, dem vielleicht gerade dämmert, dass die einzige Zeugin des Mordes, den er begangen hat, ein dreijähriges Mädchen ist. Haben Sie daran schon mal gedacht?«

Kelly Jordan beugte sich vor.

»Jetzt reicht es aber. Sie müssen damit aufhören. Sofort.«

»Und wie mache ich das?«

»Sie haben meine Nummer. Wenn irgendetwas passiert, können Sie immer noch nach dem Telefon greifen und mich anrufen. Ich bin jederzeit bereit, mit Ihnen zu sprechen. Geben Sie uns etwas, womit wir arbeiten können, dann nehmen wir unsere Ermittlungen gerne wieder auf.«

»Sie ist meine Tochter. Sie ist alles, was ich habe.«

Kelly Jordan erhob sich.

»Ich halte Sie auf dem Laufenden«, sagte sie. »Sie passen auf, dass Ihrer Tochter nichts passiert, und wir suchen den Mörder.«

29

Aber ich konnte nicht auf meine Tochter aufpassen. Meine Tochter war bei Jason, bei Ben.

Ich aß draußen im Garten ein halbes Croissant und verstreute den Rest für die Finken.

Anschließend klappte ich meinen Laptop auf, um weitere Zeugnisse zu schreiben: *Es war eine Freude, Kadijah in der Klasse zu haben…* Ich klappte den Computer wieder zu.

Ich griff nach meinem Handy, um Jason anzurufen, legte es aber gleich wieder weg, weil ich daran denken musste, wie er mich angesehen hatte. Er hasste mich. Wie lange hasste er mich schon?

Ich spielte mit dem Gedanken, Aidan anzurufen, doch mir fiel wieder ein, was er zu mir gesagt hatte: *Du musst dein Leben neu ordnen, mit dir selbst ins Reine kommen.* Er hatte recht, das musste ich, nur wusste ich nicht, wie.

Ich ging in Poppys Zimmer und ließ mich auf das Bett sinken. Ich betrachtete den Schlafanzug, der halb unter dem Kissen hervorlugte, das alberne Osternest, das wir zusammen für den Kindergarten gebastelt hatten und das seitdem oben auf dem Schrank thronte, die kleine Kiste voller Spielsachen, mit der dicken grünen Raupe obenauf, den Stapel frisch gewaschener Sachen auf der Kommode: die winzigen T-Shirts, Hosen und Slips.

Ich griff nach der kleinen Strickjacke, die über dem Stuhl hing, und hielt sie mir ans Gesicht, um den Duft meiner Tochter einzuatmen.

Tränen stiegen mir in die Augen, als ich daran dachte, wie

ich mit Poppy aus dem Krankenhaus heimgekommen war und mich mit ihr ins Bett gelegt hatte, mich nicht satt sehen konnte an ihrem zerknitterten kleinen Gesicht mit den bläulichen Augenlidern und dem kleinen Storchenzeichen auf der Stirn. Benommen vor lauter Liebe hatte ich meiner Tochter flüsternd versprochen, sie immer zu beschützen. Immer. Ihr ganzes Leben lang wollte ich dafür sorgen, dass ihr nichts passierte. Als wäre ich dazu in der Lage – als wären Mütter allmächtige Wesen, die sonst niemanden brauchten.

Ich setzte mich an meine Nähmaschine, stand aber gleich wieder auf, öffnete den Kühlschrank und schloss ihn sofort wieder, um stattdessen das Foto von Poppys lächelndem Gesicht zu betrachten, das mit Magneten an der Tür befestigt war. Ich ging hinaus, um den Garten zu gießen, weil ich Bewegung brauchte, mich vor Nervosität einfach nicht still halten konnte. Ich hatte das Gefühl, dass ich unbedingt etwas tun, etwas unternehmen musste, weil ich sonst durchdrehen würde, aber ich wusste einfach nicht, was.

Auf meinem Handy ging eine Nachricht ein. Ich warf einen Blick darauf.

Sorry so kurzfristig. Mädels-Treffen heute Abend, üblicher Ort? Versucht, alle zu kommen – es ist Ewigkeiten her! L xxxxxxx

»Tess! Hier drüben!«

Wobei es schwer war, sie zu übersehen – fünf Frauen, die sich lautstark unterhielten, verteilt um einen Tisch, auf dem schon jede Menge Flaschen standen. Liz mit ihrer Haarmähne, wild gestikulierend, um irgendein Argument zu unterstreichen. Cora, kichernd, als wäre sie sieben. Sie waren alle da.

»Wir dachten schon, du kommst wieder nicht«, sagte Kim, während sie aufstand, um mich zu umarmen.

Ich war spät dran, weil die Aussicht, sie alle wiederzusehen, meine Nervosität noch gesteigert und ich mir deswegen mit meinem Aussehen sehr viel Mühe gegeben hatte. Dabei waren wir schon seit dem Studium befreundet und hatten uns all die Jahre nicht aus den Augen verloren, sondern regelmäßig in Restaurants, Kneipen oder privat getroffen, manchmal sogar ein ganzes Wochenende. Während ich den Blick über unsere Gruppe schweifen ließ, ging mir durch den Kopf, dass unser erstes Treffen fast zwanzig Jahre zurücklag: Alle hatten inzwischen ein paar Falten bekommen, die Ersten auch schon graue Haare, mehrere waren bereits schwer krank gewesen, und eine – die lebhafte, vorlaute Tilda – weilte nicht mehr unter uns; sie war vor drei Jahren an Brustkrebs gestorben. Ein paar waren verheiratet, ein paar solo, zwei geschieden, und fast alle hatten ein Kind oder auch mehrere – wobei Liz gerade den dritten Versuch einer künstlichen Befruchtung unternahm.

Ein solches Treffen führte einem jedes Mal vor Augen, wie schnell die Zeit verging. Daran musste ich denken, während ich eine nach der anderen umarmte und mich dann zu dem Stuhl durchquetschte, der auf mich wartete. Vielleicht war das auch der Grund gewesen, warum ich blöderweise so lange überlegt hatte, was ich anziehen und wie ich herkommen sollte, und deswegen beinahe zu Hause geblieben wäre.

»Wir haben schon bestellt.«

»Kleine Portionen, damit wir alles durchprobieren können.«

»Immer diese kleinen Portionen! Seit wann muss man eigentlich alles teilen?«

»Wie schaffst du es nur, so dünn zu bleiben?«

»Hier ist ein Weinglas für dich, schenk dir ein.«

»Wie lange ist es her?«

Wann war ich das letzte Mal dabei gewesen? Ich runzelte die Stirn, nahm einen Schluck Wein.

»Lieber Himmel, keine Ahnung. Vor Poppy, kann das sein?«

Ich überlegte. »Und bevor Tilda starb. Wo habe ich bloß so lange gesteckt?«

»Tja, jetzt bist du ja wieder da.« Cora hielt ihr Glas hoch. »Willkommen zurück!«

»Da ist ja schon das Essen. Schiebt mal ein paar von den Flaschen zur Seite. Wer bekommt… na ja, was auch immer das sein mag. Kann mir jemand sagen, was das ist?«

Für etwa eine halbe Stunde wurde ich hineingesaugt in einen Strudel aus Small Talk, wobei teils über andere getratscht, teils aus dem eigenen Nähkästchen geplaudert wurde. Dann wandte Becky sich an mich: »Und du hast dich endlich befreit.«

»Wie meinst du das?«

»Du bist geschieden.«

»Ich war nie verheiratet. Aber ja, ich bin wieder solo.«

»Kommst du damit klar?«

»Mit dem Alleinsein? Ich weiß nicht.« Ich öffnete den Mund, um etwas über Aidan hinzuzufügen, überlegte es mir jedoch anders und trank stattdessen einen weiteren Schluck Wein.

»Es ist schwer«, meinte Kim. »Aber alles ist schwer, oder? Das ganze gottverdammte Leben.« Sie stieß ein Glas um, ohne sich um die rote Flüssigkeit zu kümmern, die auf sie zufloss.

Mein Telefon klingelte. Ich warf einen Blick darauf: die Festnetznummer in Brixton.

»Entschuldigt einen Moment. Jason? Gibt es ein Problem?«

Ich hörte eine Stimme – die von Emily – etwas sagen, dann meldete sich Poppy.

»Mummy?«

»Poppy! Hallo, mein Schatz! Bist du noch gar nicht im Bett?«

»Doch.«

»Geht es dir gut?«

»Ich will Milly.«

»Aber…«

»Ich will Milly!«

»Hör zu, Poppy.« Ich stand vom Tisch auf und entfernte mich ein Stück, wobei ich eine entschuldigende Geste in Richtung meiner Freundinnen machte. »Du hast doch Teddy, oder nicht?«

»Ja.«

»Dann kuschle mit Teddy. Über Milly können wir reden, wenn du heimkommst. Aber jetzt ist Schlafenszeit. Ist Daddy da?«

»Emily.«

»Wo ist Daddy?«

»Emily ist da, nicht Daddy«, behauptete Poppy erneut. »Mummy?«

»Ja, ich bin hier.«

»Ich will Sunny.«

»Sunny wartet auf dich, genau wie ich. Wir sehen uns ganz bald. Jetzt gib Emily das Telefon zurück, kuschle dich an Teddy und schließ die Augen, dann ist ganz schnell morgen.«

»Morgen«, wiederholte Poppy.

»Gute Nacht, meine süße Süße.«

Am anderen Ende herrschte Schweigen. Mein Herz schmerzte. Ich beendete das Gespräch und kehrte zum Tisch zurück, krampfhaft um ein Lächeln bemüht.

»Alles in Ordnung?«, fragte Liz.

»Poppy macht gerade eine etwas schwierige Phase durch. Veränderungen ...« Ich wandte mich an Becky. »Apropos, war ich denn nicht frei?«

»Was?«

»Du hast gesagt, ich hätte mich endlich befreit. War ich vorher nicht frei?«

»Na ja, warst du?«

»Ich schätze mal, eine Beziehung, jede Beziehung, ist eine Art ...?«

»Nein! Ich meine, klar hast du da recht. Aber bei dir war das extrem. Du weißt schon.«

»Nein.«

»Du und Jason«, sagte Liz. Am Tisch war es plötzlich ganz still. Alle sahen mich an. Am liebsten wäre ich aufgesprungen und davongelaufen, außer Sichtweite ihrer klugen Augen, die mich so mitfühlend musterten.

»Ich und Jason?«

»Er war immer ein ziemlicher Kontrollfreak, oder etwa nicht?«

»War er?« Ich fühlte mich auf einmal leicht benommen.

»Moment mal.« Miriam, die bisher kaum etwas gesagt hatte, erhob die Stimme. »Ich glaube nicht, dass es Tess weiterbringt, wenn wir schlecht über den Mann sprechen, mit dem sie jahrelang zusammengelebt hat und der außerdem der Vater ihrer Tochter ist. Übrigens möchte ich Fotos von ihr sehen«, fügte sie hinzu.

»Nein, ich will das hören«, widersprach ich. »Ich würde gerne wissen, was ihr von ihm gehalten habt. Ehrlich.«

Liz brauchte man das nicht zweimal zu sagen. »Er mochte es nicht, wenn man anderer Meinung war als er, oder? Ich hätte mir immer gewünscht, du hättest ihn zum Teufel gejagt, aber du hast es dir einfach gefallen lassen. Dem Kerl war nie bewusst, wie glücklich er sich hätte schätzen können, weil er dich hatte. Das war sein Problem. Er hielt sich für den Hauptgewinn. Von wegen!«

»Er hat gern die Entscheidungen getroffen«, warf Miriam ein.

»Jemand hat mir erzählt, dass du gegangen bist und er das Haus behielt.«

Ich nickte. »Ja«, bestätigte ich. »Mir erschien das sinnvoll. Das Haus liegt in der Nähe seiner Schule – außerdem hatte ich irgendwie das Gefühl, einen Neustart zu brauchen.« Noch während ich das sagte, begann ich, mich selbst zu fragen, ob das wirklich stimmte.

»Heilige Scheiße! Ernsthaft? Du hast so viel in dieses Haus

hineingesteckt, Tess. Ich weiß noch, wie du all die Bücherregale gebaut, die Vorhänge genäht und sämtliche Räume gestrichen und dann auch noch den Garten umgegraben hast. Es war viel mehr dein Haus als seines. Du hast es geliebt.«

Ich warf einen Blick in die Runde. »Ihr glaubt, er hat mich tyrannisiert? Ihr glaubt wirklich, ich wurde von ihm *tyrannisiert*?«

»So würde ich es nicht ausdrücken«, meinte Miriam hastig.

»Uns mochte er nicht besonders, stimmt's?« Becky griff nach einem Stück Sellerie, tauchte es in einen cremigen Dip und begann, darauf herumzukauen.

»Nicht?«

»Jedenfalls nicht als Gruppe«, antwortete Cora.

Ich beugte mich vor. »Was soll denn *das* nun wieder heißen?«

»Nichts.«

»Wir sind alle ein bisschen betrunken. Ehrlich, Tess, wir sind einfach nur froh, dass du hier bist und dass es dir gut geht.«

»Nein, wirklich, was meint ihr damit? Hört zu, ihr braucht nicht alle so besorgt zu schauen. Was ihr sagt, regt mich überhaupt nicht auf. Tatsächlich bin ich erst vor Kurzem dahintergekommen, dass Jason schon kurz nach Poppys Geburt eine Affäre begann, die ziemlich lange dauerte. Im Nachhinein finde ich am schlimmsten, dass ich die ganze Zeit völlig ahnungslos war. Andere wussten über diese wichtige, mich betreffende Sache Bescheid, ich selbst aber nicht. Freunde wussten Bescheid.« Ich sah eine nach der anderen an. »Für mich ist es jetzt wichtig, mir darüber klar zu werden, wie er war. Also, hat er es bei einer von euch versucht?«

»Nein!« Kim war rot angelaufen. »Aber ich hatte immer das Gefühl, dass er nicht der treue Typ war.«

»Bei uns hätte er sich nicht getraut«, meinte Liz. Sie hatte etwas Rote-Bete-Saft an der Wange. »Du glaubst doch nicht, dass eine von uns darauf eingegangen wäre? Tess?«

»Natürlich nicht«, antwortete ich. »Ihr seid doch meine lieben Freundinnen.«

In Wirklichkeit konnte mich gar nichts mehr überraschen.

»Mir ist mal was zu Ohren gekommen«, sagte Cora. »Frag mich nicht, von wem. Das ist schon Jahre her, und es war nur ein Gerücht. Ich wollte dich damals eigentlich danach fragen – aber du warst zu der Zeit sehr abweisend. Die Zugbrücke ging immer sofort hoch.«

»Wirklich?« Ich rieb mir das Gesicht. »Das war mir nicht bewusst.«

»Ich habe es jedenfalls so empfunden.«

»Ich hatte bloß das Gefühl, dass er sich deiner zu sicher war«, warf Miriam leise ein. »Dabei hätte er dem Schicksal danken sollen, weil er mit einer so schönen, klugen und lieben Frau wie dir zusammen war.«

»Wie sich herausstellt, war alles ganz anders, als ich dachte«, stellte ich fest. »Was soll ich denn jetzt tun?«

»Nachspeise schlemmen.«

Es war fast zwei, als ich nach Hause kam. Ich machte mir noch eine Tasse Tee. Als ich endlich ins Bett gehen wollte, hörte ich in Poppys Zimmer ein kratzendes Geräusch. Vor Schreck lief es mir kalt über den Rücken. Auf Zehenspitzen und mit Gänsehaut schlich ich hinaus auf den Flur und legte mein Ohr an die Tür. Einen Moment herrschte Stille, dann hörte ich zu meiner großen Erleichterung ein klägliches Miauen.

»Wie konnte ich dich nur einsperren!«, rief ich und zog die Tür auf.

Sunny schoss heraus und die Treppe hinunter wie ein erboster, orangeroter Pfeil. Ich betrat den Raum und setzte mich auf Poppys Bett, die Hände um meine Teetasse gelegt. Mir tat der Hals weh, und meine Augen brannten. Die Barriere zwischen mir und der Welt war so brüchig geworden wie Pergament, jede

Neuigkeit konnte sie durchbohren. Dann strömte ich hinaus und die Welt hinein.

Nachdenklich trank ich meinen Tee aus, stellte die Tasse dann auf den Boden, sank auf Poppys Bett und legte meinen benebelten Kopf auf ihr Kissen, neben ihren lila Lieblingsschlafanzug mit den rosa Seepferdchen. Ich dachte über all das nach, was meine Freundinnen gesagt hatten. Voller Liebe und Güte hatten sie das Bild ausradiert, das ich von mir hatte.

Vielleicht waren Jason und ich gar nicht in gegenseitigem Einverständnis auseinandergegangen. Vielleicht hatte er mich verlassen und mir bloß eingeredet, wir würden gemeinsam entscheiden, was für alle das Beste war. Heiße Tränen stiegen mir in die Augen.

Ich wünschte, meine Tochter wäre bei mir – und Aidan. Ich wünschte, ich könnte die Zeit zurückdrehen und noch einmal von vorn anfangen, alles besser machen. Ich wünschte … Eigentlich wusste ich gar nicht, was ich wollte. Ich *wollte* einfach.

Eine dicke Träne lief mir über die Wange und von dort in mein Haar. Eine zweite folgte. Ich wischte mir mit dem Ärmel von Poppys Schlafanzugoberteil übers Gesicht.

Dabei begann meine Haut auf eine seltsame, höchst unangenehme Art zu prickeln, als hätte ich schlagartig hohes Fieber oder als müsste ich mich jeden Moment heftig übergeben. Mein Magen zog sich zusammen. Ruckartig setzte ich mich auf.

Wieso lag Poppys Schlafanzug auf ihrem Kissen? Ich war mir sicher, dass ich ihn halb darunter geschoben hatte. Oder nicht? Ich schloss die Augen und versuchte, mich zu erinnern. Unser Gedächtnis spielt uns oft einen Streich – das hatte man mir in diesen letzten, albtraumhaften Tagen immer wieder gesagt. Demnach konnte ein Kind nicht zuverlässig zwischen Erinnerung und Fantasie unterscheiden, und genauso wenig war meiner Erinnerung zu trauen, wenn ich behauptete, die Frau, die mich in einem italienischen Restaurant angesprochen hatte, sei diejenige gewesen, die wenige Tage später durch einen Sturz von einem Wohnblock ums Leben kam. Die Erinnerung an mein Leben mit Jason hatte sich als wackeliges Konstrukt erwiesen, gebaut auf ängstliche Hoffnung und Blindheit. Erinnerung ist eine Lüge, ging mir durch den Kopf, ein kreativer Akt, ein schwacher Schild zum Schutz gegen die Wahrheit.

Aber Poppys Schlafanzug? Vor meinem geistigen Auge lag er da, wo ich ihn am Nachmittag gesehen hatte: *unter* dem Kissen. Ich stand auf, schaute mich um, ließ den Blick aufmerksam durch den ganzen Raum wandern. Am Osternest blieb er hängen. Als ich es das letzte Mal betrachtet hatte, waren die von mir daran befestigten getrockneten Blumen vorne zu sehen gewesen, da war ich mir sicher, ganz sicher. Nun befanden sie sich hinten.

Mein Blick fiel auf die dicke grüne Plüschraupe: Die hatte ganz oben auf der Spielzeugkiste gelegen. Nun steckte sie halb unter der Patchworkdecke. Die Schubladen der Kommode waren alle geschlossen gewesen. Jetzt stand die oberste einen Spalt offen.

Jemand hatte sich hier drin aufgehalten und auch Sunny eingesperrt. Nach längerem Nachdenken fiel mir wieder ein, dass ich ihn vor Verlassen des Hauses gefüttert und noch mitbekommen hatte, wie er seinen alten Körper durch die Katzenklappe zwängte. Jemand war hier im Raum gewesen und hatte Poppys Spielsachen hochgehoben, ihr Kissen, ihr Osternest. Ich stand jetzt ganz still da, mit angehaltenem Atem, und lauschte angestrengt, doch es war nichts zu hören, abgesehen vom gelegentlichen Motorengeräusch eines vorbeifahrenden Wagens, dem leisen Rascheln der Blätter in den Bäumen und dem klagenden Ächzen der Wasserrohre.

Ganz leise verließ ich Poppys Raum, schloss die Tür und ging in mein eigenes Zimmer, wo ich mich angestrengt zu erinnern versuchte, wie ich es hinterlassen hatte, bevor ich aufgebrochen war. Nachdenklich öffnete ich den Schrank. Ein Kleid war vom Bügel gerutscht. Ich hob es auf und hängte es zurück. Hatte es vorher auch schon auf dem Boden gelegen?

War womöglich ein Einbrecher in meine Wohnung eingedrungen? Ich schaute in meine Schmuckschatulle. Es schien nichts zu fehlen, aber ich besaß ja auch nichts Wertvolles, weder Gold noch Diamanten. Ratlos sah ich mich um.

Auch im Wintergarten schien alles so zu sein, wie ich es hinterlassen hatte – abgesehen von einer offen stehenden Schranktür. Eines der Scharniere hatte sich gelockert, sodass man die Tür ein wenig anheben musste, um sie ganz zu schließen. Ich konnte mich nicht entsinnen, sie offen gelassen zu haben. Es war höchst unwahrscheinlich, dass mir eine solche Nachlässigkeit unterlief, denn ich hatte einen ziemlich ausgeprägten Ordnungssinn, wollte immer alles sauber und aufgeräumt vorfinden, wenn ich nach Hause kam. Ich hasste ungemachte Betten, klaffende Schranktüren, offene Schubladen, herausgezogene Stühle.

Langsam wanderte ich durch die Wohnung, ließ die Hände über Oberflächen gleiten. Ich vergewisserte mich, dass alle Fenster geschlossen waren, und überprüfte anschließend die Türen, die in den Garten führten.

Am Ende war ich mir ganz sicher, aber welche Beweise hatte ich dafür? Dass ich eine Katze nicht in einen Raum gesperrt hatte? Dass ein Schlafanzug auf einem Kissen lag statt darunter, eine Schranktür plötzlich offen stand? Außerdem, wer würde mir glauben? Ich war schließlich die Frau, die schon einmal falschen Alarm geschlagen hatte.

30

Obwohl ich mehr als anderthalb Stunden brauchte, um nach Lewisham zu gelangen und Faversham Drive zu finden, war ich trotzdem zwanzig Minuten zu früh dran. Ich lief die Nebenstraßen auf und ab, erhitzt und hibbelig vor Nervosität und dem Gefühl, etwas Ungehöriges zu tun.

Um fünf vor vier klingelte ich bei 12a. Ich hörte eine melodische Glocke, dann Schritte. Die Tür schwang auf, und vor mir stand Felicity Carey Connors. Sie hatte meine Größe, war etwa in meinem Alter und lächelte mich erwartungsvoll an. Noch ehe sie das erste Wort sagte, war sie mir schon sympathisch.

»Tess?«

»Ja. Ich freue mich, Sie kennenzulernen.«

»Gleichfalls. Kommen Sie rein.«

Sie führte mich nach oben ins Wohnzimmer ihrer Wohnung. Es war ein heller, ordentlicher Raum mit einem abgeschliffenen Dielenboden, freundlichen Holzmöbeln und ein paar Drucken an der Wand. Es roch nach frischem Gebäck. In der Mitte des Raums stand ein Cello auf seinem Ständer, und daneben lagen ein paar Notenblätter. Ich fühlte mich leicht irritiert. Vielleicht hatte diese Felicity doch nichts mit Ben Fliss zu tun?

»Sie haben Ihr Cello nicht mitgebracht.«

»Nein.«

»Macht nichts. Setzen Sie sich. Möchten Sie eine Tasse Tee? Ich habe Kekse gebacken.«

»Ich besitze gar keines.«

»Ach? Dann …«

»Ehrlich gesagt möchte ich gar keine Stunden nehmen.«

Mit gelassener Miene wandte sie sich mir zu. »Das verstehe ich jetzt nicht.«

»Ich weiß. Bitte entschuldigen Sie. Ich möchte mit Ihnen über Ben sprechen.«

»Ben?«

»Sie sind doch mit Ben verheiratet? Oder waren es zumindest.«

»Wer sind Sie?«

»Tess. Ich bin Tess Moreau.«

»Ja, aber wer *sind* Sie? Warum sind Sie hier?«

»Das ist schwer zu erklären.«

»Entweder Sie erklären es mir, oder Sie gehen.«

Wir standen uns gegenüber, zwischen uns das Cello. Ich begriff, dass sie wütend war – aber auch, dass sie die Fliss war, die ich suchte.

»Ich war mit Jason zusammen, bevor er Emily heiratete.« Ich hüstelte unnötigerweise, weil ich nicht wusste, wie ich die Geschichte so erzählen sollte, dass sie einen Sinn ergab. »Ich habe Ben vor ein paar Wochen bei den beiden kennengelernt.«

»Und?«

»Er schien mir nicht in guter Verfassung zu sein.«

»Was geht Sie das an? Woher nehmen Sie das Recht, hier aufzutauchen und mir das zu sagen? Als wüsste ich das nicht längst.«

Ich versuchte, es ihr zu erklären, kämpfte mich stolpernd durch die ganze Geschichte, erzählte ihr von Poppys Zeichnung, Poppys Albträumen, der verstümmelten Puppe. Ich berichtete ihr auch von dem Todesfall, der sich als Mord entpuppt hatte, und von meiner zunehmenden Angst. Sie stand da, eine Hand am Hals des Cellos, und hörte mir bis zum Schluss wortlos zu.

»Und Sie glauben, der arme Ben könnte irgendwie mit alldem zu tun haben?«, fragte sie, nachdem ich geendet hatte.

Aus ihrer Stimme sprach so etwas wie Verachtung. Ich spürte, wie mir am ganzen Körper heiß wurde. »Ich möchte mich nur vergewissern, dass Poppy bei ihm sicher ist.«

»Ich weiß nicht, warum ich Sie nicht einfach hinauswerfe.«

Ich versuchte zu lächeln, was mir jedoch nicht gelang.

»In Gottes Namen«, sagte sie schließlich. »Lassen Sie uns in die Küche gehen und Tee trinken.«

Die Küche war winzig. Auf einer Seite stand ein kleiner Tisch an der Wand, flankiert von zwei Stühlen. Sie deutete auf einen davon. Ich nahm Platz und verfolgte, wie sie eine Kanne Tee machte und ein paar Kekse vom Abkühlgitter nahm.

»Haferkekse mit Ingwer«, informierte sie mich.

»Danke.«

»Als ich ihn kennenlernte, war er noch nicht so wie jetzt.«

»Verstehe.«

»Sehen Sie.« Sie deutete auf ein an der Wand hängendes Foto. Es zeigte die beiden, in einer anderen Welt. Ich hätte ihn beinahe nicht erkannt: ein zartes Gesicht, kurzes Haar, ein strahlendes Lächeln. Nur die Augen waren die gleichen.

»Er hat Depressionen«, erklärte sie. »Damit meine ich *richtige* Depressionen. Wahrscheinlich finden Sie es grausam von mir, dass ich ihn rausgeworfen habe.«

»Nein«, widersprach ich, »das finde ich nicht.«

»Er hat seine Tabletten nicht mehr genommen. Dann fing er an, zu viel zu trinken. Dadurch verlor er seine Arbeit. Es ging immer weiter bergab. Ich dachte, ich könnte es mit ihm durchstehen, aber es gelang mir dann doch nicht. Ich stellte ihm ein Ultimatum nach dem anderen. Es war, als würden wir immer tiefer in einem Albtraum versinken. Am Ende ertrug ich es einfach nicht mehr.«

»Natürlich nicht.« Ich hatte Ben ja gesehen und konnte mir vorstellen, wie schlimm es gewesen sein musste.

»Wenigstens hat er noch Emily.«

»Sie sind also der Meinung, er könnte niemandem …«

»Ich habe ihn nie gewalttätig erlebt. Nur traurig und irgendwie …«, sie suchte nach dem richtigen Wort, »… leer. Als wäre er gar nicht mehr da. Er ist einfach nur ein armer Kerl, der mit dem Leben nicht klarkommt. Und ich habe ihn im Stich gelassen und ihm dadurch wahrscheinlich den Rest gegeben. Was mir sehr leidtut.«

»Es war nicht Ihre Schuld«, tröstete ich sie.

»Ach, ich weiß nicht.« Sie griff nach einem Keks und tunkte ihn in ihren Tee. »Ich fühle mich seinetwegen ganz schrecklich. Deswegen kann ich es auch kaum ertragen, an das alles zu denken. Trotzdem würde ich ihn nicht zurücknehmen – nicht so, wie er jetzt ist. Ich war ihm keine Hilfe. Er kam mir vor wie ein Ertrinkender, der mich mit sich in die Tiefe zog. Außerdem finde ich es inzwischen recht angenehm, allein zu leben. Es ist auf jeden Fall leichter.«

Als ich ging, drangen satte Cellotöne hinaus auf die Straße. Armer Ben.

31

Als ich sie am Montagmorgen anrief, reagierte Kelly Jordan so unbeeindruckt, wie ich erwartet hatte.

»Gab es Einbruchspuren? Anzeichen dafür, dass sich jemand gewaltsam Zutritt verschafft hat?«

»Soweit ich sehen konnte, nicht.«

»Und Sie sagen, es wurde nichts gestohlen?«

»Sie kennen vielleicht das Gefühl, wenn man nicht präzise die Stelle beschreiben kann, obwohl man genau weiß, dass jemand im Raum war?«

»Nein, das kenne ich nicht.«

»Einige Dinge lagen definitiv anders als vorher – als hätte jemand nach etwas gesucht.« Ich schwieg einen Moment. »Ich weiß, das klingt alles sehr vage, aber ich dachte, ich sollte Sie darüber informieren. Mir ist natürlich klar, dass Sie jedes Mal die Krise kriegen, wenn Sie meine Stimme hören.«

Sie widersprach mir nicht. »Normalerweise würde ich Ihnen jetzt raten, die Sache zur Anzeige zu bringen, damit Sie ein Aktenzeichen bekommen. Doch um ehrlich zu sein, weiß ich nicht so recht, was es da anzuzeigen gibt. Oder um es brutaler auszudrücken: Da ist nichts.«

»Ich dachte, ich sollte Ihnen alles sagen, was relevant sein könnte.«

»Relevant?«

»Ja. Für den Fall.«

»Ich werde es vermerken.«

Ich bezweifelte, dass sie das wirklich tun würde.

»Da ist noch etwas, das ich erwähnen sollte«, fuhr ich fort.

»Was?«

»Ich sitze gerade im Bus und bin auf dem Weg zur Anhörung. Vielleicht sehe ich Sie dort?«

»Sie meinen die Anhörung zum Fall Skye Nolan?« In Jordans Stimme schwang ein neuer, ungläubiger Ton mit.

»Ja.«

»Nein, dort sehen Sie mich nicht. Warum um alles in der Welt wollen Sie da hin?«

»Ich hatte gehofft, mehr über den Fall in Erfahrung zu bringen.«

»Dazu werden Sie keine Gelegenheit haben. Es handelt sich bei dem Termin um eine reine Formsache. Mir wäre es lieber, Sie würden das sein lassen.«

»Warum?«

»Weil Sie besessen sind.«

»Sie nennen das so. Ich nenne es …«

»Es ist mir egal, wie Sie es nennen. Ich rate Ihnen dringend davon ab, weiter die Detektivin zu spielen – uns und auch Ihnen selbst zuliebe. Außerdem sind dort Leute, die auf eine ganz schreckliche Art jemanden verloren haben.«

»Keine Sorge, ich werde daran denken«, antwortete ich.

Ich beendete das Gespräch. Allerdings bezweifelte ich, dass sich meine Situation durch dieses Telefonat verbessert hatte.

32

Das Gericht zur Untersuchung von Todesursachen befand sich an der Seite eines heruntergekommen wirkenden kleinen Gebäudes am Rand des Friedhofs von St Pancras. Der einzige Hinweis auf die Vorgänge dort war ein kleiner, getippter Zeitplan, der am Fenster neben dem Eingang klebte. Die Anhörung sollte in weniger als fünf Minuten beginnen. Ich wollte die Tür aufschieben, doch sie war abgeschlossen. Als ich daraufhin auf einen Knopf drückte, meldete sich eine Stimme, die ich nicht verstand.

»Ich bin wegen der Anhörung hier«, erklärte ich. Die Tür wurde entriegelt.

Als ich eintrat, kam mir ein großer Mann in einem grauen Anzug entgegen.

»Gehören Sie zum Freundeskreis oder zur Familie?«, fragte er.

»Zum Freundeskreis.«

Der Mann deutete auf eine offene Tür hinter ihm. Ich betrat den Raum. Eigentlich hatte ich mit einer Art Amtssaal gerechnet, doch hier sah es eher aus wie in einer Kapelle mit einem Giebeldach, sechs Kerzenlüstern, etlichen Reihen alter Eichensitzbänke im hinteren Bereich sowie zwei weiteren Reihen auf einer Seite. Das Ganze strahlte eine düstere Würde aus, sodass ich mir fast vorkam wie bei einer Trauung oder einer Trauerfeier. Vorne befand sich allerdings eine erhöhte Tribüne wie in einem Gerichtssaal mit einer großen Videoleinwand, einem Computerbildschirm und einer Tafel, alles jeweils nach vorne ausgerichtet.

Der Raum war fast leer. Ich setzte mich in die letzte Reihe, ein paar Schritte entfernt von einem jungen Mann im dunklen Anzug, der gerade auf sein Handy hinunterstarrte. Vielleicht handelte es sich um einen Journalisten. In der ersten Reihe saßen auf der rechten Seite zwei Personen, eine Frau und ein Mann, die ich nur von hinten sehen konnte. Die Frau hatte violett gefärbtes Haar. Sie trug einen bunten Schal um die schmalen Schultern und saß sehr aufrecht. Ihr Begleiter wandte den Kopf, um herauszufinden, wer eingetreten war. Er wirkte jünger als sie, ein kompakt gebauter Typ Mitte dreißig, mit gepflegtem Bart, Hornbrille und einem einzelnen Ohrring. Er trug eine Krawatte, schien sich damit aber unbehaglich zu fühlen. Er sah aus wie für einen Kirchgang oder ein Bewerbungsgespräch gekleidet.

Auf der anderen Seite derselben Bankreihe hatten zwei uniformierte Polizeibeamte Platz genommen, ein Mann und eine Frau. Der Mann flüsterte der Frau gerade etwas zu.

Der stattliche Herr, der mich hereingelassen hatte, betrat durch eine Seitentür den Raum und wandte sich nach vorn.

»Alle erheben sich!«, verkündete er.

Man hörte Fußgescharre. Alle Anwesenden standen auf. Am vorderen Ende des Saals schwang eine Tür auf, und eine Frau erschien. Sie trug ein klassisches graues Kostüm und hatte ein paar Akten unter den Arm geklemmt. Mit ernster Miene stellte sie sich vor den langen Schreibtisch und verbeugte sich leicht. Reflexartig erwiderte ich die Verbeugung, genau wie der Rest der – ja, was eigentlich? Zuschauer? Versammlung? Obwohl ich wusste, dass die Öffentlichkeit Zutritt hatte, fühlte ich mich wie ein Eindringling.

Die Frau setzte sich und legte die Akten vor sich auf den Tisch. Es entstand kurze Unruhe, weil alle anderen sich auch wieder niederließen, obwohl es nur so wenige waren. Das schien mir nicht richtig. Andererseits handelte es sich ja nicht um eine Trauerfeier.

Die Frau hüstelte, bevor sie zu sprechen begann.

»Guten Morgen. Mein Name ist Charlotte Singer. Ich bin als stellvertretende Untersuchungsrichterin für diesen Bezirk zuständig.« Sie kniff die Augen zusammen und betrachtete die wenigen Leute im Saal. An dem Mann und der Frau in der ersten Reihe blieb ihr Blick hängen.

»Sind Sie die Angehörigen?«

»Das ist Skyes Mutter«, erklärte der Mann, »und ich bin ein alter Freund.«

Singer neigte leicht den Kopf.

»Ich möchte Ihnen meine aufrichtige Anteilnahme aussprechen. Es muss schrecklich für Sie gewesen sein. Ich werde versuchen, diese Prozedur für Sie so erträglich wie möglich zu gestalten. Wie Sie vielleicht wissen, geht es bei einer solchen Anhörung nur darum, vier Fragen zu beantworten: um wen es sich bei der verstorbenen Person handelt, wo sie gestorben ist, wann sie gestorben ist und wie.« Sie sprach direkt die Mutter an. Ich konnte deren Gesicht nicht erkennen, aber sie hatte den Kopf gesenkt und schien zu zittern. Der Mann legte ihr eine Hand auf den Rücken.

»Ich hoffe, man hat Ihnen erklärt, dass dieser Termin heute eine reine Formsache ist. Ich wurde darüber informiert, dass es sich aufgrund des Ergebnisses der Autopsie nun um eine Mordermittlung handelt. Aus diesem Grund werde ich die Anhörung zwar der Form halber eröffnen, aber sofort vertagen.«

»Und das war's?«

Singer blickte hoch. Der Mann neben Skye Nolans Mutter hatte sich zu Wort gemeldet.

»Entschuldigen Sie«, sagte Singer, »Mister …«

»Beccles. Charlie Beccles«, stellte sich der Mann vor. »Ich bin Skyes engster Freund. Ich habe mich gefragt, ob wir uns zu ihrem Tod äußern dürfen.«

Singer hantierte einen Moment mit den vor ihr liegenden

Akten herum und schob sie dann zu einem ordentlichen Stapel zusammen.

»Dafür wird es zum gegebenen Zeitpunkt sicher Gelegenheiten geben.«

»Wann ist denn der gegebene Zeitpunkt?«, fragte Beccles.

»Ich fürchte, darauf habe ich keinen Einfluss.«

»Sprechen wir von Tagen? Wochen? Monaten?«

»Monaten«, antwortete Singer. »Aber das hängt alles vom Verlauf der Ermittlungen und dem damit zusammenhängenden Prozedere ab. Heute habe ich Ihnen lediglich mitzuteilen, dass ich die Leiche nicht freigeben darf.« Sie wandte sich an die Polizeibeamten. »Haben Sie noch Fragen?«

Aber die Beamten waren wegen des nächsten Falls da, sodass die Richterin nach ihren Akten griff und sich mit einem Nicken von Skye Nolans Mutter verabschiedete. Dann wurden wir erneut aufgefordert, uns zu erheben. Singer stand ebenfalls auf, verbeugte sich wieder leicht und verließ den Raum.

Ich setzte mich noch einmal kurz hin, weil ich nicht so recht wusste, was ich jetzt machen sollte. War es das schon gewesen? Immerhin befanden sich die Mutter und ein Freund hier, das war eine Gelegenheit, wie sie sich wahrscheinlich nie wieder bot. Ich wartete, bis die beiden auf den Ausgang zusteuerten, und erhob mich. Zum ersten Mal konnte ich das Gesicht der Mutter sehen. Schlagartig bekam ich – tatsächlich wie einen körperlichen Schlag – eine Ahnung davon, wie es sich anfühlen musste, ein Kind zu verlieren. Die Wangenknochen der Frau standen hervor, ihre Haut wirkte fast grau, die großen, dunklen Augen schienen ins Leere zu starren. Sie sah aus wie ihre Tochter, zierlich und hellhäutig, nur dass ihr Haar blasslila gefärbt war. Sie schien nicht annähernd so alt zu sein, wie ich erwartet hatte, war höchstens Mitte vierzig und wohl schon sehr jung Mutter geworden. Sie trug einen langen Rock mit Paisleymuster, Doc-Marten-Stiefel, ein ausgebleichtes indigoblaues Shirt, einen farbenfrohen Schal und als Schmuck klobige Ringe an mehreren Fingern und etliche schmale Armreifen an den knochigen Handgelenken – als wäre sie unterwegs zu einem Protestmarsch oder einem Picknick mit Freunden.

»Es tut mir sehr leid«, sprach ich sie an. »Was für ein schreckliches Unglück. Ich weiß nicht, was ich sagen soll, außer dass es mir so unendlich leidtut.«

Die Frau reagierte zunächst kaum. Erst ein paar Augenblicke später wandte sie mir ganz langsam das Gesicht zu.

»Danke«, sagte sie. Sie klang benommen. Ich fragte mich, ob man ihr Beruhigungsmittel gegeben hatte.

Der Mann beäugte mich argwöhnisch. Er war ziemlich klein, aber breitschultrig. In seinem ordentlich getrimmten Bart schimmerten erste Silberfäden.

»Kannten Sie Skye?«, fragte er.

Mir wurde klar, dass ich mir nicht überlegt hatte, was ich auf diese so naheliegende Frage antworten sollte. Ich konnte sie nicht anlügen. Auf keinen Fall durfte ich dieser Frau schaden, die schon mehr als genug gelitten hatte.

»Nur ein bisschen«, antwortete ich. »Es ist schwierig zu erklären. Aber ich wollte unbedingt herkommen, weil ich hoffte, ich könnte mit Ihnen über sie sprechen. Wobei ich natürlich verstehe, wenn Sie das im Moment nicht möchten.«

»Ich spreche gern über sie«, entgegnete die Mutter mit heller, silbriger Stimme. »Sie ist das Einzige, worüber ich sprechen mag. Man hat mich ihre Leiche nicht sehen lassen, müssen Sie wissen. Das ist schrecklich, finden Sie nicht auch?«

Mir war klar, warum die Polizei sie die Leiche ihrer Tochter nicht hatte sehen lassen. Der Gedanke daran war tatsächlich schrecklich.

»Es tut mir leid«, sagte ich. »Ich weiß nicht mal Ihren Namen.«

»Peggy. Und das ist Charlie.«

»Hallo.«

Ich schüttelte ihnen die Hände; die von Charlie fühlte sich kräftig und warm an, die von Peggy kalt und dürr wie Reisig.

»Charlie ist so ein guter Freund. Ich hatte immer gehofft, er und Skye würden heiraten. Aber es sollte nicht sein. Skye besaß nicht viele richtige Freunde. Aber du, Charlie, du warst ein richtiger Freund.«

Ich hatte befürchtet, Skyes Mutter würde nicht über ihre Tochter reden wollen, doch allem Anschein nach war es ihr sogar ein dringendes Bedürfnis. Sie würde wohl mit jedem reden, sogar einer Fremden wie mir.

»Können wir irgendwo hingehen? Darf ich Sie vielleicht auf eine Tasse Tee einladen?«, schlug ich vor.

»Wir sind schon auf dem Weg zum Bahnhof«, erklärte Charlie. »Ich bezweifle, dass das der richtige Zeitpunkt ist.«

Ich spürte die Gelegenheit vorübergehen. Wenn unsere Begegnung damit zu Ende war, würde ich die beiden wahrscheinlich nie wieder zu Gesicht bekommen.

»Da haben Sie natürlich recht«, antwortete ich. »Vielleicht kann ich Sie ja ein Stück begleiten. Ich glaube, wir können am Kanal entlanglaufen. Es ist nicht weit.«

Wir traten hinaus in den Sonnenschein. Charlie nahm Peggy am Arm, woraufhin Peggy auch nach meinem Arm griff, zart und vertrauensvoll wie ein Kind. Wir überquerten den Kanal auf der neuen Brücke und stiegen zum Treidelpfad hinunter.

»Erzählen Sie uns, woher Sie Skye kannten«, forderte Charlie mich auf.

Ich versuchte krampfhaft, mir eine Antwort einfallen zu lassen, die nicht ganz gelogen war und sie zugleich dazu ermuntern würde, weiter mit mir zu sprechen, womöglich sogar in Kontakt zu bleiben.

»Das klingt jetzt vielleicht ein bisschen seltsam. Wir sind uns nur ein einziges Mal begegnet, erst vor Kurzem. Vor etwa zwei Wochen. Aber die Begegnung ist mir nicht aus dem Kopf gegangen. Ich habe viel über sie nachgedacht. Und dann erfuhr ich, dass sie gestorben war. Ich hoffe, es macht Ihnen nichts aus, dass ich Ihnen jetzt ein wenig Gesellschaft leiste, obwohl ich für Sie ja eigentlich eine Fremde bin.«

Wir gingen gerade an einer Reihe von Hausbooten vorüber. Mir war bewusst, dass jede Sekunde dieses Gesprächs kostbar war.

»Ich erinnere mich unter anderem deshalb so lebhaft an Skye« – ich fühlte mich wie eine Betrügerin, weil ich sie Skye nannte und dadurch Vertrautheit suggerierte –, »weil sie aus irgendeinem Grund sehr aufgeregt wirkte.«

»Ja, das ist typisch meine Tochter«, bestätigte Peggy. »Sie war schon lange Zeit so.«

»Ist es in den Wochen vor ihrem Tod schlimmer geworden?«

Peggy wiegte den Kopf von einer Seite zur anderen. Sie kam mir zwischen uns beiden so winzig vor. »Ich habe sie in den Wochen vor ihrem Tod nicht gesehen.«

Wir stiegen die breiten Treppenstufen vom Kanal hinauf und erreichten den Weg, der zum Bahnhof King's Cross führte. Ich blieb stehen.

»Darf ich Sie besuchen kommen?«, fragte ich Peggy. »Ich würde so gerne mit Ihnen über Ihre Tochter sprechen. Natürlich nur, wenn Sie mögen.«

Charlie runzelte die Stirn, aber Peggy wirkte dankbar.

»Ich mag«, antwortete sie. »Ich habe im Moment das dringende Bedürfnis, über sie zu reden. Sonst ist es, als wäre sie …«, sie hob eine Faust und öffnete dann die Finger, »… verschwunden, hätte sich in Luft aufgelöst, wäre gar nie hier gewesen. So wenige Menschen vermissen sie oder erinnern sich wirklich an sie.«

»Dann komme ich.«

»Ich lebe draußen in der Wildnis.« Sie lächelte. »Chelmsford, meine ich.«

»Das ist kein Problem.«

»Wahrscheinlich werde ich die ganze Zeit weinen.«

»Das ist auch kein Problem. Sie dürfen weinen.«

Nachdem wir unsere Adressen ausgetauscht hatten, wandten sich die beiden zum Gehen, doch nach ein paar Schritten machte Charlie kehrt. Er sprach mich in leisem Ton an.

»Was, zum Teufel, tun Sie da?«

»Wieso?«

»Haben Sie eine Ahnung, wie verletzlich sie ist?«

»Natürlich.«

»Schon möglich, dass sie mit Ihnen sprechen möchte, aber mir ist nicht ganz klar, warum Sie mit ihr sprechen wollen. Was führen Sie im Schilde?«

Was führte ich im Schilde? Ich sah zu Peggy hinüber, die mit leerem Blick in das braune Wasser starrte. Ihr Gesicht wirkte spitz und vom Kummer vorzeitig gealtert.

»Das ist kompliziert. Ich möchte es für sie wirklich nicht schlimmer machen, als es ohnehin schon ist.«

»Das wäre auch nicht gut.«

»Ich weiß.«

»Lassen Sie ihr wenigstens ein bisschen Zeit. Warten Sie, bis es nicht mehr ganz so wehtut.«

»In Ordnung.« Aber die Zeit arbeitete gegen mich. »Kann ich dann mit Ihnen sprechen?«

»Mit mir?«

»Ja.«

»Über Skye?«

»Ja.«

Er funkelte mich einen Moment finster an, dann zuckte er langsam mit den Schultern.

»Können Sie morgen am frühen Abend zum Freibad am Parliament Hill kommen? Ich bin kurz nach sechs dort im Café.«

»Ich werde da sein.«

33

Ich sollte Poppy um drei bei Jason abholen, und obwohl der Bus eine Umleitung fuhr und ich die letzten anderthalb Kilometer zu Fuß gehen musste, war ich zu früh dran. Während ich die vertraute Straße entlangging, zu dem Haus, in dem ich jahrelang gelebt hatte, piepte mein Handy: eine Nachricht von Jason.

Verspätet. Wird 15.30/16.00.

Ich verfluchte ihn leise, klingelte aber trotzdem, nur für den Fall. Ich hörte schlurfende Schritte, dann schwang die Haustür langsam auf. Vor mir stand Ben, barfuß und in einer karierten Hose, bei der es sich vermutlich um eine Schlafanzughose handelte, auch wenn ich mir da nicht sicher war.

»Tut mir leid, ich weiß, ich bin früh dran.« Ich musste an unsere letzte Begegnung im Park denken. »Ich habe Jasons Nachricht gerade erst bekommen.«

»Jason und Emily sind nicht da.«

Ich konnte im Haus Hundegebell hören und gedämpfte elektronische Musik.

»Ich weiß. Ich hole mir irgendwo einen Kaffee und komme in einer Stunde wieder.«

»Ich mache mir Sorgen um Emily«, erklärte er, als hätte er gar nicht mitbekommen, dass ich etwas gesagt hatte – oder als wäre ich jemand ganz anderer. »Ich bin schließlich ihr großer Bruder, wenn auch in letzter Zeit kein besonders toller. Trotzdem, du weißt schon.«

»Warum machst du dir Sorgen?«

»Gerade du solltest wissen, warum.«

»Was willst du damit sagen?«

»Ich mache mir einfach Sorgen.«

»Ist irgendetwas nicht in Ordnung? Ich meine, mit ihr und Jason?«

»Sie ist nicht wie du.«

»Wie ich?«

»In der Lage, sich zu behaupten.«

War ich in der Lage, mich zu behaupten? Hatte ich das Jason gegenüber je getan?

»Was tut Jason denn?«, fragte ich.

Der Hund bellte erneut.

Ich trat einen kleinen Schritt vor.

»Hoffentlich glaubst du jetzt nicht, ich will mich einmischen. Ich weiß, wir beide hatten keinen guten Start. Trotzdem würde ich dich gerne etwas fragen.«

»Ich muss mir erst mal die Zähne putzen.«

»Könntest du mir vorher nur …«

»Mummy!«

Ich drehte mich halb in Richtung Straße, hielt dann aber irritiert inne. Die Stimme kam aus dem Haus.

»Poppy?«

Meine Tochter hüpfte mir von drinnen entgegen. Sie trug nur einen Slip und darüber den Hexenumhang. An ihrer Wange klebte ein dicker Streifen Marmelade. Ihr Haar hatte an dem Tag definitiv noch keinen Kamm gesehen.

»Poppy?«, wiederholte ich. »Aber ich dachte …«

»Ich hab Rad schlagt!«

»Was ist los? Komm her.«

Ich hob sie hoch und drückte sie an mich.

»Wie lange sind Jason und Emily denn schon weg?«, wandte ich mich an Ben.

»Die kommen bald zurück. Du bist früh dran.«

»Ich habe gefragt, wie lange sie schon weg sind.«

Ich spürte Poppys heißen Atem an meinem Ohr. »Als ich ein Fant war.«

»Tess!«, hörte ich Jasons Stimme hinter mir.

Ich fuhr herum, Poppy immer noch fest an mich gedrückt. Jason und Emily hatten das kleine Eisentor erreicht. Emily sah müde aus, ihre Augen wirkten verquollen.

»Du bist zu früh«, stellte Jason fest.

Ich ignorierte ihn.

»Komm, mein Schatz«, sagte ich zu Poppy, »wir ziehen dir jetzt was an, und dann geht's ab nach Hause.«

»Roxie hat knurrt.«

Ich stieg die Treppe hinauf, gefolgt von Jason. Oben stieß ich mit der Schulter die Tür zu Poppys Schlafzimmer auf, setzte sie aufs Bett und fing an, ihre Sachen zu packen.

»Sunny schnurrt.«

»Ja, das tut er. Hier, wie wär's damit?« Ich warf ihr ein T-Shirt und ein Trägerkleid zu.

»Nein.«

»Du kannst den Hexenumhang darüber tragen.« Ich sah Jason an, der in der Tür stand.

»Wie lange wart ihr weg? Über Nacht?«

»Wir haben sie nicht mit einem Fremden zurückgelassen.«

»Warte, ich gehe dir zur Hand.« Ich half Poppy in die Armlöcher hinein, schob ihren Kopf durch den Ausschnitt und zog das Kleid dann über den zappelnden Rest ihres Körpers.

»Hat Sunny mich lieb?«

»Hier hast du deinen Umhang.«

»Es war eine Ausnahme.«

Ich starrte Jason einen Moment an. Inzwischen war mir alles an ihm zuwider: die kräftige Statur, das kantige Kinn, sein männlich-attraktives Aussehen, ja allein schon die Art, wie er dastand, mit verschränkten Armen und ein wenig breitbeinig – wie ein Stier. Wieso hatte ich ihn je in meine Nähe gelassen?

»Wir sind hier fertig. Lass uns gehen.«

Uns blieben keine vierundzwanzig Stunden, bis Poppy zu meiner Mutter fuhr.

Wir gingen miteinander in den Park, wo ich Poppy auf der Schaukel anschob und ihr anschließend dabei zusah, wie sie das Klettergerüst hinaufkraxelte. Danach fütterten wir die Enten, Poppy rollte einen Hügel hinunter, und jedes Mal, wenn ein Hund vorbeikam, versuchte sie, ihn zu streicheln. Ein schwarzer Labrador blieb friedlich stehen und ließ sie an seinen seidigen Ohren ziehen, ein Terrier mit krummen Beinen sprang an ihr hoch und leckte ihr übers Gesicht. Ich musste an Skye denken, die ihr Geld damit verdient hatte, Hunde spazieren zu führen. Ben hatte einen Hund.

Wieder zu Hause, begannen wir, aus einem großen Pappkarton ein Haus zu bauen, indem wir Fenster und eine Tür herausschnitten. Ins Dach kam auch ein Loch für den Klorollenkamin. Als ich schließlich damit fertig war, die Wand mit Klebeband am Dach zu befestigen, stellte ich fest, dass ich vor lauter Konzentration gar nicht bemerkt hatte, dass sich Poppy nicht mehr im Raum befand. Während ich nach ihr rief, hörte ich ein kratzendes Geräusch, das aus einem anderen Raum kam. Ich vermutete, dass irgendetwas über den harten Küchenboden schabte. Also rannte ich in Richtung Küche und sah Poppy gerade herauskommen. Ich registrierte, dass sie etwas in der Hand hielt, brauchte aber einen Moment, um zu begreifen, dass es sich um ein Messer handelte: ein wirklich großes, scharfes Messer, das ich immer zum Brotschneiden verwendete, gelegentlich auch zum Zerlegen von Fleisch.

Am liebsten hätte ich Poppy angeschrien, das Messer sofort wegzulegen, aber mir war klar, dass ich sie nicht erschrecken durfte, weil sie es sonst womöglich auf ihre Füße fallen ließ oder sich schnitt. In einem geistesabwesenden Moment hatte ich mir damit mal beim Zwiebelschneiden in den Finger geschnitten, und zwar bis auf den Knochen. Das war so schnell passiert, dass ich es erst merkte, als das Blut hervorquoll.

»Poppy«, sagte ich lächelnd und so beiläufig, wie ich nur konnte, »komm, gib mir das Messer.«

»Das ist für Mummy«, erklärte sie.

»Bleib bitte stehen.«

Ein einziger falscher Schritt, ein Stolpern oder Kippen, wie es bei ihr zehnmal am Tag geschah, und sie würde sich das Messer in den Leib rammen. Ganz langsam und immer noch krampfhaft lächelnd ging ich vor ihr in die Knie, beugte mich zu ihr, immer näher, bis ich schließlich mit der einen Hand ihre kleine Faust und mit der anderen ihren Arm packen konnte. Vorsichtig löste ich das Messer aus ihren Fingern, wobei ich ständig darauf achtete, die Klinge von uns beiden wegzuhalten.

Als ich es ihr endlich abgenommen hatte, legte ich es auf ein hohes Regalfach und sagte: »Poppy, du darfst dieses Messer nie wieder anfassen – nie, nie wieder!«

»Es ist für Mummy«, wiederholte sie.

»Ja«, antwortete ich. »Es gehört Mummy, nicht Poppy.«

Ich warf einen Blick in die Küche. Was ich dort sah, erschreckte mich derart, dass mir schlagartig übel wurde. Poppy hatte einen der Stühle bis zur Küchentheke gezerrt, war hinaufgestiegen und hatte das Messer von dem Magnetstreifen an der Wand gezogen. Danach war es ihr irgendwie gelungen, wieder hinunterzuklettern, während sie gleichzeitig das größte und schärfste Messer in der Hand hielt, das im Haus zu finden war. Und das alles, während ich im Nebenraum ein Haus aus Pappe bastelte.

»Warum für Mummy?«, fragte ich.

»Was?«

Mir schien, als hätte sie das Ganze schon wieder vergessen, Deswegen griff ich nach dem Messer und hielt es vor mich hin.

»Das hier. Warum ist es für Mummy?«

»Es ist ein Schwert«, erklärte sie mit gerunzelter Stirn »Für Mummy.«

Wir kochten zusammen Milchreis und aßen ihn, während wir uns einen Zeichentrickfilm ansahen. Hinterher ließ ich ein Bad einlaufen, hob Poppy hinein und hockte mich dann neben sie. Ich seifte ihren rosigen Körper ein, schnitt ihr die Nägel, wusch ihr zum Schluss auch noch die Haare und kämmte die verfilzten Knoten aus. Poppy brüllte wie am Spieß, rammte mir ihre kleine Faust ins Gesicht und schrie, sie hasse mich.

Als ich sie schließlich ins Bett verfrachtet hatte, las ich ihr Geschichten vor, bis sie einschlief. Danach blieb ich noch eine Weile sitzen und beobachtete, wie sie sich auf ihrem Kissen hin und her drehte, sich dann zwei Finger in den Mund steckte und unter der Bettdecke verschwand.

In der Nacht nässte sie ins Bett und weinte. Ich machte sie sauber, zog ihr einen frischen Schlafanzug an, legte sie neben mich ins Bett und konnte dann lange nicht einschlafen. An ihren heißen kleinen Körper geschmiegt, lauschte ich ihrem Atem.

Morgens frühstückten wir draußen im Garten Zimtschnecken. Poppy jagte Sunny herum, grub Würmer aus und pflückte mir eine Pfingstrosenblüte, die ich mir ins Haar stecken sollte. In der warmen Luft tanzten zwei goldgelbe Schmetterlinge.

Dann packten wir eine kleine Tasche für sie, fuhren mit zwei unterschiedlichen Bussen und trafen frühzeitig am Bahnhof Marylebone ein. Aber meine Mutter war schon da. Sie trug trotz der Hitze eine dicke Jacke. Ein paar bereits ergrauende Haarsträhnen hingen ihr ins Gesicht, und ein Träger ihrer Umhängetasche war gerissen. Sie wirkte irgendwie schlampig. Ich empfand einen Anflug von Schuldgefühl. Eigentlich sollte ich sie beschützen, statt ihren Sorgen weitere hinzuzufügen.

Ich umarmte sie und gab ihr einen Kuss auf die Wange. Sie roch wie immer: nach dem Blumenduft, den sie jeden Tag benutzte, und einem Hauch Gesichtspuder.

»Ich habe einen früheren Zug genommen, damit ich ja rechtzeitig da bin«, erklärte sie.

Poppy legte ihre Hand vertrauensvoll in die ihrer Großmutter.

»Darf ich heut auf Sam, den Desel?«

Während ich den beiden nachblickte – Poppy trug ihren kleinen Rucksack und hielt ihren Teddy fest an sich gedrückt –, musste ich an das ständige Ankommen und Aufbrechen denken, all die Treffen und Abschiede, die sie in ihrem kurzen Leben schon hinter sich hatte. Machte es ihr etwas aus? Litt sie unter Heimweh? Wo fühlte sie sich überhaupt zu Hause?

Ich dachte auch an den Vorfall vom Vorabend, an das Messer und Poppys Erklärung dazu: es sei für Mummy – ein Schwert. Aber welche Art von Schwert? Ein Schwert, um mich damit anzugreifen? Oder eines, mit dem ich mich verteidigen sollte? Was hatte Poppy, meine geheimnisvolle kleine Tochter, meine Besucherin von einem anderen Planeten, damit gemeint? Drohte sie mir, oder versuchte sie, mich zu beschützen?

Ich hätte heulen können, doch das würde ich nicht tun, *noch* nicht. Vorher galt es, Dinge zu erledigen, Orte aufzusuchen.

34

Kurz vor sechs traf ich im Freibad am Parliament Hill ein, holte mir eine Tasse Tee und fand einen Sitzplatz draußen vor dem Café, mit Blick aufs Wasser. Es war ein warmer, milder Abend und das Becken voller Schwimmer. Manche von ihnen planschten gemächlich dahin, andere pflügten mit kräftigen Armzügen durch das chemische Blau. Es war unmöglich festzustellen, ob sich Charlie unter ihnen befand. Außerdem konnte ich mich kaum daran erinnern, wie er aussah. Ich wusste nur noch, dass er einen ordentlich getrimmten Bart hatte und eine Hornbrille mit runden Gläsern trug.

Ein junger Mann mit breiten Schultern und leichtem Bauchansatz stemmte sich aus dem Wasser, nahm seine Badekappe und Schwimmbrille ab und blickte mit zusammengekniffenen Augen in Richtung Café. Als er mich entdeckte, hob er eine Hand zum Gruß und verschwand dann in einer der Umkleidekabinen. Ein paar Minuten später saß mir Charlie gegenüber. Er trug Shorts und ein Langarmshirt. Sein Haar war feucht, sein Gesicht rosig vom Schwimmen. Er kramte im Rucksack nach seiner Brille und setzte sie auf. Ich hatte das Gefühl, ihn zum ersten Mal richtig wahrzunehmen. Das war der Mann, dem Skye am Herzen gelegen hatte – aber auch der Mann, der es nicht geschafft hatte, sie zu retten.

»Ich habe nicht viel Zeit.«

»Es ist nett, dass Sie sich überhaupt mit mir treffen.«

Er reckte einen Finger in die Höhe. »Bevor Sie irgendetwas anderes sagen, will ich erst wissen, warum Sie sich so für Skye interessieren. Sie sind ihr bloß ein einziges Mal begegnet, sagen

Sie, tauchen aber bei der Anhörung auf und wollen sogar ihre Mutter aufsuchen. Sind sie Journalistin?«

»Nein, ich bin Lehrerin, wenn Sie es genau wissen müssen. Und Sie?«

»Ist das wichtig?«

»Nein, wahrscheinlich nicht. Entschuldigen Sie die Frage.«

»Ich arbeite für eine Technikfirma, aber wenn ich jetzt versuchen würde, Ihnen zu erklären, worin genau meine Aufgabe besteht, würden Sie es sowieso nicht verstehen, schätze ich mal.«

»Schon gut.«

»Also, was führen Sie im Schilde? Kaum jemandem lag etwas an Skye, also warum interessieren Sie sich so für sie? Nach einer einzigen Begegnung?«

Ich holte tief Luft.

»Das klingt jetzt bestimmt merkwürdig, aber ich glaube, es besteht irgendeine Verbindung zwischen mir und ihrer Ermordung.«

Charlie ließ sich zurücksinken. »Warum sprechen Sie dann mit mir? Sie sollten zur Polizei gehen.«

»Da war ich schon.«

»Und? Was sagen die?«

»Sie ermitteln«, antwortete ich in der Hoffnung, diese vage Antwort würde ihm reichen. »Das ist alles sehr kompliziert, aber ich vermute, dass Skye mit einer Person aus meinem Bekanntenkreis in Verbindung stand und womöglich von dieser Person ermordet wurde.«

»Um wen handelt es sich da?«

»Das weiß ich nicht.«

»Und welche Art von Verbindung bestand?«

»Das weiß ich auch nicht.«

»Für mich ergibt das wenig Sinn.«

Ich schwieg einen Moment, weil es für mich ebenso wenig Sinn ergab. »Ich weiß nicht, was ich Ihnen sagen soll. Sie müssen mir einfach glauben, dass ich in guter Absicht handle. Ich muss mehr über Skye in Erfahrung bringen, weil ich unbedingt herausfinden will, warum sie mich kurz vor ihrem Tod aufgespürt hat.«

»Sie hat sie aufgespürt?«

»Ja.«

»Was hat Sie gesagt?«

»Sie hat mich in einem Restaurant angesprochen und so getan, als würde sie mich kennen.«

»In welchem Restaurant?«

»Einem kleinen Italiener namens Angelo's, in der Nähe von London Fields.«

»Aber Sie kannten sie nicht?«

»Nicht, dass ich wüsste.«

Er schien zu überlegen. Wenigstens lief er nicht davon.

»Warum lassen Sie nicht einfach die Polizei weiterermitteln?«

Ich dachte an Poppy mit ihrem kleinen Rucksack, an der Hand ihrer Großmutter, ihren Teddy an sich gedrückt.

»Es ist wichtig für mich«, antwortete ich leise.

»Also, ich weiß nicht recht«, sagte Charlie in leicht grollendem Ton. »Ich habe das Gefühl, dass ich da irgendwas nicht so ganz verstehe.«

»Mir kommt es auch seltsam vor.«

»Also gut.« Er warf einen Blick auf sein Telefon. »In ein paar Minuten muss ich los. Was wollen Sie wissen?«

»Mich würde einfach interessieren, wie Skye war und wo sie sich gerne aufgehalten hat. Am wichtigsten aber wäre es für mich, alles über die Männer in ihrem Leben zu erfahren. Wenn das für Sie nicht zu schmerzhaft ist.«

Er wandte den Kopf ab und starrte eine Weile aufs Wasser. Auch als er sich mir wieder zuwandte, sah er mich nicht direkt an.

»Tja, was soll ich Ihnen erzählen? Sie wäre nächsten Monat

achtundzwanzig geworden. Sie ist nicht in London geboren, sondern hat sich immer als Mädchen aus Essex bezeichnet. Sie hat die Schule in Chelmsford besucht und war ein Einzelkind. Ihren Vater hat sie nie kennengelernt. Sie war …« Er brach ab und schnitt eine Grimasse. »War, war, war. Ich finde es seltsam, das ständig zu sagen. Nach allem, was Skye mir berichtet hat, war sie ein ziemlich wilder Teenager – mit Drogen und allem Drum und Dran. Sie war wirklich klug, hat aber keine Uni oder so was besucht. Eine Weile jobbte sie als Babysitterin, aber das war, bevor sie nach London kam. Danach machte sie alles Mögliche. Zuerst bediente sie in einer Kneipe in Enfield. Im Crown and Anchor«, fügte er hinzu, bevor Tess fragen konnte. »Dann bei einem Italiener, der inzwischen zugemacht hat. Skye meinte, die hätten sie genommen, weil sie ein bisschen italienisch aussah. Dort hat sie als Kellnerin gearbeitet, manchmal auch in der Küche. Als Pizzabäckerin war sie aber eine Niete.

Charlie ließ den Blick über das Becken schweifen.

»Ich dachte, sie hätte Hunde spazieren geführt.«

»Das machte sie erst seit etwa einem Jahr. Der Job hat ihr richtig gefallen. Sie liebte Hunde. Sie liebte alle Tiere. Ihr Traum war, eine Art Gnadenhof für streunende Hunde und Katzen aufzuziehen. Wobei ich nicht glaube, dass sie jemals einen realistischen Geschäftsplan dafür besaß.« Er verstummte.

»Wo hat sie die Hunde spazieren geführt?«

»Wo? Meistens in dem Park bei Kennington und auch im Burgess Park, glaube ich. Es kam darauf an, welche Hunde sie gerade betreute. Hin und wieder musste sie auch in andere Stadtteile.«

»Wie haben Sie beide sich kennengelernt?«

»Tut das etwas zur Sache?«

»Keine Ahnung. Wahrscheinlich nicht.«

Er fuhr sich mit einer Hand durchs feuchte Haar, mit dem Ergebnis, dass es ihm jetzt in Strähnen vom Kopf abstand.

»Wir sind im Zug nach London ins Gespräch gekommen. Es endete damit, dass sie mir ihre Telefonnummer mit Filzstift aufs Handgelenk schrieb. Wir waren jahrelang zusammen, wenn auch zwischendrin immer mal wieder getrennt. Eine gemeinsame Wohnung hatten wir allerdings nie.« Er legte eine Pause ein. »Sie war lustig. Richtig süß. Das müssen Sie über Skye wissen: Sie konnte der süßeste, liebste, spritzigste Mensch auf der Welt sein. Es war, als würde sie pure Energie versprühen. Wissen Sie, was ich meine?«

Ich nickte.

»Sie fragen sich wahrscheinlich, warum jemand wie sie mit jemandem wie mir zusammen war?«

»Nein, überhaupt nicht«, antwortete ich, nicht ganz wahrheitsgetreu.

»Sie war ein bisschen so, wie ich es auch gerne gewesen wäre, aber vielleicht hätte es ihr gutgetan, wenn sie ein bisschen mehr so gewesen wäre wie ich.« Er lächelte. »Bodenständig und strukturiert, meine ich.«

»Aber Sie beide haben sich gut verstanden.«

»Eine Weile. Ich war ihr… fast hätte ich gesagt, ihr Fels in der Brandung. So lautet doch das Klischee. Aber das trifft es nicht ganz. Ich war eher ihr Kratzbaum. Sie wissen schon, so wie Katzen sich ein Stuhlbein suchen, an dem sie ihre Krallen schärfen können.«

»Sie konnte also auch schwierig sein.«

»Ja. Schwierig und destruktiv. Lieber Himmel, war sie destruktiv! Zerstörerisch – und selbstzerstörerisch.

»Inwiefern?«

»Sie trank zu viel, rauchte zu viel, war einfach zu extrem, in jeder Hinsicht. Sie ließ Freunde im Stich, zoffte sich oft – mit jedem, der sich ihr in den Weg stellte, also meistens mit mir. Und ja, manchmal vögelte sie auch mit anderen Männern, besser gesagt, ließ sich von ihnen vögeln, denn sie fühlte sich oft wie ein wertloses Stück Scheiße – also warum sollte sie sich nicht auch entsprechend aufführen? Hinterher ging es ihr schlecht, richtig mies. Sie hasste sich selbst umso mehr. Es war ein richtiger Teufelskreis.«

»Zwischen Ihnen beiden war es endgültig aus?«

»Es war immer mal wieder aus, und irgendwann dann endgültig. Sie war trotz allem sehr liebenswert, aber ich kam einfach nicht mehr damit klar.«

»Wie lange ist das her?«

Er überlegte einen Moment.

»Achtzehn Monate, würde ich sagen, vielleicht auch schon zwanzig. Danach sah ich sie ein paar Monate nicht, aber wir blieben Freunde. Ich glaube nicht, dass sie zum Schluss noch andere Freunde hatte. Sie war ihnen allen zu anstrengend.«

»Demnach fällt Ihnen sonst niemand ein, mit dem ich sprechen sollte?«

Charlie zuckte mit den Achseln. »Eigentlich nicht. Was richtig schlimm ist, wenn man mal darüber nachdenkt. Vielleicht gab es ja doch noch ein paar Leute, aber falls dem so ist, kenne ich sie nicht.«

»Hat sie Ihnen von den Männern erzählt, die nach Ihnen kamen?«

»Manchmal weinte sie sich an meiner Schulter aus, weil sie sich in einem Typen getäuscht oder einer sie enttäuscht hatte, oder weil sie nie aus ihren Fehlern lernte und sich deswegen wie eine Idiotin vorkam.«

»Wie hat sie die Männer kennengelernt?«

»Manchmal benutzte sie Dating-Apps, aber die hat die Polizei bestimmt überprüft. Ansonsten ist ihr einfach hier und da mal einer über den Weg gelaufen, schätze ich. Sie konnte sehr kommunikativ sein. Man war mit ihr unterwegs, und plötzlich fing sie ein Gespräch mit einem Obdachlosen an oder mit der Frau an der Kasse, oder wem auch immer. Sie war stets interessiert an den Leuten, die sie traf.« Charlies Augen wirkten inzwischen leicht gerötet. Vielleicht lag es am Chlor.

»Gab es in der Zeit vor ihrem Tod jemanden, den sie auf diese Weise kennenlernte?«

»Sie hat mir tatsächlich von einem Typen erzählt«, antwortete er. »Er hatte sie aufgelesen, als sie völlig zugedröhnt war. Wobei sie selbst es natürlich nicht so formulierte. Skye nannte ihn ihren Retter aus der Not. Sie sagte, er sehe gut aus und sei ein richtig lieber Kerl, der sie bestimmt nie im Stich lassen werde.«

»Sie hat ihn also wiedergesehen?« Ich bemühte mich um einen beiläufigen Ton.

»Ein paarmal, glaube ich. Sie sagte, es gebe Komplikationen, aber am Ende werde es schon klappen, sie wolle sich diese Chance auf Glück nicht entgehen lassen.«

»Sonst nichts?«

Er zuckte mit den Achseln. »Ich glaube nicht. Es war die immer gleiche alte Geschichte.«

»War sie bei ihm zu Hause?«

»Das weiß ich nicht. Oder doch. Wenn ich mich richtig erinnere, sagte sie mal, er wohne schön. Aber vielleicht war das auch ein anderer Typ, ein anderes Mal.«

»Verstehe.«

»Ich habe sie gefragt, wie man denn so naiv und dumm sein könne, bin dabei sogar laut geworden, aber sie lachte bloß und meinte, ich solle nicht so zynisch sein, sie folge eben ihren Träumen.« Wieder fuhr er sich mit den Fingern durchs feuchte Haar. »Das Problem mit Skye war, dass sie mit einer weniger dicken Haut geboren wurde als die meisten anderen Menschen. Sie war so schutzlos – im Grunde wie ein kleines Kind, ein einsames kleines Kind. Sie dachte, jemand würde sie retten, sie heilen, aber das tat keiner.«

»Es war nicht Ihre Schuld«, entgegnete ich hilflos. Das Gleiche hatte ich auch zu Fliss gesagt.

Charlie fuhr herum. »Wie kommen Sie dazu, so etwas zu sagen?« Seine Stimme klang jetzt barsch und rau. »Sie sind ihr nur ein einziges Mal begegnet. Skye hat mir kurz vor ihrem Tod ein paar verrückte Nachrichten hinterlassen, aber ich habe sie nie zurückgerufen. Ich hatte viel zu tun, aber der wahre Grund war, dass ich mich einfach nicht dazu aufraffen konnte.«

»Worum ging es dabei?«

»Eigentlich um gar nichts. Sie hat bloß vor sich hingeplappert.«

»Haben Sie die Nachrichten noch gespeichert?«

Er blinzelte benommen. »Daran habe ich noch gar nicht gedacht. Vielleicht.«

Er holte sein Handy heraus, tippte kurz darauf herum, legte das Telefon dann zwischen uns auf den Tisch und drückte auf Abspielen. Einen Moment später hörten wir Skye sprechen.

»Charlie, Charlie!« Ihre Stimme klang hell und klar, wie die eines Mädchens. »Charlie-Schatz, wo steckst du? Geh ran!« Es folgte kurzes Schweigen. »Es tut sich was. Ich hab da diesen Plan, wie in dem Film, den wir mal gesehen haben. Wie hieß er noch mal? Es fällt mir nicht mehr ein. Ich möchte mit dir reden. Ich bin völlig am Ende – nein, nicht am Ende.« Silbriges Lachen war zu hören. »Aufgeregt.« Im Hintergrund wurde es laut. »Ich muss los. Ruf mich an.«

Damit endete die Nachricht. Charlie verstaute das Handy wieder in seiner Tasche und starrte auf das blaue Rechteck aus Wasser.

»Was für einen Film meinte sie?«, fragte ich schließlich.

»Ich habe keine Ahnung.«

»Vielleicht fällt Ihnen der Titel …«

Er hob ruckartig den Kopf und starrte mich an.

»Ich habe es Ihnen doch gerade gesagt: Ich weiß es nicht! Wahrscheinlich hat sie es sich sowieso nur eingebildet.«

»Ja.«

»Was für ein Schlamassel.«

»Es tut mir leid.«

»Ich werde damit leben müssen, schätze ich. Ich habe Skye im Stich gelassen.«

»Ich gebe Ihnen meine Kontaktdaten, nur für den Fall, dass Ihnen noch etwas einfällt«, erklärte ich, »und sei es nur eine Kleinigkeit. Kann ich Ihre Mailadresse haben?«

Ich zückte mein Handy, gab die Adresse ein und schrieb ihm dann meine Mailadresse und Mobilnummer auf.

»Außerdem wollte ich Sie noch fragen«, fuhr ich fort, »ob Sie mir eventuell ein paar Fotos von ihr schicken könnten.«

»Warum?«

»Damit ich etwas zum Herzeigen habe, wenn ich jemanden nach ihr frage.«

»Ja, meinetwegen«, antwortete er. »Ich sollte jetzt gehen, ich bin schon spät dran.«

»Danke, dass Sie gekommen sind.«

»Ich habe eine Freundin«, sagte er. »Wir sind erst seit ein paar Monaten zusammen, aber ich mag sie.«

»Reden Sie mit ihr«, riet ich ihm. »Erzählen Sie ihr, wie Sie sich fühlen.«

Er stand auf und schwang sich seinen Rucksack über die Schulter.

»Das Seltsame ist, dass ich das, was ich Ihnen gerade erzählt habe, noch keinem anderen Menschen gesagt, vorher noch nie laut ausgesprochen habe.«

Ich sah ihm an, dass er den Tränen nahe war. »Es tut mir leid, wenn ich da einen wunden Punkt getroffen habe.«

Er zuckte mit den Achseln. »Gehen Sie behutsam mit Peggy um. Ich kann mir nicht vorstellen, wie sie es aushalten soll, damit zu leben.«

Ich schaute ihm nach. Dann holte ich mir noch eine Tasse Tee und eine Zimtschnecke. Ich blieb lange sitzen, den Blick auf die Schwimmer gerichtet, die sich im Becken auf und ab bewegten – zuckende, abstrakte Formen im blauen Wasser.

Im Bus holte ich mein Handy heraus. Charlie hatte mir drei Fotos von Skye geschickt. Bei einem davon handelte es sich um eine etwas unscharfe Nahaufnahme. Sie trug ihr Haar darauf sehr kurz geschnitten, fast schon raspelkurz, und man konnte ihr Nasenpiercing recht gut erkennen. Sie lächelte breit. An der linken Wange hatte sie ein Grübchen. Das zweite Foto zeigte sie auf einem Stuhl sitzend, mit einem gelben Schal um die Schultern und einer großen schwarzen Katze auf dem Schoß. Auf dem dritten befand sie sich im Freien, trug Wanderstiefel und Steppjacke. Sie hielt mehrere Leinen in der Hand und ging leicht in Rückenlage, als würde sie gezogen, auch wenn die Hunde auf dem Bild nicht zu sehen waren. Ich betrachtete sie eingehend: klein, schlank, hübsch. Und jung, dachte ich. So jung.

35

Der Erste war ein Spaniel wie aus dem Bilderbuch, mit glänzendem Fell, langen, seidigen Ohren und traurigen, schmachtenden Augen. Seine Besitzerin trug ein geblümtes Kleid und eine dunkle Sonnenbrille, die sie sich ins Haar geschoben hatte.

»Bitte entschuldigen Sie, dass ich Sie störe«, sagte ich, während ich ihr bereits mein Handy mit Skyes Foto hinhielt. »Ich wollte Sie fragen, ob Sie Skye Nolan kannten. Sie hat in diesem Park oft Hunde spazieren geführt.«

»Ich glaube nicht, dass ich sie schon mal gesehen habe. Tut mir leid. Ist sie verloren gegangen?«

Als wäre Skye selbst ein Hund.

Der Nächste war ein struppiger, fröhlich wirkender Terrier, der um mich herumsprang, während ich mit einem bärtigen Mann sprach.

»Nie gesehen, tut mir leid. Aber ich bin normalerweise auch nicht der, der Noodle Gassi führt.«

Zwei Golden Retriever, einer jung, der andere alt und untersetzt. Begleitet wurden sie von einer Frau in Laufkleidung, die stehen blieb, als ich auf sie zusteuerte, und ihre Ohrhörer abnahm, ehe sie mir antwortete.

»Kann schon sein. Kann schon sein, dass ich die mal gesehen habe, aber sicher bin ich mir nicht. Gesprochen habe ich jedenfalls nie mit ihr. Tut mir leid.«

Und weg war sie, gefolgt von den Hunden, die ihr mit hängender rosa Zunge hinterhersprangen.

Ein Dachshund im Mantel, so übergewichtig, dass seine Beine kaum noch zu erkennen waren. Dem Jungen im Teenageralter, der ihn den Weg entlangzerrte, schien es peinlich zu sein, mit ihm gesehen zu werden.

»Ich habe gerade Ferien. Meine Oma hat mich gebeten, ihn Gassi zu führen. Er watschelt immer nur ein paar Meter, dann setzt er sich wieder hin. Schauen Sie sich das an!«

»Dann kennst du diese Frau also nicht?«

»Nein.«

Ein mittelgroßer Mischling mit fragendem Blick und rauem Fell. Ein Pudel. Ein Vizsla. (Der Besitzer informierte mich über die Rasse, die ich vorher nicht kannte.) Zwei Staffies. Ein schokoladenbrauner Welpe, der mich aufgeregt umkreiste. Ein räudig wirkendes Tier, das aussah wie ein Fuchs. Ein riesiger Hund von der Größe eines Ponys, dem dicke Speichelfäden von den Lefzen hingen. Ein winziger Hund von der Größe eines Maulwurfs, der ein Bein gegen einen Baum hob und mich vorwurfsvoll anstarrte, während ich mit seinem Besitzer sprach. Drei Hunde, deren Leinen ein Mädchen im Teenageralter hielt, tapfer bemüht zu verhindern, dass sie sich ineinander verhedderten. Niemand war Skye begegnet.

Dann kam ein Hund mit goldbraunem Fell, weißer Brust und einem lustigen Gesichtsausdruck.

»Sie ist ein Duck Toller«, informierte mich die dazugehörige Frau.

»Von der Rasse habe ich noch nie gehört.«

»Die kennt kaum jemand. Sie ist sehr klug, nicht wahr, Primrose?«

»Bestimmt.«

»Ich glaube, sie versteht die Hälfte von dem, was ich sage, und das meiste von dem, was ich meine.«

»Wie schön! Ich wollte Sie fragen, ob Ihnen jemals diese Frau hier über den Weg gelaufen ist.«

Ich hielt ihr mein Handy hin. Sie beugte sich kurz über das Foto, richtete sich aber gleich wieder auf.

»Skye! Natürlich. Die liebte Primrose.«

»Sie kannten sie?«

»Also, *kennen* wäre zu viel gesagt, wenn Sie wissen, was ich meine. Aber sie hielt sich oft hier im Park auf, und ich komme zweimal täglich her.«

»Sie war hier mit ihren Hunden?«

»Den Hunden, die sie spazieren führte, ja.« Die Frau schnaubte missbilligend. »Manchmal hatte sie vier oder fünf dabei. Wie soll man sich richtig um fünf Hunde gleichzeitig kümmern?«

»Das weiß ich auch nicht.«

»Es geht nicht. Wobei sie ihre Hinterlassenschaften immer brav aufgehoben hat – was man nicht von allen sagen kann, die hier die Hunde anderer Leute spazieren führen. Ich weiß sowieso nicht, wieso man sich einen Hund anschafft, wenn man dann jemanden braucht, der mit ihm gegen Bezahlung Gassi geht.«

»Haben Sie mit ihr gesprochen?«

»Natürlich. Wir haben in den letzten paar Monaten viele Male nett miteinander geplaudert.«

»Worüber haben Sie geredet?«

»Hunde«, antwortete die Frau. »Was sonst?«

»Wissen Sie, wessen Hunde sie spazieren führte?«

»Worum geht es eigentlich? Ist etwas passiert?«

»Leider ist Skye gestorben«, erklärte ich.

Die Frau blickte zu ihrer Hündin hinunter, als suchte sie bei ihr Trost, und Primrose erwiderte den Blick. Mir war vorher nie aufgefallen, dass Hunde Augenbrauen haben.

»Wenn ich jetzt darüber nachdenke… Ich habe sie tatsächlich schon länger nicht mehr gesehen. War sie krank? Sie machte auf mich keinen kranken Eindruck, obwohl sie viel zu viel rauchte. Das habe ich ihr immer gesagt.«

»Sie ist von einem Gebäude gestürzt.«

»Das ist ja fürchterlich! Meine Güte. Wie lautete Ihre Frage noch mal? Ach ja. Ich weiß nicht, mit wessen Hunde sie unterwegs war. Es handelte sich nicht immer um die gleichen, und es gab auch Wochen, in denen wir uns nicht trafen. Warum? Sind Sie eine Freundin von ihr?«

»Ja.«

»Es tut mir sehr leid um sie. Wer hätte das gedacht? Das Glück war ihr nicht besonders hold, was?«

»Wie meinen Sie das?«

»Mit ihren Männern. Wenn sie nicht über Hunde sprach, sprach sie über Männer. Sie sagte, sie sei eine Närrin, was Männer betraf.«

»Hat sie Namen erwähnt?«

»Wir haben uns immer nur im Vorbeigehen unterhalten. Ich glaube, sie hat es bei ganz vielen anderen Leuten im Park genauso gemacht. Sie blieb einfach stehen und begann zu plaudern, als würde man sich schon ewig kennen.«

»War sie immer allein?«

»Einmal hatte sie einen Mann dabei.«

»Haben Sie ihn gesehen?«

»Nur von hinten.«

»Wie sah er aus?«

»Das weiß ich nicht mehr.«

»Groß, klein, dick, dünn?«

»Einfach ein Mann, von hinten«, antwortete die Frau.

»Wann war das?«

»Wann? Es dürfte ein paar Wochen her sein. Genau kann ich es nicht sagen.«

»Hatten Sie den Eindruck, dass die beiden sich nahestanden?«

»Das kann ich Ihnen auch nicht sagen. Ich ging mit Primrose spazieren, und da war Skye mit dieser Schar anderer Hunde und einem Mann. Entschuldigen Sie, aber warum stellen Sie mir all diese Fragen?«

»Sie war eine Freundin«, antwortete ich.

Ich warf einen Blick auf mein Handy. Skye erwiderte ihn lächelnd, die Augenbrauen ein wenig hochgezogen.

Hunde, dachte ich. All diese Hunde.

Da fiel mir etwas ein, das mir den Atem raubte.

36

Ich saß an Ginas Küchentisch. Sie schenkte uns Kaffee ein. Im Haus war es ungewohnt ruhig.

»Wo sind denn alle?«

»Laurie besucht mit den Kindern seine Mutter. Sie sind erst vorhin aufgebrochen, kurz bevor du gekommen bist. Es ist ein komisches Gefühl, hier ganz allein zu sein. Ich kann mich gar nicht erinnern, wann mir das zum letzten Mal passiert ist.«

»Ich möchte nicht, dass du meinetwegen zu spät zur Arbeit kommst.«

Gina warf einen Blick auf die Uhr an der Wand: Es war zwanzig nach acht. »Ich muss erst in einer halben Stunde los. Außerdem kann man hin und wieder auch zu spät kommen.« Sie griff nach ihrer Tasse, nahm einen Schluck und seufzte dann genüsslich. »Ist das nicht wunderbar, hier mal wieder zu zweit am Tisch zu sitzen, nur wir beide? Manchmal, wenn ich auf dem Weg zur Arbeit einen Moment zum Nachdenken komme, oder wenn Jake und Nellie gerade eingeschlafen sind, denke ich an die Zeit zurück, an uns, bevor das alles geschehen ist. Vielleicht vergessen wir mit den Jahren, wie es sich anfühlt, einfach nur befreundet zu sein und miteinander rumzuhängen.«

»Das stimmt.« Ich fühlte mich gerade wie eine Spionin in meinem eigenen Leben – im Begriff, unter Vorspiegelung falscher Tatsachen meine beste Freundin auszuhorchen. »Mir geht im Moment auch viel durch den Kopf. Zum Beispiel frage ich mich, ob ich mir einen Hund zulegen sollte. Das wäre schön für Poppy. Was meinst du?«

Ginas Miene wurde skeptisch. »Das würde ich mir an deiner Stelle sehr gut überlegen. Es heißt immer, ein Hund ist wie ein weiteres Kind. Du kannst nicht einfach aus dem Haus gehen und ihn allein lassen. Da wäre ich wirklich vorsichtig. Und was ist mit Sunny? Ich glaube nicht, dass der begeistert wäre, einen Hund im Haus zu haben.«

»Du würdest dir also keinen anschaffen?«

»Um Gottes willen, nein! Mir reicht es schon, mit zwei Kindern fertigzuwerden – wobei es ja hauptsächlich Laurie ist, der tagtäglich mit ihnen fertigwird. Allein schon die Vorstellung, abends heimzukommen und dann noch mit einem Hund rauszumüssen! Das wäre mir viel zu viel. Und dann auch noch ihre Kacke aufheben. Und denk mal dran, wie sie riechen, wenn sie nass sind – und wie sich das anfühlt, wenn sie einem ihre triefende Schnauze auf den Schoß legen!«

Ich lachte.

»Nein, ernsthaft. Ihre Haare hinterlassen sie auch überall. Und erst das Gekläffe!«

»Verstehe. Du bist kein Hundetyp.«

»Jake kann gerne einen Hamster haben, oder so was in der Art.«

»Aber Laurie mag Hunde, oder?«

»Laurie? Meinst du?«

»Er hat mir mal erzählt, dass er manchmal den Hund seiner Mutter spazieren führt.«

»Wenn man die kleine Ratte einen Hund nennen will. Ich glaube, er mag Hunde zumindest lieber als ich. Wenn es nach ihm ginge, würden wir auf dem Land leben, umgeben von Matsch, Hühnern und Ziegen und allem möglichen anderen Viehzeug. Die Vaterschaft ist ihm zu Kopf gestiegen.« Sie grinste. »Er sagt, mit Winston – so heißt der Hund seiner Mutter – kommt er bei einem einzigen Spaziergang mit mehr Leuten ins Gespräch als in all den Jahren zusammengenommen, die er nun schon in den Parks von London unterwegs ist.«

»Wo geht er denn mit ihm?« Ich hasste mich selbst, während ich ihr diese Fragen stellte.

»Wo? Keine Ahnung. Sie wohnt in Kensal Rise, also geht er vielleicht auf den Friedhof. Laurie mag schöne Friedhöfe. Andererseits ist Winston ein kleiner Hund, und ich glaube, er schafft nur kleine Runden. Aber die zweimal am Tag, denk dran.«

»Bezahlt seine Mutter auch manchmal Leute dafür, dass sie mit dem Hund Gassi gehen?«

Gina lachte. »Was soll das? Arbeitest du neuerdings für den Tierschutzbund?«

»Ich frage mich bloß, was die Leute mit ihren Hunden machen, wenn sie mal wegfahren.«

»Die Antwort lautet: keine Ahnung. So, und damit haken wir das Thema Hund jetzt ab, ja? Erzähl mir lieber, wie es ohne Poppy ist.«

»Seltsam. Sehr still. Sie fehlt mir. Ich telefoniere jeden Tag mehrmals mit ihr, und sie klingt recht fröhlich. Letzte Nacht hatte sie allerdings Angst, und meine Mutter sagt, sie isst nicht viel.«

»Es geht ihr bestimmt gut«, meinte Gina leichthin. »Wenigstens habt ihr jetzt mal Zeit für euch allein, du und Aidan. Das muss doch schön sein.«

»Ja, das war der ursprüngliche Plan.«

Gina warf mir einen fragenden Blick zu.

»Wir haben uns getrennt.« Ich versuchte zu lächeln, aber mein Mund zitterte. Ich wandte mich ab.

»Nein! Tess, Liebes, was ist denn passiert? Ihr habt so glücklich ausgesehen miteinander. Wann war das denn?«

»Vor ein paar Tagen.«

»Ging es von dir aus?«

»Es war einfach der falsche Zeitpunkt. Wobei ich mich inzwischen frage, warum ich es gemacht habe.«

»Es ist noch nicht zu spät«, sagte Gina.

»Ach, ich weiß nicht. Es ist alles so chaotisch.«

»Wenn du das Gefühl hast, dass es ein Fehler war, dann sag ihm das.«

»Ich kann nicht. Ich habe ja nicht grundlos Schluss gemacht, und an den Gründen hat sich nichts geändert. Er fehlt mir so sehr, und ich fühle mich wegen der ganzen Situation ziemlich mies. Das ist die gefährliche Phase, wenn es noch ganz frisch ist. Als es losging, war ich einfach noch nicht bereit. Wir sind uns zum falschen Zeitpunkt begegnet. Ich dachte, ich hätte alles gut im Griff, aber das stimmt gar nicht, Gina. Und Poppy geht es erst recht nicht gut.«

Beim Anblick von Ginas bekümmerter Miene empfand ich einen Anflug von schlechtem Gewissen. Hier saß ich, hegte einen bösen Verdacht bezüglich ihres Ehemanns, und gleichzeitig schüttete ich ihr mein Herz aus, vertraute ihr meine Sorgen an und wünschte mir von ihr Trost.

»Ach, du meine Güte«, sagte Gina. »Es tut mir so leid, Tess.«

»Mir auch. O Gott, schau mal auf die Uhr.«

»Vergiss die Uhr. Lass uns noch einen Kaffee trinken, dann kannst du mir alles genau erzählen.«

»Das geht nicht.« Ich stand auf. »Ich muss einen Zug erwischen, nach Chelmsford.«

»Chelmsford? Was ist denn in Chelmsford?«

»Die Freundin einer Freundin.«

37

Peggy Nolan öffnete die Tür, bevor ich überhaupt Zeit hatte zu klopfen. Ich fragte mich, ob sie am Fenster gestanden und nach mir Ausschau gehalten hatte. Sie trug einen grünen Jumpsuit, bei dem ein paar Knöpfe fehlten, und hatte sich einen karierten Schal um den Kopf gebunden. Zur Begrüßung streckte sie mir beide Hände entgegen. Ich registrierte dünne Finger, abgebrochene Nägel, rund um die Augen kleine Klümpchen Wimperntusche, eine wunde Stelle am Mundwinkel. Sie wirkte ein bisschen schlampig, ein bisschen verhungert.

Zielstrebig führte sie mich durchs Haus und schnurstracks hinaus in den Garten an der Rückseite. Ich begriff, warum. Das Haus, das ich vom Bahnhof aus mit dem Taxi ganz schnell erreicht hatte, war winzig: zwei Räume unten, zwei Räume oben. Es hätte überall in England stehen können und war vollgestopft mit Zeug: In der Diele türmten sich Schuhe, die Wände waren mit Postern zugepflastert, von der Küchendecke hingen etliche Mobiles, Windspiele und Traumfänger, auf dem Fensterbrett standen Dutzende Krüge. Manches wirkte vernachlässigt: Von drei Uhren funktionierte nur eine, und an der Wand lehnte eine Gitarre mit einer gerissenen Saite. Aber der Garten machte einen anderen Eindruck. Das Gelände fiel zunächst leicht ab und bildete dann wieder eine Ebene, mit Blick auf ein Waldgebiet. Peggy hatte sich hier ein Refugium geschaffen. Rundherum grünte und blühte es, und am hinteren Ende lag ein gepflegter kleiner Gemüsegarten.

»Ohne diesen Garten wäre ich schon vor Jahren durchgedreht«, erklärte sie. »Vielleicht bin ich das auch eine Weile.

Wenn ich im Supermarkt an der Kasse stand und mich dort jemand fragte, wie es mir gehe, erzählte ich, was gerade mit meiner Tochter passierte, wie wild sie unterwegs oder dass sie gerade am Zusammenbrechen war, oder was auch immer sie zum betreffenden Zeitpunkt gerade tat. Nach ein paar Sekunden erkannte ich am Blick meiner Gesprächspartner, dass sie das peinlich fanden und wünschten, ich würde aufhören und gehen. Das Einzige, was mir damals Trost spendete, war das hier.« Sie machte eine ausladende Handbewegung. »Früher war es immer mein Traum, in einer Kommune zu leben, gemeinsam das Land zu pflügen und von dem zu leben, was man selbst anbaute, die Stoffe für die eigene Kleidung zu weben und sein eigenes Brot zu backen. Dann kam Skye und – nun ja. Es war sowieso nur ein dummer Traum. Wahrscheinlich hätte es ohnehin nie funktioniert.« Sie betrachtete mich eingehender. »Sind Sie auch Mutter?«

»Ich habe eine dreijährige Tochter.«

»Passen Sie gut auf sie auf«, sagte Peggy. »Lassen Sie sie nicht aus den Augen.«

»Das versuche ich.«

»Es ist mir ein Bedürfnis, über Skye zu reden. Etwas anderes will ich im Moment gar nicht. Ich fühle mich nur dann ein bisschen besser, wenn ich über sie spreche. Dann kommt sie mir nicht so weit entfernt vor. Dann habe ich nicht das Gefühl, sie nie wieder zu sehen.« Ihre Stimme klang, als würde sie gleich in Tränen ausbrechen. »Deswegen habe ich mich so gefreut, als Sie mich fragten, ob Sie mich hier draußen besuchen könnten. Aber wenn ich zu viel rede, dann sagen Sie es mir einfach.«

»Ich möchte, dass Sie so viel reden, wie Ihnen guttut.«

»Sollen wir unseren Tee hier draußen trinken? Ich glaube, es ist warm genug.«

»Sehr gerne.«

Ich ließ mich auf einem etwas wackeligen metallenen Gartenstuhl nieder, der auf dem gepflasterten Bereich gleich neben dem Haus stand. Nach ein paar Minuten erschien Peggy mit einem Tablett.

»Ich habe uns einen Karottenkuchen gebacken«, informierte sie mich. »Er ist vegan. Darf ich Ihnen ein Stück anbieten? Er könnte allerdings ein bisschen schwer geraten sein.«

»Nur eine dünne Scheibe, bitte.«

Bevor sie den Tee ausschenkte, griff sie nach einem flachen, getöpferten Quadrat, bemalt in leuchtenden Amber- und Grüntönen, und platzierte es vor mir.

»Das ist ein Untersetzer«, erklärte sie. »Für Ihre heiße Tasse.«

Ich griff danach und betrachtete das Stück. »Eine schöne Arbeit«, sagte ich.

»Den habe ich selbst getöpfert. Eine Weile träumte ich davon, es zu meinem Beruf zu machen. Aber als Hobby bereitet es mir auch Freude.«

»Wirklich wunderschön.«

»Bitte nehmen Sie ihn.«

»Wie bitte?«

»Nehmen Sie ihn. Es würde mich so freuen zu wissen, dass er ein Plätzchen gefunden hat, wo er jemandem gefällt.«

»Wirklich?«

»Ja. Los, stecken Sie ihn ein.«

Ich lachte. »Das ist sehr lieb von Ihnen. Aber vorher stelle ich meine Teetasse darauf.«

Während ich den Tee trank, erzählte Peggy davon, wie Skye als Kind gewesen war, wie fröhlich und impulsiv. Demnach hatte sie intensive, wenn auch meist kurzlebige Freundschaften gehabt und heftige Leidenschaften entwickelt, die meist mit der Welt der Natur zu tun hatten, beispielsweise, wenn es darum ging, Feldblumen zu pressen, herrenlose Tiere aufzunehmen oder Vogelarten zu bestimmen. Doch irgendetwas war schiefgelaufen, als sie ein Teenager wurde, und Peggy hatte sich oft gefragt, ob es vielleicht damit zusammenhing, dass kein Vater im Haus war.

»Wir hatten nur uns, ich und Skye«, sagte sie. »Unsere sichere kleine Welt. Ich dachte, ich könnte sie beschützen.«

Ich unterdrückte ein Schaudern. »Man weiß nie, wie Kinder reagieren.«

»Ich dachte immer, es wäre nur eine Phase.« Peggy sah an mir vorbei in die Ferne. Es war, als spräche sie mit einer anderen Person – oder mit sich selbst. »Mit etwa vierzehn geriet sie in die falsche Clique. Es war schrecklich. Ich wusste nicht, was ich tun sollte. Natürlich waren Drogen im Spiel, und sie machte erste Erfahrungen mit ein paar Jungs, die sie schlecht behandelten. Es kam mir vor, als hätte ich plötzlich eine Fremde im Haus – eine Fremde, die mich hasste. Manchmal hat sie mir etwas gestohlen, und meiner Mutter auch. Das war eine schlimme Zeit.« Sie legte eine Pause ein.

»Ihr Umzug nach London erschien mir wie eine Flucht«, fuhr sie fort. »Skye erzählte mir nur wenig über ihr dortiges Leben, aber ich machte mir Sorgen. Als sie dann Charlie kennenlernte, empfand ich das wie ein Wunder. Am Ende konnte er sie trotzdem nicht retten. Niemand konnte das.«

Wir schwiegen beide eine Weile.

»Darf ich etwas dazu sagen?«, fragte ich schließlich.

»Was?«

»Wenn man Sie so reden hört, klingt das, als hätte Ihre Tochter Selbstmord begangen oder als wäre sie an einer Überdosis gestorben. Aber das ist nicht der Fall. Vielleicht brauchte sie gar keinen Retter. Vielleicht hätte sie sich irgendwann selbst gerettet. Oder war schon dabei. Sie hatte nur das schreckliche Pech, der falschen Person über den Weg zu laufen.«

Peggy schüttelte langsam den Kopf. »Sie können das nicht nachvollziehen. Sie verstehen es nicht. Als sie und Charlie sich trennten – als er sie verließ, sollte ich wohl besser sagen –, brach es ihr das Herz. Sie können sich gar nicht vorstellen, wie verzweifelt sie war. Skye hat keine halben Sachen gemacht. Wenn sie glücklich war, dann so glücklich, dass es einem fast schon Angst machte. Und wenn sie traurig war – meine Güte, dann war es wie das Ende der Welt. Die Wahrheit ist, dass ich damals, als sie die Verbindung zu mir kappte, fast so etwas empfand wie…«

Sie brach ab und hob eine Hand, um ihr Gesicht abzuschirmen, weil die Sonne sie blendete. Ich wartete.

»Ich empfand Erleichterung. Das ist die Wahrheit. Das ging alles schon zu lange. Ich wollte nicht mehr ständig über sie nachdenken müssen. Ich wollte nicht tagtäglich miterleben, wie sie auf die schiefe Bahn geriet. Ich wollte nichts wissen von den Drogen – oder den Männern. Ich wollte nicht dafür verantwortlich sein. Ich hatte so viele Tage in Panik verbracht, jeden Tag vor Angst Magenschmerzen gehabt. Deswegen war ich erleichtert, dass sie mich nicht mehr sehen wollte.«

»Das kann ich verstehen«, sagte ich. »Es bedeutet aber nicht, dass Sie sie nicht mehr geliebt haben. Kannten Sie den Grund für den Bruch?«

»So war das nicht.« Peggy sprach jetzt sehr schnell, als versuchte sie, ein Schluchzen zu unterdrücken. »Ich glaube nicht, dass es eine Entscheidung war. Sie hat einfach aufgehört, mich zu Hause zu besuchen oder anzurufen, und reagierte nicht mehr auf meine Anrufe oder Nachrichten. Vielleicht erinnerte ich sie an das Leben, dem sie zu entkommen versuchte, oder vielleicht schämte sie sich. Ich weiß es nicht. Dagegen weiß ich sehr wohl, dass ich mich nicht allzu sehr bemüht habe, mit ihr in Kontakt zu bleiben oder in Erfahrung zu bringen, wie es ihr ging. Ich redete mir ein, dass es gut war, wenn sie sich nicht bei mir meldete. Keine Neuigkeiten sind gute Neuigkeiten, so heißt es doch. Aber manchmal sind keine Neuigkeiten auch schlimme Neuigkeiten. Mein kleines Mädchen. Ermordet.« Ihre Stimme zitterte. »Ich hätte es wissen müssen. Ich hätte nachhaken müssen. Eine gute Mutter hätte das getan. Deswegen gebe ich mir die Schuld. Ich werde mir mein Leben lang die Schuld geben, und ich weiß einfach nicht, wie ich das aushalten soll. Ich weiß es wirklich nicht.«

Ich legte eine Hand auf die ihre, die sich anfühlte wie eine Klaue.

»Es tut mir so unendlich leid. Ich kann mir wahrscheinlich nicht mal ansatzweise vorstellen, wie sich das anfühlt.«

Schweigend saßen wir beieinander. Von der Gartenmauer drang der Gesang einer Amsel zu uns herüber.

»Hält die Polizei Sie über die Ermittlungen auf dem Laufenden?«, fragte ich schließlich.

»Die sagen mir gar nichts. Einmal kam eine junge Beamtin – sie saß da, wo Sie jetzt sitzen – und fragte mich, ob es mir gut gehe. Aber ich brauche von denen keine Therapie. Ich habe bereits eine Therapeutin, und zusätzlich mache ich Yoga und meditiere. Ich wünsche mir von ihnen nur, dass sie denjenigen finden, der das getan hat.«

»Hat man Sie nicht befragt?«

»Ich konnte ihnen nicht viel sagen. Sie wollten von mir etwas über die Leute erfahren, mit denen sie Kontakt hatte, aber ich wusste nicht, mit wem sie ihre Zeit verbrachte.«

»Ist sie mit keinem der alten Freunde in Verbindung geblieben?«

Peggy nahm sich lange Zeit für ihre Antwort.

»Ich glaube, dass sie alles hinter sich gelassen hat, als sie nach London ging. Möglich, dass sie noch ein, zwei Leute getroffen hat, die auch dorthin gezogen sind.«

»Können Sie mir ihre Namen nennen?«

»Warum wollen Sie die wissen?«

»Ich würde gerne mit jemandem sprechen, der sie in London kannte.«

»Eine mochte ich immer besonders gern, ein Mädchen namens Hannah.«

»Wissen Sie auch den Nachnamen?«

»Ja, natürlich. Hannah …« Sie zögerte einen Moment. »Flood. Hannah Flood. Sie hatte geschickte Hände. Hier betrieb sie eine Weile einen Marktstand, an dem sie Kerzen und solche Sachen verkaufte, schöne Dinge. Ich glaube, sie hat in London einen Laden aufgemacht.«

»Wissen Sie, wo?«

»Marylebone, wenn ich mich richtig erinnere. Nur einen Katzensprung von der Hauptstraße entfernt. Aber ich weiß gar nicht, ob sie noch mit Skye in Kontakt war. Ich habe sie schon eine Ewigkeit nicht mehr gesehen, und Skye hatte ich ja auch lange nicht getroffen. Letzte Woche war ich in ihrer Wohnung – das erste Mal seit fast einem Jahr.«

Ich spürte, wie mein Interesse erwachte. »Warum waren Sie dort?«

»Um die Wohnung auszuräumen. Ich bin ihre nächste Verwandte.« Sie schniefte. »Vor ein paar Jahren habe ich das Haus meiner Mutter ausgeräumt, nachdem sie gestorben war. Ich selbst bin erst fünfundvierzig.« Sie stieß ein Lachen aus, das mehr wie ein Schluchzen klang. »Ich fand mich immer zu jung, um bereits eine erwachsene Tochter zu haben. Jetzt fühle ich mich wie eine Hundertjährige und sehe wahrscheinlich auch so aus.« Sie strich sich mit ihren knochigen Händen übers Gesicht, als versuchte sie, die Kummerfalten wegzuwischen. »Jedenfalls ließ mich das Haus meiner Mutter damals an mein eigenes denken und wie es sich für Skye anfühlen würde, sich um meine alten Klamotten und all die Sachen in den Schubladen zu kümmern, die ich schon vor Jahren hätte wegwerfen sollen. Nie hätte ich gedacht, dass ich diejenige sein würde, die das für Skye machen muss.«

Sie zog ein Taschentuch heraus und putzte sich die Nase.

»Das war bestimmt sehr schmerzhaft.«

Peggy schüttelte den Kopf. »In gewisser Weise fand ich es sogar hilfreich. Wir können sie ja noch nicht beerdigen, und wenn, dann wird das wohl ganz schrecklich, aber die Sachen in der Wohnung durchzusehen, fühlte sich irgendwie richtig an. Es war für mich eine Möglichkeit, mich von ihr zu verabschieden. Das mag blöd klingen, aber es war, als würde ich mich um sie kümmern, und zwar auf eine Weise, wie ich es zu ihren Lebzeiten nicht getan habe: indem ich ihre Kleidung zusammenlegte und Ordnung in ihre Sachen brachte. Sie hat in solcher Unordnung gelebt.« Über ihre eingefallenen Wangen liefen jetzt Tränen, doch sie machte keine Anstalten, sie wegzuwischen. »Selbst hab ich's auch nicht so mit der Ordnung. Ich bin eine Elster, mit einer Leidenschaft fürs Sammeln. Aber Skye sorgte überall, wo sie sich befand, für Chaos. Ihr ganzes Leben war ein einziges Chaos. Charlie hat mich begleitet, wir haben gemeinsam alles durchgesehen. Ich weiß nicht, wie ich das ohne ihn geschafft hätte. Natürlich war erst mal viel Müll zu entsorgen. Besonders seltsam fühlte es sich an, ihre Messer und Gabeln, Geschirrtücher, Schaufel und Besen in Kartons zu packen. Wahrscheinlich hätten wir die Sachen auch gleich wegwerfen sollen, aber das brachte ich nicht übers Herz. Sie hatte ein paar schöne Kleidungsstücke. In denen sah sie immer so hübsch aus. Ich weiß nicht, was ich damit machen soll. Ich glaube nicht, dass ich es schaffe, sie zu verschenken. Was meinen Sie?«

»Ich denke, Sie sollten im Augenblick noch nicht über solche Dinge entscheiden.«

»Das sagt Charlie auch.« Sie schwieg einen Moment.

»Aber da war noch mehr. Möchten Sie es sehen?«

»Ja, natürlich.«

Peggy stand auf und verschwand im Haus. Während sie weg war, dachte ich über Charlie nach, den treuen Ex-Freund, den Hüter der Flamme.

Mir ging durch den Kopf, wie ich mir die Liste der in London ermordeten Frauen angesehen hatte. Es war nur eine relativ kleine Anzahl gewesen, aber trotzdem handelte es sich bei den Tätern hauptsächlich um die Ehemänner und Ex-Ehemänner, die Partner und Ex-Partner oder Männer, die gerne Partner gewesen wären. Charlie, der Ex-Freund, stand bei der Polizei bestimmt ganz oben auf der Liste der Verdächtigen. Noch dazu hatte er Peggy begleitet, ihr beim Ausräumen der Wohnung geholfen. Das machte mich nachdenklich. Aber was verband Charlie und Skye mit mir und Poppy?

Mir kam ein anderer Gedanke. Was, wenn ich starb? Würde man dann Jason – also Poppys Vater – erlauben, beim Ausräumen meiner Wohnung zu helfen? Zählte er weiterhin zu meinen nächsten Angehörigen? Da musste ich mich unbedingt schlau machen. Die Vorstellung verursachte mir fast schon einen Brechreiz.

Peggy kam mit einem Schuhkarton in der Hand zurück in den Garten. Sie stellte ihn auf den Tisch und nahm den Deckel ab.

»Das hat mich am meisten aufgewühlt«, erklärte sie. »Skyes Schmuck. Manchmal stecke ich die Nase in einen ihrer Pullis, weil sie immer noch nach ihr duften. Aber noch öfter werfe ich einen Blick in diese Schachtel hier, um mir ihre Ohrringe und Ketten anzusehen.« Sie zog eine silberne Blüte heraus, die an einer feinen Kette hing. »Die habe ich ihr zu ihrem einundzwanzigsten Geburtstag geschenkt. Das ist nichts Wertvolles, aber ich habe sie in einem Secondhandladen entdeckt und dachte mir, die könnte zu ihr passen.«

Obwohl ich Skye nur ein einziges Mal begegnet war, machte es mich plötzlich sehr traurig, hier mit ihrer Mutter ihre persönlichen Habseligkeiten durchzusehen.

Ich griff einzelne Stücke heraus: einen Kupferarmreif, ein paar schmale Silberreifen, ein Armband mit mehreren winzigen Anhängern, eine hübsche Mondsteinkette, ein Paar große Kreolen und ein Paar kleinere, verschiedene Ohrstecker, eine Brosche, die wie ein Fisch geformt war, eine Handvoll Perlmutthaarklammern, einen zarten, mit Blüten verzierten Haarreif. Ich stellte mir Skye vor, wie sie in ihrem unordentlichen Raum vor dem Spiegel stand und Verschiedenes anprobierte, sich betrachtete, sich schön machte für die Welt. Nachdenklich ließ ich den Schmuck durch meine Finger gleiten, zurück in die Schachtel.

Dabei kam mir plötzlich etwas in den Sinn. Ich wandte mich an Peggy, doch der Anblick ihres verhärmten, tränennassen Gesichts ließ mich zögern und dann doch nicht fragen.

38

Als ich schließlich wieder im Zug zurück nach London saß, mit Peggys Untersetzer in der Tasche, schwirrten mir die Ereignisse des Tages durch den Kopf, bis mir davon der Schädel brummte. Ich dachte an Skyes trauriges, kurzes Leben, aber auch an mein eigenes. Die Geschichte, die ich für die meine gehalten hatte, war überschrieben worden, nein, noch schlimmer: in Fetzen gerissen. Vermeintlich fester Boden hatte sich in Treibsand verwandelt. Mein Selbstverständnis war erschüttert.

Ein Mann ging durch den Waggon. Obwohl es etliche freie Plätze gab, ließ er sich mir gegenüber nieder, spreizte die Beine, machte sich breit. Er war ein bulliger Typ mit kräftigen Armen und Hängebacken. Die Art, wie er mich anstarrte, war mir so unangenehm, dass ich den Kopf abwandte. Männer, alle Männer, waren für mich beängstigende, bedrohliche Gestalten geworden. Ich war so auf Jason fokussiert gewesen, aber was war mit Ben, Emilys Bruder mit den traurigen Augen und dem bleichen, schlaffen Gesicht, der nun mit seinem fiesen Hund in Jasons Haus wohnte? Was war mit Laurie, den ich bis jetzt völlig außer Acht gelassen hatte, obwohl er die ganze Zeit präsent gewesen war? Oder mit Bernie, der ständig in unserer Nähe zu sein schien, der uns im Hausgang über den Weg lief, von seinem Fenster zu uns herunterstarrte, wenn wir im Garten saßen, uns Brot vorbeibrachte, den guten Nachbarn spielte? Ganz zu schweigen von Aidan, der in meiner jetzigen Wohnung mindestens so viel Zeit verbracht hatte wie alle anderen – auch wenn das inzwischen vorüber war. Männer mit Hund, Männer ohne Hund. Und jetzt gab es da auch noch Charlie, der keinerlei Verbindung zu mir hatte, soweit ich das beurteilen konnte, dafür aber mit Skye tief verbunden gewesen war.

Vor wem musste ich mich hüten? Oder sollte ich besser fragen, vor wem ich mich *nicht* hüten musste?

Ich konnte nicht mehr länger warten, es kam mir vor, als zählte jede Sekunde. Ich rief Kelly Jordan an.

»Ich bin gerade sehr beschäftigt«, sagte sie statt einer Begrüßung.

Ich rutschte an den Rand meiner Sitzreihe und wandte mich von dem Mann ab, damit er nichts mitbekam.

»Sie haben gesagt, ich solle mich bei Ihnen melden, wenn mich etwas beunruhigt.«

»Was beunruhigt Sie denn?«

»Wenn ich es richtig verstanden habe, läuft die Theorie der Polizei im Grunde darauf hinaus, dass Skye Nolan bei einem schiefgelaufenen Raubüberfall ums Leben gekommen ist.«

»Das ist eine Möglichkeit.«

»Wenn es ein Raubüberfall war, warum wurde der Schmuck dann nicht gestohlen?«

Es herrschte einen Moment Stille. Ich warf einen prüfenden Blick auf mein Telefon, weil ich befürchtete, kein Netz mehr zu haben.

»Woher wissen Sie das?«

»Skyes Mutter hat mir ihre Schmuckschachtel gezeigt.«

»Wie kam es denn dazu?«

»Sie hat mich zu sich nach Hause eingeladen.«

»Woher kennen Sie sie überhaupt?«

»Ich habe sie bei der Anhörung kennengelernt. Erinnern Sie sich? Ich hatte Ihnen doch erzählt, dass ich da hinwollte.« Am anderen Ende der Leitung herrschte erneut Schweigen. »Die Öffentlichkeit ist dort zugelassen«, fügte ich hinzu.

»Das ist mir bekannt. Die Öffentlichkeit ist bei vielen Gelegenheiten zugelassen. Aber Kontakt mit Zeugen – man könnte sogar von Einflussnahme auf Zeugen sprechen – ist nicht …«, sie unterbrach sich, »… nicht ratsam. Ich würde Ihnen sogar dringend davon abraten.«

»Ich wollte ihr lediglich mein Beileid bekunden, und sie wollte mit mir sprechen. Ich denke, dagegen ist nichts einzuwenden. Aber was ist mit dem Schmuck?«

»Ich bin Ihnen über unsere polizeilichen Ermittlungen keine Rechenschaft schuldig.«

»Das ist mir durchaus bewusst. Ich wollte Sie einfach informieren, weil ich dachte, dass Sie den Fall dann vielleicht in einem anderen Licht sehen.«

»Also gut, Tess, wenn Sie es unbedingt wissen müssen: Der Schmuck wurde über den Boden der Wohnung verstreut. Vermutlich vom Mörder.«

»Aber warum fehlte dann nichts?«

»Wir haben nur das gesehen, was davon übrig war. Allem Anschein nach wurde der Schmuck hastig beiseite geworfen, als hätte ihn jemand durchwühlt. Vermutlich wurden die wertvolleren Stücke mitgenommen.«

»Peggy Nolan sagte nichts davon, dass etwas fehlte.«

»Vielleicht ist Ihnen nicht bekannt, dass Peggy Nolan im Verlauf des vergangenen Jahres den Kontakt zu ihrer Tochter verloren hatte. Aus diesem Grund war sie gar nicht in der Lage, fehlende Schmuckstücke zu benennen.«

»Das heißt also, Sie *wissen* nicht, dass tatsächlich Schmuckstücke gestohlen wurden.«

»Richtig. Trotzdem ist es denkbar. Genauso gut ist denkbar, dass nichts gestohlen wurde, weil sie nichts besaß, was sich zu stehlen lohnte. War`s das jetzt?«

»Entschuldigen Sie«, sagte ich. »Es war nicht meine Absicht, Ihnen vorzuschreiben, wie Sie Ihre Arbeit machen sollen. Ich wollte nur helfen.«

Ich hörte Jordan tief durchatmen.

»Ich muss Sie warnen. Es handelt sich hier um die Ermittlungen in einem Mordfall.«

»Ich rede doch nur mit den Leuten.«

»Sie reden mit Skyes Mutter, die extrem verletzlich ist.«

»Ich weiß. Aber da ist noch etwas.« Ich holte nun meinerseits tief Luft, weil ich wusste, dass ich im Begriff war, mir einen Nachbarn zum Feind zu machen und außerdem meine Freundschaft mit Gina zu zerstören. »Es gibt noch andere Männer, die Sie meiner Meinung nach unter die Lupe nehmen sollten.«

»Welche anderen Männer?«

»Andere Männer, mit denen Poppy oft zusammenkommt. Da wäre beispielsweise unser Nachbar Bernie, der in der Wohnung über uns wohnt, und der Ehemann einer Freundin von mir, der mehrmals die Woche nach dem Kindergarten auf Poppy aufpasst. Und ich weiß nicht, ob Sie daran gedacht haben, Skyes Ex-Freund zu überprüfen, Charlie. Er wirkt am Boden zerstört, aber man sagt ja oft, dass …«

»Tess.«

»Was?«

»Sie sollten sich mal hören.«

»Das ist nicht der Punkt. Ich frage mich eher: Hören *Sie* mich? Hören Sie mir zu?«

»Ich verstehe, dass Sie sich Sorgen machen.«

»Berechtigte Sorgen.«

»Lassen Sie es mich mal so ausdrücken: Im Moment beschuldigen Sie wahllos Leute, ohne …«

»Ich beschuldige sie nicht. Ich erwähne sie nur.«

»Haben Sie schon mal dran gedacht, Hilfe in Anspruch zu nehmen?«

»Ich nehme *Ihre* Hilfe in Anspruch. Jetzt gerade.«

»Diese Art Hilfe meine ich nicht.«

»Sie halten mich für verrückt?«

»Ich halte Sie für sehr angeschlagen, und in diesem Zustand

lassen Sie sich von Ihren Ängsten mitreißen.« Kelly Jordan bemühte sich um einen behutsamen Tonfall. »Deswegen sehen Sie nicht mehr klar und gehen auch nicht mehr rational an die Dinge heran. Vielleicht sollten Sie sich wirklich professionelle Hilfe holen, statt jedes Mal bei mir anzurufen, wenn irgendeine x-beliebige neue Angst in Ihnen hochkommt.«

Als ich den Kopf hob, merkte ich, dass der Mann mich unverwandt ansah. Auch jetzt wandte er den Blick nicht ab. Ich stand auf und ging den Waggon entlang.

»Das Problem ist«, fuhr ich fort, »dass Sie mich erst dann ernst nehmen werden, wenn etwas Schreckliches passiert.«

»Ich kann Ihnen versichern, dass die Polizei alles in ihrer Macht Stehende tut, um Skye Nolans Mörder zu finden. Sie können das wirklich uns überlassen. Sie sind uns keine Hilfe. Wenn Sie sich einmischen, helfen Sie damit weder sich selbst noch Ihrer Tochter, sondern behindern lediglich unsere Ermittlungen. Und falls es Sie interessiert: Ich habe schon genug Probleme, weil ich so viel Zeit und Energie auf Sie und Ihre Ängste verwende.«

Sie beendete das Gespräch, ohne sich zu verabschieden. Wie vor den Kopf gestoßen stand ich da, das Telefon noch in der Hand, und starrte zum Fenster hinaus – auf die Rückseiten der Häuser entlang dieser Bahnstrecke in Ost-London.

Während ich mir einen anderen Sitzplatz suchte, musste ich wieder an Jason denken. Die Vorstellung, dass er nach meinem Tod durch mein Haus streifen und in meinen Sachen herumwühlen könnte, ließ mir keine Ruhe.

Ich wartete vor dem Bahnhof – mein Herz raste. Bald würde ich Poppy wiedersehen.

Mir blieben zehn Minuten bis zur Ankunft ihres Zuges. Die Worte der Kriminalbeamtin gingen mir nicht aus dem Kopf. *Vielleicht sollten Sie sich professionelle Hilfe holen.* Womöglich hatte sie recht, und ich brauchte tatsächlich Hilfe. Womöglich ging es mir wie Poppy, und ich war gefangen in einer Geschichte, sodass ich nicht mehr unterscheiden konnte zwischen Realität und Fiktion – einer Fiktion, die geboren war aus Liebe und Angst. Mit zitternden Händen wählte ich die Nummer.

»Ich möchte einen Termin bei Doktor Leavitt, für morgen.«

»Er hat morgen keine Termine mehr frei.«

»Es ist dringend. Ich brauche schnellstmöglich einen Termin.«

»Dann kommen Sie morgen früh in die Notfallsprechstunde. Wir öffnen um acht.«

39

Poppy sauste durch die Wohnung. Sie schnappte sich Sunny und drückte ihn an ihre Brust, bis ihr der alte Kater einen Hieb verpasste. Überrascht riss sie den Mund auf, ließ Sunny fallen und brach in beleidigtes Gebrüll aus.

Bei ihrem abendlichen Bad schlug sie nach mir, weil ich darauf bestand, ihr die Haare zu waschen, die mit irgendetwas verklebt waren, vermutlich Marmelade. Ihr kleiner nackter, seifiger Körper war glitschig wie ein Aal.

Hinterher legte sie sich unten in der Wohnküche auf den Bauch und begann mit verträumter Miene, alle ihre Spielsachen im Kreis anzuordnen und mit ihnen zu reden, während ich uns Abendessen kochte.

Als sie schließlich im Bett lag, frisch duftend und bereits schläfrig, fragte sie mich: »Wann bist du tot?«

»Ich sterbe noch ganz lange nicht.«

»Aber wer schaut dann nach mir?«

»Bis dahin bist du längst erwachsen«, antwortete ich. »Vielleicht hast du dann selbst schon Kinder oder womöglich sogar Enkelkinder.«

»Mit Milly?«

»Milly ist weg, mein Schatz.«

»Sie ist tot.«

»Sie war nur eine Puppe. Sie ist nicht gestorben.«

Ich streichelte ihr übers Haar. Ihre Stirn fühlte sich ein wenig feucht an. Der Storchenbiss am Haaransatz war verblasst, aber nach wie vor sichtbar. Sie war noch so klein, mit Überbleibseln aus ihrer Babyzeit behaftet.

»Geschichte!«, forderte sie.

Ich griff nach einem Buch.

»Nein. Meine Geschichte!«

»Es war einmal…«, begann ich, »…ein kleines Mädchen namens Poppy. Sie hatte eine Mutter, die Tess hieß, und einen Vater, der Jason hieß.«

»Und eine Katze.«

»Ja. Eine Katze namens Sunny.«

»Und Sam der Desel.«

»Und Sam.«

»Und ein Fant.«

»Ach ja, einen Elefanten hatte sie auch. Ihre Familie und ihre Freunde liebten sie und passten auf, dass ihr nichts passierte.«

»Aber sie war ein böses Mädchen.«

»Nein! Sie war ein braves, liebes, hübsches und kluges Mädchen.«

Poppy sah mich an. Sie legte einen Finger an meine Oberlippe und fuhr die Kontur nach. Anschließend strich sie über die feinen Lachfalten an meinen Augenwinkeln.

»Bist du schon ganz alt?«, fragte sie.

»Ich bin nicht mehr so jung wie du, aber auch noch nicht alt.«

»Als ich alt war, war ich tot.«

40

Poppy musste mich zum Arzt begleiten. Ich trug sie huckepack in die Praxis, und im Wartezimmer saß sie dann auf meinem Schoß, während ich ihr vorlas. Sie erschien mir wie ein Wunder: ihr warmer Körper, das glänzende Haar, die bläulichen Venen unter der blassen Haut, der Geruch nach Seife und Shampoo, kombiniert mit jenem undefinierbaren Duft, der nur der ihre war. Meine Tochter, dachte ich – doch sie gehörte mir nicht, sie gehörte ganz und gar sich selbst. Ich dagegen gehörte ihr. Ich gehörte zu ihr.

Dr. Leavitt kannte ich noch nicht sehr gut. Seit unserem Umzug in dieses Viertel hatte ich ihn erst zweimal aufgesucht: einmal, weil Poppy an einer Ohrentzündung litt, und dann, weil mir an meinem Bauch ein verdächtiges Mal aufgefallen war. Ich mochte ihn instinktiv. Er war um die sechzig, ein grauhaariger Herr mit Tränensäcken unter den müden Augen und einer respektvollen Art, mit den Patienten umzugehen.

Noch bevor ich mit Poppy an der Hand sein Sprechzimmer betrat, hatte ich schon feuchte Augen. Er deutete auf einen Stuhl. Ich hievte Poppy auf meinen Schoß, wo sie sofort zu zappeln begann.

»Hallo, Poppy«, begrüßte er sie.

Sie zeigte keinerlei Reaktion. Ihr Blick wirkte starr und leer.

»Poppy«, sagte ich. »Sag Hallo zu Doktor Leavitt.«

Sie schien mich gar nicht zu hören.

»Schon gut, Miz Moreau. Was kann ich für Sie tun?«

Ich wusste gar nicht, wo ich anfangen sollte, und fühlte mich schrecklich verlegen.

»Es ist wahrscheinlich ganz blöd von mir«, stieß ich hervor. »Ich möchte nicht Ihre Zeit verschwenden.«

Er wartete. Ich registrierte, dass der Kragen seiner Jacke nach innen geschlagen war, und empfand den absurden Drang, mich vorzubeugen und das in Ordnung zu bringen.

»Ich fühle mich in letzter Zeit nicht so gut«, begann ich in leisem Ton, mit Rücksicht auf Poppy. »Es fällt mir schwer, darüber zu sprechen.« Ich deutete auf meine Tochter. Er nickte.

»Ich habe da ein paar Tiere, um die sich mal jemand kümmern muss«, sagte er an Poppy gewandt.

Er beugte sich zu einer kleinen Wanne hinunter, die neben seinem Schreibtisch stand, und zog einen Hasen und einen Panda heraus.

»Hier. Setz dich doch mit den beiden da drüben in die Ecke und schau mal, ob sie krank sind.«

Poppy kletterte von meinem Schoß und nahm die Plüschtiere sehr behutsam entgegen.

»Milly ist tot«, informierte sie ihn. »Ich hab tot macht.«

»Ihre Puppe«, erklärte ich.

»Sag mir, wenn die Tiere einen Verband brauchen«, meinte Dr. Leavitt zu Poppy. »Damit es ihnen besser geht.« Er wandte sich wieder an mich. »Inwiefern fühlen Sie sich nicht gut?«

Ich schluckte. Mein Hals fühlte sich an wie zugeschnürt, und in meinen Augen brannten Tränen.

»Poppy benimmt sich neuerdings so seltsam«, flüsterte ich, damit sie es ja nicht hörte. »Sie hat ein verstörendes Bild gemalt, obszöne Schimpfworte benutzt und ihre heiß geliebte Puppe in Fetzen gerissen.«

»Milly.«

»Aber deswegen bin ich nicht hier. Wobei, in gewisser Weise schon, aber ich war schon mit ihr bei einem Spezialisten und … entschuldigen Sie. Ich komme nicht zum Punkt, obwohl ich doch weiß, dass Sie nicht viel Zeit haben.«

In der Ecke beugte Poppy sich über den Hasen und plapperte etwas, das ich nicht verstand.

»Fahren Sie fort.«

»Ich habe Angst. Ich meine, so schlimme Angst, dass ich gar nicht mehr weiß, was ich tun soll. Ich hatte den Eindruck, dass Poppy Zeugin eines Verbrechens geworden war. Dass sie in Gefahr war. Ich hatte ihren Vater in Verdacht.«

»Ich bin mir nicht sicher, ob ich Sie richtig verstehe.«

Zwischen seinen Augen hatte sich mittlerweile eine tiefe Furche gebildet.

»Ich verstehe es ja selbst nicht. Erst dachte ich, dass er etwas Schreckliches getan hat und sie Zeugin geworden war. Doch dann fiel mein Verdacht auf den Bruder seiner Ehefrau. Mitten in dieser Phase starb plötzlich jemand, eine junge Frau. Ich kannte sie nicht wirklich, nur vom Sehen, aber ich glaube, sie war die Person, über die Poppy sprach. Ich glaube, es hängt alles mit Poppy zusammen.«

Ich brach abrupt ab, weil ich seinen Gesichtsausdruck registrierte, eine Mischung aus Verständnislosigkeit und Mitgefühl.

»Hase ist jetzt fast tot«, verkündete Poppy. Sie klang dabei recht fröhlich.

»Ich weiß, das ergibt alles keinen Sinn«, fuhr ich in leisem, verzweifeltem Ton fort. »Aber ich habe das Gefühl, sie ist in Gefahr. Nein.« Ich presste eine Hand gegen meine Brust, weil es mir vorkam, als könnte ich meinen eigenen Herzschlag hören. »Ich weiß, dass sie in Gefahr ist. Ich *weiß* es.«

Ich hörte meine Stimme, hörte die Worte herauspurzeln, wirr und ohne Zusammenhang – Gefahr, Affären, Milly, Polizei, Anhörung. Ich sah den Arzt einen raschen Blick auf die Uhr über seiner Tür werfen. Ich sah Poppy die Hände um den Hals des Hasen legen.

»Niemand glaubt mir. Die Polizei hält mich für verrückt. Aber wohin ich auch blicke, sehe ich Gefahr – so große Gefahr, dass ich kaum noch Luft bekomme. Ausgehend von Jason oder Ben, das ist der Bruder, oder Aidan – das ist mein Freund, besser gesagt, *war* mein Freund. Oder vom Mann meiner Freundin, oder … ach, ich kann mich selber hören«, sagte ich. »Laut ausgesprochen klingt es völlig verrückt. Ihr Gesichtsausdruck verrät mir, wie ich Ihnen vorkomme.«

Eine Weile herrschte Schweigen. Poppy schüttelte den Hasen.

»Er ist tot«, stellte sie triumphierend fest und wandte sich dem Panda zu.

»Miz Moreau.«

»Tess.«

»Tess.« Dr. Leavitt sprach sehr sanft, als versuchte er, mich zu beruhigen. »Ich bin mir nicht sicher, ob ich alles verstehe, was Sie mir gesagt haben, aber mir ist zumindest klar, dass Sie Kummer haben und unter Angstzuständen leiden. Deswegen möchte ich Ihnen jetzt ein paar einfache Fragen stellen.«

»Zum Beispiel?«

»Haben Sie oft Herzrasen?«

»Ja. Ja, natürlich. Hätten Sie das nicht auch, wenn Ihr Kind in Gefahr wäre?«

»Fühlen Sie sich manchmal schwach?«

»Ein bisschen. Aber das kann auch daran liegen, dass ich nicht so viel esse wie sonst.«

»Wird Ihnen übel?«

»Ja. Vor Angst.«

»Haben Sie Schmerzen in der Brust?«

Erneut legte ich eine Hand an die Brust. »Ich weiß nicht. Manchmal habe ich das Gefühl, mein Herz könnte jeden Moment platzen, weil es so wild schlägt. Das ist ein schreckliches Gefühl.«

Poppy kam zu uns herüber.

»Nach Hause!«, forderte sie.

»Bald«, gab ich ihr zur Antwort. Sie kletterte wieder auf meinen Schoß und fing an, mir mit den Fingern durchs Haar zu fahren.

»Leiden Sie unter Hautkribbeln?«

»Ja. Was bedeutet das?«

Trockenheit im Mund? Ja.

Magenkrämpfen? Und wie!

Wackeligen Knien? Ja.

Kloß im Hals? Ständig.

Verstärktem Harndrang? Hm, kann sein.

Schlaflosigkeit? Natürlich.

Erschöpfung? Permanent.

Todesangst? Haben Sie mir nicht zugehört …?

»Wie oft treten diese Symptome auf?«

»Wie oft? Fast die ganze Zeit.«

»Und wie lange geht das schon so?«

»Ein paar Wochen.«

»Mummy, ich will heim!«

»Das sind klassische Symptome für starke Angstzustände und Panikattacken. Gehe ich recht in der Annahme, dass die Trennung von Poppys Vater noch nicht lange zurückliegt?«

»Es ist nun fast ein Jahr her.«

»Und seitdem kümmern Sie sich die meiste Zeit allein um Poppy?«

»Ja.«

»Und arbeiten?«

»Ja.«

»Darf ich fragen, ob Sie auch Geldsorgen haben?«

»Natürlich habe ich die«, antwortete ich so fröhlich, wie ich nur konnte, damit Poppy nicht aufmerksam wurde.

»Tess«, sagte er, wobei er sich um einen behutsamen, neutralen Ton bemühte. »Hegen Sie auch selbstzerstörerische Gedanken? Gedanken an Suizid?«

»Nein.«

Er ließ sich zurücksinken.

»Offensichtlich stehen Sie im Moment sehr unter Druck, da ist es ganz normal, dass Sie Angstgefühle entwickeln. Panik ist eine extreme Form von Angst. Auch wenn Panikattacken an sich nicht gefährlich sind, so sind sie doch sehr unangenehm und beängstigend und können zu einem Teufelskreis werden. Ich könnte Ihnen eine Art Antidepressivum verschreiben, doch darauf würde ich vorerst lieber noch verzichten. Stattdessen möchte ich Ihnen eine kognitive Verhaltenstherapie vorschlagen. Es wären nur ein paar Sitzungen. Das ist oft sehr hilfreich. Ich gebe Ihnen eine Liste von Therapeuten, mit denen Sie sich dann selbst in Verbindung setzen können. Ich kann Sie aber auch an jemanden überweisen, wenn Ihnen das lieber ist.«

»Ich mache es selbst.«

»Zusätzlich lasse ich Ihnen eine Reihe von Atemtechniken ausdrucken, die Ihnen helfen können, Ihre Panikattacken besser zu bewältigen. Außerdem gibt es eine Achtsamkeits-App zum Herunterladen. Manche Menschen finden sie sehr hilfreich, wenn sie Angstzustände haben. Hier.«

Er notierte die App auf seinem Block, riss das Blatt ab und überreichte es mir.

»Und bevor Sie gehen, möchte ich, dass Sie gleich einen Termin in zwei Wochen vereinbaren, damit wir schauen können, wie es läuft.«

»Gut.«

»Fühlen Sie sich in der Lage zu arbeiten?«

Schlagartig begriff ich, dass sich mir hier eine Chance bot. Ich könnte Poppy jeden Morgen in den Kindergarten bringen und am Nachmittag wieder abholen. Dann brauchte ich sie nicht mehr aus den Augen zu lassen.

»Eher nicht«, antwortete ich. »Ich arbeite als Grundschullehrerin, das kann man nicht halbherzig machen.«

Er nickte. »Ich schreibe Sie jetzt erst mal eine Woche krank. Dann sehen wir weiter.«

»Danke. Danke, dass Sie so verständnisvoll sind.«

»Ich hoffe, das alles wird helfen«, antwortete er. »Suchen Sie sich einen Therapeuten. Meditieren Sie, und praktizieren Sie die Atemtechniken. Gehen Sie spazieren. Ruhen Sie sich aus. Achten Sie auf sich. Und dann kommen Sie wieder.«

»Ja.«

»Haben Sie sonst noch Fragen?«

Ja, die hatte ich. Laut gellten sie durch meinen Kopf: *Alle glaubt ihr, ich bilde mir das nur ein, aber was, wenn nicht? Was, wenn ich recht habe mit meiner Angst und Panik?*

Doch ich stellte sie ihm nicht. Zu oft hatte ich den Ausdruck von Mitleid gesehen, der dann in sein Gesicht treten würde. Stattdessen setzte ich Poppy auf dem Boden ab und reichte ihm die Hand.

»Passen Sie auf sich auf«, sagte er.

Tabletten, dachte ich, während wir die Praxis verließen. Achtsamkeit. Therapie. Vielleicht später. Jetzt war ich erst mal krankgeschrieben. Ich hatte eine Woche frei.

41

Ich half Poppy dabei, sich für ihre Party fertig zu machen: Ich bürstete ihr das Haar, bis es knisterte, wobei sie ausnahmsweise mal nicht brüllte, drapierte ihr anschließend den langen Tüllrock, den ich für sie geschneidert hatte, so um die Taille, dass er nicht über den Boden schleifte, und hüllte sie zum Schluss in den schimmernden Hexenumhang. Ehrfürchtig betrachtete sie ihr Spiegelbild: schillernd vor Farbe und bebend vor Aufregung, sah sie aus wie eine Libelle kurz vor dem Abheben.

Sie wollte unbedingt noch eine Blütenkrone. Also ging ich hinaus in den Garten und schnitt von einem der beiden Töpfe, die Aidan gebracht hatte, eine prächtige Pfingstrose ab, kehrte damit in die Küche zurück und stöberte in meiner Krimskramsschublade nach einem Band. Dabei stieß ich auf etliche ineinander verhedderte Schlüssel. Als ich sie herauszog, entdeckte ich in dem ganzen Sammelsurium auch die Schlüssel für das Haus in Brixton. Mir war gar nicht bewusst gewesen, dass ich die noch besaß. Bei ihrem Anblick kam mir ein Gedanke. Es fühlte sich an, als würde in meinem Gehirn etwas zu prickeln beginnen.

Ich ignorierte es, zog ein Stück Silberband heraus, wand es Poppy um den Kopf und steckte dann die Blüte darunter.

»So«, sagte ich.

»Ich kann fliegen!«, verkündete Poppy.

Ich stellte mir vor, wie Poppy zu fliegen versuchte.

»Nein, du kannst nicht fliegen.«

Ich nahm sie an der Hand. Im Vorbeigehen griff ich nach den Brixton-Schlüsseln und ließ sie in meine Tasche gleiten.

Nachdem ich Poppy abgesetzt hatte, rief ich auf Jasons Festnetz an. Jason und Emily hatten gesagt, sie wollten an dem Tag einen Ausflug unternehmen, aber womöglich war Ben zu Hause. Es läutete ewig. Gut.

Ich marschierte die vertraute Straße entlang. Die Sonne schien warm auf das frische Grün der Bäume. Ein paar Türen vom Haus entfernt blieb ich stehen, zog mein Handy heraus und versuchte es erneut unter der Festnetznummer. Wieder ging niemand ran.

Während ich langsam weiter auf das Haus zusteuerte, spähte ich zu den Fenstern hinauf, konnte jedoch kein Anzeichen von Leben entdecken. Vor der Haustür hielt ich kurz inne und lauschte angestrengt. Nichts.

Ich klopfte: nichts.

Entschlossen steckte ich den Schlüssel ins Schloss und schob die Tür auf. Vor mir auf der Matte lag ein kleiner Stapel Post. Ich trat ein. Hinter mir fiel die Tür mit einem Klicken zu.

Ich schlich durch das leere Haus und fühlte mich dabei wie ein Geist in meinem alten Leben. Mir war dort alles vertraut – die Dellen an der Wand, entstanden durch Poppys alten Kinderwagen, als wir noch eine Familie waren, die ächzenden Stufen, der kahle Fleck des Teppichs auf der Treppe, der immer noch tropfende Wasserhahn, das Plakat einer Van-Gogh-Ausstellung, die wir zusammen besucht hatten, mit seiner losen Ecke, der alte Stuhl, den ich aus einem Trödelladen gerettet und eigenhändig restauriert hatte, der Spiegel, der ein wenig schief hing, und auch mein Gesicht, auf das ich im Vorbeigehen einen Blick erhaschte: angespannt und bleich, umrahmt von einer widerspenstigen roten Mähne –, und doch hatte sich alles verändert. Ich war ein Eindringling: die Verrückte, die durch ihr ehemaliges, menschenleeres Haus geisterte.

Als ich an Poppys Zimmer vorbeikam, verpasste ich der Tür einen kleinen Schubs, sodass sie aufschwang und es mir einen Moment vorkam, als befände sie sich hier bei mir, zwischen ihren Spielsachen.

Dann trat ich in Jasons Arbeitszimmer mit Blick auf den von mir angelegten Garten. All die Stunden, die ich damit verbracht hatte, Pflastersteine zu verlegen und auf wuchernde Büsche einzuhacken, den steinigen Boden umzugraben und dann Blumen und Kräuter anzupflanzen – mit Blasen an den Händen und Erde unter den Nägeln. Jason und Emily kümmerten sich nicht richtig darum. Weder waren die Rosen zugeschnitten noch die Beete gejätet. Ich schob die Tür zu, bis sie fast geschlossen war. Zu meiner Erleichterung stellte ich fest, dass Jason seinen Laptop nicht mitgenommen hatte. Ich ließ mich am Schreibtisch nieder, zog den Computer zu mir heran und klappte ihn auf. Mit einem leisen Piepen erwachte er zum Leben. Als ich aufgefordert wurde, das Passwort einzugeben, fluchte ich leise.

Ich überlegte einen Moment. Es konnte ja wohl nicht sein, dass er es nicht geändert hatte, oder?

Ich tippte: »WaverleyStreet14aMarmie.« Tatsächlich, es funktionierte. Das war die Adresse der Wohnung, in der wir ganz zu Beginn unserer Beziehung gelebt hatten, und der Name der lustigen kleinen Katze, die der unter uns wohnenden Frau gehörte. Hatte er dieses Passwort aus sentimentalen Gründen behalten? Wahrscheinlicher war, dass er gar keinen Gedanken mehr daran verschwendete, weil er es schon so lange benutzte.

Sein Desktop leuchtete auf. Rasch überflog ich die Inhalte auf dem Bildschirm. Da waren Ordner und Dokumente mit Namen, die ich nicht kannte. Die Icons, die für seine verschiedenen Spiele standen, konnte ich vergessen. Aber was war mit dem Rest? Es war so viel. Dieser spezielle Laptop war vermutlich nicht älter als ein, zwei Jahre, aber ich wusste, dass Jason schon seit seiner Studienzeit mit immer wieder neuen Versionen des gleichen Geräts arbeitete. Jedes Mal, wenn er ein neues kaufte, überspielte er die Inhalte des vorherigen darauf. Es enthielt quasi sein ganzes Leben. Plötzlich hatte ich eine Vision von seinem Computer als Großstadt. Ich war in den Randbereich gewandert, auf einem kleinen Pfad weit draußen im Umland, um in dieser riesigen Stadt nach etwas zu suchen, von dem ich nicht einmal wusste, worum es sich handelte.

Einem Computergenie wäre jetzt irgendetwas Schlaues eingefallen. Aber ich war kein Genie, ja nicht mal in der Lage, auf meinem eigenen Computer etwas zu finden. Allein schon das Nachdenken darüber war Zeitverschwendung. Ich bemühte mich, genauso wenig darüber nachzudenken, wie furchtbar es wäre, wenn jemand zurückkäme und mich im Haus anträfe. Während ich vergeblich versuchte, jeden Gedanken daran zu verdrängen, achtete ich gleichzeitig aufmerksam auf jedes Geräusch im Haus, jede mögliche Bewegung. Selbst das Brummen eines vorbeifahrenden Wagens ließ mich schaudern, weil ich befürchtete, er könnte anhalten und parken.

Dann vernahm ich etwas. Ich hörte tatsächlich ein Geräusch. Zuerst hoffte ich, es wäre draußen, vielleicht ein Zweig, den der Wind gegen ein Fenster klatschte, aber es war im Haus, das spürte ich. Es handelte sich um eine Art Kratzen, hervorgerufen durch Bewegung, aber ich wusste nicht, was es war, weil ich nicht abschätzen konnte, ob sich die Quelle ganz in der Nähe oder weiter entfernt befand.

Das Geräusch kam immer näher, aus dem Kratzen wurde ein Tappen, dann brach es plötzlich ganz ab. Als ich mich umdrehte, blickte ich hinunter in das Gesicht von Roxie, der kleinen Hündin. Sie erwiderte meinen Blick. Mir wurde vor Schreck ganz übel. Was, wenn sie auf mich losging?

»Hallo, Roxie«, sagte ich.

Sie reagierte mit einem leisen Knurren, das fast wie ein Schnurren klang. Langsam beugte ich mich zu ihr und hielt ihr die Hand hin. Ich hatte mal gelesen, Hunde besäßen feine Antennen für menschliche Emotionen. Ich bemühte mich, so sanft und ruhig wie möglich zu wirken.

»Komm schon, Roxie.« Vorsichtig strich ich über ihr drahtiges Fell. Das Knurren verwandelte sich in leises Winseln. Sie legte sich auf den Rücken, woraufhin ich eine Weile ihren Bauch streichelte. »Jetzt lässt du mich hier weitermachen, ja?«

Sie schien damit zufrieden, auf dem Teppich zu liegen. Während ich mich wieder dem Bildschirm zuwandte, ging mir durch den Kopf, dass ich hier schon viel zu lange saß. Ich warf einen Blick auf die Uhr. Drei Minuten noch, sagte ich mir. Dann würde ich gehen.

Ich klickte auf seine Mails, weil mir das am vielversprechendsten zu sein schien. 25865 Nachrichten. Ich fluchte leise vor mich hin. Allein schon dieses Mailkonto war eine weitere Großstadt. Ich blätterte ein Stück nach unten, aber es war absolut hoffnungslos: In erster Linie handelte es sich um Werbung unterschiedlichster Art sowie Ankündigungen diverser Zustellungen. Persönliche Post war kaum darunter. Ich klickte aufs Geratewohl ein paar Nachrichten an, bei denen es hauptsächlich um die Schule ging. In einer wurde eine Verabredung zu einem Umtrunk bestätigt – mit Kopie an zwei Frauen und drei Männer. Nachrichten von Emily, Ben oder gar mir gab es keine, was ich aber nicht weiter seltsam fand. Wir verständigten uns schon seit Jahren kaum noch per Mail, sondern kommunizierten über Textnachrichten oder WhatsApp, und selbst das beschränkte sich meist auf »spät dran 5 Min« oder so was in der Art.

Ich schaute erneut auf meine Armbanduhr. Die drei Minuten waren vorüber. Es wurde wirklich Zeit zu gehen. Ich gestattete mir eine weitere Minute und klickte auf die Liste der Ordner. Die Kategorien wirkten sehr geordnet: Arbeit, Buchhaltung, Haus, Party 2016. Letzteres ließ mich lächeln. Ich klickte es an. Eine vertraute Namensliste tauchte auf. Die Party hatten wir hier in diesem Haus gefeiert, kurz nach unserem Einzug. Es waren noch nicht alle Umzugskartons ausgepackt, und die Lieferung des Kühlschranks ließ auch noch auf sich warten, aber es war ein schöner Herbstabend, und wir hatten Marmeladengläser mit Kerzen im Garten verteilt. Ich schloss den Ordner und sah mir den Rest an: Urlaub, Sport, Hochzeit. Wieder fluchte ich. Diese verdammte Hochzeit. Dann irritierte mich plötzlich etwas, irgendetwas, das mich störte wie ein Steinchen im Schuh. Was war es? Sport. Welchen Sport trieb Jason eigentlich?

Ich klickte auf den Ordner. Sofort war klar, welchen Sport er meinte. Der Mistkerl. Die letzten, neuesten Nachrichten stammten von einer Lara Steed, rund ein Dutzend vielleicht. Weiter unten stieß ich auf ein paar von einer Nicole, noch weiter unten auf welche von einer Inga. Ich klickte auf eine Inga-Nachricht und las nur ein paar kurze Phrasen: »gestern Nacht«, »Sehnsucht nach dir«. Mir wurde schon wieder speiübel. Jasons heimliche Mails. Er hätte sie mit einem Tastendruck löschen können, doch er zog es vor, sie wie Trophäen aufzubewahren.

Da vernahm ich ein weiteres Geräusch. Es bestand kein Zweifel. Das waren Schritte, und zwar menschliche. Im Haus. Ich wandte den Kopf, um festzustellen, aus welcher Richtung sie kamen. Von oben. Ich hörte Bodendielen ächzen, dann wieder Schritte, auf der Treppe. Zuerst saß ich bloß da wie erstarrt. Was konnte ich tun? Was konnte ich sagen? Panisch blickte ich mich um. Roxie hatte die Tür aufgeschoben. Es war zu spät, um sie wieder zu schließen. Außerdem, was sollte das bringen, wenn Jason in sein Arbeitszimmer trat? Die Tür ging nach innen auf. Ohne nachzudenken stand ich auf und stellte mich dahinter.

Erst jetzt begann ich, krampfhaft zu überlegen. Machte es das nicht noch schlimmer? Hätte er mich auf einem Stuhl sitzend vorgefunden, hätte ich mir vielleicht – nur vielleicht – irgendeine erbärmliche Ausrede einfallen lassen können: dass ich meinen alten Schlüssel bloß benutzt hätte, um etwas zu suchen, das Poppy für die Schule brauchte. Fand er mich allerdings versteckt hinter einer Tür, dann gab es keine plausible Erklärung. Doch es war zu spät.

Die Schritte klangen schon ganz nah.

»Hey, Roxie, komm schon, altes Mädchen.«

Ben. Er hatte oben in seinem Zimmer gesessen. Schon die ganze Zeit. Wie konnte ich nur so blöd sein?

Roxie bellte zweimal, stand aber nicht auf.

Langsam drehte ich den Kopf zur Wand. Wenn ich sie weiter anstarrte und sie in meine Richtung sah, fasste sie das womöglich als Einladung auf, zu mir zu kommen. Außerdem konnte ich es sowieso nicht ertragen hinzusehen. Ben befand sich nur ein paar Schritte von mir entfernt auf der anderen Seite der Tür. Ich konnte ihn riechen, eine Mischung aus Schweiß und Zigarettenqualm. Bestand nicht die Gefahr, dass er mich ebenfalls roch, auch wenn er mich nicht sehen konnte?

»Roxie, was ist los?«

Roxie antwortete mit einem kurzen Knurren, rührte sich aber nicht von der Stelle. Offenbar wollte sie nicht gestört werden. Während ich weiter die Wand anstarrte, sträubten sich mir vor Angst die Nackenhaare. Ich empfand den schrecklichen Drang vorzutreten und mich zu erkennen zu geben, nur um dieser grauenhaften Anspannung ein Ende zu setzen.

»Dann lass es eben bleiben, du dämliche Töle.«

Ich hörte sich entfernende Schritte, aber statt zurück nach oben bewegten sie sich nach unten. Was hatte er vor? Falls er im Begriff war, das Haus zu verlassen, konnte ich noch ein paar Minuten warten und dann gehen. Aber was, wenn er sich etwas zu essen machen wollte? Vielleicht holte er sich nur schnell etwas aus dem Kühlschrank und nahm es mit hinauf in sein Zimmer. Ich vermutete, dass er auf diese Weise seine Tage verbrachte, oben in seinem Zimmer, online oder mit irgendeinem Computerspiel beschäftigt.

Ich lauschte angestrengt. Mein Herzschlag und meine Atmung schienen alle anderen Geräusche zu übertönen. Doch dann hörte ich tatsächlich die Kühlschranktür auf- und wieder zugehen. Demnach hatte er wohl nicht vor, das Haus zu verlassen. Etwas klapperte, Gläser oder Besteck. Es klang, als würde er sich etwas zu essen machen.

Ich wartete. Eine Minute, zwei Minuten, drei Minuten. Ich sah auf meine Armbanduhr. Warum war ich nicht eher gegangen? Plötzlich drangen andere Geräusche an mein Ohr: Stimmen, Musik, Applaus. Mit einem weiteren Anflug von Übelkeit wurde mir klar, dass Ben sich vor dem Fernseher niedergelassen hatte.

Ich verfluchte mich selbst. Wie hatte ich mich in eine solche Situation bringen können? Womöglich würde man mich festnehmen, mir Poppy wegnehmen. Ich schob den Gedanken sofort wieder beiseite. Das brachte mich jetzt auch nicht weiter. Also stellte ich mir den Grundriss des Erdgeschosses vor. Aus dem ersten Stock führte die Treppe hinunter in die Diele, dann waren es noch ein paar Schritte geradeaus bis zur Haustür. So viel stand fest. Aus der Diele aber gingen linker Hand zwei Türen in das große Wohnzimmer. Ursprünglich waren es zwei Räume gewesen, doch die Zwischenwand war herausgerissen worden. Die Küche lag auf der Rückseite des Hauses. Von dort führte eine Hintertür hinaus in den Garten. Leider war die Mauer, die diesen Garten umgab, sehr hoch – zu hoch, um darüberzuklettern.

Vermutlich saß Ben vor dem Fernseher. Bloß wo befand sich der inzwischen? In welche Richtung wies der Bildschirm? Standen die Türen zur Diele offen, und falls ja, würde Ben dann sehen, wenn jemand vorbeiging? Ich versuchte, mir ins Gedächtnis zu rufen, wo der Fernseher stand, aber es fiel mir nicht ein. Ich hatte keine Ahnung.

Ich atmete tief durch. Es gab für mich zwei Optionen. Ich konnte einfach warten, bis er genug hatte vom Fernsehen. Vielleicht würde er danach das Haus verlassen oder wieder nach oben in sein Zimmer gehen. In der Zwischenzeit konnte jemand anderer eintreffen, dann hatte ich gar keine Chance mehr.

Oder ich versuchte, auf der Stelle zu verschwinden.

Allein schon bei dem Gedanken blieb mir die Luft weg, aber ich musste es tun.

Auf Zehenspitzen schlich ich zurück zu Jasons Laptop. Diese Frauen – was sollte ich deswegen unternehmen? Rasch leitete ich je eine ihrer Nachrichten an meine Mailadresse weiter.

Nachdem ich den Computer heruntergefahren und ausgeschaltet hatte, wandte ich mich zum Gehen und trat dabei beinahe auf Roxie.

»Bitte, bitte!«, schickte ich ein stilles Stoßgebet gen Himmel.

Ich trat einen Schritt ins Treppenhaus, dann noch einen. Beide Male knarrte der Holzboden.

Ich lugte vorsichtig die Treppe hinunter. Die Türen konnte ich nur von der Seite erkennen, aber eine von beiden stand definitiv offen. Womöglich saß Ben genau mit Blick auf diese Tür. Es gab nur eine einzige Möglichkeit, das herauszufinden.

Ich musste noch leiser sein. Also hob ich den rechten Fuß und streifte den Schuh ab. Als ich den linken Schuh auszog, verlor ich das Gleichgewicht und kippte gegen die Wand. Es hätte nicht viel gefehlt, und ich wäre kopfüber die Treppe hinuntergestürzt. Konnte es sein, dass er wirklich nichts mitbekommen hatte?

Doch ohne Schuhe war ich nun in der Lage, mich fast lautlos die Treppe hinunterzubewegen, einen vorsichtigen Schritt nach dem anderen. Als ich unten ankam, registrierte ich, dass die erste Tür ganz offen stand.

Ich erstarrte. Von dort, wo ich mich befand, schaute ich schräg auf den Fernsehbildschirm, und ich sah auch Ben, von der Seite, zurückgelehnt im Sessel sitzen. Beinahe hätte ich aufgestöhnt. Ben trug verschlissene Boxershorts, sonst nichts. Ich nahm seine haarigen Schultern und seinen weichen weißen Bauch wahr, den er sich ausgiebig kratzte, während ich ihn anstarrte. Neben sich hatte er einen Teller stehen, mit einem riesigen Sandwich, aus dem rosa Schinken hing, und einem großen Klecks Tomatenketchup, außerdem eine Dose Cola, von der er nun den Verschluss abriss und einen Schluck nahm. Anschließend wischte er sich mit dem Handrücken über den Mund.

Er sah sich ein Dartspiel an. Wenn er sich umdrehte, würde er mich bemerken. Wenn ich ein Geräusch machte, würde er mich hören. Aber ich hatte keine Wahl. Ich musste an ihm vorbei, anders ging es nicht.

Er rülpste und begann, sich wieder zu kratzen, wobei er dieses Mal die Hand in seine Boxershorts schob. Es war eine üble Situation. Ich fand es ganz fürchterlich, dass ich ihn hier beobachtete, während er glaubte, allein zu sein. *Nur ein armer Kerl*, hatte Felicity gesagt. Doch dann musste ich daran denken, wie er sich verhalten hatte, als er mich im Park entdeckte, mit Jason und Poppy im Schlepptau. *Du magst mich nicht*, hatte er gesagt und mich dabei auf eine seltsame Art angesehen, irgendwie bedrohlich.

Ich musste mich bewegen.

Ich machte einen Schritt, dann einen zweiten. Mir war klar, dass ich mit dem nächsten für ihn sichtbar sein würde, eingerahmt von der Tür, nur wenige Meter von ihm entfernt. Ich tat den Schritt und empfand dabei den unwiderstehlichen Drang, einen Blick zur Seite zu werfen, nur um mich zu vergewissern, dass er nicht herschaute. Aber ich ging einfach den nächsten Schritt, und den nächsten. Nun war er für mich außer Sichtweite, ich konnte nur noch den Fernseher hören.

Instinktiv drehte ich den Kopf. Oben am Treppenabsatz stand Roxie – mit gesträubtem Fell. Sie stieß ein scharfes Bellen aus. Doch ich hatte fast schon die Haustür erreicht. Es waren nur noch zwei Schritte. Roxie bellte erneut.

Ich streckte die Hand nach dem Türknauf aus, drehte ihn so behutsam, wie ich nur konnte, zwängte mich durch den schmalen Spalt und zog die Tür mit beiden Händen hinter mir zu.

Rasch schlüpfte ich in meine Schuhe. Ich konnte es kaum glauben. Am liebsten hätte ich vor Freude geheult. Ich war draußen.

Ich eilte den Weg entlang, trat hinaus auf den Gehsteig, wandte mich, vor Erleichterung fast keuchend, nach links und stieß dabei fast mit zwei Leuten zusammen. Ich entschuldigte mich. Erst dann sah ich ihnen ins Gesicht und begriff, dass ich vor Jason und Emily stand.

Es war, als würde es mir den Boden unter den Füßen wegziehen. Ich brachte kein Wort heraus. Jason ging es offenbar genauso. Ich rechnete damit, dass er schrecklich wütend sein würde, aber im Moment wirkte er einfach nur verwirrt.

Krampfhaft zermarterte ich mir das Gehirn nach einer Ausrede. Ich durfte auf keinen Fall schuldbewusst dreinblicken, denn ich hatte schließlich das Recht, hier zu sein, oder etwa nicht? Zumindest sollte ich so tun, als ob. Ich begrüßte sie so lässig, wie ich nur konnte – als wären wir uns einfach irgendwo auf der Straße über den Weg gelaufen.

»Was tust du hier?«, fragte Jason.

Mir kam eine Idee. Ich hatte keine Zeit zu entscheiden, ob es eine gute war.

»Ich wollte mit dir über unseren Zeitplan wegen Poppy sprechen. Da ich gerade in der Gegend war, dachte ich, wir könnten persönlich darüber reden. Falls du zu Hause gewesen wärst – was du aber nicht warst.«

»Aber das wusstest du doch«, entgegnete Jason mit einem Lächeln, das kein wirkliches Lächeln war – als hätte er gerade einen zynischen Witz gemacht, den nur wir beide verstanden. Es war schwierig für ihn, mich vor Emily fertigzumachen.

»Das war mir entfallen. Ich habe im Moment so viele Termine im Kopf.«

»Wir sind früher zurückgekommen. Wie du sehen kannst.«

»Da habe ich ja Glück gehabt.«

»Wir eher weniger. Emily leidet unter heftiger Morgenübelkeit.«

»Ach, das tut mir leid«, sagte ich. »Das ist schrecklich. Ich spreche aus Erfahrung. Ich hatte es mit Poppy auch ganz schlimm.«

»Bei Emily ist es viel schlimmer«, widersprach Jason.

»Nein, ich wette, Tess hat genauso darunter gelitten wie ich.«

Ich war mir nicht sicher, was mich mehr irritierte, Jasons Meinung über meine Morgenübelkeit oder die Tatsache, dass Emily Partei für mich ergriff. Ich sah sie an und registrierte, wie bleich sie war. Ihre Wangen hatten fast schon einen Grünstich, und ihre Lippen zitterten.

»Macht, dass ihr ins Haus kommt«, sagte ich. »Ich halte euch nicht länger auf.«

»Du wolltest doch reden.«

»Ich will euch keinen Stress machen.«

»Das ist kein Stress«, entgegnete Jason kurz angebunden, während er auf den Eingang zusteuerte, aus dem ich kurz zuvor gekommen war, und die Tür öffnete.

Emily eilte ihm hinterher und stolperte sofort die Treppe hoch in Richtung Bad.

Als ich zu Jason in den Hausgang trat, hörten wir sie oben würgen. Wir blickten uns an.

»Vielleicht möchtest du raufgehen und ihr helfen«, bemerkte ich.

»Ich glaube, das schafft sie allein«, gab Jason zurück.

»Ich meinte, trösten.«

»Meiner Meinung nach braucht sie in einem solchen Moment eher ihre Ruhe.« Er blickte sich um. »Hallo, Ben.«

»Was ist los?«, fragte Ben.

Jason erklärte, warum sie schon zurück waren.

»Warum hast du Tess nicht aufgemacht?«, wollte er von Ben wissen.

Ben musterte mich mit gerunzelter Stirn. »Ich habe kein Klingeln gehört.«

»Ich habe nur geklopft«, stellte ich richtig. »Das hat wahrscheinlich der Fernseher übertönt.«

»Der Fernseher?«, wiederholte Ben. »Woher weißt du, dass ich ferngesehen habe?«

»Das wusste ich nicht.« Ich errötete bis zu den Haarwurzeln. »Aber jetzt weiß ich es. Wie auch immer, ich überlegte gerade, was ich tun soll, als ihr beide eingetroffen seid.«

Das war zu viel der Erklärung. Je weniger ich sagte, desto besser.

»Lass uns in die Küche gehen, dann stören wir Emily nicht«, schlug Jason vor.

Die ganze Zeit hatte er dieses kleine, wissende Lächeln zur Schau getragen, doch sobald wir die Küche betraten, war es wie weggewischt.

»Also«, sagte er.

»Also was?«

»Du bist die ganze Strecke durch London gefahren, um mit mir zu sprechen«, antwortete er. »Ach nein, entschuldige, ich vergaß. Du warst ja in der Gegend. Aber egal. Worüber wolltest du mit mir reden?«

»Den Zeitplan für morgen.«

»Hat sich da was geändert?«

»Nein.«

»Dann weiß ich doch schon Bescheid. Ich hole sie ab, und sie verbringt die Nacht hier.«

Ich musste daran denken, was ich im Haus gesehen hatte: Ben, wie er in seinen Boxershorts Darts schaute und sich dabei rülpsend kratzte. Mir wurde richtig schlecht bei der Vorstellung, dass meine Tochter all dem schutzlos ausgeliefert war.

»Ich wollte dich noch einmal darauf hinweisen, dass sie mir im Moment ziemlich angeschlagen vorkommt. Sie schläft auch nicht gut.«

»Das hast du mir schon mehrfach gesagt, etliche Male«, entgegnete Jason. In gefährlich ruhigem, bedächtigem Ton fügte er hinzu: »Was glaubst du eigentlich, woran das liegt?«

Er forderte mich nicht auf, mich zu setzen. Kaffee bot er mir auch keinen an. Wobei ich weder das eine noch das andere wollte, aber mir war unangenehm bewusst, dass wir beide einfach nur so dastanden.

»Ich glaube, die Trennung hat sie doch recht mitgenommen«, brach ich das Schweigen. »Meiner Meinung nach spürt sie die ungute Atmosphäre, das beeinträchtigt sowohl ihren Schlaf als auch ihr Verhalten. Deswegen möchte ich alles in meiner Macht Stehende tun, um sie davor zu bewahren.«

Jason öffnete einen Schrank, nahm ein Glas heraus, füllte es mit Leitungswasser und trank es in einem Zug aus.

»Möchtest du auch etwas?«, fragte er.

»Nein danke«, antwortete ich. »Aber vielleicht hätte Emily gerne ein Glas Wasser.«

»Das kannst du mir überlassen.«

»Ich finde es ein bisschen daneben, dass wir hier dieses Gespräch führen, während es deiner Frau oben so schlecht geht.«

»Ich entscheide, was in diesem Haus daneben ist.«

»Ich glaube, ich gehe jetzt besser.«

Er hob gebieterisch die Hand. »Warte. Einen Moment noch.«

»Wozu?«

»Ich dachte, du wolltest mit mir reden. Also lass uns reden.«

Ich schluckte und atmete dann tief durch, um mich zu beruhigen. Eigentlich wollte ich nicht mehr mit ihm sprechen. Ich wollte nur noch weg.

»Was ich zu sagen hatte, habe ich bereits gesagt. Ich mache mir Sorgen um Poppy. Ich möchte, dass wir beide auf sie achtgeben.«

Jason trat vor und hob erneut die Hand. Ich wich vor ihm zurück.

»Was ist?«

Er schüttelte den Kopf. »Ehrlich gesagt begreife ich nicht, warum du überhaupt hier bist. Verschweigst du mir irgendetwas?«

»Was zum Beispiel?«

»Mir ist klar, dass du vielleicht Probleme damit hast, dass ich jetzt mit Emily verheiratet bin, sie ein Kind erwartet und wir hier in unserem alten Haus leben. Das kann ich durchaus nachvollziehen.«

Ich musste mich sehr am Riemen reißen. Dass er sich einbildete, Dinge über mich zu wissen, und mich darüber belehrte, machte mich fuchsteufelswild. Am liebsten hätte ich vor Wut laut gebrüllt.

»Ich denke nur an Poppy«, erwiderte ich so ruhig, wie ich nur konnte.

»Das verstehe ich ja«, entgegnete er in einem Tonfall, der so klang, als wollte er ein ängstliches Kind beruhigen. »Ich weiß, dass unsere Beziehung nicht funktioniert hat und du mir die Schuld daran gibst. Ich mag ja tatsächlich ein-, zweimal über die Stränge geschlagen haben, aber vielleicht kannst du eines Tages, wenn du die Dinge wieder rationaler siehst, einen Blick auf dich selbst werfen und dann auch begreifen, warum ich mich so verhalten habe.«

Ich hätte ihn so gern angeschrien, ihm das Gesicht zerkratzt, aber ich redete mir selbst gut zu: *Es geht nur um Poppy. Es geht nur um Poppy.*

Er musterte mich noch eindringlicher. »Ich hatte auf eine Antwort gehofft.«

»Ich möchte mich nicht mit dir streiten.«

»Das ist kein Streit. Ich bemühe mich gerade, eine Diskussion mit dir zu führen. Wir sind jetzt zwar getrennt, aber durch unser Kind weiterhin miteinander verbunden. Ich dachte, wir kämen gut damit klar. Aber das hat sich geändert. Inzwischen habe ich das Gefühl, dass du dich in Sachen einmischst, die dich nichts angehen. Würde das jemandem passieren, dem nicht nach wie vor so viel an dir liegt wie mir, dann könnte der Betreffende ziemlich sauer werden. Sehr sauer sogar.«

Er sprach immer noch in diesem gefährlich ruhigen Ton, den ich bedrohlicher fand, als wenn er seinen Zorn offen gezeigt hätte. Gegen meinen Willen musste ich an die verräterischen Spuren denken, die ich auf seinem Computer hinterlassen hatte. Er brauchte nur einen Blick in seine gesendeten Nachrichten werfen. Der Gedanke verursachte mir einen Würgereiz.

Zu meiner großen Erleichterung betrat in dem Moment Emily die Küche.

»Geht es dir besser?«, fragte ich.

»Mir ist immer noch schlecht. Obwohl ich gar nichts mehr im Magen habe, was noch hochkommen könnte.«

Letzteres murmelte sie nur leise, als würde sie allein schon das Sprechen anstrengen und dies womöglich ihre Übelkeit verstärken.

»Bald wird es besser«, sagte ich. »Es geht vorbei.«

Jason legte den Arm um seine Frau und küsste sie auf den Scheitel. Sie zuckte zusammen. Selbst diese kleine Berührung schien ihr unangenehm.

»Hast du Tee gemacht?«, fragte sie. »Ich hätte gerne was Gesundes. Kräuter oder vielleicht Ingwer.«

»Ich mache gleich welchen.«

Mit Blick auf mich fügte sie hinzu: »Hast du denn Tess gar nichts angeboten?«

»Ich wollte, aber sie ist schon am Gehen.«

»Lass dich von mir nicht vertreiben«, wandte Emily sich an mich.

»Das ist schon in Ordnung. Sieh du erst mal zu, dass es dir wieder besser geht.«

»Konntet ihr alles klären?«

»Das war schon alles geklärt«, entgegnete Jason. »Es gab nicht viel zu besprechen.«

Ich hatte das beunruhigende Gefühl, dass er Bescheid wusste und mit mir spielte.

Ich verabschiedete mich mit einem kleinen Winken von Emily, denn ich hatte keine Lust, sie zu umarmen, und war mir sicher, dass sie ihrerseits auch nichts davon hielt. Während ich auf die Haustür zusteuerte, tauchte Roxie aus dem Wohnzimmer auf und bellte mich an wie zuvor.

»Du weißt auch Bescheid, stimmt's?«, sagte ich zu ihr, aber nur ganz leise.

42

Als ich schließlich wieder mit Poppy zu Hause war, hütete ich sie wie einen zierlichen Glasschmuck, der schon bei der zartesten Berührung brechen könnte. Ich empfand einen unwiderstehlichen Drang, die Tür zu schließen und mich mit ihr einzusperren, um sie auf diese Weise für immer zu beschützen. Doch dann fiel mir ein, dass Jason sie schon am nächsten Tag abholen und mitnehmen würde, zurück in jenes Haus. Was, wenn ich mit ihr wegliefe, irgendwohin, wo niemand uns finden konnte?

Das war eine lächerliche Idee. Sollte ich irgendetwas in diese Richtung versuchen, würde Jason mir die Polizei auf den Hals hetzen und hätte noch dazu das Recht auf seiner Seite. Das Ergebnis wäre, dass ich Poppy nicht retten, sondern ganz verlieren würde. Es war fürchterlich. Ich hätte alles getan, um Poppy zu schützen. Im Moment schien es mir, als wäre das mein einziger Existenzgrund. Nur wusste ich nicht, wie.

Während ich sie badete, fragte ich sie nach der Party, von der ich sie gerade abgeholt hatte. Ich wusste, dass es eine Feier anlässlich des vierten Geburtstags eines Mädchens gewesen war, das Alicia hieß und mit Poppy in den Kindergarten ging. Doch als ich mich bei Poppy danach erkundigte, behauptete sie steif und fest, es sei keine Geburtstagsparty gewesen, und als ich von ihr wissen wollte, ob sie »Happy Birthday« für Alicia gesungen hätten, sagte sie Nein. Meine Frage, ob viele Kinder da gewesen seien, verneinte sie ebenfalls. Als ich daraufhin nachhakte, wie viele denn, hielt sie mir bloß beide Arme hin und sagte: »So viele.«

Auf meine Frage, was sie gespielt hätten, antwortete sie: »Das Fantenspiel.« Als ich Genaueres darüber in Erfahrung bringen wollte, bekam ich erst mal keine Antwort. Ich fragte, ob sie vielleicht aus Luftballons Elefanten gebastelt hätten, doch wieder verneinte sie. Ich hatte ihr kürzlich mal aus einem Kinderbuch über einen Elefanten vorgelesen, der in den Dschungel zurückgebracht wurde. Womöglich hatte sie ja diese Erinnerung mit denen an die Party vermischt.

Das war die Augenzeugin, auf deren Gedächtnis ich mich verließ – deren Erinnerungen mein Leben auf den Kopf gestellt hatten.

Aber es gab Skye, das durfte ich nicht vergessen. Skye war von einem hohen Gebäude gefallen. Skye war ermordet worden.

Ich brachte Poppy ins Bett und las ihr eine Geschichte vor, die nicht von einem Elefanten handelte. Danach legte ich mich ein bisschen neben sie. Als ich plötzlich hochschreckte, stellte ich fest, dass wir beide eingeschlafen waren.

Im ersten Moment wusste ich gar nicht, wo wir uns befanden. Mühsam rappelte ich mich hoch und machte mir einen Kaffee. Mir war klar, dass ich etwas essen sollte, weil ich den ganzen Tag noch nichts zu mir genommen hatte. Ich war überhaupt nicht hungrig, musste aber bei Gesundheit bleiben, sodass mein Körper weiter funktionierte. Trotzdem konnte das Essen noch warten. Ich startete meinen Computer und rief meine Mails auf. Als ich den Posteingang überflog, stieß ich auf Werbung von Bekleidungsfirmen und ein paar Spam-Nachrichten, bei denen es darum ging, Falten zu reduzieren und online Partner zu finden, aber auch auf die drei Nachrichten, die ich von Jasons Computer weitergeleitet hatte: von Lara Steed, Nicole und Inga. Von jeder je eine.

Ich hatte sie also. Was sollte ich nun damit anstellen? Mir wurde schnell klar, dass ich nur eins tun konnte. Spontan entschied ich mich für Inga und wählte »neue Nachricht«. Ich überlegte, wie ich am besten vorging: lässig und beiläufig, als wäre es keine große Sache. Vor allem wollte ich erst mal nichts schreiben, was eine Verbindung mit Jason nahelegte. Einen Moment spielte ich mit dem Gedanken, einen anderen Namen zu verwenden, doch dazu hätte ich ein neues E-Mail-Konto einrichten müssen. Das würde wie ein Schuldeingeständnis wirken, falls etwas schieflief. Das Einfachste war, unter meinem Namen zu schreiben.

Hallo Inga,
bitte entschuldigen Sie, dass ich Ihnen so aus heiterem Himmel schreibe, aber jemand hat mir erzählt, Sie könnten eventuell eine Freundin von mir kennen: Skye Nolan. Ich versuche Leute ausfindig zu machen, die sie kannten. Falls Ihnen der Name etwas sagt, melden Sie sich doch bitte bei mir.
Mit freundlichem Gruß,
Tess.

Ich starrte eine volle Minute auf die Nachricht. Was konnte da schieflaufen?

So vieles, auf so viele unterschiedliche Arten.

Ich drückte auf »Senden«.

43

Jasons Nachricht war kurz und knapp: *Bring Poppy zum Café an der London Bridge. 15.30.*

Poppy wollte nicht weg. Sie wollte lieber im Park Fangen spielen, sie wollte ihr Pappschachtelhaus fertig bauen, sie wollte noch etwas trinken, sie wollte etwas anderes anziehen, sie wollte ihr Haar zu Zöpfen geflochten – und dann doch lieber nicht. Sie wollte noch eine Geschichte hören, ein weiteres Bild malen, mit Sunny reden, mit mir Verstecken spielen. Als ich sie schließlich hinter den Vorhängen fand, war sie sauer. Deswegen kamen wir zu spät. Als ich endlich die Tür zum Café aufstieß, war Jason nicht da. Stattdessen saß Emily an einem kleinen Tisch und trank Kräutertee.

»Hallo«, sagte sie verlegen. »Jason wurde ein wenig aufgehalten, deswegen hat er mich gebeten herzukommen.«

Er wollte mich also nicht sehen. Das war gut. Ich wollte ihn auch nicht sehen – wobei das natürlich gar nicht gut war, denn wir hatten ja ein gemeinsames Kind. Mir fiel die Liste mit den Regeln ein, auf die wir uns geeinigt hatten: Regeln, die auf den Prinzipien der Zusammenarbeit und des gegenseitigen Vertrauens basierten. Das schien mir lange her zu sein.

»Nein«, sagte Poppy.

»Schon gut, Honigschnecke. Daddy erwartet dich«, entgegnete Emily.

Sie wirkte müde und hatte ihren rosigen Pfirsichschimmer verloren: Ihre Haut war blass und stumpf, ihr Haar strähnig.

»Fühlst du dich sehr mies?«, fragte ich.

»Bestimmt ist es bald vorbei. Zumindest behauptet Jason

das immer. Er sagt, ich soll einfach weitermachen und nicht aufgeben.«

»Er ist noch nie schwanger gewesen.« Ich wandte mich an Poppy: »Wir sehen uns morgen.«

»Nein«, widersprach sie erneut. Dabei schlang sie die Arme um meine Beine.

Ich beugte mich hinunter, befreite mich aus ihrer Umklammerung und drückte ihre widerstrebende Hand in Emilys bereitwillig ausgestreckte.

»Viel Spaß, Liebling.«

»Nein«, wiederholte Poppy. »Nein, nein, nein!«

»Wir können miteinander einen Kuchen backen«, schlug Emily vor. Sie klang, als würde sie gleich in Tränen ausbrechen.

Poppy hob den Kopf und musterte sie argwöhnisch.

»Schokoladenkuchen?«

»Klar.«

»Mit Schokobohnen?«

»Schokobohnen. Gute Idee!«

»Und ich darf auf Bens Füße. Und Roxie füttern. Und ohne Bad ins Bett.«

Emily sah mich hilfesuchend an.

»Meinetwegen«, sagte ich. Ohne nachzudenken fügte ich hinzu: »Kennst du jemanden namens Inga?«

»Inga? Ich glaube nicht.«

»Oder Lara? Oder Nicole?«

»Meinst du Nicole Drake?«

»Den Nachnamen weiß ich nicht.«

»Die kenne ich ein bisschen. Und eine Lara ist mir auch bekannt. Meine beste Freundin heißt so. Wir kennen uns schon, seit wir ungefähr so alt waren wie Poppy.« Emily stieß ein kleines, mädchenhaftes Lachen aus, wahrscheinlich dachte sie gerade an die Zeit zurück, als sie und Lara noch klein waren, doch dann runzelte sie plötzlich die Stirn.

»Warum?«

Schlagartig brachte ich kein Wort mehr heraus. Ich wusste nicht, ob ich das Geheimnis wahren oder sie warnen sollte. Aber wie konnte ich, die Ex-Freundin ihres Ehemanns, ihr das sagen? War es egoistisch und falsch, ihr die Wahrheit zu verraten – oder sie ihr nicht zu verraten?

»Nur so.« Ich bemühte mich um einen beiläufigen Ton, klang aber wohl nicht sehr überzeugend, denn Emily starrte mich mit ihren blauen, unschuldigen Augen weiter sorgenvoll an. »Ich glaube, Poppy hat die Namen erwähnt«, fügte ich eilig hinzu.

»Nein!«, sagte Poppy zornig.

Ich blickte den beiden nach, wie sie Hand in Hand abzogen, bis Poppys kleiner Rucksack nur noch ein wippender roter Punkt in der Ferne war.

An diesem Abend zwang ich mich, auf eine Party zu gehen, die eine Freundin von mir gab, fühlte mich dort aber unwohl und blieb nicht lang. Wieder zu Hause, klappte ich meinen Laptop auf, um nachzusehen, ob ich eine Antwort bekommen hatte. Über mir hörte ich Bernie und eine Frau lustvoll schreien.

Ich kenne keine Skye Nolan, schrieb Inga. *Außerdem, wer sind Sie überhaupt? Woher haben Sie meine Mailadresse?*

Ich zögerte einen Moment, ehe ich antwortete: *Ich habe längere Zeit mit Jason Hallam zusammengelebt. Sagt Ihnen das was?*

Dieses Mal erhielt ich keine Antwort.

Der folgende Tag war Poppys letzter Ferientag. Ich holte sie in Brixton ab – Jason übergab sie mir an der Tür, wobei er ihr die Hände auf die Schultern legte und sie über die Schwelle schob wie einen Gegenstand auf Rädern –, und von dort ging es schnurstracks nach London Fields zu einem Picknick.

Wir waren mit Gina, Jake und eventuell auch Nellie verabredet, doch wie sich herausstellte, war Laurie ebenfalls mit von der Partie. Ich hatte ein bisschen was eingekauft, schottische Mini-Eier, Falafel und Karotten zum Knabbern, zum Trinken Limonade in Dosen und als Nachspeise Erdbeeren, aber Laurie hatte einen richtigen Weidenkorb mit Deckel dabei, den er triumphierend öffnete, um daraus alles Mögliche hervorzuzaubern: Behälter mit selbst gemachten Salaten, Hühnerschenkel, die er auch selbst gebraten hatte, dekorativ zubereitete Vollkorn-Sandwiches mit Hummus, ebenfalls selbst gemacht, außerdem Mineralwasser und eine Flasche Holunderblütensirup.

»Hast du den Sirup etwa auch selbst hergestellt?«, fragte ich.

»Es ist der erste der Saison«, verkündete er, während er ihn in transparente Kunststoffbecher schenkte und mit Wasser aufgoss. »Prost!«

Er hatte auch einen weichen Ball mitgebracht. Als wir mit dem Essen fertig waren, tollten wir damit auf der Wiese herum, während die Sonne warm auf uns herunterschien. Poppy und Jake jauchzten vor Vergnügen.

Ich beobachtete Laurie. Er war ganz in seinem Element – der perfekte Hausmann und Vater, mit Grübchen am Kinn und charmantem Lächeln. Zu gut, um wahr zu sein? Er legte einen Arm um Gina, und sie lächelte ihn an, während Nellie, die er im Tragesitz auf dem Rücken hatte, über seine Schulter lugte.

Wir ließen uns im Gras nieder. Rundherum hatten sich die Leute ausgestreckt, um sich zu sonnen.

»Kommende Woche arbeite ich nicht«, informierte ich Gina so leise, dass niemand sonst es hören konnte.

»Du nimmst dir eine Auszeit? Gute Idee!«

»Ich bin krankgeschrieben.«

»Was hast du?«

»Stress«, antwortete ich.

Sie wandte sich mir zu. »Kommst du klar?«

»Ich muss ein paar Dinge regeln.«

»Ich bin froh, dass du dir Zeit für dich selbst nimmst«, sagte sie. »Wenn du reden möchtest…«

»Ja. Danke. Wegen Poppy und Jake können wir telefonieren.

»Klar.«

Auf dem Heimweg kam uns Bernie entgegen. Er war in Begleitung einer Frau, die ich noch nicht kannte. Wo trieb er sie bloß alle auf?

»Pops!«, rief er schon aus der Ferne.

Als sie uns erreichten, wich Poppy vor ihm zurück. »Geh weg!«

»Da hat wohl jemand einen schlechten Tag heute, was?«, konterte er in fröhlichem Ton.

Er hielt die Hand hoch, an der zwei Finger fehlten, und schüttelte sie in Poppys Richtung. Halb entsetzt, halb fasziniert starrte Poppy ihn an. Bernie bleckte spielerisch die Zähne. Die Frau neben ihm zog an seinem Arm.

»Mach ihr keine Angst«, sagte sie.

»Du hast keine Angst, oder doch?«

Offenbar musste Poppy über seine Frage erst mal nachdenken. Sie fuhr mit der Zunge über die Oberlippe, als würde sie damit zeichnen.

»Ja«, sagte sie.

44

Peggy Nolan hatte eine Hannah Flood erwähnt, eine von Skyes Jugendfreundinnen, von der sie meinte, sie habe inzwischen einen Kerzenladen in der Nähe der Marylebone High Street. Ich gab den Namen bei Google ein, wurde jedoch nicht fündig. Auch zum Thema Kerzen in Kombination mit Marylebone fand ich nichts. Aber da es mein einziger vernünftiger Ansatzpunkt war, fuhr ich am nächsten Morgen, nachdem ich Poppy in den Kindergarten gebracht hatte, mit Bus und U-Bahn hin.

Ziellos wanderte ich durch die Seitenstraßen – vorbei an gepflegten Häusern, an noblen Läden, die Designerkleidung oder schlichte, beängstigend teure Keramik verkauften, an einem kleinen Geschäft, das Geigen reparierte und verkaufte, an kleinen gepflasterten Hinterhöfen und einem Floristen, dessen Räumlichkeiten mit ihrer Kühle und ihrem Grün sehr einladend wirkten. Ein Kerzengeschäft aber konnte ich nirgendwo entdecken, bis ich schließlich in eine schmale Straße einbog, wo hohe Wohnblöcke den Blick auf den Himmel versperrten. Ein Zeitungsladen. Ein Elektrohandel. Ein Laden namens Rainbow, der Duftöle und Kerzen verkaufte.

Ich trat ein. Es gab Leuchterkerzen und Spitzkerzen, Teelichte und Schwimmkerzen, Duft- und Motivkerzen: einen Totenschädel, einen Elefanten, eine Pyramide, eine Seerose … Auf dem Holztisch, der als Ladentheke diente, brannte ein Räucherstäbchen, und dahinter stand eine große, grobknochige junge Frau in einem Kleid, das aussah wie ein Zelt. Ihr braunes, in der Mitte gescheiteltes Haar reichte ihr fast bis zur Taille.

Sie hatte ein glattes, ovales Gesicht, das ziemlich überrascht dreinblickte, als ich sie ansprach.

»Hannah?«

»Entschuldigung, kenne ich Sie?«

»Peggy Nolan hat mir erzählt, dass Sie eine Freundin ihrer Tochter Skye waren.«

Hannah Floods Miene verschloss sich, wurde völlig ausdruckslos. Sie starrte auf ihre Hände hinunter, die auf dem Tisch ruhten, und blinzelte mehrmals.

»Wer sind Sie?«, fragte sie schließlich. Ihr Blick wirkte jetzt misstrauisch. Zu Recht.

»Ich heiße Tess. Ich kannte Skye ein bisschen, und nach ihrem Tod habe ich ihre Mutter und Charlie kennengelernt.«

»Sie kennen Charlie?«

»Ein wenig.«

»Er ist nett. Sie hätte bei ihm bleiben sollen, das habe ich ihr immer gesagt.« Hannah seufzte. Ihre Schultern sackten nach vorne. »Aber wann hat Skye je auf jemanden gehört?«

»Ich versuche, etwas über ihre letzten Wochen und Monate in Erfahrung zu bringen«, erklärte ich.

»Sind Sie Journalistin?« Nervös drehte sie den Holzarmreif an ihrem Handgelenk hin und her.

Ich erzählte ihr von meiner Verbindung mit Skye. Sie schien es plausibel zu finden – jedenfalls plausibel genug.

»Ich habe sie nicht mehr oft gesehen«, berichtete sie mit bekümmerter Miene. »Wir hatten uns ein bisschen auseinanderentwickelt. Man möchte meinen, das würde es für mich leichter machen, aber das tut es nicht. Ich war nicht für sie da, als sie mich gebraucht hätte.«

»Peggy zufolge kannten Sie einander seit der Kindheit?«

»Ich habe nie begriffen, warum sie mich ausgewählt hat. Sie war lebhaft und clever, eine von den Beliebten. Ich hingegen war langsam und linkisch und hasste mein Aussehen. Schon damals war ich groß und ziemlich kräftig gebaut, sodass ich mir neben ihr immer vorkam wie eine Riesin. Die anderen nannten uns Twiggy und Piggy. Die Wildere von uns beiden war definitiv sie. In was für Schwierigkeiten sie mich oft gebracht hat!« Die Erinnerung entlockte Hannah ein Lächeln.

»Und dann?«

»Dann lief bei ihr irgendwas schief. Aber das haben Sie ja wahrscheinlich schon gehört. Ich versuchte zu helfen, aber sie war schwierig. Sie wandte sich dann oft gegen mich. Skye konnte wirklich grausam sein. Ein bisschen besser wurde es, nachdem sie Charlie kennengelernt hatte. Als ich nach London zog, sahen wir uns wieder öfter. In Charlies Gesellschaft war sie verträglicher. Sie konnte sehr großzügig sein. Manchmal entdeckte sie irgendetwas irrsinnig Teures, von dem sie dachte, es könnte mir gefallen. Dann kaufte sie es einfach, ohne auf den Preis zu achten. Sie hat mir mal einen richtig tollen Bademantel geschenkt und einen dicken Wälzer über Bäume. Ich liebe Bäume. Immer schon, sogar schon als Kind.«

»Was lief schief?«

»Keine Ahnung. Sie wurde rastlos, vielleicht war ihr auch nur langweilig. Es heißt ja immer, dass man nicht weiß, was genug ist, bis man weiß, was mehr als genug ist. Für sie musste es immer mehr als genug sein.«

»Sind Sie trotzdem in Kontakt geblieben?«

»Kontakt wäre übertrieben.« Wieder lächelte sie traurig. »Ich glaube, ich war ihr einfach zu fad. Trotzdem haben wir uns nie ganz aus den Augen verloren, auch wenn mir ihre Art am Ende fast Angst machte.«

»Wann haben Sie sie das letzte Mal gesehen?«

Hannah überlegte einen Moment. »Etwa zehn Tage vor ihrem Tod, glaube ich.«

»Wie war sie da drauf?«

»So überdreht und manisch, dass mich schon ihre bloße Gegenwart in Panik versetzte. Das klingt vielleicht aufregend, war es aber nicht, ganz im Gegenteil, es war schrecklich. Ich wollte nur noch weg von ihr.« Sie biss sich auf die Unterlippe und verzog das Gesicht, weil ihr bewusst war, wie ihre Worte klangen. »Als wäre ihr Zustand ansteckend oder so was in der Art.«

»Worüber hat sie gesprochen?«

»Hunde«, antwortete Hannah bitter. »Und dass sie Pflegemutter werden wolle – was völlig absurd war. Sie konnte ja nicht mal auf sich selbst aufpassen. Und auch ein bisschen über die guten alten Zeiten, als wir Kinder waren und sie mich oft ganz schön in die Scheiße ritt – das war ein Lieblingsthema von uns. Außerdem hat sie mir von dem Mann erzählt, den sie kennengelernt hatte – ein weiteres immer wiederkehrendes Thema.«

Ich erstarrte.

»Von dem Mann?«, wiederholte ich.

»Von einem, der sie völlig zugedröhnt in einer Kneipe aufgelesen hatte. Bloß dass Skye natürlich nicht der Meinung war, dass er sie aufgelesen hatte. Für sie war er ihr Retter. Jedenfalls brachte er sie in ihre Wohnung. Sie wusste nicht so genau, was zwischen ihnen passiert war, meinte aber, er sei nett zu ihr gewesen. Darauf wette ich. Na ja, immerhin hat er sich danach noch ein paarmal blicken lassen. Skye stilisierte das Ganze zu einer großen Romanze hoch.«

»Wissen Sie …« Ich bemühte mich um einen neutralen Ton. »Wissen Sie, wie er hieß?«

Sie runzelte die Stirn. »Ich glaube nicht. Man möchte meinen, ich sollte es wissen, aber sie erzählte diese Art Geschichte fast jedes Mal, wenn wir uns trafen – dass sie einen Mann kennengelernt habe, der nicht so sei wie alle anderen, sondern etwas ganz Besonderes, und dass es dieses Mal klappen werde.«

Ich nickte. Genau das hatte Charlie auch gesagt.

»War es ein häufig vorkommender Name oder ein ungewöhnlicher?«

»Wahrscheinlich ein häufig vorkommender, sonst hätte ich ihn mir wohl gemerkt.«

»Jason?«, schlug ich vor.

»Hmm. Vielleicht. Ich kann nicht Ja sagen, aber auch nicht Nein.«

»Oder Ben?«

»Möglich.«

»Oder Aidan? Oder Bernie?«

»Ich weiß es wirklich nicht. Wahrscheinlich hat sie mir den Namen gar nicht genannt.«

»Wissen Sie, was er beruflich machte?«

Hannah schüttelte entschuldigend den Kopf. Sie legte die Hand an die Kehle und lehnte sich nach vorn.

»Glauben Sie, er hat sie getötet?«

»Keine Ahnung. Es ist in ihrer Wohnung passiert, also könnte es durchaus jemand gewesen sein, den sie kannte.«

»Ich dachte, es war ein Raubüberfall.«

»Ja, die Polizei geht davon aus.«

»Was sind das für Männer, die Sie gerade erwähnt haben?«

Ich gab ihr darauf keine Antwort, sondern fragte stattdessen: »Hat sie über den Mann noch irgendetwas anderes erzählt? Wie er aussah, was er machte oder wo er lebte?«

»Sie hat bloß gesagt, er sei nett.«

»Nett.«

»Ja.«

»Und er war nur einige Male bei ihr?«

»Ich glaube, die beiden sind auch mal ausgegangen. Ich weiß aber nicht, ob es öfter als einmal war. Außerdem ...« Sie brach ab.

»Ja?«

»Na ja, sie ist ihm irgendwie gefolgt. Sie wusste, wo er wohnte. Ihr zufolge hatte er es recht schön. Und sie hat von einer anderen Frau gesprochen. Vielleicht hat sie auch Frauen gesagt, Mehrzahl. Das schreckte sie aber nicht ab. Sie war fest davon überzeugt, dass sich zwischen ihnen beiden etwas Besonderes ereignet hatte und sie am Ende zusammenkommen würden. Ich glaube, er war deswegen wütend auf sie, aber sie meinte, sie müsse lediglich Geduld haben.« Hannah lachte. »Wobei Geduld ja nicht gerade Skyes Stärke war.«

»Demnach hat sie ihn im Grunde gestalkt?«

»So würde ich es nicht nennen, das klingt mir zu gruselig. Aber im Grunde, ja.«

»Wissen Sie, wo er wohnt?«

Sie machte eine ratlose Geste. »Keine Ahnung. Ich glaube nicht, dass sie mir das erzählt hat.«

»In einem Haus, einer Wohnung?«

»Sie hat nur gesagt, er habe es schön.«

»Diese andere Frau, lebte die mit ihm zusammen?«

»Ich ging davon aus, dass sie es so meinte, aber sicher bin ich mir nicht. Ich dachte mir damals, dass das mal wieder typisch Skye war: ein billiges Techtelmechtel zur großen romantischen Liebe hochzustilisieren.«

»Hatte er Kinder?«

»Keine Ahnung«, antwortete Hannah nachdenklich, mit gerunzelter Stirn. »Ich weiß nur, dass es mir vorkam, als hätte dieser Mann bereits ein komplettes, kompliziertes anderes Leben. Vermutlich bildete Skye sich bloß ein, dass er dieses Leben ihretwegen aufgeben wollte.«

»Aber sie dachte wirklich, dass er sich am Ende für sie entscheiden würde?«

»Das dachte Skye immer. Sie hatte nie gelernt, sich selbst zu schützen. Sie redete es sich immer schön – und strahlte dann vor Hoffnung.«

Ohne Vorwarnung verzog Hannah das Gesicht, beugte sich über den Tisch, sodass ihr langes braunes Haar wie ein Vorhang nach vorne schwang, und begann zu weinen. Dicke Tränen landeten auf der Tischplatte.

»Ich dachte immer, sie würde mich im Stich lassen!«, stieß sie zwischen zwei Schluchzern hervor. »Und nun war es andersherum!«

Behutsam legte ich ihr eine Hand auf die Schulter. Nach einer Weile ließ ihr Schluchzen nach. Sie richtete sich auf und wischte sich mit dem Handrücken über ihr tränennasses Gesicht.

»Entschuldigung«, sagte sie. »Entschuldigung.«

»Nein, mir tut es leid.«

»Möchten Sie vielleicht eine Kerze kaufen? Wie Sie sehen, herrscht hier kein großer Andrang.«

»Sehr gerne«, antwortete ich.

Ich wählte eine Tüte Teelichte, vier Spitzkerzen, sechs Schwimmkerzen und die Motivkerze, die geformt war wie ein Elefant. Die würde Poppy bestimmt gefallen.

»Nur für den Fall, dass Ihnen noch etwas einfällt«, sagte ich, »gebe ich Ihnen meine Nummer.«

Ich schrieb sie auf einen Zettel, den sie mir hinschob, und tippte anschließend die ihre in mein Handy ein.

»Wenn Sie Peggy sehen«, meinte sie, »dann sagen Sie ihr, dass ich an sie denke und dass ich ihr schreiben werde. Das hätte ich längst machen sollen, aber mir fehlten irgendwie die Worte. Und sagen Sie ihr, dass es mir leidtut.«

45

Als hätte Hannah sie heraufbeschworen, klingelte mein Handy, sobald ich den Laden verlassen hatte. Auf dem Display blinkte Peggys Name.

»Tess? Ich bin's, Peggy. Passt es gerade schlecht?«

»Nein, alles gut.«

»Ich habe es bei Charlie versucht, konnte ihn aber nicht erreichen.«

»Ist bei Ihnen alles in Ordnung?«

»Ja. Nein, nein, gar nicht. Ich habe gerade Skyes Sachen abgeholt.«

»Ihre Sachen? Ich dachte, das hätten Sie längst getan?«

»Nein. Ich meine die Sachen, die sie anhatte, als sie hinabstürzte.«

»Das muss schrecklich gewesen sein.«

»Ich bringe es nicht fertig, sie mir anzusehen.«

»Das müssen Sie doch auch nicht sofort. Lassen Sie sich Zeit.«

»Würden Sie mir helfen?«

»Ich? Nun, ja, also – was kann ich tun?«

»Würden Sie sie mit mir anschauen?«

»Natürlich, wenn Sie das wollen. Ich kann wieder zu Ihnen rausfahren, wenn Ihnen das recht ist. Ich arbeite diese Woche nicht.«

»Nein, ich meine jetzt.«

»Jetzt? Wo sind Sie?«

»Keine Ahnung. Ich wollte nur noch weg. Ich marschiere schon seit einer Ewigkeit durch die Stadt. Warten Sie einen Moment.« Es folgte eine Pause. Ich hörte fernen Verkehrslärm und das gedämpfte Geräusch von Schritten. »Farringdon Road«, meldete sie sich schließlich wieder. »An der Kreuzung Exmouth Market.«

»Soll ich da hinkommen?«

»Würden Sie? Würden Sie das tun?«

»Bleiben Sie, wo Sie sind. Ich komme, so schnell ich kann.«

Peggy trug ein langes Kleid und Sandalen. Ihr violettes Haar war mit einem Schal zurückgebunden. Sie hatte eine große Tasche über der Schulter hängen und hielt eine weitere Tasche wie ein Neugeborenes an sich gepresst. Als ich ihren Namen rief, fuhr sie herum.

»Danke«, sagte sie. »Ich bin so froh, dass Sie da sind. Ich wusste nicht, was ich tun sollte.«

Ich nahm sie am Arm und lotste sie weg von der stark befahrenen Straße. Bald entdeckten wir einen kleinen Friedhof mit viel Grün. Etliche Leute picknickten dort im Gras. Ein Mann jonglierte mit drei Grapefruits.

Wir ließen uns unter einem Baum nieder. Dabei registrierte ich, wie eingefallen Peggys Gesicht wirkte. Ihre Augen lagen tief in den Höhlen und waren rot gerändert.

»Sie haben damit wirklich kein Problem?«, fragte sie.

»Nein, überhaupt nicht.«

»Ich hatte es mir leichter vorgestellt. Ihre Wohnung durchzusehen, hat mir nicht so viel ausgemacht. Vielleicht stand ich da noch unter Schock, sodass ich gar nicht richtig wahrnahm, was ich tat. Aber das hier …« Sie deutete auf die Tasche, die sie immer noch an sich gedrückt hielt. »Das schaffe ich nicht. Es sind die Sachen, die sie an ihrem armen kleinen Körper trug, als sie starb.«

»Sie wollen das wirklich jetzt gleich machen?«

»Ja. Ich muss.«

Mit zitternden Fingern öffnete sie die Tasche und zog ein versiegeltes Päckchen heraus. Sie zerrte an der Plastikhülle, bis sie entzweiriss, und legte das enthaltene Bündel zwischen uns ins Gras.

Skye Nolan hatte ein langes Wickelkleid mit einem Paisleymuster in Orange- und Brauntönen getragen. Die kurzen Ärmel waren seitlich geknotet. Das Kleidungsstück wirkte unbeschädigt. Peggy breitete es vor sich aus und streichelte es.

»Sie hat darin bestimmt sehr hübsch ausgesehen«, sagte sie. »Was soll ich damit? Was mache ich mit all ihren Sachen?«

Mir ging durch den Kopf, dass Skye sich an dem Abend ganz schön in Schale geworfen hatte – was vermuten ließ, dass sie Besuch erwartete.

Zu ihrem Kleid hatte sie schlichte Sandalen mit Keilabsatz getragen. Einen Spitzenslip und einen fleischfarbenen BH in Größe 70A. Eine Uhr mit großem Zifferblatt und einem braunen Lederband. Ein Armband mit etlichen winzigen Silberanhängern – einem Glöckchen, einem Hufeisen, einem Stern, einer Katze, einem Zylinder, einer Muschel… Ihre Mutter berührte jeden Anhänger mit der Spitze ihres Zeigefingers.

»Dieses Armband bekam sie, als sie neun Jahre alt war. Ich habe ihr zu jedem Geburtstag einen Anhänger gekauft. Irgendwann hat sie es dann nicht mehr getragen, und ich habe aufgehört, Anhänger zu kaufen. Aber ein paar davon sind neu. Der hier.« Ein Kolibri. »Und der.« Ein Gabelbein.

Sie deutete auf ein herzförmiges Silbermedaillon.

»Das kenne ich auch nicht«, sagte sie. »Aber sie liebte Schmuck aller Art.«

»Darf ich es aufmachen?«

Sie nickte. Ich öffnete das Herz mit einem Fingernagel. Innen war in winziger Schrift eingraviert: *Auf ewig*.

»Ich weiß nicht, wie ich das aushalten soll«, bemerkte Peggy. »Ich weiß es einfach nicht.«

Ich legte eine Hand über die ihre. Es gab nichts, das ich hätte sagen können.

»Ich kann mir genau vorstellen«, fuhr sie fort, »wie sie diese Sachen angezogen hat. Wie sie sich vor dem hohen Spiegel hin und her drehte, um zu begutachten, wie sie darin aussah. Wie sie den Schmuck anlegte, sich selbst zulächelte. Da fällt mir etwas ein. Ich habe was für Sie.«

»Für mich?«

Peggy fischte etwas aus ihrer Tasche, etwas Kleines, das in Seidenpapier gehüllt war. Sie wickelte es aus und hielt es mir hin. Es handelte sich um einen Kupferarmreif, verziert mit hellblauen Steinen. Ich konnte mir vorstellen, dass ein Mädchen im Teenageralter ein solches Schmuckstück zu einer Party trug.

»Hat es Skye gehört?«

»Ja. Nun gehört es Ihnen.«

»Das kann ich unmöglich annehmen.«

»Sie müssen«, insistierte Peggy. »Damit Sie etwas haben, das Sie an Skye erinnert. Und an mich. Skye hatte so viel Freude an all diesen Dingen. Was auch immer passiert ist, sie war im Grunde noch ein Kind.«

Peggys Gesicht war mittlerweile tränenüberströmt.

»Das hat Hannah auch gesagt.«

»Sie haben mit Hannah gesprochen?«

»Ja.«

»Sie ist ein liebes Mädchen.«

»Sie hatte Skye sehr gern.«

»Sollen wir die Sachen wieder wegpacken?« Behutsam faltete Peggy das Kleid zusammen, griff nach der Uhr, dem Medaillon und dem Armband mit den Anhängern und betrachtete dann einen Moment die auf ihren Handflächen ruhenden Schmuckstücke.

»Hier.«

Ich hielt ihr die Tasche auf, woraufhin sie die Sachen hineinfallen ließ.

»Müssen Sie schon gehen?«

»Eigentlich nicht.«

»Möchten Sie ein paar Fotos von Skye sehen? Charlie hat sie mir geschickt. Sie sieht auf ihnen richtig glücklich aus.« Ihre Stimme kippte.

»Sehr gerne.«

Peggy stöberte in ihrer bestickten Tasche herum und zog schließlich ihr Telefon heraus. Sie wischte ein paarmal nach links.

»Hier«, sagte sie. »Hier ist sie.«

Ich betrachtete sie. Da waren die Fotos, die Charlie mir bereits geschickt hatte, außerdem Skye auf einer Brücke, den Blick aufs Wasser gerichtet; Skye in zerfetzter Jeans und Rollkragenpulli, burschikos wie ein Junge; Skye dramatisch geschminkt, kaum zu erkennen; Skye aus der Ferne, mit einem Hund an ihrer Seite; Skye in Schwimmsachen, mit Nikolausmütze, beim Spazierengehen in einem Park, mit ausgestreckter Zunge, winkend, neben Charlie, Arm in Arm mit einer Gruppe junger Frauen. Skye in der Latzhose, die sie auch am Abend unserer Begegnung getragen hatte. Vor meinem geistigen Auge sah ich sie wieder in meine Richtung lächeln und deuten, ihre Kappe schwenken. Die Kappe trug sie auch auf dem Foto. Das Schild wies keck zur Seite.

Die Kappe. Cord mit kastanienbraunem Schild.

»Ich glaube, ich werde mir ein paar davon ausdrucken«, erklärte Peggy gerade.

Ich deutete mit dem Finger auf das Foto. »Wo hatte sie die her?«

»Was?«

»Die Kappe.«

»Keine Ahnung.« Peggy wirkte perplex. »Wieso?«

»Ich muss los!«, stieß ich hervor. Meine Stimme klang kehlig. »Tut mir leid.«

Ich rappelte mich hoch.

»Schon?«

»Tut mir leid.« Beim Anblick ihrer traurigen Miene fügte

ich hinzu: »Wenn Sie mögen, besuche ich Sie morgen. Dann können wir ihre Sachen gemeinsam durchsehen.«

»Würden Sie das tun? Ja. Ja, bitte.«

»Am späten Vormittag, wenn das für Sie passt. Falls sich etwas ändert, rufe ich an.« Mir kam ein Gedanke. »Können Sie mir das Foto schicken – das von Skye mit der Kappe?«

Im Laufschritt eilte ich zur Bushaltestelle. Unfähig, mich still zu halten, tigerte ich an der Haltestelle auf und ab, bis endlich der Bus auftauchte. Ich sprang hinein, setzte mich in die erste Reihe und versuchte, den Bus mit purer Willenskraft dazu zu bringen, schneller zu fahren. Mein Handy piepte. Da war das Foto von Skye, mit Kappe und breitem Grinsen.

Nahe Broadway Market stieg ich aus, stürmte an London Fields vorbei und dann die Straße zu meiner Wohnung entlang. In meiner Hast ließ ich die Schlüssel fallen und bekam sie nur mit Mühe wieder zu fassen, weil ich vor Entsetzen ganz steife Finger hatte.

»Da hat es aber jemand eilig«, hörte ich eine Stimme.

Bernie.

»Später«, keuchte ich.

Schnell die paar Stufen hinunter, hinein in die kleine Küche, zum Kühlschrank, an dem mehrere Zeichnungen und Fotos mit Magneten befestigt waren. Das Polaroidfoto. Das Polaroidfoto von Poppy, das Lotty mir gegeben hatte. Wo befand es sich? Eines war da, ein Schnappschuss von ihr, mit weit geöffnetem Mund auf der Rutsche, vor Vergnügen jauchzend. Aber wo war das andere? Ich hatte es ebenfalls hier aufgehängt. Ich zog das Bild mit der Sonne und einer überdimensionalen Blume weg, ebenso die Postkarte meiner Freundin Magda, die Einkaufsliste, die Liste mit den zu erledigenden Aufgaben.

Das Foto von Poppy war verschwunden: das Foto, auf dem sie unter einer Kappe hervorlugte, die ihr fast über die Augen rutschte, einer Cordkappe mit kastanienbraunem Schild.

Ich kauerte mich auf den Küchenboden, schlug die Hände vors Gesicht und zwang mich, mir alles ganz genau ins Gedächtnis zu rufen.

Letzte Woche war Poppy von Jason mit einer Tüte voller Kleidungsstücke zurückgekommen, die Emily aussortiert hatte. Die Kappe befand sich unter diesen Sachen – oder nein, sie hatte in Poppys Rucksack gesteckt, zusammen mit Modeschmuckketten, Armreifen und Schals.

Poppy hatte sie in ihrem Zimmer anprobiert – ich sah sie wieder vor mir, wie sie lachte, weil ihr die Kappe über die Augen rutschte. Daraufhin hatte ich die Kappe in die Tüte zu den anderen Sachen gestopft, die Poppy für die Verkleidekiste in den Kindergarten mitnahm und die ich dort Lottys Helferin in die Hand drückte.

Und dann hatte mir Lotty ein paar Fotos von Poppy gegeben, unter anderem das, auf dem sie die Kappe trug. Ich hatte es an den Kühlschrank gepinnt, da war ich mir ganz sicher.

Nun hatte ich ein Foto von Skye gesehen, auf dem diese dieselbe Kappe trug – die Kappe, die sie auch an dem Abend unserer Begegnung getragen hatte.

Doch das Foto von Poppy mit der Kappe war verschwunden.

Ich legte mich auf den Boden und spähte unter den Kühlschrank – nur für den Fall, dass es dort gelandet war. Nachdem ich mich wieder aufgerichtet hatte, ließ ich ratlos den Blick schweifen.

Wenn es nicht mehr da war, bedeutete das, dass jemand es mitgenommen hatte.

Ich ging hinaus in den Garten. Während ich auf unserer kleinen, spärlichen Rasenfläche hin und her wanderte, versuchte ich, die vergangenen Tage Revue passieren zu lassen. Wann genau hatte ich das Polaroidfoto an den Kühlschrank gehängt? Krampfhaft zermarterte ich mir das Gehirn. Ja, es war an dem Tag gewesen, an dem Poppy von dem Zoobesuch gesprochen hatte, und mir klar geworden war, dass sie oft die Zeiten durcheinanderbrachte. Ich hatte ein weiteres Mal Kelly Jordan aufgesucht, um ihr meine Überlegungen mitzuteilen. Am Nachmittag hatte mir Lotty dann die Handvoll Fotos von Poppy gegeben, unter anderem das, auf dem sie die Kappe trug. Am selben Abend hatte die Kriminalbeamtin noch einmal bei mir vorbeigeschaut und mir den Namen der Frau genannt, die gestorben war. Ich hatte die Aufnahme von ihr gesehen und mich an sie erinnert.

Seitdem waren fünf Tage vergangen. Wer hatte in diesem Zeitraum Zugang zu unserer Wohnung gehabt? Mit zusammengekniffenen Augen starrte ich in den blassblauen Himmel hinauf.

Am nächsten Tag war morgens Kelly Jordan mit der anderen Polizeibeamtin vorbeigekommen, Madeleine Finch, und die beiden hatten Poppy befragt.

Und dann – ja, dann war Aidan mit seinem Kollegen aufgetaucht, beladen mit Pfingstrosen. Sie hatten sich in der Küche und im Wintergarten aufgehalten. Ich sah die Szene jetzt wieder genau vor mir: Poppy und Jake spielten hinten im Garten, während Aidan, sein Freund und ich in der Wärme des Spätnachmittags Wasser mit Holunderblütensirup tranken.

Außerdem hatte es da noch Bernie gegeben, der uns in der Diele über den Weg lief und ebenfalls mit in die Wohnung kam, wo er sich gleich wie zu Hause benahm. Vor meinem geistigen Auge lümmelte er mit ausgestreckten Beinen im Sessel und grinste.

Dann war Jason eingetroffen – und Laurie, der gerade noch mitbekam, wie Poppy Jake eine Handvoll Erde in den Mund schob.

Jeder von ihnen hätte das Foto sehen und entfernen können.

Aber die Kappe stammte aus Jasons Haus.

46

Als ich Poppy am nächsten Morgen im Kindergarten ablieferte, beugte ich mich zu ihr hinunter, um sie in den Arm zu nehmen, doch sie schob mich brüsk weg und stürmte davon. Bevor ich ging, trat ich in den Raum ihrer Gruppe und blickte mich nach Lotty um.

»Kann ich helfen?«

Es war die andere Kindergärtnerin.

»Ja. Ich habe vor den Pfingstferien einen Schwung Kleidung hier abgegeben, hätte jetzt aber gern eine Kappe zurück.«

»Sie haben es sich anders überlegt?«

»Sozusagen.«

Sie deutete auf die Ecke, in der die alte Truhe mit den Sachen zum Verkleiden stand. Ich ging hinüber, kauerte mich vor das Möbelstück und fing an, ein Teil nach dem anderen herauszuziehen. Bunte, seidige Stoffe glitten durch meine Finger, flattrige Röcke, ein altes Spiderman-Kostüm … Da war sie. Ich hielt die Kappe in der Hand.

Ich nahm mein Handy und klickte auf das Foto von Skye, das mir ihre Mutter geschickt hatte. Skye, grinsend unter dem kastanienbraunen Mützenschirm, den sie zur Seite gedreht hatte. Hinter dem Bild sah ich das Bild von Poppy mit der Kappe, die ihr fast über die Augen rutschte.

Ich steckte die Mütze ein und verließ den Kindergarten.

Im Zug nach Chelmsford dachte ich über mein Verhalten in den letzten Tagen nach. Ich hatte meine Nase ins Privatleben anderer Leute gesteckt, mir mehr oder weniger wie eine Einbrecherin Zutritt zum Haus meines Ex-Partners verschafft und in seinen privaten Mails herumgeschnüffelt. Ich versuchte, mir einzureden, dass ich nicht direkt ins Haus eingebrochen war, weil ich ja noch einen eigenen Schlüssel besaß, konnte aber nicht mal mich selbst überzeugen. Na schön, dann betrog Jason also Emily, wie er auch mich betrogen hatte. Besagte Mails ließen keinen anderen Schluss zu. Es stand in meiner Macht, Emily darüber zu informieren – sie dadurch vielleicht vor noch größerem Schaden zu bewahren.

Ich hatte das alles getan, um Poppy zu beschützen, doch womöglich war mir nicht mal das gelungen. Ich hatte bloß überall Probleme geschaffen und womöglich das Leben für mich und Poppy gefährlicher gemacht. Jemand hatte Skye getötet. Jemand war in mein Haus eingedrungen und hatte Poppys Zimmer durchsucht, dessen war ich mir sicher. Konnte es sein, dass ich das verursacht hatte, indem ich Staub aufwirbelte und Steine umdrehte? Und wofür? Was hatte ich tatsächlich herausgefunden? Und nun wollte ich schon wieder Zeit mit einer trauernden Mutter verbringen – mich in ihr Leben drängen, in ihre Trauer.

Ich sagte mir, dass ich diese letzte Chance nutzen musste, um noch einmal Peggy zu treffen, ihr zuzuhören, ihr wie eine Freundin beizustehen und dabei so viel wie möglich in Erfahrung zu bringen. Sollte ich jedoch nichts herausfinden, dann würde ich es dabei belassen. Noch während ich das dachte, kam ich mir vor wie eine Süchtige, die sich selbst belog. Nur noch ein letztes Mal, das absolut letzte Mal, ganz bestimmt. Allmählich gelangte ich zu der Überzeugung, dass ich Poppy wohl am besten beschützte, indem ich mit all dem aufhörte und stattdessen dafür sorgte, dass sie ein glückliches Leben führte. Vielleicht würden ihre Albträume und Ängste dann mit der Zeit von selbst verschwinden. Ich beschloss, liebevoll mit Peggy umzugehen, aber trotzdem die Augen offen zu halten. Sollte nichts dabei herauskommen, würde ich meine Arbeit wieder aufnehmen, meine Tochter in die Arme schließen und versuchen, auf uns beide aufzupassen.

An einem Stand vor dem Bahnhof von Chelmsford kaufte ich einen Strauß Blumen und fuhr ein weiteres Mal mit dem Taxi zu Peggy Nolans Haus. Dort angekommen, klingelte ich und ging dann im Geiste noch einmal rasch die Fragen durch, die ich ihr stellen wollte, ohne dabei aufdringlich zu wirken. Ich wartete auf das Geräusch von Schritten, doch es rührte sich nichts. Als ich erneut klingelte, hörte ich im hinteren Teil des Hauses die Glocke läuten. Hatte Peggy womöglich vergessen, dass ich kam? Machte sie ein Nickerchen? Oder war sie einkaufen gegangen? Ich wählte ihre Nummer. Sofort schaltete sich die Mailbox ein. Ich murmelte eine wirre Nachricht, die darauf hinauslief, dass ich vor ihrem Haus stand und mich fragte, wo sie stecke und ob mit ihr alles in Ordnung sei.

Mir kam ein Gedanke. Möglicherweise hielt sie sich im Garten auf, hatte ihr Handy nicht dabei und hörte dort auch die Türglocke nicht. Ich trat ein paar Schritte zurück und betrachtete die Vorderseite des Hauses. Auf der rechten, frei stehenden Seite des Gebäudes verlief ein Durchgang nach hinten. Verstohlen spähte ich um die Ecke, fast ein wenig schuldbewusst. Doch weder ein Zaun noch ein Tor versperrten den Weg. Also war es wohl in Ordnung.

Ich eilte den Durchgang entlang und gelangte in den Garten. Peggy war nirgendwo zu entdecken.

Ich empfand eine gewisse Ratlosigkeit, die schnell in Verärgerung umschlug. Nach Chelmsford war es schließlich kein Katzensprung. Musste ich mir nun wirklich ein Taxi rufen und unverrichteter Dinge zurück nach London fahren?

Möglicherweise war sie tatsächlich eingeschlafen. Sie nahm Beruhigungsmittel. Vielleicht hatten die sie schachmatt gesetzt.

Ich betrachtete die Tür, die in die Küche führte. Falls Peggy beim Einkaufen war, hatte sie sie bestimmt abgesperrt. Dann wusste ich zumindest Bescheid.

Zögernd drehte ich den Knauf. Wie sich herausstellte, ließ sich die Tür öffnen und schwang nach innen auf. Als ich daraufhin einen Schritt in die Küche trat, hörte ich Stimmen. Demnach war Besuch da, und sie hatte deswegen wohl die Türglocke nicht gehört. Einen Moment später begriff ich, dass in der Küche das Radio lief. Ich schaltete es aus und rechnete damit, nun Schritte oder andere gedämpfte Geräusche zu hören, das leise Knarren von Holzdielen, das einem verriet, dass sich irgendwo im Haus jemand bewegte.

»Hallo?«, rief ich. Meine Stimme klang fremd. »Peggy? Sind Sie da? Ich bin's, Tess!«

Nichts.

Mein erster Impuls war, auf dem Absatz kehrtzumachen, denselben Weg zurückzugehen, den ich gekommen war, und nach Hause zu fahren. Zugleich aber hatte ich das seltsame Gefühl, von einem unsichtbaren Faden vorwärtsgezogen zu werden, hinein ins Haus – irgendwohin, wohin ich nicht wollte, weil ich dort etwas sehen würde, das ich nicht sehen wollte. Als ich von der Küche die paar Schritte hinüber ins Wohnzimmer ging, überraschte es mich deshalb nicht, dass ich dort Peggy Nolan erblickte, die mit dem Gesicht nach unten auf dem Teppich lag, einen Arm unter sich begraben, den anderen zur Seite gestreckt.

Obwohl mein Gehirn extrem langsam arbeitete, als müssten sich meine Gedanken durch dichten Nebel kämpfen, erinnerte ich mich ganz vage an einen Erste-Hilfe-Kurs, den ich vor Jahren mal absolviert hatte: an Herzdruckmassage und Mund-zu-Mund-Beatmung. Ich kniete mich neben Peggy, rief ihren Namen und fasste an ihren Hals, doch sie war so eindeutig kalt und tot, dass es keinen Sinn mehr hatte, noch irgendetwas zu unternehmen.

Zuerst fragte ich mich, ob sie vor Kummer gestorben sein konnte, an gebrochenem Herzen, oder vielleicht einfach nur gestolpert war und sich das Genick gebrochen hatte. Doch als ich mich dann im Raum umschaute, sah ich, dass eine Schublade herausgezogen und ausgekippt worden war, sodass der ganze Inhalt über den Boden verstreut lag. Jemand war hier eingedrungen und hatte das getan. War dieser Jemand womöglich noch da? Ich lauschte, konnte aber nur meine eigene Atmung hören, meinen eigenen Herzschlag spüren.

Ich musste etwas unternehmen.

Ich holte mein Telefon heraus. Wie lautete noch mal die Nummer? 999? Oder hatte sich das geändert? Hing es davon ab, um welche Art von Notfall es sich handelte? Nein. Ich ging meine gespeicherten Nummern durch und tätigte den Anruf.

Es dauerte ziemlich lange, bis Kelly Jordan sich meldete. Sie klang sofort gereizt.

»Ja?«

»Sie kennen doch Peggy Nolan? Die Mutter von Skye Nolan?«

»Was ist mit ihr?«

»Sie ist ermordet worden.«

Am anderen Ende herrschte einen Moment Schweigen.

»Wie kommen Sie darauf? Woher wollen Sie das wissen?«

»Ich stehe neben ihrer Leiche. Ich sehe sie da liegen. Sie ist ganz kalt.«

Jordan setzte zu einer weiteren Frage an, ließ es dann aber bleiben.

»Verstehe«, sagte sie stattdessen in knappem, offiziell klingendem Ton. »Wo befinden Sie sich?«

Ich musste ein paar Augenblicke überlegen, bis mir die Adresse wieder einfiel und ich sie ihr nennen konnte.

»Sind Sie dort sicher?«, fragte sie. »Ist noch jemand im Haus?«

»Nein, das heißt, ja, ich denke, ich bin hier sicher. Ich glaube nicht, dass noch jemand da ist.«

»Gut. Bleiben Sie, wo Sie sind. Rühren Sie sich nicht von der Stelle. Fassen Sie vor allem nichts an. Haben Sie das verstanden? Fassen Sie nichts an – gar nichts!«

Ich murmelte eine Antwort. Sie beendete das Gespräch.

Rühren Sie sich nicht von der Stelle. Fassen Sie nichts an. Was hätte ich auch tun oder anfassen sollen?

Ich ließ meinen Blick schweifen. Ich hatte das Ausmaß der Verwüstung anfangs gar nicht bemerkt. Bücher, Zeitschriften, Dokumente, Tassen, Besteck, alle möglichen Gegenstände, alles war über den Boden verstreut. Dann entdeckte ich die Tasche, die Peggy mir am Vortag gezeigt hatte – die Tasche, die mit der Kleidung und den Schmuckstücken gefüllt gewesen war, die Skye trug, als sie starb. Peggy und ich hatten uns die Sachen gemeinsam angesehen, ein Teil nach dem anderen, und dann alles wieder eingepackt. Ich kniete mich neben die Tasche. Sie war definitiv auf den Boden geleert worden. Ich sah das schöne Kleid, den BH, die Sandalen. Benommen griff ich nach dem Armband mit den vielen Anhängern. Während ich es betrachtete, hatte ich plötzlich wieder den Klang von Peggys Stimme im Ohr. Es war, als könnte ich sie tatsächlich sprechen hören. Ich legte das Armband zurück auf den Boden. Mein Blick fiel auf das Medaillon, den Spitzenslip. Es war alles da.

Dann jedoch drang durch den düsteren Nebel etwas zu mir durch, eine Art Erinnerung: nicht wirklich alles. Etwas fehlte. Aber was?

Lichter zuckten durch den Raum. Ich hob den Kopf. Die Lichter kamen von draußen. Da waren Fahrzeuge, und ich hörte Leute ins Haus stürmen.

47

Ich befand mich in einem Raum ohne Fenster. Alles dort war von undefinierbarer Farbe. Der Linoleumboden wirkte irgendwie gräulich gesprenkelt, die Wände hatten einen tristen Grünton, die Formplastikstühle waren ebenfalls grau. Der Tisch bestand aus laminiertem Holz. Ein junger Beamter brachte mir eine Tasse Tee und in Zellophan verpackte Ingwerkekse. Ich selbst kaufte nie Kekse und hatte solches Ingwergebäck seit meiner Kindheit nicht mehr gegessen. Jetzt aber fühlte ich mich derart zittrig und schwach, dass ich das Gefühl hatte, unbedingt etwas zu mir nehmen zu müssen. Ich riss die Packung auf, tunkte einen Keks in den Tee, schlang ihn hinunter und verfuhr mit dem nächsten ebenso.

Ich unternahm ein paar lahme Versuche, mir einen Reim auf das Geschehene zu machen, wurde jedoch immer wieder überwältigt von dem Gedanken an Peggy Nolan, ihre Trauer um ihre Tochter und die Tatsache, dass sie gestern noch gelebt hatte und heute ebenso tot war wie Skye. War sie nun wieder mit ihrer Tochter vereint? Hatte sie sich das gewünscht? Würde es mir gelingen, mir das einzureden?

Die Tür ging auf, und eine Schar von Leuten kam herein. Zumindest fühlte es sich für mich so an. Es kostete mich Mühe, meinen Blick zu fokussieren. Erst nach ein paar Momenten registrierte ich, dass es sich bei einer Person um eine uniformierte Beamtin handelte und bei den beiden anderen um Ross Durrant und Kelly Jordan. Ross Durrant stellte etwas auf den Tisch, doch ich konzentrierte mich auf ihre Gesichter. Kelly Jordan wirkte besorgt, Durrant runzelte die Stirn.

»Ist mit Ihnen alles in Ordnung?«, fragte Kelly Jordan.

Ich nickte.

Die beiden Detectives ließen sich mir gegenüber nieder, die uniformierte Beamtin trat beiseite und lehnte sich in eine Ecke. Durrant musterte mich eindringlich.

»Ist das noch Ihre eigene Kleidung?«

Ich blickte an mir hinunter, als müsste ich mich erst vergewissern.

»Was? Das? Ja.«

»Was, zum …!«, schimpfte er und blickte sich nach der uniformierten Beamtin um. »Warum wurde das nicht schon am Tatort erledigt?« Er wandte sich wieder an mich. »In ein paar Minuten werden ein paar Kollegen kommen, Ihre Kleidung mitnehmen und Ihnen etwas anderes zum Anziehen geben. Sie werden außerdem eine DNA-Probe nehmen, Abriebe unter Ihren Fingernägeln sichern und so weiter. Verstehen Sie?«

»Ja.«

»Sind Sie damit einverstanden? Sie haben das Recht, sich zu weigern.«

»Nein, das ist schon okay.«

Er beugte sich vor, drückte auf einen Knopf und starrte dann darauf.

»Läuft das Gerät? Ich weiß nie, ob es läuft.«

Die Beamtin trat vor. »Das Licht sollte blinken.«

»Ich glaube, es blinkt.« Er warf einen Blick auf seine Armbanduhr. »Es ist vierzehn Uhr siebenundzwanzig, am dritten Juni. Anwesend sind Inspector Ross Durrant und Inspector Kelly Jordan. Und Sergeant …« Er wandte den Kopf.

»Woolley«, sagte die Beamtin. »Elinor Woolley.«

»Elinor Woolley.« Er sah mich an. »Befragt wird Tess Moreau. So, Miz Moreau. Was, zum Teufel, hatten Sie dort zu suchen?«

»Wir sind uns bei der Anhörung begegnet und haben uns angefreundet.«

Er schien einen Augenblick über meine Antwort nachzudenken. »Lassen Sie mich meine Frage wiederholen: Was, zum Teufel, hatten Sie in Peggy Nolans Haus zu suchen?«

»Das habe ich Ihnen doch gerade erklärt. Ich war dort mit ihr verabredet. Ich bin genauso geschockt wie alle anderen und fühle mich deswegen ganz schrecklich, absolut grauenhaft.«

»Ich das alles, was Sie dazu zu sagen haben?«

»Sie hat mir leidgetan.« Ich holte tief Luft. »Außerdem dachte ich, ich könnte vielleicht etwas darüber erfahren, warum Skye umgebracht wurde.«

Ross Durrants Blick wanderte zu Kelly Jordan und dann wieder zurück zu mir. Er nickte langsam.

»Sie haben sich in den Mordfall Skye Nolan eingemischt. Habe ich recht?«

»Wenn Sie damit die Tatsache meinen, dass die Polizei von einem Selbstmord ausging, bis ich mich eingemischt habe, dann haben Sie recht, ja.«

»Das meinte ich damit nicht. Wurden Sie nicht ausdrücklich aufgefordert, sich nicht in die Ermittlungen einzumischen?«

»Aber das Ganze hat doch mit mir zu *tun*«, entgegnete ich verzweifelt. »Ich wünschte, dem wäre nicht so!«

»Wie Sie sehr genau wissen, Miz Moreau, konnten wir keinerlei Hinweise finden, die Sie mit Skye Nolan in Verbindung bringen.«

»Es passieren gerade seltsame Dinge«, erklärte ich.

Durrant ignorierte mich. »Jetzt haben wir allerdings eine Verbindung zwischen den beiden Morden gefunden – eine Verbindung, die es wert ist, näher unter die Lupe genommen zu werden.«

»Gut. Worum handelt es sich dabei?«

Er beugte sich vor. »Um Sie.«

»Wie meinen Sie das?«

»Sie haben sich in den Fall Skye Nolan eingemischt, obwohl

Ihnen dringend davon abgeraten wurde. Sie haben meine Kollegin genervt und ihre Gutmütigkeit ausgenutzt.« Aus seinem Mund klang das Wort Gutmütigkeit wie ein Schimpfwort. Ich sah Kelly Jordan erröten. »Und nun hielten Sie sich am Tatort auf. Dort, wo Peggy Nolan ermordet wurde.«

»Das ist doch lächerlich. Ich habe den Mord nur gemeldet.«

»Ich stelle lediglich die Tatsachen fest.«

»Warum waren Sie heute dort, Tess?«, fragte Kelly Jordan in ruhigem, sachlichem Ton. »Ich meine, abgesehen davon, dass Sie sich mit ihr angefreundet hatten, falls das der Wahrheit entspricht. Warum genau waren Sie mit ihr verabredet?«

Dankbar wandte ich mich ihr zu.

»Wir hatten uns gestern schon getroffen. Sie hatte die Kleidung abgeholt, die Skye trug, als sie gefunden wurde. Peggy wollte die Sachen nicht allein durchsehen. Sie wünschte sich dabei Gesellschaft. Sie dachte, das würde helfen.«

»Ich habe Sie nicht nach gestern gefragt«, entgegnete Kelly Jordan, »sondern nach heute.«

Ich überlegte. Plötzlich klang es selbst in meinen Ohren ziemlich lahm.

»Ich wollte ihr dabei helfen, Skyes Sachen durchzusehen.«

»Sie sagten doch gerade, das hätten Sie gestern schon gemacht.«

»Gestern ging es nur um eine kleine Tasche mit der Kleidung, die Skye trug, als sie starb. Aber da war noch all das andere.«

Nun folgte eine lange Pause. Ich hatte das Gefühl, genau zu wissen, was sie gerade versuchten: Sie schufen eine Leere, die ich füllen sollte, allein schon aus dem Bedürfnis heraus, dem Schweigen ein Ende zu setzen – in der Hoffnung, dass ich ihnen dabei etwas verriet.

Da fiel mir plötzlich wie aus dem Nichts etwas ein.

»Die Uhr«, murmelte ich.

»Was?«, hakte Durrant nach.

»Die Tasche mit den Sachen, die Skye angehabt hatte. Wer auch immer bei Peggy war, hat sie auf den Boden ausgeleert. Als ich sie vorhin durchsah, hatte ich das Gefühl, dass etwas fehlte, wusste aber nicht, was. Es war die Uhr. Die Uhr ist verschwunden.«

»Durchsah?«, wiederholte Kelly Jordan fassungslos. »Haben Sie etwas angefasst? Bitte sagen Sie jetzt nicht, dass Sie etwas angefasst haben.«

»Kann schon sein, dass ich ein paar Dinge hochgehoben habe«, antwortete ich zögernd. »Nur um zu sehen, ob alles da war.«

»Ich habe Sie doch aufgefordert – ausdrücklich aufgefordert –, ja nichts anzufassen!«

»Ich musste einfach sichergehen.«

»Herrgott noch mal!«, fluchte Ross Durrant. »Jetzt reicht es aber! Während anschließend die Niederschrift dieser Befragung fertiggestellt wird, damit Sie sie unterschreiben können, muss die Spurensicherung Sie genau inspizieren, bevor noch weitere Hinweise ganz zufällig abhandenkommen.«

»Nein«, widersprach ich, »ich muss jetzt gehen.«

»Sie gehen erst, wenn wir mit Ihnen fertig sind.«

»Meine Tochter ist im Kindergarten«, erklärte ich. »Ich muss sie abholen. Wie spät ist es? Bestimmt schon fast drei. Wenn ich sofort aufbreche, schaffe ich es noch rechtzeitig.«

»Vergessen Sie es.«

»Sie dürfen mich nicht aufhalten.«

»Ach, meinen Sie?«

»Tess«, meldete sich Kelly Jordan zu Wort, »bitte seien Sie vernünftig. Sie haben eine Leiche gefunden. Eine Frau ist ermordet worden, und wir brauchen Ihre Hilfe.«

Es waren an sich keine unfreundlichen Worte, aber der Ton, den sie dabei anschlug, war alles andere als freundlich. Es bestand kein Zweifel daran, dass sie wütend auf mich war.

»Ich muss Poppy abholen.«

»Gibt es denn niemanden, den Sie bitten können, auf sie aufzupassen, bis Sie sie abholen? Wenn Sie arbeiten, müssen Sie das doch auch irgendwie regeln, oder?« Zwischen ihren Augen bildete sich eine Falte. »Warum haben Sie heute eigentlich nicht gearbeitet?«

»Ich bin krank«, antwortete ich. »Ich habe eine Krankschreibung, auf der steht, dass ich unter Stress leide.« Ich bereute meine Worte, kaum dass ich sie ausgesprochen hatte. Mir war klar, dass ich dadurch noch irrationaler und gestörter wirkte.

»Wer holt Poppy normalerweise ab?«, fragte Kelly Jordan.

»Nein!« Ich hörte die Verzweiflung in meiner Stimme. Mir entging auch nicht, wie Durrant und Jordan sich einen schnellen Blick zuwarfen.

Ich wollte Laurie nicht in Poppys Nähe lassen – genauso wenig wie Jason, Emily oder Ben. Krampfhaft zermarterte ich mir das Gehirn. Meine Mutter wohnte zu weit weg. Gina war in der Arbeit. Bernie konnte ich nicht fragen, Aidan auch nicht.

»Ich kann Lotty bitten, ihre Kindergärtnerin, dass sie mit ihr wartet«, sagte ich schließlich. »Aber es darf nicht so lange dauern.«

Kelly Jordan nickte. Ich nahm mein Handy heraus, rief die Nummer des Kindergartens auf und hatte kurz darauf Lotty am Apparat.

»Es tut mir leid«, sagte ich, »aber es hat einen Notfall gegeben, deswegen verspäte ich mich ein wenig. Doch ich komme, so schnell ich kann!«

»Geht es Ihnen nicht gut?«

Lottys Stimme klang besorgt. Ich holte tief Luft und bemühte mich um einen ruhigeren Ton.

»Ich hasse es, mich zu verspäten. Ist mit Poppy alles in Ordnung?«

»Poppy geht es gut. Moment mal.« Es folgte eine Pause. Ich

hörte gedämpfte Stimmen, dann meldete sich Lotty wieder. »Jakes Vater ist gerade da und bietet an, sie mitzunehmen, wie sonst ja auch oft.«

»Nein! Nein, bitte... ich meine...«

Ich konnte keinen klaren Gedanken fassen. Auf keinen Fall wollte ich, dass Laurie Poppy mitnahm, aber indem ich sein Angebot ablehnte, ließ ich ihn das wissen, und dann? Was war schlimmer, sie mit ihm gehen zu lassen oder sie nicht mit ihm gehen zu lassen? Ich wusste es nicht. Das Handy ans Ohr gepresst, stand ich da wie erstarrt, unfähig, mich zu entscheiden. Vor mir trommelte Ross Durrant vor Ungeduld laut mit den Fingern auf der Tischplatte herum.

»Tess?« Ich stellte mir vor, wie Laurie neben Lotty stand, während sie meinem Schweigen lauschte. »Soll ich Poppy Laurie mitgeben?«

»Ja«, stieß ich hervor. »In Ordnung. Sagen Sie ihr, dass sie brav sein soll und ich nicht lange brauchen werde.«

»Das mache ich.«

Ich beendete das Gespräch. Nun hielt Lotty mich bestimmt auch für verrückt.

Sie nahmen mir meine Kleidung ab und gaben mir dafür andere Sachen, eine etwas zu kurze Hose und ein blumiges, nach Weichspüler riechendes Oberteil. Sie schabten unter meinen Nägeln. Sie nahmen einen Abstrich aus meinem Mund.

Ich wusste nicht, wie Peggy gestorben war. Ich hatte kein Blut gesehen, keine Waffe, und ihr Kopf war auch nicht unnatürlich verdreht gewesen. Sie war einfach nur tot, eindeutig tot. Ich musste wieder daran denken, wie ihr zarter Körper dort auf dem Boden gelegen hatte, den langen Rock um die Knie gebauscht, das wie versteinert wirkende Gesicht umrahmt vom optimistischen Violett ihrer Haare.

Ich wurde zurück in den Verhörraum geführt, wo ich meine Aussage unterschrieb, ohne sie durchzulesen. Ross Durrant tauchte wieder auf, dieses Mal ohne Kelly Jordan. Er legte die Hände auf den Tisch und beugte sich mit grimmiger Miene zu mir.

»Sie können jetzt gehen, Ihre Tochter abholen«, erklärte er. »Aber vorher möchte ich Ihnen noch etwas sagen. Meiner Meinung nach waren wir viel zu tolerant, was Sie und Ihre Launen, Ängste und Wahnvorstellungen betrifft. Sie haben unsere Zeit verschwendet, sich in unsere Ermittlungen eingemischt, uns Sand in die Augen gestreut und sich an Beweismitteln zu schaffen gemacht.«

»Das ist nicht …«

Er ignorierte meinen schwachen Versuch, mich zu verteidigen. »Damit ist jetzt Schluss. Sie haben die Leiche von Peggy Nolan gefunden und sind nun Zeugin in einer Mordermittlung. Das ist alles. Sie sind kein Opfer, Sie und Ihre Tochter befinden sich nicht in Gefahr, Sie sind keine Ermittlerin und auch keine gottverdammte Wahrsagerin. Sie haben keinen speziellen Einblick in den Fall. Sie können nicht länger herumschnüffeln, ihre eigenen paranoiden Dramen erfinden und Kollegin Jordan rund um die Uhr belästigen. Sie ist zu gutmütig, um Ihnen klarzumachen, dass Sie sich zum Teufel scheren und endlich aufhören sollen, uns Steine in den Weg zu legen.« Durrant beugte sich noch weiter vor und fixierte mich aus nächster Nähe. Ich konnte seinen unangenehmen Atem riechen. »Haben Sie mich verstanden?«

»Ja, hab ich«, antwortete ich. »Aber …«

Er riss eine Hand hoch und ließ sie auf den Schreibtisch krachen.

»Kein gottverdammtes Aber mehr! Wenn Sie ein weiteres Mal unsere Ermittlungen behindern, bekommen Sie eine Anzeige. Das verspreche ich Ihnen. Und jetzt raus mit Ihnen!«

48

Poppy lag im Bett. Ich hatte geduscht, wieder eigene Sachen angezogen und saß nun im Garten, im sanften Licht der Dämmerung. Von nebenan wehte Rosenduft herüber. Über den Dächern hing eine schmale Mondsichel. Ich überlegte, ob ich mir einen Drink gönnen oder aus meinem geheimen Vorrat eine Zigarette holen sollte, blieb stattdessen aber einfach sitzen, schlaff und erschöpft vom hinter mir liegenden Tag. Der Ansturm der Bilder hatte sich gelegt. Ich fühlte mich leer, ausgelaugt, keiner Emotionen mehr fähig.

Dumpf registrierte ich irgendein schwaches Geräusch. Es dauerte einen Moment, bis ich begriff, dass es sich um die Hausglocke handelte, die man vom Garten aus kaum hörte. Es war schon spät, ich erwartete niemanden, daher spielte ich mit dem Gedanken, es zu ignorieren, doch es klingelte erneut. Mühsam hievte ich mich von meinem niedrigen Stuhl hoch. Ich ging durch den Wintergarten, die paar Stufen hinauf und öffnete die Tür.

»Hallo, Tess.« Aidan klang sehr verlegen. »Wenn du willst, dass ich gleich wieder gehe, mache ich das.« Ich antwortete nicht sofort. »Entschuldige. Das war ein Fehler. Wie dumm von mir. Ich konnte bloß nicht … ich wusste nicht … verzeih mir.«

Er wandte sich zum Gehen.

»Nein«, sagte ich. »Geh nicht.«

Er blieb stehen, wandte mir aber immer noch den Rücken zu. Ihn so zu sehen, mit seinen hängenden Schultern und dem sich lichtenden Haar, weckte in mir ein schmerzhaftes Gefühl von Zärtlichkeit.

»Komm herein. Nur für ein paar Minuten.«

Er drehte sich zu mir um und musterte mich.

»Du siehst schrecklich aus.«

»Na, vielen Dank!«

»Nein, ich meine – was ist passiert? Geht es dir nicht gut?«

»Komm rein.«

»Aber wirklich nur, wenn es dir recht ist.«

»Klar.«

Wir gingen hinaus in den Garten. Zu trinken bot ich ihm nichts an. Ich wusste nicht, warum er gekommen war oder was er wollte. Ich wusste gar nichts mehr.

»Was ist passiert?«, fragte er noch einmal.

»Ich bin mir nicht sicher, ob ich schon darüber sprechen kann. Ich hatte ein paar schlimme Tage, das ist alles. Heute …« Ich stockte.

»Heute?«

Ich sah ihn zum ersten Mal richtig an und ließ zu, dass unsere Blicke sich begegneten. Sein Gesicht wirkte schmaler, als ich es in Erinnerung gehabt hatte.

»Es war fürchterlich«, sagte ich. Ich wollte nicht vor ihm weinen.

»Du brauchst es mir nicht zu erzählen. Aber kann ich dir irgendwie helfen?«

Ich schüttelte den Kopf. Wir schwiegen beide.

»Ich hatte gar nicht vor herzukommen«, erklärte er schließlich.

»Ich bin froh, dass du es getan hast.«

»Wirklich?«

»Ja.«

»Du hast mir gefehlt«, flüsterte er. »Du hast mir so gefehlt.«

»Du hast mir auch gefehlt.«

»Heißt das …?«

»Nein«, antwortete ich. »Ich muss erst mein Leben auf die Reihe kriegen.«

Er nickte mehrmals. »Glaubst du, irgendwann in der Zukunft, wenn du so weit bist…?«

»Mummy!« Poppys Stimme schnitt durch die Luft, »Mummy, Mummy, Mummy!«

Ich sprang auf.

»Tut mir leid«, sagte ich. »Du kennst ja den Weg.«

»Klar.«

Ich rannte hinauf in Poppys Zimmer. Während ich mich über ihr Bett beugte, ihr das feuchte Haar aus der Stirn strich und beruhigende Worte murmelte, hörte ich unten die Tür auf- und zugehen.

49

Am nächsten Morgen regnete es heftig. Das Wasser prasselte auf das Laub der Bäume und den ausgetrockneten, rissigen Boden. Poppy und ich eilten unter einem Schirm zum Kindergarten, trafen aber dennoch durchnässt ein. Wieder zu Hause, schlüpfte ich in Laufkleidung und rannte in Richtung London Fields, obwohl ich in dem strömenden Regen kaum etwas sehen konnte. Meine Füße platschten durch die sich rasch bildenden Pfützen. Häuser und Bäume nahm ich nur schemenhaft wahr.

Ich lief gut eine Stunde. So schnell ich konnte, sprintete ich die Wege entlang, ziellos und halb blind. Ich wollte mich so richtig verausgaben, bis meine Lunge schmerzte und mir die Beine wehtaten. Als ich schließlich wieder in meine Straße einbog, entdeckte ich zwei Gestalten, die vor meiner Wohnungstür standen, eine davon mit Schirm. Ich verlangsamte mein Tempo und spähte durch den strömenden Regen. Ein Mann und eine Frau.

Als ich ihre Gesichter erkannte, blieb ich stehen. Der Mann war Jason – hier, obwohl er doch in der Schule sein sollte. Die Frau hatte ich noch nie gesehen.

»Jason?«, fragte ich, während ich auf die beiden zutrat. Meine Kleidung – Shirt und Shorts – klebte mir klatschnass am Körper, und aus meinem Haar tropfte Wasser.

Sie wandten sich zu mir um. Die Frau trug eine Brille, deren Gläser beschlagen waren, sodass ich ihre Augen nicht sehen konnte.

»Ich habe dich telefonisch zu erreichen versucht. Ich muss mit dir reden«, erklärte Jason.

»Stimmt etwas nicht?«

»Können wir reinkommen?«

Ich griff nach dem Schlüssel, den ich mir immer um den Hals hängte, wenn ich laufen ging.

»Mist.«

»Was ist?«

»Ich habe meinen Schlüssel vergessen. Wir sind ausgesperrt.«

Die Frau nahm die Brille ab und starrte mich blinzelnd an. Sie war älter als ich, extrem dünn und sehr gepflegt.

»Was sollen wir jetzt machen?«, fragte Jason.

»Mal sehen, ob mein Nachbar da ist.«

Ich klingelte bei Bernie. Einen Moment später vernahm ich zu meiner großen Erleichterung das unverwechselbare Stapfen im Treppenhaus.

»Tess«, sagte er. »Du bist in den Regen geraten.«

»Ich weiß. Ich hab meinen Schlüssel vergessen.«

Er hob die Augenbrauen. »Dann steckst du jetzt ein bisschen in der Klemme, was?«

Einen schrecklichen Augenblick lang versuchte ich mich zu erinnern, ob ich ihm den Zweitschlüssel überhaupt ausgehändigt oder ihn womöglich schon einmal benötigt und nicht wieder zurückgegeben hatte, und fragte mich, was um alles in der Welt ich in diesem Fall tun sollte. Doch dann sah ich ihn grinsen.

»Keine Sorge«, sagte er. »Klar habe ich deinen Schlüssel.«

Er eilte die Treppe hinauf.

»Ihr kennt ja den Song über die guten Nachbarn, oder?«, meinte er in fröhlichem Ton, als er mit dem Schlüssel zurückkam. Niemand reagierte. »Die am Ende gute Freunde werden«, fügte er erklärend hinzu. »Aber egal.« Er klopfte Jason auf die Schulter. »Jedenfalls sind wir beide uns kürzlich schon mal begegnet. Da war Poppy gerade damit beschäftigt, ihrem kleinen Freund Dreck ins Gesicht zu schmieren. Ich bin Bernie.«

»Jason.«

»Ich weiß. Der Ex.« Er betrachtete die Frau. »Ist das Ihre neue …?«

»Tut mir leid«, unterbrach ihn Jason. »Wir sind ein bisschen unter Zeitdruck.«

Ich hatte mittlerweile die Wohnungstür aufgeschlossen. Wir traten ein und schlugen dem grinsenden Bernie die Tür vor der Nase zu.

»Ist es in Ordnung, wenn ich mich rasch umziehe?«, fragte ich, als wir im Wintergarten standen. »Wie groß ist denn euer Zeitdruck?«

»Das passt schon«, antwortete die Frau.

Perplex starrte ich sie an. Sie klang, als hätte sie hier das Sagen.

»Entschuldigung, wer sind Sie eigentlich?«

»Mein Name ist Fenella Graham. Ich bin eine Freundin von Jason.«

Das schien mir keine richtige Antwort zu sein, aber mir wurde langsam kalt, außerdem fühlte ich mich neben den beiden, die schicke, dunkle Kleidung trugen, mit meinen völlig durchnässten Laufklamotten und meinen nackten, von Gänsehaut überzogenen Armen und Beinen irgendwie schmutzig und schäbig. Also verschwand ich schnell in meinem Schlafzimmer, schälte mich aus meinen Sachen, frottierte mir das Haar und schlüpfte in ein T-Shirt-Kleid.

Als ich schließlich in den Wintergarten zurückkehrte, bot ich ihnen Tee und Kaffee an.

»Wir bleiben nur ganz kurz«, erklärte Jason.

Wir ließen uns am Küchentisch nieder, ich auf der einen Seite, Fenella und Jason mir gegenüber. Ich lachte nervös.

»Das kommt mir vor wie ein Verhör«, bemerkte ich.

»Ich wollte erst einmal ein formloses Gespräch«, begann Jason. »Fenella ist eine Freundin und macht das für mich privat, als Freundschaftsdienst. Das ist sehr großzügig von ihr. Dir gegenüber genauso wie mir gegenüber.«

»Was soll das heißen?« fragte ich. Mein Mund fühlte sich plötzlich trocken an, wobei ich nicht genau wusste, warum. Ich spürte nur, dass mir etwas Unangenehmes bevorstand. Jason nickte Fenella zu, sie nickte zurück und richtete den Blick dann auf mich.

»Wie gesagt, ich bin eine Freundin von Jason.«

Ich stieß ein kratziges Lachen aus.

»Ich dachte, ich würde die meisten von Jasons Freundinnen kennen.« Während ich die Worte aussprach, fiel mir ein, dass es eine ganz andere Kategorie von Jasons Freundinnen gab, die ich nie kennengelernt hatte. Gehörte Fenella auch dazu?

»Außerdem bin ich Anwältin. Aber ich bin nicht offiziell hier. Sie zog die Augenbrauen hoch. »Normalerweise mache ich keine Hausbesuche.«

»So, wie du dich in letzter Zeit benommen hast«, warf Jason ein, »hielt ich es für angebracht, mir juristischen Beistand zu holen.«

»Was soll das heißen?«

Jason hob eine Hand. Er sprach langsam, zog seine Worte bewusst in die Länge, um zu sehen, wie ich darauf reagierte. Ich konnte mir vorstellen, dass er das auch bei seinen Besprechungen in der Schule so machte.

»Ich habe mich wirklich bemüht, Geduld mit dir zu haben«, fuhr er fort. »Ich weiß, du stehst unter Druck. Mir ist klar, dass du wegen meiner Ehe mit Emily eifersüchtig und traurig bist und insbesondere die Tatsache, dass sie schwanger ist, für dich sehr schmerzhaft sein muss. Ich räume auch ein, dass auf beiden Seiten Fehler gemacht wurden.«

»Worum geht es hier eigentlich?«

Jasons Blick wanderte zu der Anwältin. Sie lächelte mich an, als wären wir zwei Freundinnen am Kaffeetisch.

»Wissen Sie, Tess«, begann sie, »ich arbeite im Bereich Familienrecht, und als Anwältin würde ich einem Freund oder einer Freundin grundsätzlich erst mal raten, keine Anwälte einzuschalten. Sobald sie im Spiel sind, wird es schnell sehr unangenehm und sehr teuer.«

»Aber Sie *sind* Anwältin.«

»Wie gesagt, mache ich das heute als Freundin, um Jason einen Gefallen zu tun – Jason und Ihnen.«

»Sie tun *mir* einen Gefallen?«

»Ja.«

»Sie müssen entschuldigen«, sagte ich, »aber könnten Sie mir das vielleicht ein bisschen genauer erklären?«

Ihr Lächeln verschwand. Schlagartig wirkte ihre Miene wieder streng. »Jason hat mir von den Ereignissen der letzten Wochen erzählt und mir berichtet, was Sie alles gesagt und getan und welche Anschuldigungen Sie vorgebracht haben. Verständlicherweise ist Jason deswegen sehr aufgebracht. Er fühlt sich und seine ganze Familie bedroht – auch die Sicherheit seiner Tochter. Als wir darüber sprachen, vertrat er trotz allem die Meinung, Sie beide könnten das wie vernünftige Menschen regeln.«

Mein Blick wanderte zwischen den beiden hin und her. Ich fühlte mich von Ihnen angegriffen, wusste aber nicht, wie ich mich verteidigen sollte.

»Wie meinen Sie das?«

»Ich denke, ein sinnvoller erster Schritt wäre, wenn Sie sich bereit erklären würden, sich Jason, seiner Frau und deren Bruder nicht mehr zu nähern.«

»Das ist doch lächerlich. Wir haben eine gemeinsame Tochter.«

»Emily kann sie vorerst abholen«, mischte Jason sich ein. »Allerdings nicht morgen. Ihr geht es im Moment nicht gut, deswegen halte ich es für besser, wenn Poppy morgen nicht zu uns kommt. Aber am Freitag kann Emily sie vom Kindergarten abholen, und für die Zukunft werden wir schon eine Regelung finden, wie wir den Austausch am besten gestalten.«

»Es geht in erster Linie darum, Vernunft walten zu lassen«, fuhr Fenella Graham fort. »Sie müssen aufhören, Jason Steine in den Weg zu legen, was den Umgang mit seiner Tochter betrifft. Und Sie dürfen keinen Kontakt mit Leuten aus seinem Umfeld aufnehmen, weder dem beruflichen noch dem privaten.«

Ich schüttelte den Kopf.

»Das ist doch alles Blödsinn«, widersprach ich. »Ich werde mir von Ihnen nicht sagen lassen, was ich darf und was nicht.«

Wieder lächelte sie. Ich hasste sie noch mehr, wenn sie lächelte und freundlich tat, als wenn sie sich ernst und geschäftsmäßig gab.

»Hören Sie, Tess, ich glaube nicht, dass Ihnen klar ist, wie tolerant Jason sich Ihnen gegenüber verhält. Ausgehend von dem, war er mir erzählt hat, würde ich sagen, dass es für ihn kein Problem wäre, einen richterlichen Beschluss gegen Sie zu erwirken. Ich bin mir ziemlich sicher, dass er, wenn ihm daran gelegen wäre, auch erfolgreich Anzeige gegen Sie erstatten könnte. Und nicht nur das. Mit seiner neuen Ehe und Familie und seinen stabilen häuslichen Verhältnissen würde ihm ein Familiengericht meiner Meinung nach sogar das alleinige Sorgerecht für Ihre Tochter zusprechen.«

»Das könnt ihr nicht machen. Nein, das könnt ihr nicht!«

Schlagartig fühlte sich meine Kehle an wie zugeschnürt, und einen Moment lang verschwammen die beiden Gestalten vor meinen Augen. Denn mir war gerade wieder eingefallen, dass ich die Mails nicht gelöscht hatte, die ich von Jasons Computer an mich selbst geschickt hatte. Er konnte sie jederzeit entdecken. Wenn er zufällig einen Blick in seinen Postausgang warf, würde er sofort wissen, dass ich in sein Haus eingebrochen war und mir Zugang zu seinem Laptop verschafft hatte. Für ihn wäre das ein Kinderspiel, für mich extrem belastend – eine Katastrophe. Ich schlug eine Hand vor den Mund, um nicht laut aufzuheulen.

»Geht es dir nicht gut?«, fragte Jason.

»Ich bin nur …« Ich konnte nicht weitersprechen.

»Ich beschreibe die Situation lediglich, wie sie sich mir darstellt«, mischte sich die Anwältin ein.

Ich bekam vor Angst kaum noch Luft. Ich war in Jasons Haus eingebrochen. Ich hatte seinen Computer gehackt. Ich hatte Mails, die ich in seinem Posteingang gefunden hatte, an meine eigene Mailadresse weitergeleitet, mehrere private und vertrauliche Nachrichten. Wenn er das herausfand – und es wäre ein Leichtes für ihn, das herauszufinden –, dann … Ich mochte den Gedanken nicht zu Ende denken. Jason wandte sich mir zu. Ich sah die Konturen seines Gesichts, die markante Form seines Kinns, seine Mimik, die sich gerade kaum merklich veränderte, den Anflug einer Grimasse, oder vielleicht war es ein Lächeln, das seine Mundwinkel nach oben zog.

»Halte dich von mir fern, Tess. Von uns allen. Das ist meine letzte Warnung.«

50

Den Rest des Tages fühlte ich mich wie benommen. Ich schrieb meine noch ausstehenden Zeugnisse, erledigte ein paar Sachen im Haushalt und konnte mich dann am Nachmittag nicht mehr daran erinnern, was ich im Einzelnen gemacht hatte. Als ich schließlich Poppy vom Kindergarten abholte, stürmte sie auf mich zu und drückte mir ein Bild in die Hand, das sie gemalt hatte. Es zeigte einen Fisch im Meer. Ich beäugte ihn argwöhnisch, um festzustellen, ob er vielleicht etwas Bedrohliches an sich hatte, doch das Meer war leuchtend hellblau, die Sonne am Himmel strahlend gelb, und der Fisch selbst lächelte breit.

»Na, das scheint mir ja ein glücklicher Fisch zu sein«, sagte ich zu ihr. Am liebsten hätte ich sie ganz fest in die Arme genommen und nie wieder losgelassen.

»Lily ist auf den Kopf gefallen«, informierte mich Poppy.

Ich gab ihr zunächst keine Antwort, weil ich in Gedanken schon wieder woanders war. Ich war in Gedanken immer woanders. Erst dann begriff ich, was Poppy gerade gesagt hatte.

»Wirklich? Geht es ihr gut?«

»Nein«, erwiderte sie, schaute mich dabei aber nicht an, sondern zum Himmel hinauf. »Sie hat geweint.«

Als ich mich daraufhin umblickte, sah ich Lily und ihre Mutter auf uns zukommen. Wie sich herausstellte, war Lily tatsächlich auf den Kopf gefallen. Ziemlich stolz deutete sie auf die Beule an ihrem Kopf.

»Die passen hier nicht gut genug auf sie auf«, wandte sich Lilys Mutter in leisem Ton an mich. »Ich werde mich beschweren.«

»Ich glaube, sie tun ihr Bestes«, entgegnete ich lahm.

»Das ist nicht gut genug. Es hätte weiß Gott was passieren können. Lily hätte sich den Kopf an einer Tischkante aufschlagen können.«

Ich verkniff mir einen weiteren Kommentar. Es stand mir nicht zu, andere in puncto Überreaktion zu belehren.

Den Rest des Abends war ein Teil von mir damit beschäftigt, uns eine Mahlzeit zuzubereiten, Poppy zu baden, mit ihr zu spielen und dann etwas vorzulesen, doch gleichzeitig dachte ich die ganze Zeit über das nach, was Jason und Fenella gesagt hatten. Ich konnte mir gar nicht vorstellen, wie es wäre, Poppy zu verlieren. Ich würde vor Kummer durchdrehen. Allein schon der Gedanke an ein Leben ohne sie ließ meinen ganzen Körper schmerzen. Das würde mir das Herz brechen.

Poppy machte den Abend fast noch schmerzhafter für mich, weil sie ausnahmsweise mal wieder glücklich, redselig und sorglos wirkte. Als sie schließlich im Bett lag, wo sie mehr oder weniger sofort mit einem Lächeln einschlief, schenkte ich mir ein Glas Whisky ein. Ich wollte es gerade an die Lippen setzen, hielt jedoch mitten in der Bewegung inne.

Irgendwo war Geklopfe zu hören. Ich runzelte die Stirn. Es klang, als würde jemand gegen die Haustür hämmern. Warum sollte jemand das tun, wo es doch eine Klingel gab?

Ich wartete. Wer auch immer da draußen war, ich wollte ihn nicht sehen. Im Moment wollte ich überhaupt niemanden sehen, sondern in meiner Wohnung meine Ruhe haben, zusammen mit Poppy: nur wir beide. Ich hörte eine Stimme, dann war Schluss mit dem Geklopfe.

Meine Türklingel läutete. Ich blieb, wo ich war, das Whiskyglas immer noch in der Hand. Es klingelte erneut. Stöhnend rappelte ich mich hoch, ging die paar Stufen hinauf, öffnete die Wohnungstür und trat in den Hausgang.

Dort stand Bernie, und neben ihm ein Mann, den ich auf den

ersten Blick nicht erkannte. Ich konnte sein Gesicht nicht ausmachen, weil er die Stirn an Bernies Wohnungstür presste. Während ich ihn betrachtete, zog er den Kopf zurück und schlug ihn zweimal gegen das Holz.

»Er behauptet, ein Freund von dir zu sein«, informierte mich Bernie. »Falls das stimmt, ist er ein Freund, dem es gerade nicht besonders gut geht. Lass das sein, Kumpel, du tust dir bloß weh. Kennst du ihn, oder soll ich ihn rauswerfen?«

Ich trat vor und legte dem Mann eine Hand auf den Arm. Er drehte sich um und starrte mich verzweifelt an. Ich roch Alkohol und Schweiß, und im schwachen Licht des Flurs konnte ich das Weiß seiner Augen sehen.

»Charlie«, sagte ich und fügte an Bernie gewandt hinzu: »Ja, ich kenne ihn. Das ist schon in Ordnung.«

»Sicher?«

»Sicher.«

Ich führte Charlie hinunter in den Wintergarten, wo ich ihn mehr oder weniger auf einen Stuhl drückte und ihm dann ein Glas Wasser einschenkte.

»Trinken Sie«, befahl ich.

Gehorsam hob er das Glas und leerte es in großen Schlucken. Sein Adamsapfel bewegte sich. Er trug eine dicke Jacke, die viel zu warm war für den Sommerabend.

»Noch eins?«, fragte ich.

Er bewegte den Kopf langsam von einer Seite zur anderen. Ich registrierte, dass ihm Tränen über die Wangen liefen. Sie sickerten in seinen Bart, der ordentlich getrimmt gewesen war, als wir uns das letzte Mal gesehen hatten, nun aber länger und ein bisschen struppig wirkte. Er trug seine Brille nicht, und seine Augen waren rot gerändert.

»Kaffee?«

»Hm, ja, danke. Tut mir leid.«

Er sprach so leise und undeutlich, dass ich ihn kaum verstand. Ich nahm ihm das Glas aus der Hand und ging zur Küchentheke, wo ich den Wasserkocher füllte und anschaltete. Hinter mir hörte ich ihn mehrmals schnäuzen. Ich mahlte die Kaffeebohnen, kippte das Pulver in die Kanne und goss das inzwischen kochende Wasser darüber.

»Mit Milch?«

»Und einem Stück Zucker«, antwortete er.

Ich stellte eine Tasse vor ihn hin, setzte mich ebenfalls und nahm einen Schluck von meinem Whisky.

»Peggy?«, fragte ich.

Er nickte und stieß einen kurzen Schluchzer aus.

»Ich kann irgendwie nicht aufhören zu weinen«, erklärte er. »Ich weiß selbst nicht, warum. Wegen Skye habe ich nicht so geheult. Eigentlich weine ich nie. Im Gegensatz zu Skye, die ständig am Flennen war. Sie flennte wirklich bei jeder Gelegenheit: wenn sie sich aufregte, wenn sie glücklich oder auch müde war, wenn sie sich ärgerte.«

Während Charlie sprach, weinte er weiter und verzog dabei wie ein kleiner Junge das Gesicht. Die Worte stieß er zwischen seinen Schluchzern hervor.

»Es ist so traurig«, sagte er. »*Ich* bin so traurig. Ich bin so verdammt traurig, dass ich mir gar nicht mehr zu helfen weiß.«

Er schlug beide Hände vors Gesicht und ließ den Tränen freien Lauf. Seine Schultern zuckten unter der schweren Jacke.

Ich wartete. Ich konnte mich nicht erinnern, je zuvor einen Mann derart weinen gesehen zu haben. Es fühlte sich seltsam intim an, als hätte er sich vor mir entblößt. Ich musste daran denken, wie ich ihn im Schwimmbad gesehen hatte: an seine muskulösen Arme und Beine und seinen kleinen Schmerbauch.

»Es tut mir leid. Es tut mir so leid«, brachte er schließlich heraus, wobei er den Kopf hob und mit dem Handrücken über sein tränennasses Gesicht wischte. »Lieber Himmel, ich weiß gar nicht, was mit mir los ist.«

»Trauer«, sagte ich. Wieder verzog er einen Moment das Gesicht. Ihm war anzusehen, wie viel Mühe es ihn kostete, weitere Tränen zurückzuhalten. Er griff nach dem bereits etwas abgekühlten Kaffee und nahm einen Schluck.

»Sie haben die Leiche gefunden«, bemerkte er.

»Ja.«

»War sie …?« Er hielt inne. »Ich weiß selbst nicht, was ich eigentlich fragen will.«

»Sie war einfach tot.« Ich sah wieder diese offenen, leeren Augen vor mir.

»Warum?«

»Warum was?«

»Warum sollte jemand erst Skye und dann Peggy umbringen?« Er stellte die noch fast volle Tasse ab und fuhr sich mit den Fingern durch sein leicht fettiges Haar. Sein Gesicht wirkte vom Weinen verquollen. »Die beiden waren so …« Er suchte nach einem passenden Ausdruck. »Lieb«, sagte er schließlich, weil ihm wohl nichts anderes einfiel. »Sie dachten immer gut von anderen. Sie vertrauten den Leuten. Ich habe sie oft aufgezogen, weil sie so weltfremd waren. Sogar als Skye dann Drogen nahm und alles Mögliche andere anstellte, blieb sie im Grunde wie ein kleines Kind. Ich erinnere mich …« Er blinzelte mich an, als täte ihm das Licht in den Augen weh. »Ich erinnere mich so gern an die Zeit, als wir damals zusammenkamen. Jedes Mal, wenn sie mich mit zu Peggy nahm, machten die zwei meinetwegen ein großes Tamtam, scherzten mit mir und betüterten mich, als wäre ich etwas ganz Besonderes. Ich fühlte mich bei ihnen so gut aufgehoben. Und wenn ich etwas für die beiden tat, wirkten sie so *dankbar*. Sie waren es wohl nicht gewohnt, dass sich jemand für sie ins Zeug legte. Ich weiß noch, dass ich dachte, die zwei würden für immer Teil meines Lebens sein: Skye und Peggy. Ich war damals richtig glücklich.«

Er stand auf und schaute sich um. Ich folgte seinem Blick. Er betrachtete Poppys Bilder am Kühlschrank, die Nähmaschine auf dem Tisch, die Whiskyflasche, den Garten draußen im Dämmerlicht.

»Ich habe sie im Stich gelassen«, sagte er. »Ich habe beide im Stich gelassen. Skye habe ich aufgegeben, und nun ist sie tot. Für Peggy war ich auch nicht da, als sie mich am meisten gebraucht hätte, sonst würde sie vielleicht noch leben. Dabei dachte ich immer, ich wäre ein anständiger Kerl – nicht besonders gut aussehend und auch nicht übermäßig klug oder erfolgreich, bloß normaler Durchschnitt, aber in Ordnung. Sie wissen schon. Jemand, der das Richtige tut, wenn es hart auf hart kommt. Aber ich habe den Test nicht bestanden.«

»Welchen Test?«

Er zuckte mit den Achseln. »Ich habe sie nicht gerettet. Ich habe nicht mal versucht, sie zu retten. Ich werde mich den Rest meines Lebens schuldig fühlen.«

»Nein«, widersprach ich.

»Nein?«

»Sie werden verrückt, wenn Sie so denken.«

»Was sollte ich denn sonst denken?«

»Dass da draußen jemand herumläuft, der erst Skye getötet hat und dann ihre Mutter. Das sollten Sie denken.«

»Aber wer?«

»Das weiß ich noch nicht.«

»Werden Sie es herausfinden?«

»Ja.«

»Sagen Sie mir, was ich tun soll.«

»Was erwarten Sie von mir, Charlie? Wir kennen uns doch kaum.«

»Nein, ich meine, sagen Sie mir, was ich tun kann, um Ihnen zu helfen, ihn zu finden.«

»Ach so.«

»Ich tue alles, was Sie wollen. Sie brauchen es mir nur zu sagen.«

»In Ordnung. Wenn es etwas gibt, das Sie tun können, lass ich es Sie wissen.«

»Versprochen?«

»Versprochen.«

Er wirkte jetzt nicht mehr so zerknirscht, sondern nur noch müde und zerknautscht.

»Jetzt aber ab nach Hause mit Ihnen.«

Ich begleitete ihn hinauf. Da schwang plötzlich Poppys Zimmertür auf, und sie stand vor uns – in ihrem Baumwollschlafanzug, mit weit aufgerissenen Augen, aber trotzdem nicht richtig wach. Ich griff nach ihrer Hand, doch die fühlte sich an wie ein weicher, warmer Gegenstand, der gar nicht zu ihr gehörte. Poppy starrte durch uns hindurch, als wären wir aus Glas.

»Hallo«, sagte Charlie verlegen. »Hab ich dich aufgeweckt? Tut mir leid.«

»Was hast du für große Ohren, was hast du für große Zähne! Damit ich dich besser …«

Charlie sah mich verwirrt an.

»Gute Nacht«, sagte ich.

Zögernd streckte er mir die Hand hin.

»Denken Sie an Ihr Versprechen«, sagte er.

In dieser Nacht rannte Poppy als Schlafwandlerin durchs Haus. Ihre nackten Füße patschten über die Holzdielen, ihr Blick war starr geradeaus gerichtet, sehend und doch nicht sehend.

Ich brachte sie zurück ins Bett. Das Haar klebte ihr feucht an der Stirn. Um sie zu beruhigen, sang ich ihr ein Schlaflied über den Mond vor. Sie murmelte etwas, unternahm einen schwachen Versuch einzustimmen, doch einen Moment später entspannte sich ihr Körper, und ihre Augen fielen endlich zu.

51

Am nächsten Morgen legten Poppy und ich den Weg zum Kindergarten laut singend zurück, erfanden zu unseren Liedern zusätzliche Strophen mit albernen Reimen und kicherten wie verrückt. Auf dem Rückweg dachte ich über Charlies Besuch nach, der mir im Nachhinein wie ein Traum erschien, und über Jason. Mir wurde vor Angst ganz kalt, wenn ich mir vorstellte, Poppy zu verlieren. Das ging einfach nicht, es durfte nicht passieren, denn es wäre mein Ende.

Wieder zu Hause, überkam mich plötzlich Tatendrang. Ich machte mir eine Kanne Kaffee, nahm einen Stapel Papier aus dem Schubfach meines Druckers und begann, alles aufzuschreiben, woran ich mich erinnern konnte. Die Namen unterstrich ich. Als ich fertig war, füllten meine Notizen mehrere Seiten. Ich griff nach einem neuen Blatt, um als Nächstes ein Ablaufdiagramm zu erstellen. Zuerst schrieb ich »Poppys Zeichnung«, dann »Skyes Wohnung« und verband beides mit einem Pfeil. Ich schrieb »Peggys Haus« und »Uhr«, zog einen Pfeil von der Uhr zu Peggys Haus und einen weiteren von Skyes Wohnung zur Uhr. Die Uhr … Hatte Jason eine Uhr getragen? Ich versuchte, mich zu erinnern. Meine Aufmerksamkeit war auf andere Dinge gerichtet gewesen. Ich setzte ein Fragezeichen neben »Uhr«. Dann schrieb ich »zu Hause«, anschließend »Kappe« und verband beides mit einem Pfeil. Ich schrieb »Poppys Kindergarten« und zog einen Pfeil vom Kindergarten zur Kappe.

Ich starrte auf das Blatt. Skyes Wohnung. Meine Wohnung. Peggys Haus. All die Pfeile zwischen diesen Orten kamen mir vor wie eine Karikatur von Chaos und Verwirrung.

Ich schob das Blatt zur Seite, nahm ein neues, schrieb »Jasons Haus« und unterstrich es. Und jetzt? Ich setzte Jasons Namen darunter, dann den von Emily, dann den von Ben.

Ich erstellte eine Zeitachse, beginnend mit dem Sonntag, an dem Poppy von Jason mit ihrer Zeichnung zurückgekommen war – jenen dicken schwarzen Kreidestrichen. Ich warf einen Blick auf mein Handy, um anhand des Kalenders die genauen Daten zu rekonstruieren. Das Ganze ging nun seit drei Wochen und vier Tagen. Es fühlte sich viel länger an, wie ein ganzes Leben, oder als wäre die Zeit stehen geblieben.

Ich räumte auf dem Tisch Platz frei, breitete alle Blätter aus, die ich beschrieben hatte, und betrachtete sie. Ich tauschte Blätter aus, arrangierte die Seiten immer wieder anders, in der Hoffnung, dass sich dadurch ein Muster ergeben würde, doch am Ende kam nichts dabei heraus als das gleiche alte Chaos, die gleichen Orte, Gegenstände und Ängste. Ich hatte sie aus meinem Gehirn geholt und auf Papier gebannt, aber das änderte nichts. Es war nicht wie bei einem Puzzle, bei dem man die passenden Teile nicht fand. Nein, es war schlimmer. Allmählich kam es mir so vor, als würden die Teile deswegen nicht zusammenpassen, weil sie aus verschiedenen Puzzles stammten.

Ich griff nach meinem Handy und warf einen Blick auf die Uhrzeit. Zwanzig vor drei. Das Mittagessen hatte ich ausgelassen. Ich war derart in mein Projekt vertieft gewesen, dass ich keinen Hunger verspürt hatte. Ich sah auch gleich nach, ob irgendwelche Nachrichten eingegangen waren. Bei meinen Mails handelte es sich um den üblichen Mist, größtenteils ging es um Parfums, Wunderkuren und betrügerische Angebote, aber da war auch eine Nachricht von einer Person, deren Name mir etwas sagte: Inga Haydon. Es handelte sich um eine der Frauen, auf die ich in Jasons Computer gestoßen war – diejenige, die mir geschrieben hatte, sie kenne keine Skye Nolan, und dann wissen wollte, woher ich ihre Adresse habe. Ich war davon ausgegangen, nie wieder von ihr zu hören. Gespannt klickte ich auf die Nachricht. Es handelte sich nur um eine knappe Frage: *Kann ich bei Ihnen vorbeikommen?*

Mein Blick wanderte zu den Blättern auf dem Tisch und von dort zurück zum Telefon. Es fühlte sich an, als wäre etwas Magisches passiert. Zugleich erschien es mir zu gut, um wahr zu sein. Konnte es sein, dass da etwas nicht stimmte? Ich zwang mich, die schlimmste Möglichkeit in Betracht zu ziehen. War es denkbar, dass die Nachricht gar nicht wirklich von Inga kam? Jason hatte mir erst gestern gedroht, weil ich mich in sein Leben eingemischt hatte. Konnte es sich um eine Falle handeln? Wollte er mich dazu bringen, es noch einmal zu tun und ihm damit die Beweise zu liefern, die er brauchte, um mir Poppy wegzunehmen? Ich starrte auf die Nachricht hinunter. Die E-Mail-Adresse lautete auf den Namen Inga Haydon. Ich verglich sie mit der früheren Nachricht, die ich von ihr erhalten hatte. Es war dieselbe Adresse. Stammte die erste Nachricht womöglich auch schon von Jason?

Ich hatte das Gefühl, mich mit diesen Überlegungen selbst in den Wahnsinn zu treiben. Nach kurzem Zögern traf ich eine Entscheidung. Ich konnte mich jetzt nicht mit Inga treffen, weil ich Poppy abholen musste. Aber später? Ich tippte eine Nachricht: *Wie wäre es heute Abend um acht bei mir?* Ich fügte meine Anschrift hinzu. Niemand konnte mir einen Strick daraus drehen, wenn ich in dieser Form auf eine Nachricht reagierte. Ich holte tief Luft und drückte auf »Senden«.

Es verging kaum eine Minute, bis ich eine Antwort bekam: *OK.*

52

Wie durch ein Wunder war Poppy schon im Bett und eingeschlafen, als es an der Haustür klingelte. Ich öffnete und sah mich einer Frau gegenüber, die ich mir ganz anders vorgestellt hatte. Haydon war etwa in meinem Alter, trug Jeans und eine braune Wildlederjacke. Ihr Haar war kurz, rechts gescheitelt und ordentlich gekämmt, fast knabenhaft. Sie hatte eine Brille mit einem dünnen Metallrand auf. Ihr Gesicht wirkte glatt. Alles an ihr machte einen sauberen, gepflegten und strukturierten Eindruck.

Nachdem sie eingetreten war, musterte sie mich einen Moment und blickte sich dann mit unverhohlener Neugier in der Wohnung um.

»Und Sie sind?«, begann sie.

»Tess Moreau.«

»Ja, das weiß ich. Aber wer *sind* Sie?«

»Darf ich Ihnen einen Kaffee anbieten? Oder lieber ein Glas Wein?«

Sie schüttelte langsam den Kopf. »Nein danke.«

»Ein Glas Wasser?«

»Ich möchte nur etwas loswerden, dann bin ich wieder weg.«

Ich deutete auf das Sofa. Sie ließ sich ganz vorne auf der Kante nieder und machte keine Anstalten, ihre Jacke auszuziehen. Es war, als wollte sie mir auf diese Weise klarmachen, dass sie jeden Moment wieder gehen konnte.

»Warum haben Sie sich mit mir in Verbindung gesetzt?«, fragte sie. »Was wollen Sie?«

So knapp, wie ich nur konnte, erzählte ich ihr von meiner

Beziehung mit Jason, der Trennung und dass wir nach wie vor gewisse Probleme miteinander hätten. Was Letzteres betraf, ging ich nicht ins Detail. Ich hatte das Gefühl, vorsichtig sein zu müssen. Eins nach dem anderen, dachte ich. Während ich sprach, beobachtete ich ihre Mimik. In schneller Abfolge zeichneten sich auf ihrem Gesicht ganz unterschiedliche Emotionen ab. Wahrscheinlich hatte sie das alles schon über mich gehört, mit Ausnahme meines Namens: Jasons Version unserer Trennung – die Geschichte, die er den Frauen erzählte, die er erobern wollte.

»Und Sie«, sagte ich, als ich fertig war, »Sie hatten eine Affäre mit ihm.«

»Woher wissen Sie das? Ich habe es nie jemandem erzählt. Ich dachte, außer ihm und mir wüsste niemand davon.«

Ich erklärte ihr, wie falsch ich meine Beziehung mit Jason eingeschätzt hatte und dass mir erst in letzter Zeit so einiges über ihn klar geworden sei. Dass ich mir Zugang zu seinem Computer verschafft hatte, sagte ich ihr nicht.

»Sie haben meine Frage nicht beantwortet.«

Ich dachte einen Moment über die Worte nach, die man im Film immer hört: Alles, was Sie sagen, kann gegen Sie verwendet werden. Ich musste aufpassen, was ich preisgab. Ich wollte Inga Haydon nicht mehr verraten als unbedingt nötig.

»Ich weiß es einfach«, antwortete ich. »Belassen wir es dabei. Trotzdem überrascht mich Ihr Besuch. Ich hatte Ihnen ja geschrieben und Sie gefragt, ob Sie etwas über eine Frau namens Skye Nolan wüssten, worauf Sie mir antworteten, nichts über sie zu wissen. Warum sind Sie dann hier?«

Inga blickte auf den Boden. Als sie den Kopf wieder hob, registrierte ich rote Flecken auf ihren Wangen.

»Wissen Sie, wie es sich anfühlt, wenn man ein bestimmtes Bild von sich selbst hat und dann etwas tut, das einem eigentlich überhaupt nicht entspricht?«

»Wie meinen Sie das?«

»Ich bin nicht der Typ für … nun ja, Sie wissen schon, für …« Sie zögerte, als fiele es ihr schwer, die Worte auszusprechen. »Für schnellen Sex. Das ist nicht mein Ding. Ich habe mich damit nie wohlgefühlt. Ich bin auch nicht die Sorte Frau, die eine Affäre mit einem verheirateten Mann hat. Und ich halte auch nichts davon, etwas mit einem Kollegen anzufangen. Meiner Meinung nach ist das einfach nicht richtig.«

Ich versuchte, mir einen Reim auf ihre Worte zu machen. »Dann sind Sie also eine Kollegin von Jason?«

»Ich unterrichte an seiner Schule. Erst seit September.«

»Und Sie hatten eine Affäre mit ihm.«

Sie holte ein paarmal schnell und tief Luft. Auf mich machte sie den Eindruck, als hätte sie Kreislaufprobleme.

»Ist mit Ihnen alles in Ordnung?«, fragte ich.

»Ich wurde belogen«, antwortete sie. »Gedemütigt.«

»Aber Sie hatten doch gesagt, dass niemand davon wusste.«

»Man kann sich auch selbst demütigen.« Sie sah mich jetzt direkter an. »Als ich Ihre erste Nachricht erhielt, fühlte sich das für mich an, als bekäme ich einen Schlag auf einen Bluterguss, und zwar nicht nur einmal, sondern immer wieder.«

»Das tut mir leid«, sagte ich. »Das wollte ich nicht.«

»Sie konnten es ja nicht wissen.«

Ich musste daran denken, wie ich in Jasons Haus eingedrungen war und mir Zugang zu seinem Computer verschafft hatte, um seine private Post zu lesen. Vielleicht hätte ich es ja doch wissen können.

»Mein erster Impuls war, dass ich nichts mehr damit zu tun haben wollte«, fuhr sie fort. »Lieber wollte ich mir selbst etwas vormachen. Doch dann wurde mir klar, dass ich Sie sehen musste, und zwar aus zwei Gründen. Zum einen, weil ich mich fragte, ob Sie das Gleiche durchgemacht hatten wie ich. Falls ja, wollte ich Ihnen gegenübersitzen und Sie ansehen.«

Ich hatte jetzt in der Tat das Gefühl, dass sie mich musterte, und fand die Erfahrung äußerst unangenehm. Zwar empfand ich das, was ich über Jason herausgefunden hatte, durchaus als beschämend, verspürte deswegen aber keineswegs den Wunsch, einer Art Schwesternschaft der Scham beizutreten.

»Sie sprachen von zwei Gründen. Was war der zweite?«

»Kennen Sie den Ausdruck ›jemanden ins Bett bekommen‹?«

»Na ja«, sagte ich, »ich schätze schon.«

»Jason wollte mich ins Bett bekommen. Er brachte mich dazu, Gefühle für ihn zu entwickeln und ihm alles Mögliche zu glauben, und kaum hatte er mich dann im Bett, machte er mir klar, dass ihm das Ganze nichts bedeutete. Abgesehen von ein bisschen Spaß.«

»Das tut mir leid«, sagte ich. »War das der zweite Grund?«

Sie schüttelte den Kopf. »Ich habe Informationen über ihn.«

»Was für Informationen?«

»E-Mails.«

»An Sie?«

»An eine andere Kollegin.«

»Worum geht es da?«

Nun klang ihre Stimme ruhiger, härter. »Worum wohl? Um sexuelle Belästigung. Massive sexuelle Belästigung.«

Ich überlegte einen Moment.

»Wie sind Sie an die Mails gelangt?«

»Jemand hat sie mir zukommen lassen.«

»Und Sie glauben, wenn man sie öffentlich machen würde, könnte das seiner Karriere schaden?«

»O ja«, antwortete sie. »Sehr sogar.«

»Warum unternehmen Sie nicht selbst etwas mit diesen Mails?«

»Das tue ich gerade. Ich biete Sie Ihnen an.«

»Nein, ich meine, Sie selbst. Warum gehen Sie nicht selbst damit an die Öffentlichkeit?«

»Ich glaube nicht, dass es einen guten Eindruck machen würde, wenn es von mir käme.«

Ehe ich antworten konnte, wandte sie abrupt den Kopf. Ich folgte ihrem Blick und sah Poppy in der Tür stehen. Ich rechnete damit, dass sie sagen würde, sie könne nicht schlafen oder sei durstig oder wolle eine Geschichte hören, aber stattdessen starrte sie Inga an. Sie stand da wie angewurzelt, mit weit aufgerissenen Augen und offenem Mund.

»Poppy«, rief ich. Damit war der Bann gebrochen. Sie rannte auf mich zu, sprang mich fast an. Ich schloss sie in die Arme. Sie vergrub das Gesicht in meinem Pulli und klammerte sich so fest an mich, dass ich fast aufgeschrien hätte, weil ihre Hände sich anfühlten wie Klauen. Ich murmelte tröstliche Worte und trug sie zurück in ihr Zimmer.

Als ich sie wieder ins Bett legte, begann sie zu schluchzen und brach dann in ein Geheul aus, das sich anhörte, als wäre ein Tier in die Enge getrieben worden. Ich versuchte, sie zu beruhigen, aber sie hörte nicht zu weinen auf und wollte mich nicht gehen lassen. Schließlich erklärte ich ihr, dass ich mich nur schnell von Inga verabschieden und dann zurückkommen würde, um mich zu ihr ins Bett zu legen, sie ganz fest zu halten und ihr ein Schlaflied vorzusingen.

Als ich ins Wohnzimmer trat, kam mir Inga bereits entgegen, schon im Gehen begriffen.

»Es tut mir leid«, sagte ich. »Ich weiß nicht, was in Poppy gefahren ist, aber ich muss wieder zu ihr und sie trösten. Ich melde mich wegen der ganzen Sache bei Ihnen.«

»Wir sind uns schon mal begegnet«, stellte sie fest.

»Was? Wann hätten wir uns schon mal getroffen?«

»Nicht wir beide. Ich und Ihre Tochter. Wobei es keine richtige Begegnung war.«

»Wie meinen Sie das?«

»Einmal stand ich draußen vor dem Haus, mit Jason. Wir

haben uns verabschiedet, ein paarmal geküsst. Als ich hochblickte, sah ich sie durchs Fenster zu uns herunterschauen. Sie kam mir vor wie ein Geist.«

Ich starrte Inga an. Mir wurde ganz übel bei der Vorstellung, dass Poppy alles mitbekommen hatte, dieses dreijährige Mädchen, das versuchte, sich einen Reim auf ihre Welt zu machen, und dem nichts entging. Versuchte diese Frau, mir zu helfen, oder wollte sie mich dazu bringen, ihre Rache für sie auszuführen, damit sie dann so tun konnte, als wäre sie es nicht gewesen?

»Es tut mir leid«, sagte ich, »aber ich muss Sie jetzt rauswerfen.«

»Natürlich.«

»Eins noch. Was mich wirklich interessiert, ist Skye Nolan. Über sie haben wir noch gar nicht gesprochen, aber sie war der Grund, warum ich mich überhaupt mit Ihnen in Verbindung gesetzt habe. Wissen Sie etwas über sie? Egal was, und sei es noch so trivial?«

Inga zögerte nicht mit ihrer Antwort.

»Das habe ich Ihnen schon geschrieben. Ich habe den Namen noch nie gehört.«

53

In dieser Nacht konnte ich vor Anspannung und Angst nicht schlafen. Obwohl ich ausgestreckt dalag, war ich so verkrampft, dass mir alles wehtat, während die Ereignisse des Tages mich durchfluteten – mein Herz, mein Gehirn und mein Blut.

Da waren Jasons Drohungen – das konnte er nicht machen, das konnte er einfach nicht –, die Ratschläge der Anwältin, Ingas Enthüllungen, die Mails einer anderen, von ihm belästigten Frau, die Inga mir anbot als – was? Als Munition? Als Rache? Als eine Möglichkeit, ihn zu Fall zu bringen?

Hinter alldem – alles überspannend, wie die Luft, die ich atmete, die Angst, mit der ich lebte – sah ich das Bild von Poppy. Poppy, wie sie am Fenster stand und durch die Dunkelheit zu ihrem Vater hinausstarrte, der eine Fremde küsste, während sich ihre Stiefmutter drinnen im Haus befand und ihre leibliche Mutter weit weg. Poppy, wie sie sich an mich klammerte, ihre Hände wie Klauen in mich krallte. Poppy über ihre Zeichnungen gebeugt, durch die sie mir Hinweise lieferte, die ich nicht richtig zu deuten vermochte. Poppy, wie sie schrie. Poppy, die wie ein verängstigter Geist durchs Haus stolperte. Poppy, wie sie mich fragte, ob ich gestorben sei. Poppy, die Nacht für Nacht meinen Namen rief: *Mummy, Mummy, Mummy!* Die nach mir schrie, damit ich ihr half, sie rettete. Die mir ein Messer reichte. Die mit ihrem feinen Gehör und ihren Adleraugen ihre Umgebung genau wahrnahm, sämtliche chaotischen, einander widersprechenden Details.

Was sollte ich tun? Sollte ich auf Nummer sicher gehen, indem ich nichts unternahm, diesen ganzen Horror einfach aussaß und darauf vertraute, dass er mit der Zeit von selbst verschwand, bis das Grauen nur noch eine Erinnerung war, ein hässlicher Fleck auf der Vergangenheit? Aber bedeutete Nichtstun tatsächlich, auf Nummer sicher zu gehen, oder war es nur eine Art, die Augen zu schließen, sich die Ohren zuzuhalten und so zu tun, als wäre kein Monster im Raum, das es auf uns abgesehen hatte?

Ich wälzte mich im Bett herum, legte das Kissen anders hin, hielt die Luft an und lauschte, ob ich Poppy hörte, doch da war nur bleierne Stille.

Oder sollte ich stattdessen meine Ermittlungen fortsetzen, allen Warnungen zum Trotz, ganz egal, was die Polizei, Jason oder Fenella sagten? Ermittlungen. Was für ein großes Wort für meine stümperhaften Versuche herauszufinden, was Poppy gesehen, gehört oder vorhergesagt hatte. Ich dachte an die Zeitachsen, Grafiken und Listen, die ich an diesem Tag angefertigt hatte. Jeder, der einen Blick darauf warf, würde sagen, dass es sich dabei um das unverständliche Gekritzel einer Verrückten handelte.

Ich bin nicht verrückt, ich bin nicht verrückt, ich bin nicht verrückt.

Aber ich fühlte mich fast so, aufgefressen von Ängsten, anfällig für jeden schrecklichen Gedanken, der mir in den Sinn kam.

Um kurz vor fünf stand ich schließlich auf. Ich warf einen Blick in Poppys Zimmer. Sie schlief tief. Bei jedem Atemzug blähten sich ihre Lippen leicht. Ihre langen, dichten Wimpern warfen Schatten auf ihre Wangen.

Ich ging nach unten. Es war bereits hell, und Sunny lag zusammengerollt an einer sonnigen Stelle im Wintergarten. Ich machte mir eine Kanne Tee und räumte erst einmal auf. Den dicken Stapel Blätter, auf denen ich gestern alles festgehalten hatte, schob ich in eine Schublade. Anschließend schnipselte ich uns zum Frühstück Erdbeeren und ging dann hinaus zum Vogelhäuschen, um Futter nachzufüllen. Der Garten war noch feucht vom Tau, der Rasen moosig, doch ein warmer Wind trug den Duft von Geißblatt zu mir herüber.

Heute durfte es nicht so laufen wie gestern. Ich kleidete mich sorgfältig, weil ich ordentlich aussehen wollte, oder zumindest normal, als hätte ich mein Leben im Griff. Ich bürstete mir das Haar, flocht es zu einem dicken Zopf, schlüpfte in ein blaues Baumwollkleid, rundete das Ganze mit goldenen Ohrsteckern ab und betrachtete mich dann im Spiegel. Würde ich so als normal durchgehen? Tess Moreau, Mutter, Lehrerin – und eine Frau am Rande des Nervenzusammenbruchs.

Ich weckte Poppy auf, und wir frühstückten im Garten, fluffige Croissants und Erdbeeren, als wäre Sonntag oder ein Tag in den Ferien. Poppy hielt einen Zeigefinger hoch und verkündete: »Ich werde eine Hummel sein, mit Streifen und Stachel.«

Über uns streckte Bernie den Kopf aus dem Fenster und rief: »Oh, ein Picknick! Kann ich auch kommen?«

»Nein«, antwortete Poppy. »Geh weg!«

Er lachte nur, wenn auch gekünstelt lang.

»Ich werde ein Wurm sein«, sagte Poppy.

Hand in Hand marschierten wir zum Kindergarten. Vor dem Raum ihrer Gruppe beugte ich mich zu Poppy hinunter, um ihr einen Abschiedskuss zu geben. Sie drückte das Gesicht an meines und packte meinen Haarzopf, als wäre er ein Seil, an dem sie sich hinaufziehen konnte. Rapunzel, dachte ich.

»Nicht blinzeln!«, sagte sie.

Wir starrten einander in die Augen, bis sie mir einen kleinen Schubs verpasste, der mich zum Blinzeln brachte.

»Ich hab winnt«, erklärte sie triumphierend und sauste davon, ohne sich noch einmal nach mir umzusehen.

»Tess!«

Als ich den Kopf wandte, entdeckte ich Laurie, ein wenig zu

dicht hinter mir. Nellie starrte ihm mit ihren Knopfaugen über die Schulter.

»Ich hätte Poppy mitnehmen können, das wäre kein Problem gewesen.«

»Danke, aber ich hatte Lust auf den Spaziergang. Ab Montag läuft sowieso wieder alles normal.«

»Klar. Fühlst du dich erholt?«

»So einigermaßen.«

Nellie streckte den Arm aus und griff mit ihrer rundlichen klebrigen kleinen Hand in mein Haar.

»Hey, du Frechdachs«, meinte Laurie lachend, während er die Finger ihrer Faust löste. »Lass uns zusammen zurückgehen«, schlug er vor. »Es ist so ein schöner Tag. Wir können den Weg durch den Park nehmen.«

Seite an Seite setzten wir uns in Bewegung. Er redete. Ich sah, wie sein Mund sich bewegte, sah ihn lächeln. Hin und wieder berührte er mich am Arm.

»Du bist sehr still«, stellte er nach einer Weile fest. »Woran denkst du?«

Diesen Satz hasste ich seit jeher. Ich dachte daran, dass Emily Poppy vom Kindergarten abholen und sie in Jasons Haus bringen würde, wo Ben in seinen Boxershorts vor dem Fernseher saß, Sportsendungen anschaute und sich dabei rülpsend den Bauch kratzte. Ich dachte an Emilys lächelndes, aber bleiches Gesicht, ihren flehenden Blick. Wie konnte ich meine Tochter dort hinlassen? Wie konnte ich es verhindern?

»Ich habe gerade an nichts Bestimmtes gedacht.«

»Stille Wasser sind tief«, entgegnete er. »Komm doch auf eine Tasse Kaffee mit rein.«

Ich folgte ihm ins Haus. Es fühlte sich anders an, wenn Gina nicht da war oder Jake und Poppy. Nur Laurie und die rotbackige Nellie, die nichts verraten konnte, was auch immer sie sah. Als ich meine Tasche auf dem Boden abstellte, ging mir durch den Kopf, dass die Kappe, die ich kürzlich abgeholt hatte, noch in der Tasche lag. Ich schob sie weiter unter den Tisch, außer Sichtweite.

»Magst du Hunde?«, fragte ich Laurie, während er Kaffeebohnen in die Mühle gab.

»Hunde? Eigentlich schon. Warum?«

»Du führst doch manchmal den Hund deiner Mutter spazieren, oder?«

Er schaltete die Mühle an. Nellie begann zu schreien, woraufhin ihr Laurie eine halbe Banane reichte, ohne den Mahlvorgang zu unterbrechen.

»Winston?«, griff er meine Frage wieder auf, nachdem er den Kaffee fertig gemahlen hatte. »Ja, manchmal.«

»Triffst du da viele andere Leute mit Hund?«

»Klar«, antwortete er achselzuckend. »Jeder Hundehalter wird dir bestätigen, dass man oft angesprochen wird, wenn man mit Hund unterwegs ist.«

»Ja, das habe ich schon gehört.«

»Wenn ich einsam wäre, würde ich mir einen Hund zulegen.« Er goss kochendes Wasser über das Kaffeepulver und rührte um. »Aber ich bin nicht einsam.«

»Nein, eher nicht.«

»Gina sagt, du hast mit Aidan Schluss gemacht.«

Ich gab ihm keine Antwort. Er reichte mir eine Tasse Kaffee. Ich ließ mich halb auf einem Hocker nieder und nahm einen Schluck.

»Du wirst jemand anderen kennenlernen.«

Ich zuckte mit den Schultern. Mir schwirrten lauter bruchstückhafte Gedanken durch den Kopf, die alle nicht zusammenpassten.

»Ich habe gelogen«, sagte er.

»Inwiefern?«

»Was dieses Leben betrifft. Ich liebe es, natürlich, versteh mich nicht falsch.« Er machte eine ausladende Geste, die alles mit einschloss, die winzige Küche ebenso wie das kleine Mädchen mit dem bananenverschmierten Gesicht, das er von seinem Rücken gehoben hatte. »Aber manchmal fühle ich mich doch ein bisschen einsam. Du nicht, Tess? Bist du nicht auch manchmal einsam?«

Ich starrte ihn an. *Nicht blinzeln.*

»Nein.« Ich stellte die Tasse ab und erhob mich, um aufzubrechen. »Bin ich nicht.«

Ich ging nach Hause. Vom Garten aus sah ich Bernie ständig an den Fenstern über mir, als würde er dort auf und ab gehen, und im Haus hatte ich das Gefühl, ihn herumkramen zu hören, wie man eine Maus rascheln und kratzen hörte. Hatte er denn gar nichts Vernünftiges zu tun? Wahrscheinlich nicht.

Ich griff nach der Kappe, die ich in Poppys Kindergarten abgeholt hatte, und betrachtete sie, als könnte sie mir eine Antwort geben. Mein Handy klingelte. Es war Charlie.

»Ich rufe Sie an, wenn mir etwas einfällt, das Sie tun können«, erklärte ich.

»Die Polizei war zweimal bei mir.« Er klang verstört. »Sie fragen mich immer wieder nach meinem Privatleben, meinem Sexleben, wann ich Skye das letzte Mal gesehen habe, ob ich mit ihr geschlafen habe. Verdächtigen die mich?«

Als ob ich das wüsste.

»Das ist bestimmt nur Routine«, antwortete ich lahm.

»Und Sie?«

»Was?«

»Verdächtigen Sie mich?«

»Warum sollte ich Sie verdächtigen?«

»Das ist keine Antwort.«

»Ich verdächtige Sie nicht.«

Nachdenklich nahm ich die Kappe aus der Tasche.

»Sie haben Peggy ein Foto von Skye geschickt, auf dem sie eine Kappe trägt…?«

»Hab ich das?«

»Ja. Wo hatte sie die her?«

»Woher soll ich das wissen?«

»Sie gehörte nicht Ihnen?«

»Ich trage grundsätzlich keine Kopfbedeckungen. Ich weiß nicht mal, von welcher Kappe Sie sprechen.«

»Sie haben das Foto auf Ihrem Handy.«

»Moment.«

Am anderen Ende herrschte Schweigen. Mir war klar, dass er gerade seine Fotos durchsah.

»Sie gehörte mir definitiv nicht«, meldete er sich zurück. Er klang plötzlich düster, vielleicht weil er gerade Skyes Gesicht vor Augen hatte, das ihn aus seinem Handy anlachte.

Ich ging wieder hinaus in den Garten, wobei ich den Rücken dem Haus zuwandte, um Bernie nicht sehen zu müssen, während ich mein Telefon zückte und die Nummer aufrief. Unschlüssig ließ ich den Zeigefinger über ihr kreisen.

Emily war jung und wirkte noch jünger, als sie war, arglos und lieb. Sie lebte mit einem Mann zusammen – inzwischen sogar als seine Ehefrau –, der mich nach Strich und Faden betrogen hatte, während er mit mir zusammen war, und der nun auch sie immer wieder betrog. Er hatte Affären und belästigte eine Frau aus seinem Lehrkörper sexuell. Während seine schwangere Ehefrau auf ihn wartete, saß er draußen vor dem Haus im Auto und küsste eine seiner Lehrerinnen. Wieder sah ich Poppy vor mir, wie sie am Fenster stand und zu ihm hinunterstarrte. Es fühlte sich an, als würde mir jemand die Kehle zudrücken. Gleichzeitig musste ich an Emilys vom Weinen verquollenes Gesicht denken.

Das Richtige wäre, ihr zu sagen, was ich wusste. Aber mir

war auch klar, was passieren konnte, wenn ich es tat. Falls sie dann Jason damit konfrontierte, würde er bestimmt das wahrmachen, was er mir angedroht hatte.

Ganz schwach vor Angst und Unentschlossenheit, steckte ich das Handy wieder ein. Bis jetzt hatte ich nur Schaden angerichtet. Ich hatte Gründe gefunden, jedem Mann zu misstrauen, den ich kannte. Hätte ich nicht auch Gründe finden sollen, die dafür sprachen, jemandem zu *trauen*?

Allein schon bei dem Gedanken wurde mir schwindlig, so neu und seltsam kam er mir vor. Wie machte man das? Ich versuchte, mich an die Umstände von Skye Nolans Tod zu erinnern. Ich wollte mir sicher sein, aber wie konnte ich das? Wer hatte ein Alibi für die frühen Morgenstunden eines bestimmten Montags?

Nachdenklich zog ich mein Handy wieder heraus, um einen Blick in den Kalender zu werfen. Ich arbeitete mich durch die Wochen zurück bis zum Tag des Mordes. Dann – zum ersten Mal seit Langem, einer gefühlten Ewigkeit – lächelte ich. Fast hätte ich gelacht.

Aber das reichte nicht. Ich rief Kelly Jordan an. Nachdem ich mit ihr gesprochen hatte, wählte ich eine andere Nummer.

»Aidan, ich bin's. Entschuldige, es ist wahrscheinlich kein guter Zeitpunkt, um dich anzurufen, aber ich muss mit jemandem reden. Ich weiß nicht, was ich tun soll.«

»Natürlich können wir reden«, sagte er. »Heute Abend?«

»Wenn du schon etwas vorhast …«

»Habe ich nicht.«

Ich wusste, dass er, selbst wenn er Pläne gehabt hätte, alles absagen würde, und empfand einen Anflug von Schuldgefühl.

»Soll ich zu dir kommen?«

»Gegen sechs?«

»Gut.«

54

Ich starrte auf die Uhr. Poppys Kindergartentag war zu Ende, Emily würde sie abholen und nach Brixton bringen. Ben würde im Haus sein – wahrscheinlich war er immer da, schlappte von Raum zu Raum, starrte in den Fernseher, öffnete den Kühlschrank – und mit ihm seine Hündin, die oben an der Treppe gestanden und mich angeknurrt hatte, als ich sie das letzte Mal sah. Bald würde Jason nach Hause kommen. Poppy würde auf ihn zustürmen, und er würde sie in den Arm nehmen und hoch in die Luft heben.

Um halb sechs verließ ich die Wohnung, obwohl es nur eine Viertelstunde zu gehen war, und wanderte in der Wärme des frühen Abends die Straße entlang. Vor den Türen der Pubs und kleinen Restaurants scharten sich die Leute.

Ich war nicht oft bei Aidan gewesen, meist hatten wir uns bei mir getroffen, auch wenn Poppy sich nicht im Haus befand. Seine Wohnung lag im ersten Stock und war sehr klein: ein Schlafzimmer, ein winziges Bad, eine Küchenzeile im Wohnraum. Er achtete sehr auf Ordnung. Vielleicht strahlten seine Räume deshalb eine solche Ruhe aus. Bei ihm waren die Bücher alphabetisch geordnet und sämtliche Arbeitsunterlagen akkurat auf einer Seite des Schreibtisches gestapelt. Sein Kühlschrank enthielt keine abgelaufenen Lebensmittel, seine Gewürze steckten in einem Ständer, seine Messer gleich daneben in einem Messerblock.

Als er mir die Tür öffnete, unternahm er keinen Versuch, mich zur Begrüßung zu umarmen oder zu küssen, sondern führte mich einfach hinein ins Wohnzimmer, wo neben einer

Schale Oliven eine Flasche Weißwein bereitstand, an deren kaltem Glas Wassertropfen perlten.

»Oder hättest du lieber Tee?«

»Nein.«

»Ich habe auch Tomatensaft oder Obstsaft.«

»Ein Glas Wein wäre schön«, sagte ich, plötzlich sehr verlegen und unsicher. Ich spürte seinen fragenden Blick.

Er schenkte uns beiden Wein ein, und wir ließen uns auf dem Sofa nieder. Er trug Jeans und ein graues Baumwollhemd. Sein Haar wirkte frisch geschnitten. Er kam mir sehr vertraut vor und zugleich sehr fremd.

»Vielleicht war das keine so gute Idee«, sagte ich.

Er gab mir keine Antwort, sondern zog nur leicht die Augenbrauen hoch und wartete.

»Die Wahrheit ist, dass ich Angst habe und nicht weiß, was ich tun soll. Ich dachte, ich müsste das alles mal laut aussprechen, aber jetzt weiß ich nicht, was ich sagen soll.«

Ich griff nach meinem Glas, doch meine Hände zitterten so, dass etwas Wein über den Rand schwappte. Aidan nahm mir das Glas ab und stellte es zurück auf den Tisch.

»Ein bisschen was weiß ich ja schon«, meinte er. »Warum fängst du nicht einfach am Anfang an?«

Ich nickte.

»Wann ging es los?«

Das war leicht.

»Es begann mit einer Zeichnung«, antwortete ich, »Poppys schwarzer Kreidezeichnung von einer fallenden Frau.«

Ich erzählte es wie eine Geschichte, wenn auch eine mit Löchern und Lücken, bei der nichts zusammenpasste. Dabei starrte ich die ganze Zeit auf meine Hände hinunter, als befände ich mich in einer Therapiesitzung, in der ich vor Publikum über mich selbst sprechen musste. Mir war bewusst, dass er mich die ganze Zeit eindringlich musterte.

Ich ließ nichts aus. Ich erzählte ihm von Poppys verballhornten Schimpfworten, ihren nächtlichen Angstattacken, ihrem seltsamen Verhalten. Von meinem Termin bei Alex in der Warehouse-Klinik. Von meinen Besuchen bei der Polizei, meinen Nachforschungen bezüglich Skye, meinen Treffen mit Charlie und Peggy, meiner Suche nach Leuten, die Hunde spazieren führten, meiner Suche nach Verbindungen. Ich erzählte ihm auch von der Kappe und dem Foto von Poppy, das vom Kühlschrank verschwunden war. Und von der Uhr.

Dann holte ich tief Luft, wandte den Kopf ab, um ja seinen Gesichtsausdruck nicht sehen zu müssen, und berichtete ihm, wie ich in das Haus in Brixton eingebrochen war, dort herumgeschnüffelt und mir Zugang zu Jasons Computer verschafft hatte. Ich erzählte ihm von Ben, den ich in seiner Unterwäsche gesehen, von den Mails, die ich gelesen, von den Frauen, mit denen Jason Affären hatte. Ich schilderte ihm, wie ich diese Mails an meinen eigenen Computer weitergeleitet hatte. Schließlich berichtete ich ihm von Jasons Besuch mit der Anwältin und den Drohungen, die er ausgesprochen hatte, obwohl er noch gar nichts von meinem Einbruch wusste. Was er aber ganz leicht herausfinden könnte, fügte ich hinzu, und wenn er dahinterkäme, wäre ich geliefert. Meine Stimme klang plötzlich belegt, weil ich krampfhaft versuchte, die Tränen zu unterdrücken. Doch ich zwang mich weiterzusprechen und erzählte ihm von Ingas Besuch, ihrer Geschichte von Scham und Demütigung und ihrem Angebot, die E-Mails einer anderen Frau an mich weiterzuleiten.

Ich schilderte ihm, wie ich zu Peggy gefahren war und sie in ihrem Haus tot aufgefunden hatte. An diesem Punkt versagte mir die Stimme den Dienst. Ich musste einen Moment innehalten. Aidan sagte noch immer nichts, sondern wartete. Als ich mich wieder gefangen hatte, erzählte ich ihm, wie mir klar geworden war, dass die Uhr, die Skye getragen hatte, als sie starb, aus Peggys Haus verschwunden war.

Ich nahm einen großen Schluck Wein, dann gleich noch einen. Anschließend räusperte ich mich verlegen und erklärte, dass ich am Ende jeden Mann in Poppys Leben verdächtigt hätte: Jason, Ben, Laurie, Bernie, Charlie … und ihn selbst. Ich blickte nicht hoch, als ich das sagte. Danach schwiegen wir eine Weile. Die Stille fühlte sich an wie eine Haut, die sich zwischen uns spannte.

Aidan schenkte uns nach.

»Tja,« meinte er schließlich. »Da hast du ja ganz schön was durchgemacht.«

»Du hältst mich nicht für verrückt?«

»Nein, Tess, ich halte dich nicht für verrückt.«

»Dann glaubst du mir also?«

»Warte einen Moment. Bevor ich dir darauf eine Antwort gebe, möchte ich dich etwas fragen.«

»Ja?«

»Verdächtigst du mich immer noch?«

Mit dieser Frage hatte ich gerechnet. Obwohl ich wusste, was ich ihm antworten wollte, fiel es mir schwer, es laut auszusprechen.

»Was willst du jetzt von mir hören? Dass ich dir vertraue, weil ich dich liebe?«

Ihm schien die Antwort ebenfalls schwerzufallen.

»Ja«, sagte er nach einer Weile, »das würde ich gerne von dir hören.«

»Ich hatte das Gefühl, niemandem mehr trauen zu können. Ich suchte krampfhaft nach einem Grund, irgendeinem konkreten Grund, warum ich jemandem vertrauen konnte. Da fiel mir plötzlich einer ein. Ich sah in meinem Kalender nach. An dem Tag, an dem Skye Nolan ermordet wurde, waren wir beide nicht zusammen. Ich bin mit Poppy zu meiner Mutter gefahren und du zu einer Konferenz. Du warst an dem Tag nicht in London.«

»Und das reicht aus, um mir zu vertrauen?«

»Nein«, antwortete ich.

»Nein?« Aidan starrte mich schockiert an. »Wie meinst du das?«

»Jeder kann *behaupten*, zu einer Konferenz zu fahren. Also habe ich die Kriminalbeamtin angerufen. Von ihr weiß ich inzwischen, dass die Polizei nach Skye Nolans Ermordung sämtliche Alibis genau überprüft hat. Ich weiß, dass du tatsächlich auf der Konferenz warst. Du hast dich bei einer Veranstaltung eingetragen.« Aidan wandte sich halb von mir ab. »Es tut mir leid«, fügte ich hinzu.

»Da fehlen mir jetzt die Worte.«

»Es war für mich die einzige Möglichkeit weiterzukommen. Ich hatte jegliches Vertrauen in die Menschen verloren, die ich kenne. Das hat mich fast in den Wahnsinn getrieben. Ich frage mich, ob ich es nun andersherum versuchen kann. Wenn es mir gelänge herauszufinden, wer unschuldig ist, indem ich eine Person nach der anderen unter die Lupe nehme, dann würde am Ende eine Person übrig bleiben, deren Unschuld ich nicht beweisen kann, und das wäre dann der Täter.«

Es folgte eine lange Pause. Aidan wirkte nicht überzeugt.

»Ich weiß nicht«, sagte er. »Es ist schwierig, die Unschuld von jemandem zu beweisen.« Er musterte mich noch eindringlicher. »Was, wenn ich nicht auf der Konferenz gewesen wäre? Was dann? Wärst du dann jetzt hier?«

»Ich wollte dich nicht verletzen. Ich fand nur, ich sollte ehrlich sein.«

»Ist das deine Vorstellung von einer Beziehung? Grundsätzlich vom Schlimmsten auszugehen, es sei denn, es lässt sich eindeutig widerlegen?«

»Es tut mir leid«, sagte ich. »Ich glaube, ich kann lernen, es besser zu machen. Aber das braucht Zeit. Vorerst kann ich dir nur so viel sagen: Als ich mit dem Gedanken spielte, Emily anzurufen, und mir dabei ganz schreckliche Gedanken und Bilder im Kopf herumschwirrten, hatte ich plötzlich das dringende Bedürfnis, mit jemandem zu sprechen. Ich befürchtete durchzudrehen, wenn ich das nicht täte. Und die Person, mit der ich reden wollte, warst du.«

»Weil ich auf einer Konferenz war, als diese Frau starb. Ich fühle mich geehrt.«

»Das klingt sarkastisch.«

»Tut mir leid, das *war* ein bisschen sarkastisch.«

»Jetzt habe ich dir gesagt, dass ich dir glaube. Glaubst du mir?«

Er schwieg. Zwischen seinen Augen hatte sich eine Steilfalte gebildet. Er nahm seine Brille ab, rieb sich die Augen, setzte sie wieder auf.

»Ich glaube, dass Poppy etwas gesehen hat«, sagte er schließlich langsam, zögernd. »Und dass es irgendwie mit Skye Nolans Tod zusammenhing. Ja, das glaube ich.«

»Ist es Jason? Klingt das nach Jason?«

»Ehrlich, Tess, wie kann ich das beantworten? Ich kenne den Mann doch gar nicht richtig. Ich weiß, er hat dich betrogen, aber das heißt nicht, dass er ein Mörder ist.«

»Nein, wahrscheinlich nicht.«

»Wobei du meiner Meinung nach froh sein kannst, ihn los zu sein. Es tut mir leid, dass du das alles durchmachen musstest.«

»Danke.« Ich starrte auf meine verschränkten Hände hinunter.

»Das heißt jetzt aber nicht, dass wir beide gleich wieder zusammenkommen«, fügte ich hinzu, brüsker als beabsichtigt.

»Schon klar.«

»Ich muss erst mal mein Leben wieder auf die Reihe kriegen.«

»Nach allem, was du mir erzählt hast, verstehe ich das natürlich. Aber ich ...«

Er brach ab und fuhr sich mit einer Hand übers Gesicht.

»Ich weiß«, sagte ich leise. Weil er so zerbrechlich wirkte und ich nicht hätte herkommen sollen. »Ich doch auch.«

Ich kann nicht mehr sagen, wer wen küsste oder wer wen bei der Hand nahm und in Aidans ordentliches Schlafzimmer führte, zu seinem Bett mit der taubengrau bezogenen Bettdecke und den weißen Kissen, über dem ein Schwarz-Weiß-Foto von einem in Frack und Zylinder rollschuhfahrenden Mann hing. Ich erinnere mich daran, dass er mich auszog, wie er es so viele Male zuvor getan hatte, meine Kleidung ordentlich zusammenfaltete und mich dabei mit seinem ernsten Blick musterte. Anschließend zog er sich selber aus, faltete seine Sachen ebenfalls ordentlich, nahm als Letztes seine Brille ab und legte sie auf sein Hemd. Wir hielten einander im Arm und flüsterten den Namen des anderen. Wir sagten, es tue uns leid, aber jetzt sei ja wieder alles gut. Es fühlte sich nicht nach Begehren an, zumindest nicht so ganz – eher wie eine Art Rettung. Aber wer wen rettete, kann ich nicht sagen.

Hinterher, während wir noch ineinander verschlungen dalagen, stützte Aidan sich auf einen Ellbogen und blickte auf mich herab.

»Mein Gott, hast du mir gefehlt!«

»Du mir auch«, sagte ich.

Draußen war es noch hell. Ich musste an Poppy denken, in Jasons Haus. Ich stellte mir vor, wie sie am Fenster stand und in die geheimnisvolle Welt hinausstarrte.

»Und Poppy hat mir auch gefehlt«, fügte er hinzu, als könnte er meine Gedanken lesen. »Wie geht es ihr?«

»Ein bisschen besser vielleicht.«

»Wann kommt sie zurück?«

»Morgen, am späten Vormittag. Ich treffe Emily in der Mitte.«

»Sollen wir anschließend picknicken gehen? Wir drei? Ich kann alles mitbringen.«

»Das wäre schön«, antwortete ich, obwohl ich ihm gar nicht so genau zugehört hatte. Stattdessen galt meine Aufmerksamkeit dem, was in seinen Worten mitschwang: dass er davon ausging, alles würde wieder so sein, wie es gewesen war – wir hatten Schluss gemacht und uns wieder versöhnt. Ich hörte, wie glücklich er klang.

»Bist du hungrig?«

»Ein bisschen vielleicht. Ich weiß nicht so recht. Wie spät ist es denn?«

Er griff nach seinem Telefon und warf einen Blick darauf.

»Kurz nach halb zehn. Im Kühlschrank ist Käse und geräucherter Lachs. Reicht dir das?«

»Ja, klar«, antwortete ich.

»Wir könnten auch losziehen und irgendwo eine Kleinigkeit essen.«

»Nein. Ich würde lieber hierbleiben.«

Ich verfolgte, wie er aufstand, in einen Bademantel schlüpfte, seine Brille aufsetzte. Als er den Raum verließ, warf er mir über die Schulter einen lächelnden Blick zu. Ich blieb unter der Decke liegen und hörte ihn in der Küche hantieren, hörte Besteck und Gläser klirren. Ich fühlte mich weder glücklich noch traurig, sondern einfach nur benommen. Ich musste erst mal verdauen, was gerade passiert war, und mir darüber klar werden, was es bedeutete.

55

Ich ging früh schlafen, erschöpft von dem ganzen Gefühlswirrwarr. Als ich aufwachte, fiel durch die dünnen Vorhänge bereits weiches graues Licht. Einen Moment fragte ich mich, wo ich mich befand, dann fiel es mir wieder ein. Ich drehte mich um und betrachtete Aidan, der neben mir tief und fest schlief. Er wirkte jung und friedlich. Ich griff über ihn hinweg nach meinem Telefon, um zu sehen, wie spät es war. Noch nicht mal halb sechs.

Aidan wechselte die Schlafposition, legte einen Arm über die Augen. Er hatte schmale Handgelenke. Eine Erinnerung – oder nur ein Bruchstück einer Erinnerung – schob sich wie ein langer Finger in mein Bewusstsein. Etwas, das mit der Uhrzeit zu tun hatte, aber in die Vergangenheit gehörte. Ein Grillabend. Aidan in einem Jeanshemd, die Ärmel bis zu den Ellbogen hochgekrempelt. Er hatte einen Blick auf seine Armbanduhr geworfen und mir gesagt, wann das Essen fertig sein würde.

Ich dachte daran, wie er sonst vor dem Zubettgehen immer seine Uhr abnahm und sie auf seine gefaltete Kleidung legte. So ein ordentlicher Mann. Ein Mann mit festen Ritualen.

Ich lag da, ohne mich zu bewegen, ganz still und starr, wie eine Statue. Ich hielt die Luft an. Angst schnürte mir die Kehle zu. Mein Herz flatterte, und ich bekam eine Gänsehaut.

Ich sagte mir, dass ich verrückt wurde oder bereits verrückt war, von nun an immer verrückt sein würde.

Das konnte nicht sein. Nein, auf keinen Fall. Ich hatte nur Angst davor, denn wäre es wahr, dann würde auch das letzte bisschen, worauf ich noch vertraute, zu Asche zerfallen. Ich hatte mich in eine paranoide Kreatur verwandelt, eine Echokammer meiner eigenen düsteren Fantasien. Meine chaotischen Ängste wirbelten ungehindert in meinem Kopf umher und hängten sich an alles, was ihnen unterkam.

Aidan hatte sich auf einer Konferenz befunden, als Skye starb. Seine fehlende Uhr war nur eine fehlende Uhr.

Aber der Gedanke ging mir nicht mehr aus dem Sinn, und rund um ihn herum fügte sich nach und nach alles Mögliche ein. Skye hatte den Mann gestalkt, den sie für ihren Retter hielt. Sie war ihm gefolgt und hatte von den »Komplikationen« in seinem Leben erfahren. Sie war zu dem Restaurant gekommen, wo wir gerade aßen, und hatte sich vor uns hingestellt. Was, wenn sie die ganze Zeit gar nicht mit mir gesprochen hatte, sondern mit ihm?

Skye war gestorben, nachdem ich ihm die verstümmelte Puppe gezeigt hatte. Ich erinnerte mich genau an den Gesichtsausdruck, mit dem er sie angestarrt hatte.

An dem Tag, an dem Peggy gestorben war, hatte er abends bei mir vorbeigeschaut, weil er wusste – oder zu wissen glaubte –, dass ihm niemand mehr etwas anhaben konnte.

Ich sah ihn wieder vor mir, wie er an einem anderen Tag neben meinem Kühlschrank stand und für alle Holunderblütenwasser ausschenkte – direkt neben dem Foto, auf dem Poppy mit der Kappe zu erkennen war.

Und Poppy – beim Gedanken an sie schmerzte meine Brust –, Poppy mochte ihn nicht. Schlagartig wurde mir klar, dass sie sich jedes Mal, wenn er bei uns gewesen war, geweigert hatte, ihm nahe zu kommen, und sich stattdessen an mich klammerte.

Wieder betrachtete ich Aidan. Er lächelte fast, als träumte er etwas Schönes. Nach einer Weile wechselte er erneut die Schlafposition und schien dann noch tiefer zu atmen als zuvor.

Langsam glitt ich aus dem Bett, den Mund zu einem stummen Schrei geöffnet. Meine Beine waren wie die einer Marionette, ohne Gefühl. Ich griff nach dem weichen Häufchen Kleidung, das neben dem Bett auf dem Boden lag, und schlich auf Zehenspitzen aus dem Raum. Wenn ich mich umdrehte, würde er bestimmt im Bett sitzen und mich dabei beobachten, wie ich mich davonstahl – als könnte ich dem sich in mir ausbreitenden Entsetzen jemals entkommen.

Wie sich herausstellte, hatte ich Aidans Kleidung erwischt, nicht meine eigene. Leise schlich ich hinüber ins Bad, nahm ein großes Handtuch vom Haken an der Tür und wickelte mich darin ein. Benommen ließ ich mich auf dem Badewannenrand nieder und bemühte mich um lange, tiefe Atemzüge. Ich sagte mir, dass ich unter einer Panikattacke litt. Das war alles. Bestimmt ging es gleich wieder vorbei. Einatmen, ausatmen, ermahnte ich mich selbst. Nur an die Atmung denken.

Ich schloss die Augen und versuchte, mir die Uhr vorzustellen, die sich unter den Sachen befunden hatte, die Skye trug, als sie in den Tod stürzte. Ich konnte keinen klaren Gedanken fassen, nichts ergab mehr einen Sinn.

Ich erhob mich und stieß mir dabei am Fuß des Waschbeckens so heftig die Zehen an, dass ich beinahe aufgeschrien hätte. Rasch schlug ich eine Hand vor den Mund, um jeden Laut zu ersticken. Das Handtuch löste sich und fiel zu Boden. Ich beugte mich hinunter, um es aufzuheben. Mein Atem ging stoßweise, und mir war bewusst, dass ich mich seltsam ruckartig bewegte. Meine Fingerspitzen prickelten, als wären mir die Hände eingeschlafen.

Leise ging ich hinüber ins Wohnzimmer und blickte mich dort um. Ich musste Aidans Armbanduhr finden, auch wenn es wahrscheinlich gar keine Uhr zu finden gab und ich wie eine Närrin in dem schwachen Licht herumstolperte.

Sein Schreibtisch hatte ein paar kleine Schubladen. Die erste, die ich herauszog, enthielt lauter Schreibwaren: einen Hefter, Büroklammern, Klebenotizblöcke, Textmarker, ein paar Stifte mit feiner Spitze, zusammengehalten von einem Gummiband, ein Blatt Briefmarken.

Ich schloss die Schublade, zog die nächste heraus: Quittungen, Bankauszüge. Alles höchst ordentlich und systematisch abgeheftet.

Die nächste Schublade: Pass, Führerschein, Mitgliedskarten für verschiedene Kunstgalerien und Theater.

Die unterste Schublade: ein paar Fotos. Ich nahm sie heraus. Schluss jetzt, ermahnte ich mich. Ich blätterte sie durch. Eine Aufnahme zeigte mich im Regenmantel, lächelnd. Was glaubte ich eigentlich, dass ich da tat?

Ich legte die Fotos auf den kleinen Tisch und wandte mich der Kommode neben dem Fernseher zu. Ein paar DVDs, einige ineinander verwickelte Ladegeräte und Verbindungskabel, ein Stapel Gebrauchsanweisungen.

Auf den Bücherregalen nur Bücher. Was hatte ich erwartet? Fachliteratur über Sonnenkraft und Windturbinen, etliche Romane, Biografien, zu meiner Überraschung auch ein paar Gedichtbände. Wenn Aidan Skye und Peggy nicht getötet hatte, würde es mir niemals gelingen, diese Tatsache zu beweisen. Ich konnte seine Unschuld nicht belegen, indem ich keinen Hinweis auf seine Schuld fand.

Ein Geräusch ließ mich erstarren. Angstvoll presste ich eine Hand an mein unruhig schlagendes Herz.

Eine Autotür knallte zu.

Draußen wurde es allmählich heller. Ich wusste nicht, wie spät es war, weil mein Telefon noch im Schlafzimmer lag, neben Aidan auf dem Nachttisch.

Im Küchenschrank befanden sich nur Küchenutensilien: Töpfe und Pfannen, Teller und Schüsseln, ein Schneebesen, ein Sieb. Zusätzlich gab es noch einen Hängeschrank mit Glastüren: Trinkgläser, Becher, dazwischen ein schöner Keramikkrug. Schubladen mit Besteck, Alufolie, Zellophan und

Backpapier. Regalfächer mit Mehl, Zucker, Nudeln und Reis. Gewürze und Kräuter in alphabetischer Reihenfolge. Honig, Orangenmarmelade, andere Marmeladen. Eine Flasche Whisky, eine Flasche Gin. Eine Brotdose, in der ich den Rest eines Vollkornlaibs fand. Mein Blick fiel auf den Block mit den beängstigend schimmernden Messern.

Am ehesten versteckte man eine Armbanduhr – wenn es denn eine zu verstecken gab – im Schlafzimmer, zwischen den Shirts und Pullis, in einer Jackentasche oder ganz hinten im Schrank, oder unter dem Bett. Vor meinem geistigen Auge sah ich mich mit ausgestreckten Armen wie eine Schlange über den Boden gleiten oder zwischen seinen Klamotten herumstöbern, während er mich mit halb geschlossenen Augen beobachtete.

Ich trat in die kleine Diele hinaus. Inzwischen fiel von draußen fast schon Tageslicht herein. Erneut fragte ich mich, wie spät es wohl war, konnte aber nicht sagen, wie viele Minuten oder Stunden vergangen waren, seit ich das Schlafzimmer verlassen hatte. Ich wusste nicht mal, ob Aidan einen leichten oder tiefen Schlaf hatte: Wir waren im Grunde nie eine ganze Nacht zusammen gewesen, weil ich immer wollte, dass er ging. Schweißperlen standen mir auf der Stirn, als ich eine Hand an den Türknauf legte.

Da fiel mein Blick auf die Mäntel und Jacken, die an den Haken neben der Wohnungstür hingen. Ich schob die Hände in jede Tasche. Am letzten Haken hing ein kleiner Seesack aus weichem Leder. Ich fasste hinein und stieß zuerst auf etwas Weiches, das sich anfühlte wie ein Tuch, dann auf etwas Kaltes, Glattes. Ich zog es heraus.

Eine Uhr mit schon etwas abgewetztem Lederband, großem Zifferblatt und römischen Zahlen. Stilvoll.

Während ich darauf hinunterstarrte, rückte der Minutenzeiger vor. Achtzehn Minuten nach sechs.

Nicht irgendeine Uhr, sondern *die* Uhr: diejenige, die ich

das letzte Mal in der Tasche mit Skyes Habseligkeiten gesehen hatte, aber nicht mehr bei meinem zweiten Besuch in Peggys Haus, an dem Tag, als sie getötet worden war.

Tote, blicklose Augen, verwegen-violettes Haar.

Der Minutenzeiger rückte erneut vor.

Die Hand um die Uhr geklammert, mit der ich auch das Handtuch zusammenhielt, öffnete ich die Schlafzimmertür und glitt in den Raum. Ich musste die Uhr ganz tief in meinen Rucksack schieben, meine Kleidung und meine Uhr einsammeln und dann möglichst schnell verschwinden. Ich stolperte über einen Schuh, fand meine Hose auf dem Boden und kroch dann auf allen vieren in Richtung meines Rucksacks, wobei sich das Handtuch langsam zu lösen begann.

»Du bist früh auf.«

Ich erstarrte – die Uhr an mein Schlüsselbein gepresst, wo ich auch das Handtuch zusammenzuhalten versuchte, so gut es ging.

»Morgen«, stieß ich hervor. Ich hob den Kopf: Aidan hatte sich auf dem Bett halb aufgerichtet und betrachtete mich amüsiert, aber auch zärtlich.

»Wie spät ist es denn?«

»Das weiß ich nicht so genau.« Ich spürte die Uhr in meiner Hand ticken.

»Was machst du da unten? Hast du etwas verloren?«

»Ich war auf der Suche nach meinem Slip. Ah, da ist er ja.«

Ich schob meine Kleider zu einem Haufen zusammen, steckte die Uhr hinein und drückte das Ganze wie ein Baby an mich.

»Ich verschwinde kurz ins Bad, mich anziehen.«

»Komm doch wieder ins Bett. Es ist noch so früh.«

»Ich konnte nicht schlafen. Ich muss zurück, ein bisschen was tun, bevor ich Poppy abhole.«

Er schwang die Beine aus dem Bett, ging neben mir in die Hocke und schlang die Arme um mich. Ich atmete seinen besonderen Duft ein – Fenchel, ging mir durch den Kopf, oder Anis. Er küsste meinen Hals. Seine Lippen fühlten sich kühl an.

»Kaffee?«

Er strich über meinen halb aufgelösten Zopf, während ich dakauerte wie ein in die Enge getriebenes Tier.

»Einverstanden. Ich ziehe mich rasch an und trinke dann schnell eine Tasse mit dir.«

Immer noch halbwegs in das Handtuch gehüllt, drückte ich Rucksack, Schuhe und Klamotten an mich, verließ rückwärts den Raum und stürzte ins Bad, wo ich die Tür hinter mir absperrte, die Uhr tief in meinen Rucksack schob und eilig in meine Sachen schlüpfte. Plötzlich fiel mir siedend heiß ein, dass ich den Stapel Fotos auf dem Wohnzimmertisch hatte liegen lassen.

Ich erreichte den Raum gleichzeitig mit ihm.

»Ich könnte uns Frühstück machen«, schlug er vor. Dabei hielt er den Kopf gesenkt, damit beschäftigt, den Gürtel seines Bademantels zuzuknoten.

»Ich habe keinen Hunger«, antwortete ich, während ich mich auf dem Tisch niederließ. Ich spürte die Fotos unter mir.

Er trat neben mich, streichelte meine Wange. Ich bemühte mich, so etwas wie ein Lächeln zustande zu bringen.

»Dann eben nur Kaffee«, meinte er.

»Du kennst mich ja. Es dauert immer eine Weile, bis ich morgens in die Gänge komme.«

Ich versuchte, mir ins Gedächtnis zu rufen, wie sich ein normaler Mensch benahm, kam mir dabei aber vor wie eine schlechte Karikatur, für jeden sofort zu durchschauen. Als Aidan mir einen Moment den Rücken zuwandte, fegte ich die Fotos in meinen Rucksack.

Aufatmend legte ich die Hände um die Tasse, die Aidan mir reichte. Dabei erzählte er mir von einem Freund, der Anwalt für Familienrecht sei, und fragte mich dann, ob ich dessen Rat einholen wolle, was Jasons Drohungen betraf – natürlich unter dem Siegel der Verschwiegenheit.

»Vielleicht«, antwortete ich. »Aber lass uns damit noch ein wenig warten. Schauen wir erst mal, was passiert.«

Ich müsse vorsichtig sein, erklärte ich ihm, jeden Schritt gut überlegen. »Es steht so viel auf dem Spiel. Vielleicht erledigt es sich ja doch von selbst«, fügte ich hinzu.

Er weiß alles, ging mir durch den Kopf. Ich hatte ihm jedes noch so kleine Detail erzählt.

Dann war ich endlich an seiner Tür. Er nahm mein Gesicht in beide Hände und sah mir tief in die Augen. Ich bemühte mich, seinen Blick zu erwidern, den Kopf nicht abzuwenden, befürchtete aber, es nicht zu schaffen. Am liebsten hätte ich geschrien und geheult und mit aller Kraft zugeschlagen.

Er küsste mich. Ich ließ es zu, erwiderte den Kuss sogar, obwohl gleichzeitig Galle in mir hochstieg, richtiger körperlicher Abscheu. Nur mir größter Willensanstrengung gelang es mir, dem nicht nachzugeben. Wenn ich nach Hause kam, würde ich mir die Zähne schrubben, bis mein Zahnfleisch blutete, und mich duschen, bis meine Haut davon wund war.

Ich lächelte ihn an und ging.

Sobald ich außer Sichtweite seiner Fenster war, rannte ich los.

Das alles hatte sich die ganze Zeit in meinem Haus befunden, niemals außerhalb davon, sondern drinnen bei uns. Ich selbst war der Mensch gewesen, der die Gefahr nach Hause gebracht hatte.

Poppy, dachte ich, während ich rannte und jeder Atemzug schmerzte. Poppy, Poppy, Poppy.

56

Ich befand mich in einem Verhörraum der Polizei. Schon wieder. Ein Beamter hatte mich gefragt, ob ich eine Aussage machen wolle, doch ich hatte geantwortet, ich müsse mit der Person sprechen, die die Mordermittlungen leite, es gehe um die Morde an Skye Nolan und Peggy Nolan. Ich wisse, wer die Morde begangen habe. Es sei sehr dringend, aber ich würde nur mit der Person sprechen, die die Ermittlungen leite.

Der junge Polizeibeamte wirkte verwirrt und auch ein wenig gereizt. Er erklärte, es sei Samstag, die Leute seien zu Hause. Ich entgegnete, es spiele keine Rolle, welcher Tag sei. Ich konnte richtig sehen, wie er nachdachte. Wenn das alles Unsinn war, bekäme er Schwierigkeiten. Aber was, wenn nicht?

»Sie werden lange warten müssen«, sagte er schließlich. »Ich muss erst mal jemanden erreichen. Und dann muss die betreffende Person auch erst noch herkommen.«

Ich erwiderte, ich könne warten. So kam es, dass ich mich in einem weiteren Verhörraum wiederfand, wo es nichts zu tun und nichts zu betrachten gab. Das war wohl Absicht. Bilder an der Wand lenkten einen ab. Außerdem gab es dann Nägel und Schnüre, die möglicherweise gefährlich werden konnten.

Während ich wartete, nahm ich die Fotos aus der Tasche, die ich hatte mitgehen lassen, und blätterte sie erneut durch. Zuerst fiel es mir gar nicht auf, dann aber doch: ein Gruppenfoto von Aidan und seinen Kollegen bei irgendeiner beruflichen Exkursion. Aidan stand ziemlich weit hinten. Er trug die Kappe. Ich steckte die übrigen Fotos wieder weg, ließ jedoch dieses eine auf dem Tisch liegen.

Schließlich schwang die Tür auf. Ich hatte auf Kelly Jordan gehofft, war mir allerdings nicht sicher, ob sie offiziell überhaupt noch mit den Ermittlungen zu tun hatte – oder nur als meine Ansprechpartnerin fungierte. Doch sie war es nicht. Es war Ross Durrant. Er trug Sportschuhe und ein Polohemd mit einem blau-weißen Wellenmuster und sah aus, als käme er geradewegs vom Golfplatz. Ich rechnete mit einer wütenden Begrüßung, aber seine Miene wirkte vollkommen ausdruckslos. Er ließ sich einfach mir gegenüber nieder.

»Los«, sagte er in ganz ruhigem Ton.

Ich brauchte nicht lange für meine Erklärung. Ich berichtete ihm von den Sachen, die Skye Nolan am Leib getragen und die ihre Mutter mir gezeigt hatte, und dass sie über den Boden verstreut lagen, als ich Peggys Leiche fand. Er unterbrach mich mit der Bemerkung, das hätte ich ihm doch längst gesagt. Ich ließ mich nicht aus dem Konzept bringen und erklärte weiter, ich hätte gewusst, dass etwas fehlte, und dann begriffen, dass es sich um die Uhr handelte. Woraufhin er einwarf, das hätte ich ihm auch schon mitgeteilt. Ich beschrieb ihm, wie ich mich gefühlt hatte, als mir eingefallen war, dass Aidan sonst immer eine Armbanduhr trug, inzwischen aber nicht mehr. Und wie ich die Uhr gefunden hatte, versteckt in seinem Seesack, vielleicht als eine Art Trophäe. Warum hätte er sonst den Nerv haben sollen, sie zu behalten? Schließlich war es ein ganz besonderes Stück. Anhand dieser Uhr wäre man ihm bestimmt auf die Schliche gekommen. Was nur den Schluss zuließ, dass er Peggy Nolan aufgesucht und getötet hatte, um an die Uhr zu gelangen.

Während ich noch sprach, betrat eine uniformierte Beamtin den Raum und reichte Ross Durrant eine Akte. Er legte sie vor sich auf den Tisch und nickte der Beamtin zu, die daraufhin seitlich von ihm Platz nahm.

Als ich fertig war, herrschte erst einmal Schweigen.

»Aidan Otley«, meldete sich die Beamtin nach einer Weile zu Wort. »Das ist Ihr Freund.«

»Ja«, antwortete ich. »Ich habe ihm vertraut.«

Ich warf einen Blick zu Durrant hinüber, doch der schien mich zu ignorieren. Er hatte die dünne Akte aufgeschlagen und studierte ihren Inhalt – allem Anschein nach nur ein paar Seiten. Er trommelte mit einem Stift darauf herum. Schließlich nahm er ein Blatt heraus, betrachtete es stirnrunzelnd und wandte sich dann wieder an mich.

»Ich komme auf insgesamt zehn Interaktionen mit der Polizei«, erklärte er. »Elf, wenn man dieses Gespräch mitzählt.«

»Wie denken Sie über das, was ich Ihnen gerade gesagt habe?«

Er fuhr fort, als hätte er mich nicht gehört.

»Beim ersten Mal machten Sie eine Meldung, die weder mit einem Verbrechen noch mit einem Täter zu tun hatte, sondern sich auf vage Beschuldigungen Ihres Ex-Partners beschränkte. Beim zweiten Mal kontaktierten Sie Inspector Jordan wegen eines Verbrechens, von dem Sie behaupteten, es handle sich um die Tat, die Sie beim ersten Mal gemeldet hätten, obwohl diese da noch gar nicht begangen worden war.«

»Das habe ich ja bei dem Gespräch genau erklärt.«

»Zur dritten Meldung kam es, als Inspector Jordan Ihnen den Gefallen tat, bei Ihnen zu Hause vorbeizuschauen und Sie über den Verlauf der Ermittlungen zu informieren.«

»Da habe ich ihr von der Puppe erzählt, die erst verschwunden und dann wieder aufgetaucht war.«

»Ja, von einer Puppe ist die Rede«, bestätigte Durrant in eisigem Ton. »Beim vierten Mal wurde Ihre Tochter von einer auf Kinderschutz spezialisierten Beamtin befragt. Fünftens …« Er machte eine Pause und sah die Beamtin an. »Fünftens«, wiederholte er nachdenklich. »Kann man das so sagen?« Die Frau zuckte nur mit den Achseln. »Wie auch immer, jedenfalls hatte ich bei dieser Gelegenheit das erste Mal mit Ihnen zu tun, und wir beauftragten tatsächlich Beamte damit, eine Reihe von Männern zu befragen, deren Namen Sie uns genannt hatten. Wobei nichts Nennenswertes herauskam. Sechs: Inspector Jordan tat Ihnen ein weiteres Mal den Gefallen, Sie über den Verlauf der Ermittlungen zu informieren.«

»Sie hat mich nicht nur über den Verlauf der Ermittlungen informiert«, widersprach ich, inzwischen ziemlich wütend. »Es hatte sich herausgestellt, dass es sich um einen Mord handelte, genau, wie ich gesagt hatte.«

»Kollegin Jordan teilte Ihnen bei der Gelegenheit aber auch mit, dass wir bei keinem der befragten Männer auf eine Verbindung zu Skye Nolan gestoßen waren. Sieben: Sie meldeten sich telefonisch bei Inspector Jordan, um einen angeblichen Einbruch anzuzeigen. Gestohlen wurde nichts. In Jordans Bericht heißt es: ›Miz Moreau sagte: Mir ist klar, dass Sie jedes Mal die Krise kriegen, wenn Sie meine Stimme hören.‹ Das lasse ich jetzt einfach mal so stehen, jeder weitere Kommentar erübrigt sich. Zur Krönung des Ganzen erscheinen Sie dann auch noch bei der Gerichtsanhörung und nehmen Kontakt zur Mutter des Opfers auf.«

»Was soll das alles?«

»Es ist eine nützliche Übung. Es hilft, die Dinge klarer zu sehen. Achtens: Sie meldeten sich erneut telefonisch bei Inspector Jordan, nachdem sie sich mit Peggy Nolan getroffen hatten. Und schließlich Numero neun: Sie rufen Inspector Jordan von dem Tatort an, wo kurz zuvor Peggy Nolan ermordet wurde. Jordan fordert Sie auf, nichts anzufassen, doch Sie erteilen sich selbst die Erlaubnis, am Tatort herumzuschnüffeln. Nebenbei stellt sich heraus, dass Ihre Tochter im Kindergarten ist und Sie niemanden organisiert haben, der sie abholt.« Er blickte von der Akte hoch. »Ich nehme an, im Moment passt jemand auf Ihre Tochter auf. Oder haben Sie sie vor dem Fernseher zurückgelassen, mit einem Päckchen Chips und einer Limo?«

»Sie ist in guter Obhut«, gab ich ihm zur Antwort. Ich empfand einen Anflug von Panik. Was, wenn er herausfand, dass ich mir Zugang zu Jasons Computer verschafft hatte? Was, wenn er erfuhr, dass Jason mir bereits mit rechtlichen Schritten gedroht hatte?

»Zehntens und in gewisser Hinsicht der wichtigste Punkt: Sie rufen Inspector Jordan an – die Sie mittlerweile mehr oder weniger zu stalken scheinen und die sich und ihrer Karriere nichts Gutes getan hat, indem sie derart auf Ihre Paranoia eingegangen ist –, um sich von ihr bestätigen zu lassen, dass Aidan Otley für den Tag, an dem Skye Nolan ermordet wurde, ein Alibi hat, woraufhin sie Ihnen bestätigt, dass er tatsächlich ein Alibi hat. Er war auf einer Konferenz in Birmingham. Er hat dort eingecheckt, an einem Seminar teilgenommen und die Nacht dort verbracht.«

Er legte die Akte auf den Tisch, klappte sie zu und sah mich über den Tisch hinweg an.

»Das hat mich auch irritiert«, antwortete ich. »Deswegen habe ich, bevor ich mich auf den Weg hierher machte, einen Kollegen von ihm angerufen, einen Mann namens Frederick Gordon. Er befand sich mit Aidan auf der Konferenz. Aber er kann sich nicht daran erinnern, Aidan am Abend gesehen zu haben, und beim Frühstück am nächsten Morgen war er auch nicht da. Gordon weiß noch, dass Aidan zu ihm gesagt hat, er habe verschlafen.«

»Trotzdem ist bewiesen, dass er an einer Veranstaltung teilgenommen hat, die siebzig Kilometer vom Tatort entfernt stattfand.«

»Er kann nach London und wieder zurück gefahren sein«, gab ich zu bedenken. »Zeitlich wäre das leicht zu schaffen gewesen.«

»Nur damit ich das alles richtig verstehe: Sie haben erst Ihren Ex-Partner beschuldigt, dann seinen Mitbewohner …«

»Ich habe nie irgendjemanden beschuldigt, sondern lediglich versucht, das Richtige zu tun. Ich habe ein Verbrechen gemeldet. Man hat mich gefragt, mit wem Poppy zu tun hatte, und ich habe die Frage beantwortet. Es war nie meine Absicht, jemandem Schwierigkeiten zu bereiten.«

»Sie haben Ihren Ex-Partner beschuldigt, und nun beschuldigen Sie Ihren jetzigen Partner. Sollte uns das nicht zu denken geben?«

»Ich weiß nicht, worauf Sie hinauswollen«, erwiderte ich verzweifelt. »Haben Sie mir denn nicht zugehört? Ich habe gefunden, wonach Sie schon die ganze Zeit suchen: die Verbindung zwischen Aidan und Skye Nolan.«

Durrant klopfte ein paarmal mit dem Stift auf die Tischplatte und legte ihn dann zur Seite.

»Die Uhr«, sagte er.

»Ja, die Uhr.«

Er überlegte einen Moment.

»Wessen Uhr ist es? Ich meine, ursprünglich?«

»Das habe ich Ihnen doch gesagt. Die von Aidan. Das ist doch der springende Punkt.«

»Dann fahren wir jetzt also zu Aidans Haus und finden Aidans Uhr in Aidans Schublade. Was bringt uns das?«

»Sie brauchen nicht hinzufahren. Ich habe die Uhr dabei. Sehen Sie.« Ich beugte mich hinunter, kramte in meiner Tasche herum, spürte die Fotos unter meinen Fingern und stieß dann auf das glatte, runde Zifferblatt der Uhr. Ich zog sie heraus und hielt sie ihm hin, weil ich davon ausging, dass er sie sich ansehen wollte, doch er wich zurück.

»Sie haben sie mitgenommen?«

»Ich dachte, Sie würden sie unter die Lupe nehmen wollen.«

»Sie haben einen Diebstahl begangen.«

»Aber es handelt sich doch um Beweismaterial.«

Er betrachtete mich mit dem Anflug eines Lächelns.

»Ihrer Meinung nach.«

»Ich habe es Ihnen doch gesagt. Ich habe die Uhr bei den Sachen gesehen, die Skye am Leib trug. Deswegen musste er sie sich holen. Deswegen hat er Peggy umgebracht.«

»Haben Sie irgendwelche Aufzeichnungen davon? Ein Foto?«

»Natürlich nicht. Trotzdem bin ich mir hundertprozentig sicher. Ich habe sie gesehen. Aber was ist mit Ihnen? Haben Sie Aufnahmen von Skyes Leiche? An einem Tatort werden doch immer viele Fotos gemacht, nicht wahr?«

Ross Durrant wirkte plötzlich leicht verlegen.

»Wie Sie wissen, sind wir zunächst nicht von einem Tatort ausgegangen. Der Todesfall galt tagelang als Selbstmord. Anfangs hat man die Sachen vermutlich im Krankenhaus in Gewahrsam genommen. Sie wurden jedenfalls erfasst, aber nur in Form einer Liste. Es gibt kein Foto.«

»Soweit Sie wissen.«

»Ich weiß es. Es gibt kein Foto.«

»Aber ich habe die Uhr gesehen. Glauben Sie mir nicht?«

Durrant starrte über meinen Kopf hinweg, als hätte er hinter mir etwas Interessantes entdeckt, doch mir war klar, dass es da nichts Interessantes gab, nur die blanke Wand.

»Das hier habe ich auch noch.« Ich schob ihm das Foto von Aidan und seinen Arbeitskollegen über den Tisch.

»Mir ist nicht ganz klar, inwiefern das relevant sein soll«, sagte er, nachdem er einen Blick darauf geworfen hatte.

»Er hat dieselbe Kappe auf, die Skye Nolan auf einem Foto trägt, das mir ihre Mutter schickte. Ich kann es Ihnen zeigen.«

Ich begann, an meinem Handy herumzufummeln, doch er gebot mir mit einer Handbewegung Einhalt.

»Wissen Sie, was ich glaube?«

»Nein, was?«

»Wir führen gerade das sinnlose Gespräch Nummer elf. Sie kennen die Regeln? Demnach müsste ich jetzt rechtliche

Schritte gegen Sie einleiten, weil Sie die Zeit der Polizei verschwenden. Das kann mit einer Geldstrafe oder einer Haftstrafe bis zu sechs Monaten geahndet werden. Wobei manche Leute vielleicht der Meinung wären, dass Sie nicht nur die Zeit der Polizei verschwenden, sondern regelrecht die Justiz behindern, indem Sie Ihre kleine Schlacht mit Ihrem Freund und Ihrem Ex-Freund austragen, sich dabei in polizeiliche Ermittlungen einmischen, mit Zeugen sprechen und sich an einem Tatort zu schaffen machen. In diesem Fall sprechen wir von wesentlich ernsteren Konsequenzen. Dafür können Sie alles kriegen, bis hin zu lebenslänglich.«

Überrascht starrte ich ihn und die Beamtin an. Ich hatte angenommen, nun wäre der Albtraum vorbei, doch langsam begriff ich, dass ich einen schrecklichen Fehler begangen hatte.

»Glauben Sie wirklich, dass ich das alles bloß erfunden habe?«

Ross Durrant schüttelte den Kopf.

»Wissen Sie, im Lauf der Jahre bin ich mit Augenzeugen, Fingerabdrücken und DNA vor Gericht gegangen und musste trotzdem erleben, wie etliche dieser vermeintlich wasserdichten Fälle zerpflückt wurden. Der Augenzeuge war zu weit entfernt, die Fingerabdrücke waren verschmiert, DNA womöglich im Labor verunreinigt. Und was haben wir in diesem Fall? Eine Kinderzeichnung und eine Uhr, die Sie erst da und dann dort gesehen und nun auch noch gestohlen haben!«

»Ich erwarte ja gar nicht von Ihnen, dass Sie ihn sofort wegen zweifachen Mordes festnehmen«, antwortete ich frustriert. »Obwohl ich mir absolut sicher bin, dass Aidan beide begangen hat. Aber werden Sie wirklich gar nichts unternehmen? Abgesehen davon, dass Sie womöglich mich dafür bestrafen, dass ich versuche, eine gute Bürgerin zu sein?«

Ross Durrant wich meinem Blick aus und sah stattdessen seine Kollegin an. Als er sich am Ende doch wieder mir zuwandte, klang er zumindest nicht mehr ganz so, als würde er mich hassen.

»Unsere Ermittlungen gehen weiter. Wir werden alle Spuren verfolgen, die uns vielversprechend erscheinen. In der Zwischenzeit sollten Sie sich vielleicht einfach mal zurücklehnen und einen Blick auf Ihr Leben werfen, Miz Moreau. Ich bin kein Psychiater, aber wenn Sie erst Ihren Ex-Freund für einen Mörder halten und jetzt Ihren gegenwärtigen Freund, dann hat das vielleicht gar nichts mit Ihren Freunden zu tun. Ich schätze, es gibt Fachleute, mit denen man über so etwas sprechen kann. Außerdem haben Sie ja auch noch eine kleine Tochter, um die Sie sich kümmern müssen.«

»Und das war's jetzt?«, fragte ich. »Gehen Sie jetzt zurück auf den Golfplatz?«

Seine Miene verfinsterte sich. »Ich war im Park, Fußball spielen mit meinen beiden kleinen Jungs«, entgegnete er. »Aber danke der Nachfrage.«

Er klappte die Akte zu.

»Wollen Sie sich denn gar nicht notieren, was ich Ihnen berichtet habe?«, fragte ich.

Sein Gesichtsausdruck wurde sarkastisch. »Ich bin froh, dass Sie sich derart für die Arbeitsweise der Polizei interessieren.«

»Darum geht es nicht«, entgegnete ich. »Ich möchte, dass Sie aufschreiben, was ich heute hier gesagt habe.« Ich wandte mich der Beamtin zu. »In Ihrer Gegenwart. Wie heißen Sie?«

»Steiner«, antwortete sie. »Jan Steiner.«

»Ich werde das Gespräch meinerseits auch schriftlich festhalten«, erklärte ich. »Denn wenn ich in ein, zwei Wochen oder vielleicht auch erst in einem Monat mit meiner Tochter tot aufgefunden werde …« Ich musste eine Pause einlegen und schlucken, weil ich das entsprechende Bild plötzlich sehr lebhaft vor Augen hatte. »Falls das passieren sollte«, fuhr ich fort, »möchte ich nicht, dass Sie beide auf mysteriöse Weise vergessen, dass wir drei an diesem Tag hier saßen und ich Ihnen erzählte, was ich Ihnen gerade erzählt habe.«

Ross Durrant musterte mich argwöhnisch und neigte dann ganz leicht den Kopf. »Wir werden es vermerken.«

»Ich werde es auch vermerken«, entgegnete ich, »und zwar an einer Stelle, wo es jemand finden wird.« Ich erhob mich. »So, jetzt muss ich zurück zu meinem Leben und zu diesem Mann, der zwei Frauen ermordet hat. Und ich habe keine Ahnung, an wen ich mich noch wenden soll.«

Ross Durrant erhob sich ebenfalls.

»Sie haben sich da in etwas hineingesteigert«, sagte er. »Wenn Sie sich wieder ein bisschen beruhigt haben, werden Sie vielleicht in der Lage sein, sich jemanden zu suchen, der Ihnen helfen kann.«

»Deswegen bin ich hergekommen«, sagte ich.

57

Poppy trug Rattenschwänzchen. Eines saß höher als das andere, was ihr ein schiefes Aussehen verlieh. An einer Wange prangte ein dicker Kratzer. Einen Moment schloss ich die Augen, spürte ihr Herz gegen meines schlagen, spürte ihren heißen Atem an meinem Hals. Dann hielt ich sie ein Stück von mir weg.

»Was ist denn mit deinem Gesicht passiert?«

»Roxie hat mich beißt.« Mit tragischer Miene legte sie einen Finger an die leuchtend rote Wunde. »Sie hat mir wehtut.«

»Roxie?« Während ich mich aufrichtete, hielt ich weiter ihre warme Hand fest, als wäre sie das Einzige, was mir Sicherheit geben konnte. Entrüstet wandte ich mich an Emily.

»Poppy hat versucht, auf ihrem Rücken zu reiten«, erklärte diese schnell. »Ich habe eine antiseptische Salbe darauf gegeben. Jason sagt, das reicht.«

Emily machte keinen so frischen, gesunden und hübschen Eindruck wie sonst. Ihr Haar musste dringend gewaschen werden, und es lagen dunkle Schatten unter ihren Augen. Sie trug ein Herrenhemd über einer Baumwollhose und wirkte damit eher wie ein Kind, nicht so sehr wie eine Schwangere.

»Ist mit dir alles in Ordnung?«

Ihr Blick wanderte von mir zum Fenster des Cafés, wo eine Fliege vergeblich den Weg nach draußen suchte und immer wieder surrend gegen die Scheibe stieß.

»Jason hat gesagt, ich soll mich nicht mit dir unterhalten.« Sie sprach sehr leise.

»Und du tust immer, was Jason sagt?« Meine Stimme klang barscher als beabsichtigt, fast wie ein Knurren.

Sie schaute mich wieder an. »Wir sind verheiratet.«

Ich stieß ein kleines Lachen aus. »Ist es das, was verheiratet sein für dich bedeutet?«

»Ich sollte gehen.«

»Arbeitest du nicht mehr, Emily?«

»Ich nehme mir eine Auszeit.«

Am liebsten hätte ich sie geschüttelt, ihr gesagt, sie solle die Augen aufmachen und sich ansehen, was gerade mit ihr passierte. Aber wer war ich, ihr das zu sagen? Wie sollte ausgerechnet ich irgendjemandem wegen irgendetwas weise Ratschläge erteilen? Ich blickte auf Poppys rotes Haar hinunter und griff dann nach ihrer Übernachtungstasche.

»Es tut mir leid, dass ich keine Zeit hatte, ihre Sachen von gestern zu waschen.«

»Kein Problem. Wir sind dann mal weg«, antwortete ich.

»Tess?«

»Ja?«

»Ach … nichts. Auf Wiedersehen.«

»Pass auf dich auf«, sagte ich und bemerkte, wie Emily schlagartig Tränen in die Augen traten.

»Was sollen wir heute machen?«, fragte ich Poppy, während wir Hand in Hand auf die Bushaltestelle zusteuerten.

Ich war so voller Angst, dass ich kaum sprechen konnte. Denn was sollte *ich* heute tun? Oder morgen, oder wann auch immer? Jeder Atemzug schmerzte, und meine Beine erschienen mir dünn und schwankend wie Schilf. Mein Körper – der Körper, der noch vor wenigen Stunden in Aidans Armen gelegen, den er berührt und in Besitz genommen hatte –, fühlte sich inzwischen beschmutzt und wie gebrochen an.

»Ochs am Berg spielen?«, fragte sie hoffnungsvoll. »Oder Verstecken! Ich verstecke mich, und du musst mich suchen.«

»In Ordnung«, antwortete ich in bemüht munterem Ton.

Aber vielleicht, dachte ich, sollten wir besser wegfahren, zu meiner Mutter oder zu meiner Freundin Sylvie, die in Newcastle lebte. Ich hatte auch eine Freundin in Hamburg und sogar eine in Neuseeland. Oder sollte ich zu Gina gehen und ihr alles erzählen? Oder zu Nadine, die immer so gelassen und pragmatisch blieb und mit ihrer beruhigenden Art selbst den brennendsten Problemen ihren Schrecken nahm?

Aber würden sie mir glauben? Würde mir überhaupt jemand glauben? Ich wusste ja nicht mal, ob ich mir selbst glauben würde, wenn ich an ihrer Stelle wäre.

Wir bestiegen den Bus. Poppy kuschelte sich ganz dicht neben mich, sodass es sie jedes Mal gegen mich drückte, wenn der Bus um eine Ecke bog. Als wir ausstiegen, griff ich nach ihrer Hand, doch sie zog sie weg und hüpfte mit wippendem Rucksack und schwingenden Rattenschwänzchen vor mir her.

»Tess!«

Bernie kam schnellen Schrittes auf uns zu.

Ausnahmsweise war ich fast froh, ihn zu sehen. Er war nervig, aber auf eine normale Art – indem er sich zu krampfhaft bemühte und oft den falschen Ton traf. Ja, er neigte dazu, einem zu sehr auf die Pelle zu rücken. Grenzen zu respektieren, war nicht seine Stärke. Aber letztendlich wollte er einfach nur, dass man ihn mochte. Er hatte niemanden umgebracht.

»Und wie geht's Pops?«, fragte er und grinste sie mit seinen gelben Zähnen an.

Poppy starrte auf seine linke Hand, die er zum Gruß erhoben hatte – auf die rundlichen Stummel, wo früher seine Finger gewesen waren.

»Wo sind sie jetzt?« Sie deutete zu seiner Hand hinauf.

»Das ist eine gute Frage.«

»Sind sie tot?«

»In gewisser Weise schon, glaube ich.«

»Sind sie in der Erde?«

»Das glaube ich nicht.«

»Tut es weh?«

»Nein, jetzt nicht mehr.«

»Roxie hat mir wehtut.« Poppy legte einen Finger an ihre Wange.

»Ein Hund«, erklärte ich.

»Seid ihr auf dem Heimweg?«

»Ja.«

»Dann bis später.« Bernie stieß sein wieherndes Lachen aus, als hätte er gerade einen Witz gemacht.

Wir bogen in unsere Straße ein. Vor der Tür saß eine Gestalt. Als wir näher kamen, erhob sie sich. Aidan.

Ich blieb wie angewurzelt stehen, griff nach Poppys Hand und drückte sie fest.

»Mummy? Mummy, du tust mir weh!«

Er winkte uns zu, die Hand hoch über dem Kopf. Dann lief er uns mit großen, federnden Schritten entgegen. Als er uns erreicht hatte, nahm er mein Gesicht in beide Hände, küsste mich voll auf den Mund, beugte sich anschließend zu Poppy hinunter und berührte sie sanft an der Schulter. Ich musste daran denken, wie gut es mir immer gefallen hatte, dass er so respektvoll mit ihr umging, vor lauter Vorsicht fast ein wenig linkisch.

»Ihr beide habt mir gefehlt«, sagte er zu ihr, »deine Mutter, und du auch. Aber jetzt bin ich wieder da. Wir gehen jetzt picknicken!«

Poppy starrte ihn mit großen, runden Augen an. Gleichzeitig drückte sie sich gegen meine Knie. Warum hatte ich nie gespürt, dass sie sich vor ihm fürchtete? Überall hatte ich verzweifelt nach Anzeichen und Hinweisen gesucht, dabei aber nicht bemerkt, was direkt vor meinen Augen ablief.

»Ich bin mir nicht sicher …«, begann ich.

»Ich habe wahrscheinlich viel zu viel mitgebracht. Aber was wir jetzt nicht essen, können wir ja für später aufheben. Ich dachte mir, wir gehen in den Epping Forest. Kletterst du gern auf Bäume, Poppy?«

»Nein.«

»Ich habe mir schon die Fahrzeiten der Busse angesehen. Sie gehen alle zehn Minuten.«

»Ich bin ziemlich müde«, bemerkte ich.

Aidan nahm meine Hand und küsste die Knöchel.

»Ich auch«, antwortete er leise. »Wir haben nicht viel Schlaf erwischt, was?«

»Ich dachte eher, dass ich was ausbrüte.«

»Das war alles zu viel für dich«, meinte er.

»Was brütest du, Mummy?« Poppy zerrte an meiner Hand. »Ein Küken?«

Womöglich wurde ich tatsächlich krank – der Boden schien unter meinen Füßen zu schwanken, und als ich den Kopf hob und zum blauen Himmel mit den kleinen Wölkchen hinaufblickte, hatte ich das Gefühl, als kippten mir die Bäume entgegen. Am liebsten hätte ich mich mit Poppy zu Boden geworfen, mich über sie gebeugt, um sie ganz fest in meine Arme zu schließen und mich dann mit ihr möglichst klein zusammenzurollen.

Sah Aidan denn nicht, wie es mir ging? Wie war das möglich? Wie konnte es sein, dass er nichts merkte? Er erzählte mir gerade lächelnd, dass er den ganzen Vormittag an mich gedacht habe – während ich nun mit dem Gedanken spielte, mit Poppy an ihm vorbeizuhasten, ins Haus zu stürmen und die Tür hinter uns zuzuschlagen.

Doch obwohl meine Gedanken so chaotisch durcheinanderwirbelten, dass mir davon übel wurde, begriff ich – es war das Einzige, was ich begriff –, dass er nicht merken durfte, dass ich Bescheid wusste. Unsere Sicherheit hing davon ab, dass Aidan glaubte, er sei damit davongekommen.

»Lass mich schnell Poppys Sachen reinbringen und eine Picknickdecke holen«, sagte ich.

Aidan zog sein Handy heraus und warf einen Blick auf die Uhrzeit.

»Klar. In einer Minute geht ein Bus und der nächste dann in zwölf Minuten. Den können wir nehmen. Wir sind ja nicht in Eile.« Wieder bedachte er mich mit diesem zärtlichen, vielsagenden Lächeln.

Ich wühlte in meiner Tasche nach den Schlüsseln. Dabei spürte ich die Fotos und die Uhr unter meinen Fingern. Ich schloss auf. Wir traten in den Hausgang und von dort in die Wohnung. Poppy schnappte sich Sunny und presste ihn an sich.

»Du tust mir nicht weh. Du bist mein Freund.«

Sie drückte ihm einen dicken Kuss auf seinen struppigen rotbraunen Kopf. Ich sah, wie sein Schwanz gefährlich zu zucken begann.

»Lasst uns aufbrechen«, sagte Aidan.

»Ich will nicht«, erklärte Poppy.

»Das passt schon, Liebes. Wir können trotzdem Ochs am Berg spielen.«

»Ich will Sunny.«

»Sunny wartet hier auf dich.«

»Ich will Milly. Ich will Schokolade. Ich will eine Banane. Ich will meine Malkreiden. Ich will ein Eis!«

»Ich kann dir ein Eis kaufen«, meinte Aidan gutmütig. »Da, wo wir aussteigen, gibt es ganz in der Nähe ein kleines Café.«

»Ich will ein Planschbecken!«

»Wir lassen dich zwischen uns schwingen«, schlug Aidan vor. »Weit hinauf in die Luft, den ganzen Weg zum Bus. Nicht wahr, Tess?«

Ich nickte. Einem Teil von mir kam das Ganze vollkommen irreal vor, einem anderen Teil schoss durch den Kopf, dass ich auf der Stelle mit Poppy weglaufen musste, losrennen und nie wieder zurückkommen. Ich stellte mir vor, wie wir zusammen die Straße entlangstürmten. Vor meinem geistigen Auge sah ich ihn ruhig hinter uns hergehen, uns einholen. Was dann?

Aidan griff nach Poppys Hand. Ich blickte nach unten, starrte auf die Männerhand, die sich um die zarte Faust meiner Tochter gelegt hatte. Sie war noch so klein.

58

Wir ließen Poppy bis zur Bushaltestelle schwingen. Wir schwangen sie auf dem Weg in den Wald. Bei anderen erweckten wir bestimmt den Eindruck einer perfekten kleinen Familie. Ich hatte eine Decke unter dem Arm und Aidan die restlichen Picknicksachen in seinem Rucksack. Er trug ein grünes T-Shirt über einer grauen Baumwollhose und wirkte entspannt und glücklich. Er nannte uns die Namen der Bäume, deutete zu einem über uns kreisenden Bussard hinauf und wies auf die am Wegrand wuchernden Holundersträucher hin.

»Wir sollten Holundersirup machen«, schlug er vor. »Würde dir das gefallen, Poppy?«

»Nein.«

Er grinste, als fände er ihre Antwort lustig.

Wir breiteten die Decke aus und verteilten darauf all unsere Picknicksachen. Aidan holte eine Flasche Champagner und zwei Gläser aus dem Rucksack, die er sicherheitshalber mit Zeitungspapier umwickelt hatte. Für Poppy gab es Limonade in Dosen, außerdem jede Menge kleine Sachen zu essen: Minifalafel, Würstchen und Lachsröllchen, gefüllt mit Frischkäse, auch Kirschen und Erdbeeren – und Schokokekse, klebrig von der Hitze.

Er schenkte uns Champagner ein, stieß mit mir an und sagte: »Auf uns!« Dann klopfte er mit seinem Glas auch gegen Poppys Dose.

Sie drückte sich noch enger an mich. Ich nahm einen Schluck Champagner. Als Aidan nicht herschaute, kippte ich den Rest rasch auf den trockenen, moosigen Boden. Einen Moment später fasste mir Aidan ins Haar, um einen Zweig zu entfernen. Ich schaffte das nicht. Wenn er mich noch einmal anfasste, würde ich nach ihm schlagen. Wenn er Poppy anfasste, würde ich ihm das Gesicht zerkratzen.

Er legte eine Hand über meine. Ich ließ es zu. Ich wandte den Kopf, lächelte ihn an und spürte gleichzeitig Ekel in mir aufsteigen, als füllte sich mein Hals mit zähem Schlamm. Wie konnte es sein, dass er das nicht merkte?

Auf der Heimfahrt schlief Poppy an mich gekuschelt ein. Ich trug sie von der Bushaltestelle nach Hause. Aidans Angebot, sie mir abzunehmen, schlug ich aus. Er folgte mir in die Wohnung und wartete, während ich Poppy aufs Bett legte.

»Wie tief schläft sie denn?«

Ich wusste, was er meinte, stellte mich aber dumm.

»Sie wacht bestimmt gleich wieder auf. Tagsüber schläft sie normalerweise nie.«

»Ich verstehe natürlich, dass es für sie unerwartet kommt, aber sie scheint nicht allzu glücklich darüber zu sein, mich wieder in ihrem Leben zu haben.«

»Sie ist müde.«

»Sie möchte dich für sich allein. Das verstehe ich.« Er bedachte mich mit einem Lächeln – jenem kleinen, halben Lächeln, das ich immer so sympathisch gefunden hatte. »Bestimmt wird sie sich mit der Zeit an mich gewöhnen.«

Ich konnte das nicht. Ich fühlte mich körperlich nicht in der Lage, seinem Blick zu begegnen, seine Hände auf meiner Haut zu spüren, sein Lächeln oder gar seine Küsse zu erwidern. Ich wandte mich ihm zu.

»Aidan. Es war schön heute, aber dir ist doch klar, dass sich nicht wirklich etwas geändert hat, oder?«

»Alles hat sich geändert.«

»Nein, ich spreche von dem Grund, warum ich das mit uns beendet habe. Der Grund war, dass ich mich in keiner guten

Verfassung befand. Ich musste alles Mögliche auf die Reihe kriegen. Das muss ich immer noch.«

»Ich weiß. Ich weiß jetzt, was du gerade durchmachst, und ich kann dir helfen, für dich da sein. Ich möchte dein Fels in der Brandung sein, der Mensch, an den du dich jederzeit wenden kannst.«

»Mir wäre es lieber«, sagte ich so entschieden und freundlich, wie ich nur konnte, »das mit uns beiden erst mal auf Eis zu legen. Bis ich so weit bin.«

Was niemals der Fall sein würde. Nie, nie, nie.

»Nein«, sagte Aidan. »Ich glaube, in der Vergangenheit war ich manchmal ein bisschen verletzt, weil dir Poppy immer wichtiger war als ich, aber einer der Gründe, warum ich mich in dich verliebt habe, war ja gerade die Tatsache, dass du so eine fantastische Mutter bist. Selbstverständlich muss sie bei dir an erster Stelle stehen. Das verstehe ich jetzt viel besser.«

»Aber ich habe in meinem Leben momentan keinen Raum für eine Beziehung.«

»Da bin ich anderer Meinung. Denk an letzte Nacht. Für mich hat sich das angefühlt wie eine Heimkehr, und ich glaube, für dich war es auch so.«

Er legte eine Hand auf meinen nackten Arm. Ich blickte auf seine leicht gespreizten Finger, die sich in meine Haut drückten.

»Du hast dich mir anvertraut«, fuhr er langsam fort, jedes Wort einzeln betonend. »Du hast mir alles anvertraut, Tess, alles, was du in letzter Zeit gedacht und gefühlt hast. Alles, was du getan hast. Dinge, die du sonst niemandem erzählen kannst, niemandem erzählen darfst. Das werde ich nie vergessen.«

Was sagte er da? Ich blinzelte. Meine Augen fühlten sich kratzig und entzündet an.

»Ich würde nie jemandem auch nur ein Wort davon verraten«, fuhr er fort. »Mir ist klar, was für dich auf dem Spiel stünde, wenn beispielsweise Jason und seine Anwältin erfahren würden, dass du in sein Haus eingedrungen bist, dir Zugang zu seinem Computer verschafft hast. Ganz zu schweigen von den Mails, die du an dich selbst weitergeleitet hast, und von deinem Treffen mit Inga, nachdem dir die beiden eine letzte Warnung erteilt hatten. Mir ist klar, wie absolut beängstigend sich das für dich anfühlen muss.«

Er meinte Poppy: Sie stand auf dem Spiel. Ich starrte ihn nur an, unfähig, mich abzuwenden.

»Du bist in einer schrecklichen Situation.« Seine Stimme klang sanft und zärtlich. Er ließ mich nicht aus den Augen. »Niemand glaubt dir: weder Jason noch die Polizei. Sie halten dich für hysterisch, verrückt, gefährlich. Ich sehe dich nicht so. Ich kenne dich. Ich weiß, was für eine leidenschaftliche, loyale und wundervolle Frau du bist. Du würdest alles tun, um Poppy zu beschützen. Das weiß ich. Du stehst am Scheideweg.«

Ich versuchte, etwas zu sagen, doch meine Stimme versagte mir den Dienst.

»Ich bin für dich da«, verkündete er. »Komme, was wolle. Also sag nicht, wir sollten das mit uns beenden oder auf Eis legen. Sag das nicht, meine wunderschöne Tess, denn was täte ich wohl, wenn du das sagen würdest?«

Ich begriff, und gleichzeitig erkannte ich, dass er seinerseits erkannte, dass ich begriff. Er hielt unverwandt den Blick auf mich gerichtet und ließ dabei die ganze Zeit seine warme Hand auf meinem Arm ruhen, drückte die Finger in meine Haut. Schlanke Finger, wie die eines Pianisten.

»Mummy! Mummy, Mummy, Mummy!«

»Komme schon!«, rief ich zurück. Ich löste mich aus Aidans

Griff, krampfhaft um ein Lächeln bemüht, das auf ihn nicht wie eine Grimasse der Angst und des Abscheus wirken würde. »Tut mir leid«, sagte ich. »Du musst jetzt gehen. Aber keine Sorge«, fügte ich schnell hinzu, »ich rufe dich später an. Dann können wir besprechen, wann wir uns wiedersehen.«

Poppy und ich spielten in unserem kleinen Garten, den ich mit fünf großen Schritten durchqueren konnte, Ochs am Berg. Sie stand mit dem Rücken zu mir. Ihr ganzer Körper wirkte angespannt, so sehr musste sie sich beherrschen, nicht den Kopf zu drehen.

Ich machte einen kleinen Schritt.

Aidan hatte meinetwegen zwei Frauen umgebracht. Skye hatte er getötet, weil sie ihm vermutlich gedroht hatte, mir von ihrer Affäre zu erzählen – falls Affäre das richtige Wort dafür war, wenn ein Mann eine betrunkene Frau »rettete«, indem er sie nach Hause brachte und dort Sex mit ihr hatte. Ich musste an Aidan und mich auf der Party denken, die wir gemeinsam besucht hatten, nachdem ich von Jasons Untreue erfahren hatte. An dem Abend hatte ich die Arme um seinen Nacken geschlungen und ihn gewarnt. Ich konnte meine Worte noch hören: *Wenn du mich je betrügst, war's das mit uns. Keine zweiten Chancen.*

Noch einen Schritt. Inzwischen bebte Poppy fast, so stark wurde ihr Wunsch, sich umzudrehen.

Ich sah Skye wieder vor mir, als wir damals in dem Restaurant saßen und sie mit dem Finger auf mich deutete und dabei ununterbrochen lächelte. Und neben mir saß Aidan.

In meiner kleinen Welt hatten sich alle gegenseitig kontrolliert. Jeder hatte jeden überwacht, beobachtet, verfolgt. Alle hatten ihre eigenen Geheimnisse bewahrt, gleichzeitig aber in denen der anderen herumgeschnüffelt.

Ich dachte an die Kappe, die Skye an jenem Abend in der Hand gehalten hatte, Aidans Kappe. Das war auch Aidan nicht entgangen, obwohl er neben mir gesessen hatte, ohne mit der Wimper zu zucken. Wahrscheinlich hatte Skye die Kappe in Poppys kleinen Rucksack geschoben, als ich damals mit Jason im Park war: die Kappe, die Aidan auf dem Foto trug, das in meiner Tasche steckte, dieselbe Kappe, die Skye auf dem Foto trug, dem Foto auf meinem Handy – die Kappe, die ich oben aufbewahrte. Das Ganze war eine Show gewesen, die Skye für ihn inszeniert hatte.

Ich machte einen weiteren kleinen Schritt. Poppy wandte den Kopf. Ich erstarrte. Grinsend drehte sie sich wieder um.

Skye musste Aidan zu meinem Haus gefolgt sein, nachdem er das zweite Mal bei ihr gewesen war. Sie hatte uns beobachtet und verfolgt. Sie hatte die verstümmelte Milly aus meiner Tonne gefischt, sie zur Karikatur einer geliebten Puppe zusammengeflickt und sie mir über Poppy wieder zukommen lassen. Ich hatte die Puppe Aidan gezeigt, und Aidan hatte sich am folgenden Abend, als er eigentlich auf der Konferenz sein sollte, auf den Weg gemacht und Skye umgebracht, indem er sie von ihrem Balkon warf, als wäre sie selbst auch nur eine Lumpenpuppe.

Aidan hatte uns ebenfalls überwacht, mich verfolgt, wenn ich mich unbeobachtet wähnte und meinerseits Jason hinterherspionierte, dabei sogar in sein Haus und seinen Computer einbrach.

Selbst meine kleine Tochter war innerhalb ihrer eigenen Welt zu einer Art Spionin geworden, auch wenn sie nicht in der Lage gewesen war zu entschlüsseln, was sie gesehen und gehört hatte. Poppy war Zeugin geworden, wie ihr Vater eine fremde Frau küsste. Sie hatte Aidan mit Skye gesehen, vielleicht durch ihr offenes Fenster oder oben vom Treppenabsatz aus, während ich schlief. Ich würde nie mit Sicherheit wissen, wie viel sie gesehen oder gehört und mit all den anderen Bilden und Worten in ihrem fantasiebegabten Gehirn abgespeichert hatte.

»Pass bloß auf, du verfickte Fotze, sonst bringe ich dich um! Ich stoße dich von deinem Balkon, und niemand bekommt es mit.« Nur meine Tochter hatte es mitbekommen, mit ihren scharfen Augen, groß wie Untertassen, und ihren feinen Ohren, die alles registrierten.

Noch einen kleinen Schritt. Jetzt konnte ich fast schon den Arm ausstrecken und Poppy berühren.

Erst Skye und dann, als er begriff, dass er noch nicht ganz auf der sicheren Seite war, Peggy. Nachdem er es getan hatte, war er zu mir gekommen. Er hatte müde und friedlich gewirkt. Er war der Meinung gewesen, das alles wäre vorbei, und wir könnten wieder zusammen sein.

Ich stand ganz still in dem kleinen Garten – wo die Sonne auf uns herunterbrannte und die Vögel sangen – und dachte nach. Auf Zehenspitzen wagte ich einen weiteren winzigen Schritt. Aidan wollte mich. Uns beide. Auf irgendeine schreckliche Art bildete er sich ein, wir gehörten ihm, und nun glaubte er, uns endgültig in der Hand zu haben: *Du stehst am Scheideweg*, hörte ich ihn sagen.

Poppy hatte zugesehen und zugehört, und sie hatte versucht, mir durch ihre Zeichnung mitzuteilen, was sie wusste – durch das obszöne Schimpfwort, durch ihre nächtlichen Angstzustände, durch die Art, wie sie sich mit Zangenfingern an mich klammerte, durch ihre Überdrehtheit, ihre Nervosität, ihre Not. Ich hatte all diese Zeichen registriert, aber falsch interpretiert.

Nun wirbelte sie herum, mit wehendem Haar und weit aufgerissenem Mund, laut lachend.

»Ich sehe dich bewegen!«, rief sie triumphierend. »Ich sehe dich!«

59

Später war Poppy derart übermüdet, dass sie nicht einschlafen konnte. Ich las ihr eine Geschichte vor. Danach schaltete ich das Licht aus, legte mich neben sie aufs Bett und streichelte ihr beruhigend übers Haar, spürte jedoch, dass sich ihr kleiner Körper immer noch anfühlte wie eine gespannte Feder.

Nach einer Weile klingelte es. Als ich die Tür öffnete, stand Aidan vor mir. Lächelnd hob er eine Weinflasche hoch.

»Ich habe uns was zu essen bestellt«, informierte er mich. »Ich dachte mir, nach einem Tag wie dem heutigen ist dir bestimmt nicht nach Kochen zumute.«

Es fühlte sich an wie ein Test. Ich hatte ihn weggeschickt. Ich hatte gesagt, ich würde ihn anrufen, doch nun war er wieder hier, als wollte er mir auf diese Weise demonstrieren, wie machtlos ich war.

Ich trat zur Seite, und er kam herein.

»Ich versuche gerade, Poppy zum Einschlafen zu bringen«, erklärte ich mit schwacher Stimme.

»Lass dich von mir nicht stören.« Er nahm ein Weinglas aus der Vitrine, öffnete den Schraubverschluss der Flasche und schenkte sich ein Glas ein. »Magst du auch schon einen Schluck?«, fragte er.

»Jetzt noch nicht.«

Er ließ sich auf dem Sofa nieder und griff nach einer Zeitschrift, einem kostenlosen Exemplar, das mir einmal im Monat durch den Türschlitz geschoben wurde und normalerweise sofort im Müll landete.

»Es wird eine Weile dauern«, erklärte ich.

Lächelnd hob er das Glas. »Lass dir Zeit.«

Mit wackeligen Knien kehrte ich in Poppys Zimmer zurück, wo ich auf ihre Bettkante sank.

»Willst du dich nicht langsam zusammenrollen und schlafen?«

Poppy widersprach laut, sie sei nicht müde, sie wolle mit mir spielen, und ich müsse für immer bei ihr bleiben. Abgesehen von der Tatsache, dass sie nicht schlafen, sondern spielen wollte, fiel mir auf, dass sie das nur in ihrem Zimmer wollte, und zwar nur mit mir.

»Ich möchte bei dir sein.«

»Bist du doch, Liebling.«

»Nur bei dir.«

»Wir müssen auch zu Aidan nett sein«, sagte ich.

»Nur bei dir«, wiederholte sie entschieden. »Für immer und ewig.«

Ich beugte mich über sie, ermahnte sie, ruhig zu sein, und küsste sie auf die Stirn. Ich versuchte, ihr aus dem Gedächtnis eine Geschichte zu erzählen, doch sie belehrte mich, dass ich sie falsch erzählte, deswegen musste ich mich geschlagen geben und das Licht wieder anschalten. Ich las ihr ein Buch vor und dann gleich noch eines, wobei ich mich bemühte, meine Stimme allmählich leiser und ruhiger werden zu lassen, bis ich schließlich hochblickte und feststellte, dass Poppy die Augen zugefallen waren. Ich löschte das Licht und ging ins Wohnzimmer, das sich nicht mehr wie das meine anfühlte. Aidan hob lächelnd den Kopf.

»Ich habe dir auch ein Glas eingeschenkt«, sagte er, »denn ich finde, das steht uns heute zu.«

»Danke.«

»Eine Tüte Chips habe ich auch aufgemacht. Ich hoffe, das ist in Ordnung.«

»Klar.« Ich kam mir vor wie eine Schauspielerin in der Bühnenversion meines eigenen Lebens und sah mich gezwungen, die Rolle perfekt zu spielen. Ich nahm einen Schluck Wein und hatte das Gefühl, Säure im Mund zu haben. Schnell schob ich mir ein paar Chips in den Mund, um den Geschmack zu überlagern, doch die Chips schmeckten nach Pappe, und mein Mund wurde so trocken, dass ich nicht schlucken konnte, sodass ich wieder einen Schluck von dem scheußlichen Wein brauchte. »Ich glaube, sie ist endlich eingeschlafen.«

»Sie war völlig überdreht«, meinte Aidan. »Weißt du nicht mehr, wie sich das anfühlte, als du selbst ein Kind warst? Man wird so müde, dass man vor lauter Müdigkeit nicht einschlafen kann.«

»Ja, ich erinnere mich. Es ist…« Ich brach ab. Mein Kopf fühlte sich plötzlich völlig leer an. Ich hatte meinen Text vergessen. Mir fiel tatsächlich nichts ein, was ich hätte sagen können.

Er beugte sich mit besorgter Miene vor und berührte mich an der Wange.

»Ist mit dir alles in Ordnung?«

»Ich bin auch müde.« Ich lachte. Es klang sogar einigermaßen echt. »Genau wie Poppy.« Krampfhaft überlegte ich, was ich noch sagen könnte. Um Zeit zu gewinnen, trank ich einen weiteren Schluck Wein. »Du hättest anrufen sollen, dass du kommst«, bemerkte ich so leichthin, wie ich nur konnte. »Ich hätte andere Leute zu Besuch haben können.«

»Davon hast du nichts erwähnt«, antwortete er. »Außerdem, was wäre daran so schlimm? Du weißt ja, wie es im Film oft ist, wenn der Held die Heldin in einem Restaurant damit überrascht, dass er vor sämtlichen anderen Gästen für sie singt, und hinterher alle klatschen.«

Mir ging durch den Kopf, dass ich solche Szenen grundsätzlich hasste, sogar in Filmen, die ich mochte. Ich musste dabei immer daran denken, wie peinlich etwas Derartiges im wirklichen Leben wäre, egal, wie sehr man die Person liebte, die es machte. Ich zwang mich zu einem Lächeln.

»Bitte tu mir so etwas nie an. Ich habe eine sehr niedrige Peinlichkeitsschwelle.«

Aidan lachte. »Das kann ich dir nicht garantieren.« Er griff nach der Zeitschrift. »Ich habe mir gerade die Immobilienanzeigen hier drin angesehen. Es sind ein paar schöne Häuschen auf dem Markt.«

Ich gab ihm keine Antwort.

»Lass uns doch besprechen, was für uns das Beste wäre. Ich überlege gerade, ob ihr beide bei mir einziehen solltet oder ich bei euch. Wahrscheinlich ich bei euch, weil meine Wohnung so winzig ist und keinen Garten hat. Aber vielleicht sollten wir beide unsere Wohnungen verkaufen und uns gemeinsam etwas Größeres suchen, gemeinsam neu anfangen.«

»Auf keinen Fall!«, stieß ich sofort hervor, ehe ich mich am Riemen reißen konnte. »Das schaffe ich auf keinen Fall.«

»Warum nicht?«

»Aus vielerlei Gründen. Ich habe den Umzug hierher als unglaublich anstrengend empfunden.«

»Den musstest du ja allein stemmen.«

»Ich könnte es Poppy auch nicht antun. Sie ist im Moment völlig neben der Spur. Sie braucht einfach Stabilität.«

Wieder lächelte er. »Verstehst du denn nicht, dass das ein Grund mehr ist, gemeinsam neu anzufangen, Tess? Dadurch würde Poppy Teil einer richtigen Familie. Es gäbe ihr ein Gefühl von Sicherheit und Geborgenheit.« Ich versuchte, eine Antwort zu stammeln, doch er sprach einfach weiter. »Begreifst du denn nicht? Ich habe mich nicht bloß in dich verliebt, sondern in euch beide, in dich und Poppy. Ich möchte euch beide beschützen, dafür sorgen, dass euch nichts passiert. Auf keinen Fall werde ich zulassen, dass uns irgendetwas auseinanderbringt.«

Dank der Türklingel und der Essenslieferung blieb es mir erspart, mich dazu zu äußern. Ich eilte zur Tür und nahm der jungen Frau mit dem Motorradhelm die prall gefüllte Plastiktüte ab.

»Trinkgeld brauchst du ihr keines zu geben«, rief mir Aidan hinterher. »Das habe ich schon online erledigt.«

Ich ging wieder zu ihm hinein und begann, die Behälter mit dem Essen auf dem Tisch zu verteilen. Anschließend holte ich Teller, Gläser und Besteck aus der Küche. Als ich die Besteckschublade öffnete, fiel mein Blick auf das Brotmesser. Mit einer Lebhaftigkeit, die mich erschreckte, sah ich plötzlich vor mir, wie ich das Messer hinter meinem Rücken versteckte, damit zu Aidan hinüberging und es ihm in die Brust stieß. Ich war sicher, dazu fähig zu sein. Ich wünschte mir, es zu tun. Doch in meinem Kopf folgten weitere Bilder: Poppy gleich nebenan, nur ein paar Schritte entfernt, ich selbst jahrelang im Gefängnis oder in einer psychiatrischen Klinik, Poppy bei ihrem Vater, für immer verloren für mich.

Aidan hatte Thailändisch bestellt, normalerweise ein Lieblingsessen von mir, mit seinem Geschmack nach Limetten, Chili, Knoblauch und Zitronengras. Aber entweder mit dem Essen oder mit mir stimmte etwas nicht, denn alles, was ich in den Mund schob, hatte einen sauren Beigeschmack und kam mir gleichzeitig zu salzig und zu süß vor. Ich kippte ein Glas Leitungswasser nach dem anderen hinunter.

»Ich finde, wir sollten zusammen wegfahren«, meine Aidan.

»Du meinst, nur wir beide?«

»Nein, wir drei. Das meine ich, wenn ich ›wir‹ sage.«

»Poppy hat im Moment keine Ferien.«

»Wir könnten ja an einem Wochenende fahren. Ich finde bestimmt ein schönes Cottage für uns, an irgendeinem ruhigen Plätzchen, vielleicht am Meer, wo wir lange Spaziergänge machen und mit Poppy Sandburgen bauen können. Ich glaube, es täte uns wohl, mal ein bisschen Zeit am Stück miteinander zu verbringen und es uns dabei richtig gut gehen zu lassen.«

Jetzt schaute ich Aidan direkt ins Gesicht. Obwohl ich wusste, was er getan hatte, war mir der Mann, der mir da gegenübersaß, immer noch ein Rätsel. Ich stellte mir vor, fremde Leute würden dieses Gespräch zufällig belauschen. Hätten sie womöglich das Gefühl, Zeugen einer rührenden Liebesszene zu werden? Vielleicht war es das für ihn ja wirklich. Aber was für eine Art Liebe sollte das sein? Und wie würde diese Liebe zum Ausdruck kommen, wenn Poppy und ich an irgendeinem abgelegenen Ort mit ihm allein waren, wo niemand uns sehen oder hören konnte?

Als er mit dem Essen fertig war, begann er, das Geschirr und die Behälter zu stapeln.

»Das kann ich doch machen«, bot ich an, doch er schüttelte den Kopf.

»Ich bestehe darauf, dass du einfach sitzen bleibst.«

Also blieb ich einfach sitzen. Ich sah weder auf mein Telefon, noch griff ich nach einem Buch. Stattdessen beschränkte ich mich darauf zu lauschen, wie Aidan in der Küche Ordnung machte, Wasser aufsetzte und Kaffee mahlte, bis er schließlich mit der Kaffeekanne, zwei Tassen und einem kleinen Teller mit ein paar Schokoladenkeksen zurückkehrte.

Ich war dankbar für den Kaffee – so, wie ich auch für eine plötzliche kalte Dusche dankbar gewesen wäre. Während ich ihn trank, ohne Milch und noch sehr heiß, hatte ich das Gefühl, mich zurück ins Leben zu katapultieren. Aidan plauderte neben mir vor sich hin, und ich nickte ab und zu. Nach einer Weile stand er auf, trat hinter mich, nahm mir die Tasse aus der Hand und stellte sie auf den Tisch. Ich spürte seine Lippen an meinem Nacken. Seine Hand wanderte an meinem Blusenausschnitt entlang und in meinen BH. Ich fragte mich: Kann ich das wirklich durchziehen? Schaffe ich das? Ich dachte an das alte Klischee: Heute nicht, ich habe Kopfschmerzen. An diesem Abend hatte ich tatsächlich Kopfschmerzen. Sie saßen gleich hinter der Stirn und sandten Wellen von Übelkeit aus.

Ich war ein Gegenstand, ein Ding. Das war nicht ich. Ich war nicht hier. Benommen ließ ich mich ins Schlafzimmer führen, ausziehen, aufs Bett drücken und dort küssen, begrapschen und lecken, bis er schließlich meine Beine spreizte und ich sein Gewicht auf mir spürte. Ich klammerte mich so fest an ihn, dass er mein Gesicht nicht sah und ich an ihm vorbei zur Decke hinaufstarren konnte.

Hinterher sank er erschöpft auf den Rücken. Nachdem ich das Licht ausgeschaltet hatte, fühlte ich mich so schlaflos wie meine Tochter, mit dem Unterschied, dass ich sicher war, mein ganzes restliches Leben nie wieder schlafen zu können. Aidan murmelte noch etwas, doch ich versuchte, so gleichmäßig zu atmen, als schliefe ich. Nach ein paar Minuten spürte ich, wie er neben mir in der Dunkelheit auch immer ruhiger ein- und ausatmete.

So wie es aussah, würde ich ihn diese Nacht nicht mehr loswerden.

Ich stand auf, ging hinüber ins Bad, pinkelte und stellte mich dann unter die Dusche. Nachdem ich mir die Haare gewaschen hatte, schrubbte ich mich von oben bis unten – und dann gleich noch einmal. Anschließend trocknete ich mich ab und kehrte ins Bett zurück, wo ich mich so nahe an die Kante legte, wie es nur ging. Ich drehte mich zur Seite, sodass ich ihm den Rücken zukehrte. Dieser Mann, der da so friedlich neben mir lag, hatte zwei Frauen ermordet und drohte mir nun damit, Jason und seiner Anwältin von meinem Verhalten zu erzählen, das mich Poppy kosten würde, es sei denn, ich blieb bei ihm, in der monströsen Farce einer Beziehung.

Ich zweifelte nicht daran, dass er wirklich dazu bereit wäre. Er würde mich lieber zerstören als verlieren: Das war seine Version von Liebe. So tickte dieser Mann.

An wen konnte ich mich wenden? Wer würde mir jetzt noch glauben? Zu viele Male hatte ich falschen Alarm geschlagen. Zumindest sahen das alle so. Bei der Polizei glaubte man mir nicht, für die war ich ein verbittertes, paranoides Weib und außerdem eine Nervensäge. Jason hielt mich für eifersüchtig, rachsüchtig und durchgeknallt. Mein Freundeskreis war zwar mitfühlend und hilfsbereit, doch auch da galt ich als Frau, die unter Druck stand und mit dem Leben einer alleinerziehenden Mutter nicht so richtig klarkam. Mein Arzt hatte mir geraten zu meditieren und eine Therapie zu machen, da sich das Grauen in meiner Fantasie abspiele und dort gerade Amok laufe.

Aber es war real. Es ging um mein Leben, doch ich sah niemanden, der mich retten konnte.

Ich überlegte, ob ich mich meiner Mutter anvertrauen sollte. Dann fiel mir ein, was Peggy passiert war, Skyes Mutter.

Ich wusste, dass ich nur eine einzige Aufgabe hatte: Poppy zu beschützen. Alles andere spielte keine Rolle, mich selbst eingeschlossen. Wie konnte ich diese Aufgabe bewältigen? Würde ich es schaffen, Nacht für Nacht, Jahr für Jahr neben dem Mann zu liegen, der erst Skye Nolan getötet und dann ihre Mutter erwürgt hatte? Ich würde alles für Poppy tun. Aber das?

Wieder stellte ich mir vor, mit Poppy wegzulaufen, das Land zu verlassen und nie zurückzukehren. Ich brauchte nur ein paar Sekunden nachzudenken, um zu erkennen, dass es sich dabei um völlig utopisches Wunschdenken handelte. Denn wo sollte ich hin? Wie sollte das gehen? In dieser Welt der Computer, Kreditkarten, Pässe und Überwachungskameras konnte jemand wie ich unmöglich entkommen.

Aber was, wenn Aidan irgendwann einfach genug davon hatte, mit Poppy und mir zu leben? Konnte ich dafür sorgen, dass er meiner müde, überdrüssig wurde, wie so viele Ehemänner ihrer Frauen überdrüssig wurden und so viele Ehefrauen ihrer Männer? Doch ich war mir sicher, dass ich tun konnte, was ich wollte, wir würden ihm trotzdem nie langweilig werden. Er würde an seinem unerschütterlichen Besitzerstolz festhalten. Niemals würde er genug davon haben, eine Frau und ein kleines Mädchen in einem Käfig zu halten, um mit ihnen machen zu können, was er wollte.

Ich drehte mich um und starrte zu ihm hinüber. In der Dunkelheit war die Kontur seines Körpers nur undeutlich zu erkennen. Aber ich konnte ihn hören und riechen. In diesem Moment befand er sich ganz in meiner Gewalt. Wäre es nur um mich gegangen, hätte ich es dann fertiggebracht, ihm etwas anzutun? Mich für immer von ihm zu befreien? Das Messer lag in der Küchenschublade. Aber ich war nicht allein. Was für ein Leben würde Poppy führen, als Kind einer Mörderin?

Ich hatte das Gefühl, in einen dichten Nebel zu starren, in dem sich irgendwo eine Lösung verbarg. Wenn ich sie doch nur finden könnte. Während ich die ganze schreckliche Nacht wach lag, war mir, als würde ich mich dieser Lösung immer mehr nähern. Sie schien langsam Konturen anzunehmen – und dann schlief ich ein.

60

Aidan stand früh auf. Ich lag im Bett und hörte ihn unter der Dusche singen. Durch halb geöffnete Lider beobachtete ich, wie er seine Sachen anzog. Er saß neben mir auf dem Bett. Ich spürte seinen Blick und hätte am liebsten geschrien, nach ihm getreten, über sein Gesicht gekratzt, ihn fertiggemacht. Stattdessen tat ich, als schliefe ich noch. Schließlich stand er auf und verließ den Raum.

Er ging einkaufen und kam mit viel zu vielen Croissants und Gebäckteilen zurück, die er im Ofen aufwärmte. Er breitete eine Tischdecke über den kleinen Gartentisch und verteilte darauf Teller und ein Marmeladenglas voller gelber Rosen, die vom Nachbargarten über den Zaun hingen. Er füllte Erdbeeren in eine Schale. Für uns beide gab es eine Kanne Kaffee mit einem Kännchen heißer Milch und für Poppy eine große Tasse schäumender heißer Schokolade.

»Und rate mal, was noch?« Triumphierend zog er ein Päckchen Marshmallows heraus, riss es auf und ließ je zwei rosarote und zwei weiße in ihre dampfende Tasse fallen. »Na, gefällt dir das als Sonntagsfrühstück, Poppy?«

Poppy betrachtete ihr Getränk, dann Aidan, dann mich. Ihr Gesicht war fleckig, ihr Mund zu einem schmalen, geraden Strich zusammengekniffen.

»Nein.«

Aidan lachte. Ich legte ein Gebäckstück auf ihren Teller, doch sie schob es von sich weg. Ich spürte, wie sich der Zorn in ihr aufbaute. Und in mir auch.

»Was steht denn heute auf dem Programm?«, fragte Aidan.

»Wir spielen ein Spiel«, verkündete Poppy herrisch. Sie deutete auf mich. »Du musst die Mummy sein. Ich bin das Baby.«

»Und was bin ich in dem Spiel?«

Poppy warf Aidan einen wütenden Blick zu. »Du bist nicht dabei.«

»Na wunderbar«, meinte er gelassen.

Poppy glitt von ihrem Stuhl, obwohl sie ihr Frühstück noch gar nicht angerührt hatte, und stapfte ans hintere Ende des Gartens, wo sie sich auf den Boden kauerte, um nach Würmern Ausschau zu halten. Energisch rammte sie ihre Finger in die weiche Erde.

»Tut mir leid. Bestimmt gewöhnt sie sich bald an dich.«

»Ich hoffe es. Was mache ich falsch?«

»Du machst nichts falsch.« Ich nahm unter dem Tisch seine Hand. »Du machst alles richtig.«

Er lehnte sich leicht in meine Richtung. »Mein Gott, bist du schön!«, stieß er leise hervor.

Ich nahm seine Hand und küsste die Knöchel. Dabei betrachtete ich uns sozusagen von außen: einen Mann und eine Frau, die in der frischen Luft eines Sommermorgens dicht beieinandersaßen, vertraut miteinander umgingen, sich murmelnd unterhielten, während ein paar Schritte von ihnen entfernt ein kleines Mädchen spielte. Ich brauchte lediglich diese Frau zu verkörpern: zu lächeln, wenn es an der Zeit war zu lächeln, und zum gegebenen Zeitpunkt die Hand zu heben, um das Gesicht des Mannes zu berühren. Meine Rolle war die einer verliebten Frau, auch wenn ich in Wirklichkeit vor lauter Abscheu eine Gänsehaut hatte.

»Komm heute Abend wieder«, sagte ich in sanftem Ton, während mir hässliche Gedanken die Kehle zuschnürten. »Ich werde Gina fragen, ob Poppy bei ihnen übernachten darf und sie sie morgen früh in den Kindergarten bringen können.«

»Wirklich?«

»Es ist nicht gut für uns, wenn Poppy immer dabei ist. Wir brauchen auch mal Zeit für uns allein, nur du und ich.«

Ich spürte seine Hand an meinem Oberschenkel.

Lächeln, ermahnte ich mich selbst. Ich lächelte. Küss ihn, lautete die nächste Regieanweisung an mich selbst, woraufhin ich meine Lippen auf seine drückte.

»Geh jetzt«, sagte ich, »damit ich Poppy meine ungeteilte Aufmerksamkeit schenken kann. Dafür gehöre ich heute Abend ganz dir.«

Er ging, und ich konnte wieder atmen.

61

Prüfend betrachtete ich den Esstisch und atmete dann tief durch. Geschafft. Alle Vorkehrungen waren getroffen. Was das Essen selbst betraf, hatte ich etwas Derartiges in meinem ganzen bisherigen Leben noch nie gemacht. Ich hatte Messer, Gabeln und Löffel kerzengerade um die Teller drapiert und auf beide Teller dezent gemusterte, exakt gefaltete Servietten gelegt. Ich hatte zwei verschiedene Weingläser und ein schönes Glas für das Wasser bereitgestellt, perfekt arrangiert wie in den noblen Restaurants, in denen ich mich immer ein wenig unwohl fühlte. Zuletzt zückte ich ein Streichholz und zündete die einzelne orangerote Kerze in der Mitte des Tisches an. Ich fragte mich, ob das nicht alles ein bisschen zu dick aufgetragen war.

Es klingelte. Ich warf einen Blick auf die Uhr: Ich hatte Aidan gebeten, um halb acht zu kommen, und es war jetzt neunzehn Uhr siebenundzwanzig. Ich holte noch einmal tief Luft.

»Du siehst fantastisch aus«, sagte er, beugte sich vor und küsste mich auf die Lippen. Er hielt zwei Weinflaschen hoch. »Ich wusste ja nicht, was es zu essen gibt«, fügte er lächelnd hinzu. Während er eintrat, zog er einen Schlüsselbund aus der Tasche und schüttelte ihn, immer noch lächelnd.

»Es wird Zeit, dass ich meinen eigenen Schlüssel kriege«, sagte er.

»Ich lasse dir einen nachmachen.«

Wobei ich wusste, dass er bereits einen besaß. Er war ins Haus gekommen, um Poppys Zimmer zu durchsuchen. Vermutlich hatte er sich schon mehrmals Zutritt verschafft.

Ich öffnete eine seiner Flaschen und schenkte uns beiden Wein ein. Wir stießen die Gläser aneinander. Er lächelte mich an, und ich erwiderte sein Lächeln. Ich konnte das. Innerlich fühlte ich mich eiskalt vor Hass und Wut.

»Es gibt so vieles, worüber wir sprechen sollten«, meinte er.

Ich ließ mich neben ihm auf dem Sofa nieder und bot ihm ein Schälchen mit Mandeln an, die ich geröstet und mit Salz bestreut hatte.

»Die schmecken prima«, sagte er.

»Du hast recht«, antwortete ich. »Ich meine nicht wegen der Nüsse, sondern dass wir eine Menge zu besprechen haben. Aber darf ich dir einen Vorschlag machen?«

»Natürlich.«

»Wie wäre es, wenn wir heute Abend über nichts Wichtiges sprechen? Ich glaube, wir haben uns einen Abend verdient, an dem wir nur essen und trinken, ohne über wichtige Themen zu reden. Ich meine, wir haben doch Zeit, oder nicht?«

Nachdem wir unser erstes Glas Wein getrunken hatten, nahmen wir am Tisch Platz. Ich hatte als Vorspeise Lachsblini zubereitet und als Hauptgang gebratene Entenbrust. Dazu gab es einen grünen Salat aus der Tüte, den ich in eine Schüssel gekippt und mit Dressing aus der Flasche beträufelt hatte. Ich war im Supermarkt gewesen, auf der Suche nach etwas, das möglichst einfach auf den Tisch zu bringen war, aber trotzdem als halbwegs nobles Abendessen durchging.

Während wir aßen, unterhielten wir uns. Ich fragte ihn, wo er in den letzten Jahren im Urlaub gewesen sei und wohin er gern noch reisen würde, wenn er es sich aussuchen könnte.

»Planst du eine Überraschung?«, fragte er.

»Ich bin nur neugierig. Es gibt ja noch so viel über einander zu erfahren.«

Dabei hatte ich das Gefühl, alles, was er mir erzählte, sofort wieder zu vergessen. Ich glaube, er wollte an irgendeinen

Ort in Südafrika, wo man Wanderungen machen und im Meer schwimmen konnte. Oder war es Australien?

Ich schaffte es, lächelnd zu nicken und Fragen zu stellen, um das Gespräch in Gang zu halten, stellte jedoch fest, dass es mir nicht gelang, auch nur einen einzigen Bissen hinunterzubekommen. Ich spürte, dass ich sofort würgen und mich übergeben würde, wenn ich es auch nur versuchte. Also zog ich eine Show ab, indem ich mein Essen umständlich aufschnitt, auf dem Teller herumschob, gelegentlich ein Stück Entenbrust mit der Gabel aufspießte und Richtung Mund bewegte, dann aber innehielt und die Gabel wieder ablegte, weil mir gerade etwas eingefallen war. Zumindest tat ich so.

Hin und wieder nahm ich einen ganz kleinen Schluck Wein. Trinken konnte ich, musste jedoch einen klaren Kopf behalten. Hauptsächlich trank ich Wasser, ein Glas nach dem anderen. Als Nachspeise schnitt ich uns Erdbeeren und eine Mango auf und arrangierte die Fruchtstücke auf einem Teller, den ich zwischen uns stellte. Es gelang mir sogar, ein paar kleine Happen davon zu essen, auch wenn sie sich in meinem Mund wie Gift anfühlten, ätzend sauer und unangenehm süß zugleich.

Anschließend brühte ich uns Kaffee auf, und wir setzten uns beide aufs Sofa. Ich schaffte es, ein bisschen Kaffee zu trinken. Er war noch zu heiß, doch genau das tat mir gut. Ich genoss es, dass er mir die Zunge verbrannte. Es war, als würde ich mir absichtlich Elektroschocks verpassen oder mir selbst Schnittwunden zufügen.

Dann führte ich Aidan ins Schlafzimmer.

Ich hatte auch mit früheren Freunden hin und wieder mal Sex gehabt, obwohl ich eigentlich nicht wollte, auch mit Jason: weil es leichter war, es geschehen zu lassen, als Nein zu sagen. Das hier war etwas anderes. Ich kam mir vor wie eine Prostituierte, ohne Schamgefühl, ohne Lust, aber auch ohne Schmerz. Meine Kleidung sah entsprechend aus. Ich hatte mich für ein rotes Kleid entschieden, das ich mir vor Jahren mal gekauft hatte, aber nicht besonders mochte, weil es so leuchtend rot und sexy war, dass ich damit immer auffiel – also genau die Art von Kleid, die Aidan vermutlich gefiel. Darunter trug ich schwarze Spitzenwäsche, wobei Slip und BH nicht wirklich zusammengehörten, aber einigermaßen harmonierten, wenn man nicht genau hinschaute. Das Licht hätte ich lieber ausgemacht, ließ es aber an. Das ganze Geschehen auch noch sehen zu müssen, machte es für mich schlimmer, viel schlimmer. Trotzdem war ich zu der Überzeugung gelangt, dass es für ihn dadurch vielleicht noch aufregender wurde.

Während ich ihn stimulierte und ihn seinerseits gewähren ließ, empfand ich ein gewisses Maß an Abscheu, das jedoch kontrollierbar blieb. Es war, als ob man Fischabfälle einen Tag zu lang in der Küche lässt und sich dann darum kümmern muss. Der Geruch ist übel, aber erträglich, während man die Tüte aus dem Mülleimer nimmt, zubindet und hinaus zur Tonne trägt. Ich brachte es immerhin fertig, im richtigen Moment zu lächeln, zu stöhnen, zu keuchen und aufzuschreien.

Als es vorbei war, hielt ich es auch aus, auf der feuchten Stelle liegen zu bleiben, ohne von Ekel überwältigt zu werden.

»Das war wundervoll«, flüsterte er, während er mich streichelte.

Ich murmelte eine Antwort und schwang mich dann aus dem Bett. Ohne in meinen Bademantel zu schlüpfen, verließ ich den Raum. Warum sollte ich in meiner eigenen Wohnung einen Bademantel brauchen, nur um ins Bad zu gehen? Möglichst unauffällig zog ich die Schlafzimmertür hinter mir zu. Während ich die paar Schritte durchs Wohnzimmer eilte, spürte ich, wie mir an der Innenseite der Oberschenkel sein Sperma hinunterlief.

Seine Jacke hing noch über dem Stuhlrücken, über den er sie bei seiner Ankunft gehängt hatte. Ich schob die Hand erst in die eine und dann in die andere Tasche. Gut.

Auf Zehenspitzen schlich ich hinaus in den kleinen Flur und öffnete die Haustür einen Spalt, um den Umschlag halb unter den Topf zu schieben, sodass man ihn gerade noch erkennen konnte. Ich war immer noch nackt. Ich hatte keine Zeit damit vergeudet, mir etwas überzuziehen, deshalb kauerte ich mich nun auf den Boden, damit mich niemand sah. Dann schloss ich die Haustür ganz behutsam und eilte zurück in die Wohnung, ins Bad, wo ich aufs Klo ging und anschließend so viel von Aidan aus mir herauswusch, wie ich nur konnte. Danach kehrte ich ins Schlafzimmer zurück.

Aidan schlief bereits. Er hatte einen Arm nach hinten ausgestreckt und schien fast zu lächeln.

Ich kroch wieder ins Bett. Mir blieb nichts anderes übrig. Wenn er in der Nacht aufwachte, musste ich neben ihm liegen. Bevor ich das Licht ausschaltete, betrachtete ich ihn noch einen Moment. Dabei ging mir ein seltsamer Gedanke durch den Kopf: Er wirkte richtig zufrieden. Diese widerlich billige, schmierige Scharade, die ich da aufgeführt hatte – und die ich selbst als so krude und übertrieben empfand –, war anscheinend genau das, was er sich von mir wünschte.

Ich stellte bei meinem Handy den Wecker ein, vergewisserte mich, dass es eingesteckt war und lud. Anschließend überprüfte ich noch einmal, ob der Wecker auf die richtige Zeit eingestellt war und das Telefon wirklich Verbindung zum Stromnetz hatte, sodass der Akku nicht leer werden konnte.

Natürlich bestand nicht die geringste Aussicht, dass ich einschlafen würde, da war ich mir ganz sicher. Wie hätte ich in dieser Situation schlafen können? Doch dann schaltete ich das Licht aus, ließ mich zurücksinken und schlief sofort ein. Statt turbulenter Albträume bescherte mir diese Nacht nur Ruhe: Sicher und geborgen trieb ich in einem warmen Meer, und über mir funkelten die Sterne.

62

Der Handywecker ließ mich mit einem Ruck hochfahren, mit jenem eigenartigen Gefühl, dass es kein Tag wie jeder andere war – so wie man es von Tagen kannte, an denen man eine Prüfung hatte oder ein Urlaub anfing oder eine Hochzeit bevorstand, oder eine Beerdigung. Während ich mich aufrichtete, begann sich auch Aidan zu bewegen. Er öffnete die Augen und lächelte mich an.

»Hallo, Süße«, murmelte er.

Ich schwang mich aus dem Bett. Am liebsten hätte ich mich gleich wieder unter die Dusche gestellt, aber das ging nicht, denn womöglich gesellte er sich dann zu mir, und das wäre eine Katastrophe. Also wusch ich mir im Bad nur schnell das Gesicht und die Achseln. Das musste reichen. Ich kehrte ins Schlafzimmer zurück und schlüpfte in einen Slip, Jeans und ein T-Shirt.

»Während du duschst, mache ich uns schon mal Kaffee«, erklärte ich so beiläufig wie möglich.

»Klingt gut.«

Ich ging in die Küche und setzte Wasser auf. Sobald ich die Dusche rauschen hörte, rannte ich hinaus zur Haustür. Der Umschlag war da. Ich empfand einen Anflug von Panik, sah dann aber, dass er ein klein wenig anders lag. So leise, wie ich nur konnte, zog ich die Tür wieder zu. Nach einigem Gefummel und hektischem Herumzupfen an Aidans Jacke blickte ich mich nervös um. Mehr gab es nicht zu tun, oder?

Nur noch eines.

Ich griff nach meinem Handy und wählte den Notruf.

»Welchen Service benötigen Sie?«

»Die Polizei«, antwortete ich. Es folgte eine Pause. Bitte macht schnell, bitte macht schnell, betete ich stumm. Dann meldete sich eine andere Stimme. Ich nannte Namen und Anschrift.

»Ich bin in schrecklicher Gefahr. Mein Partner hat gesagt, er will mich umbringen. Ich habe solche Angst, dass er mich tötet!«

»Ist Ihr Partner im Raum?«

»Nein, er ist in einem anderen Zimmer und kann jeden Moment da sein.«

»Es ist schon ein Wagen unterwegs. Er wird in wenigen Minuten bei Ihnen eintreffen. Können Sie die Wohnung verlassen?«

»Nein, das geht nicht. Das schaffe ich nicht.«

Ich wiederholte meine Adresse, damit sie ja alles richtig aufschrieben.

»Eins noch: Sie müssen Inspector Kelly Jordan und Inspector Ross Durrant informieren. Kelly Jordan und Ross Durrant, der die Mordermittlung im Fall Skye Nolan leitet. Die beiden müssen auch kommen, das ist ganz wichtig. Haben Sie das notiert?«

»Warum?«

»Richten Sie ihnen einfach meine Nachricht aus. Sagen Sie, dass ich in Gefahr bin. Es geht um Leben und Tod. Ich muss aufhören, ich glaube, er kommt.«

Ich legte das Telefon auf den Tisch. Ich konnte Aidan oben im Schlafzimmer hören. Vermutlich zog er sich gerade an. Ich hörte ihn summen. Inzwischen hatte das Kaffeewasser gekocht, doch ich kümmerte mich nicht darum. Stattdessen öffnete ich eine der Küchenschubladen, nahm eine Schere heraus, zog den Ausschnitt meines T-Shirts ein Stück vom Hals weg und schnitt durch den Saum. Nachdem ich die Schere wieder in der Schublade verstaut hatte, riss ich den eingeschnittenen Stoff des Shirts ein Stück weit auf, nur etwa zwei Zentimeter oder so. Es war nicht wirklich nötig, aber vielleicht half es die ersten paar Minuten.

Aidan erschien, frisch geduscht und strahlend. Fast kam es mir vor, als würde er leuchten. Er bewegte sich im Raum, als wäre er hier zu Hause.

»Ist der Kaffee fertig?«, fragte er.

»Entschuldige«, sagte ich. »Ich bin noch gar nicht ganz da.« Ich hatte nicht vor, Kaffee zu kochen. »Wann musst du denn in der Arbeit sein? Ich kann dir Frühstück machen. Möchtest du Toast? Ich könnte dir auch Eier und Speck braten. Ich glaube, ich habe sogar noch ein paar Brötchen zum Aufbacken im Gefrierfach.« Ich hatte weder Speck noch Brötchen. Im Grunde hätte ich ihm alles Mögliche anbieten können: geräucherten Hering, Eier Benedikt, ein Reisgericht mit Fisch oder pikante Hammelnierchen.

Er musterte mich irritiert. »Was ist den mit deinem Shirt passiert?«

Ich blickte darauf hinunter, als wäre es mir noch gar nicht aufgefallen.

»Es ist eingerissen.«

»Das sehe ich. Aber du hast es doch gerade erst angezogen. Was ist passiert?«

»Ich bin irgendwo hängen geblieben.«

Er wirkte immer noch irritiert, inzwischen aber auch eine Spur argwöhnisch. »Ist irgendwas?«

Einen Moment wusste ich nicht, was ich sagen sollte. Warum waren sie noch nicht da? Hatten sie meine Nachricht nicht richtig verstanden? Konnte es sein, dass die Adresse falsch notiert worden war? Ich hatte sie doch extra wiederholt. Würde das Ganze nun vollkommen aus dem Ruder laufen?

»Nein, alles gut«, antwortete ich. »Also, was möchtest du zum Frühstück?«

»Hmm, keine Ahnung. Nur eine Scheibe Toast. Und Kaffee.«

»Ja, natürlich. Ich bin gleich so weit.«

Ich fragte mich, ob ich jetzt tatsächlich noch so tun musste, als wollte ich Brot toasten und Kaffee mahlen, als ich draußen einen Wagen hörte, und dann Stimmen und Schritte und die Türklingel.

»Was ist da los?«, fragte Aidan.

Wortlos ging ich hinaus und öffnete die Haustür. Vor mir standen zwei uniformierte Beamte. Ich trat zur Seite und winkte sie hinein. Es waren große Männer, die beim Eintreten den Kopf einzogen, als wäre ihnen die Decke zu niedrig. Tatsächlich ließen die beiden mit ihren Signalwesten voller Streifen und Schnallen und sonstigen Utensilien den Raum plötzlich klein wirken. Sie schauten sich suchend um. Aidan starrte sie derart überrascht an, dass sein Gesicht dabei fast schon wie eine Karikatur wirkte.

»Es gab einen Notruf«, sagte einer der beiden.

»Der kam von mir«, erklärte ich. »Mein Name ist Tess Moreau.« Ich deutete auf Aidan. »Das ist Aidan Otley. Er hat damit gedroht, mich umzubringen. Er hat gesagt, dass er mich genauso umbringen wird, wie er Skye Nolan und Peggy Nolan umgebracht hat.«

Aidan stieß ein verblüfftes Lachen aus.

»Soll das ein Witz sein? Ein verrückter, kranker Witz?«

»Nein«, gab ich ihm zur Antwort. Ich fühlte mich groß und stark.

Aidans Blick zuckte zwischen mir und den Polizisten hin und her. Mittlerweile hatte er den Mund zu einer Art Grinsen verzogen, das halb höhnisch und halb zittrig wirkte.

»Das ist doch lächerlich«, sagte er, »lächerlich und verrückt. Sie ist verrückt. Ich habe nichts dergleichen gesagt. Ich habe niemanden getötet. Das ist alles Schwachsinn …« Er deutete auf mich.

»Das Shirt. Das hat sie selbst gemacht.«

Die beiden Beamten starrten mich an.

»Was soll das alles?«, fragte einer von ihnen.

»Zwei Detectives von der Kriminalpolizei sind bereits auf dem Weg hierher«, erklärte ich. »Sie müssten bald da sein.«

»Wie meinen Sie das? Warum sind sie auf dem Weg hierher?«

»Warten Sie es einfach ab.«

Die beiden Beamten schienen nicht begeistert von der Vorstellung, einfach nur zu warten. Sie stellten Aidan ein paar Fragen, auf die er aber kaum einging.

»Das ist alles Schwachsinn«, wiederholte er. »Ich habe keine Ahnung, warum Sie überhaupt hier sind. Ich komme zu spät zur Arbeit.«

»Wie es aussieht, hat diese junge Dame hier einen Notfall gemeldet.«

»Wann?«

»Vor etwa zehn Minuten.«

Aidan öffnete den Mund und klappte ihn wieder zu. Er warf einen Blick über die Schulter in Richtung Schlafzimmer und Bad, dann wanderte sein Blick zurück zu mir. Er sah mir direkt in die Augen und schüttelte dabei ganz leicht den Kopf. Obwohl die beiden Polizeibeamten da waren, lief mir ein Schauer über den Rücken.

»Was hast du getan, Tess?« Seine Stimme klang sanft.

Ich gab ihm keine Antwort, schaute ihn nicht einmal an.

Ein paar Minuten später hörte ich draußen einen Wagen halten. Ich hoffte auf Kelly Jordan oder zumindest beide Detectives, aber es war Ross Durrant allein, und er wirkte alles andere als begeistert. Während er sich im Flüsterton mit den beiden Beamten besprach, blickte er mehrfach zu Aidan und mir herüber.

Dann steuerte er auf mich zu, trat dicht neben mich und flüsterte: »Ich schwöre Ihnen, dass ich Sie festnehme und wegen Behinderung der Justiz vor Gericht bringe, wenn Sie schon wieder Spielchen mit uns spielen. Haben wir uns verstanden?«

»Kommt Kelly Jordan auch?«

»Keine Ahnung.«

»Sobald sie auftaucht, erkläre ich alles.«

Das schien Durrant nur noch wütender zu machen. Er forderte Aidan auf, sich zu setzen, doch Aidan antwortete, er stehe lieber.

»Warum sind Sie hier?«, fragte ihn Durrant.

»Ich habe die Nacht hier verbracht.«

»Waren Sie und Miz Moreau miteinander intim?«

»O ja.« Woraufhin Aidan den Kopf wandte und mich anlächelte.

»War die Begegnung einvernehmlich?«

»Das war sie.«

Ross Durrant sah mich an.

»Das tut nichts zur Sache«, sagte ich.

»Lügt er?«

»Warten Sie, bis Kelly Jordan da ist. Dann erkläre ich alles.«

Sein Gesicht war inzwischen rot vor Zorn.

»Fünf Minuten. Fünf gottverdammte Minuten. Dann reden wir, egal, wer hier ist.«

Drei Minuten später traf Kelly Jordan ein. Sie wirkte auch nicht viel erfreuter als ihre Kollegen. Jedenfalls kam ihr kein Gruß über die Lippen, und auch kein Lächeln.

»Was soll das?«, fragte sie stattdessen.

Es war so weit. Das war der Moment, auf den ich gewartet hatte. Nun fühlte ich mich ganz ruhig, obwohl alles von dem abhing, was ich gleich sagen würde.

»Aidan Otley hat gedroht, mich umzubringen«, erklärte ich. »Er hat gesagt, er werde mich genauso umbringen wie Skye Nolan und Peggy Nolan.«

»Das ist alles Schwachsinn«, warf Aidan in fast schon liebenswürdigem Ton ein. »Ich bin diesen Frauen noch nie begegnet.«

»Aidan hat von Trophäen gesprochen«, fuhr ich fort. »Er hat gesagt, er habe eine aus Skye Nolans Wohnung und eine aus Peggy Nolans Haus – und dass er sie in seiner Wohnung aufbewahre und mir die Sachen zeigen wolle, damit ich einen Vorgeschmack bekäme, was er mit mir machen werde.«

Nun herrschte Schweigen. Aidan starrte mich ein paar Augenblicke schockiert an, dann lächelte er plötzlich, nein, er lachte sogar.

»Alles klar«, sagte er. »Jetzt weiß ich Bescheid. Zwei Gegenstände?«

»Genau.«

»Einen von Skye Nolan und einen von Peggy Nolan?«

»Ja.«

Er wandte sich an die beiden Detectives. »Sie bildet sich ein, sie kann mir etwas anhängen. Sie hat zwei Gegenstände in meine Wohnung gebracht und dann die Polizei angerufen, um diese frei erfundene Anschuldigung vorzubringen.«

»Was meinst du mit ›etwas anhängen‹?«, fragte ich. »Wann hätte ich denn das tun sollen?«

»Du warst mit mir in meiner Wohnung. Oder du hast dir Zutritt verschafft, als ich nicht da war.«

»Ich besitze keinen Schlüssel. Ich hatte nie einen Schlüssel für deine Wohnung.«

»Du kannst dir irgendwie einen beschafft haben.«

Wieder wandte er sich an die beiden Detectives.

»Soll ich Ihnen von diesen zwei Trophäen erzählen?« Aidan schloss die Augen, sichtlich bemüht, sich zu erinnern. Dann schlug er sie wieder auf. »Ja, ich hab's. Die Mutter hat Tess zwei Geschenke gegeben. Sie hat mir beide gezeigt. Das eine war ein Armreif, der ihrer Tochter gehört hatte. Er war aus Kupfer, mit einem verschlungenen, eingravierten Muster und irgendwelchen hellblauen Steinen. Das andere war ein rechteckiges kleines Keramikding, obenauf lackiert, gelb und grün. Eins von den Dingern, auf die man ein heißes Getränk stellen kann, wie nennt man die noch mal?«

»Untersetzer«, antwortete ich leise.

»Richtig, ein Untersetzer. Auf der Rückseite waren die Initialen der Tochter in den Ton geritzt. Tess hatte beide Stücke hier im Haus, aber irgendwas sagt mir, dass sie nicht mehr da sind. Wahrscheinlich liegen sie in einer Schuhschachtel unter meinem Bett oder in einem Regalfach meines Schranks, ein bisschen versteckt, aber leicht zu finden. Möchtest du, dass die Polizei rasch mal deine Wohnung danach absucht, oder ist das Zeitverschwendung, Tess?«

Ich setzte zu einer Antwort an, doch Aidan hatte sich bereits wieder an die Beamten gewandt.

»Ich spare Ihnen die Mühe. Sie bewahrt die Sachen in ihrer Wäscheschublade auf.«

Ich warf ihm einen scharfen Blick zu. »Du hast in meinen Sachen herumgeschnüffelt?«

Er zuckte mit den Achseln. »Ich musste schließlich wissen, woran ich mit dir bin«, sagte er. »Und nun ist es mein Glück, dass ich es getan habe. Sollten sich die Sachen hier nicht finden«, wandte er sich erneut an die Beamten, »dann können wir zu mir fahren und sie aus dem Versteck in meiner Wohnung holen, das Tess sich dafür ausgesucht hat.«

»Irgendwelche Einwände?«, fragte mich Ross Durrant. »Nicht dass es eine Rolle spielen würde, was Sie davon halten.«

»Wenn es sowieso keine Rolle spielt«, antwortete ich, »dann sollten Sie sich lieber an die Arbeit machen.«

Einer der beiden uniformierten Beamten – der Rothaarige mit dem frischen Gesicht – verließ den Raum. Aidan sah mich an.

»Wenn das hier vorbei ist«, sagte er, »dann haben wir beide ein, zwei Hühnchen miteinander zu rupfen, schätze ich.«

Ross Durrant musterte mich kalt.

»Gibt es irgendetwas, das Sie richtigstellen möchten?«, fragte er mich.

»Meinen Sie diese beiden Sachen, Sir?«, hörte ich eine Stimme hinter mir.

Ich drehte mich um. Der junge Beamte stand mit ausgestreckten Armen da. In einer Hand hielt er den Armreif mit den blauen Steinen, in der anderen den Untersetzer. Aidan sah aus, als hätte ihm jemand einen Fausthieb verpasst.

»Du Miststück!«, sagte er. Ich wartete auf die Worte, die Poppy mitbekommen haben musste, als er sie zu Skye sagte, und prompt sprach er sie aus: »Du verfickte Fotze!«

63

Sie ließen mich mit dem rothaarigen Beamten zurück. Aidan beugte sich im Vorbeigehen ein wenig zu mir herüber.

»Du wirst mich niemals los!«, zischte er leise.

Ich fragte den Beamten nach seinem Namen.

Thorpe, antwortete er mir, Ronnie Thorpe.

»Also, Ronnie, möchten Sie eine Tasse Kaffee?«

Seine Augen zuckten im Raum umher, als befürchtete er, Durrant könnte aus einem Schrank springen.

»Nur, wenn Sie sowieso welchen machen.« Er schaffte es nicht, mir in die Augen zu sehen.

»Das tue ich.«

Ich kochte starken Kaffee für uns beide und ließ mir dafür viel Zeit. Dann, während Ronnie schwitzend und mit steifem Rücken am Tisch saß, rief ich in meiner Schule an, um Bescheid zu geben, dass ich erst am nächsten Morgen wieder erscheinen würde. Ich sei Opfer eines Verbrechens geworden, erklärte ich, und hörte, wie meine Gesprächspartnerin am anderen Ende nach Luft schnappte.

Ich fütterte Sunny. Anschließend kümmerte ich mich um das Geschirr vom Vorabend, wusch das erkaltete Entenfett von den Tellern, säuberte die Gläser in sehr heißem Spülwasser und schwenkte sie danach noch ein paarmal im klaren Wasser hin und her. Als Nächstes putzte ich sämtliche Oberflächen in der Küche, tilgte jede Spur von Aidan, schrubbte alles, was er eventuell berührt haben konnte.

»Wie lang wird das dauern?«, fragte ich Ronnie.

Ronnie wusste es nicht. Er wusste nur, dass ich das Haus

nicht verlassen sollte. Seine Aufgabe war es, mich im Auge zu behalten.

Ich ging duschen. Das Wasser war nur lauwarm, aber ich blieb unter dem Strahl stehen, bis er eiskalt wurde. Ich wusch mich äußerst gründlich, schrubbte jeden Millimeter meines Körpers, doch selbst das fand ich nicht genug. Ich putzte mir die Zähne, gurgelte mit Mundwasser. Mein zerrissenes T-Shirt und den Slip, den ich morgens angezogen hatte, warf ich in den Mülleimer. Ebenso verfuhr ich mit dem roten Kleid und der Spitzenunterwäsche vom Vorabend. Ich schlüpfte in eine Leinenhose mit Kordelzug und ein frisches weißes Baumwollshirt, das sich auf meiner Haut schön weich anfühlte. Dann riss ich das Laken von meinem Bett, zog die Decke und die Kissen ab und warf alles hinaus auf den Treppenabsatz, um sie später in die Tonne zu stopfen. Dabei verspürte ich den plötzlichen Drang, mir die Haare abzuschneiden, am besten raspelkurz, befürchtete aber, dass Poppy erschrecken könnte, wenn sie mich so sah. Deswegen rollte ich sie im Nacken einfach zu einem straffen Knoten zusammen.

Als ich wieder nach unten kam, saß Ronnie immer noch steif wie ein Brett auf seinem Stuhl, nippte gelegentlich an seinem Kaffee und blickte ansonsten starr vor sich hin.

Ich ging hinaus in den Garten, den ich in letzter Zeit völlig vernachlässigt hatte. Als Erstes füllte ich Vogelfutter nach, dann kauerte ich mich neben mein Blumenbeet und machte mich mit einer Schaufel daran, den Giersch auszugraben, ein besonders hartnäckiges Unkraut mit dünnen, tiefen Wurzeln. Anschließend schnitt ich die verblühten Rosenköpfe ab und besprühte die Knospen mit Seifenlauge, um Schädlinge fernzuhalten. Ich kippte das Regenwasser aus, das sich in Poppys kleinem Planschbecken angesammelt hatte, und spülte mit ein paar Kübeln frischem Wasser nach. Als ich damit fertig war, räumte ich die Asche aus dem Grill.

Mir war klar, dass ich im Moment weder nachdenken noch in mich hineinspüren konnte. Ich überbrückte einfach die Wartezeit. Ronnie wartete ebenfalls, hinter mir im Wintergarten.

Kurz vor Mittag sah ich ihn aufstehen und mit schweren Schritten in Richtung Treppe gehen, deshalb wusch ich mir unter dem Wasserhahn im Garten rasch die Hände und kehrte genau in dem Moment ins Haus zurück, als auch er wieder, gefolgt von einer Gestalt, den Raum betrat.

Es war Ross Durrant. Er eilte durch den Wintergarten, als wollte er eigentlich ganz woanders hin, und blieb dann abrupt direkt vor mir stehen. Ich registrierte ein leichtes Zucken an seiner Schläfe und begriff, dass er wütend war.

»Und?«, fragte ich.

Er sah mich an. Ich hatte das Gefühl, dass er mich mit dem gleichen Blick betrachtete wie ich beim Nähen meinen Faden, wenn er sich verheddert hatte.

»Ich bin gekommen, um sie mit aufs Revier zu nehmen«, erklärte er. Mich durchlief eine kleine Welle der Angst. War etwas schiefgegangen?

»Warum?«

»Sie müssen eine Aussage machen.«

»Was läuft hier ab?«, fragte ich. »Hatte ich recht mit dem, was ich Ihnen gesagt habe? Sind Sie fündig geworden?«

»Ja, sind wir«, antwortete er kurz angebunden.

»Was haben Sie gefunden?«

»Draußen wartet ein Wagen auf Sie.«

»Ich hatte also recht?«

»Schon gut«, sagte er, ohne zu lächeln, »genießen Sie Ihren Moment des Triumphes.«

»Ich empfinde kein Gefühl von Triumph.«

»Ich werde mich nicht entschuldigen, falls es Ihnen darum geht.«

»Es geht mir einzig und allein darum, dass Aidan irgendwo

eingesperrt wird, wo er mir und meiner Tochter nichts mehr tun kann.«

»Wie es aussieht, werden wir Ihnen diesen Wunsch wohl erfüllen können.«

Ich griff nach meiner Jeansjacke und meiner Tasche, nahm den Schlüssel vom Tisch.

»Einen kleinen Silberkelch, in den Skyes Name eingraviert ist.« Da er mir den Rücken zukehrte, konnte ich seinen Gesichtsausdruck nicht erkennen, aber seine Schultern wirkten sehr angespannt. »Vermutlich eine Art Taufbecher. Und einen alten Gedichtband, den Peggy neunzehnhundertsechsundachtzig bekommen hat, als Schulpreis für besonders gute Leistungen oder so. Auf der Innenseite des Umschlags befindet sich ein Exlibrisstempel mit ihrem Namen, außerdem hat sie Anmerkungen auf die Seitenränder gekritzelt.«

»Reicht das?«

»Wir werden sein ganzes Leben auf den Kopf stellen. Wenn wir damit fertig sind, wird es nichts geben, was wir nicht über Aidan Otley wissen. Aber es ist im Grunde gar nicht mehr nötig. Wir haben bereits genug, um ihn wegen zweifachen Mordes unter Anklage zu stellen. Was in Kürze auch geschehen wird.«

»Gut.« Meine Hände zitterten, mein Magen fühlte sich hohl an. »Das ist gut.«

Ross Durrant betrachtete mich jetzt mit einem etwas milderen Gesichtsausdruck.

»Und das alles, weil Ihr kleines Mädchen etwas gesehen oder gehört und dann ein Bild gemalt hat.«

»Ja. Die arme kleine Süße.«

»Haben Sie eine Ahnung, wo es dazu gekommen ist?«

»Ich zermartere mir deswegen schon die ganze Zeit den Kopf. Sie war kaum mit ihm allein. Vielleicht ist es im Park passiert, oder Skye ist mal in die Wohnung gekommen, als ich kurz einkaufen war, oder vielleicht nachts, während ich schlief.

Erst rückblickend ist mir klar geworden, dass Poppy danach nicht mehr mit ihm allein sein wollte. Ich glaube, auf ihre Weise hat sie versucht, mich zu beschützen.«

»Können Sie sie nicht danach fragen?«

Ich schüttelte den Kopf.

»Sie wurde schon zu oft danach gefragt, deswegen ist da keine reale Erinnerung mehr. Jenes Bild – das war ihre Erinnerung: ein Mädchen, das von einem Turm fällt.«

64

Poppy marschierte auf mich zu wie ein Soldat auf dem Weg in die Schlacht. Sie wirkte entrüstet und erhitzt – und erfüllt von der Wichtigkeit dessen, was sie zu sagen hatte.

»Bei Jake hab ich weint!«, verkündete sie.

Ich ging vor ihr in die Hocke. »Warum hast du denn geweint, mein Liebling?«

»Ich wollte Teddy.«

»Du hattest Teddy dabei. Ich hatte ihn dir in deine Tasche gesteckt.«

»Ich wollte meine schöne Tasse. Und Sunny. Und mein Einhorn-T-Shirt. Gina hat meine Haare bürstet.«

Ich nahm sie an der Hand. »Komm, lass uns gehen.«

»Nur ich und du.«

»Nur ich und du.«

»Wir können Würmer graben«, schlug Poppy in befriedigtem Ton vor.

»Einverstanden.«

Sie beäugte mich argwöhnisch. »Kein Bad!«, forderte sie.

»Darüber werden wir noch mal nachdenken.«

»Später will ich Donner und Blitz und einen Fuchs sehen. Und Sunny darf bei mir schlafen.«

»Was das Wetter betrifft, kann ich dir nichts versprechen.«

Auf dem Heimweg kaufte ich uns beiden ein Eis. Wir verspeisten es auf einer Bank, mit der Sonne im Rücken. Danach schlenderten wir Hand in Hand zurück zur Wohnung. Dort angekommen, lief Poppy hinaus in den Garten, planschte in ihrem Becken herum, grub ausgiebig nach Würmern, wobei sie vor Konzentration die Stirn runzelte, und erzählte Sunny eine Geschichte von einem Mädchen namens Poppy, das fliegen konnte. Und ich ließ sie bei alledem nicht aus den Augen. Ich beobachtete sie und machte mir meine Gedanken.

Nur allzu bald würde die Nachricht über Aidan publik werden. Sie würden es in den Zeitungen bringen, in den Nachrichten, im Netz. Noch schlimmer fand ich, dass auch mein ganzes Umfeld darüber Bescheid wusste. Die Leute würden mich ganz anders ansehen, mir neugierige Blicke zuwerfen und miteinander darüber tuscheln, in entsetztem Ton, vielleicht sogar sensationslüstern. *Hast du es schon gehört? Weißt du es schon? Ist das nicht schrecklich?* Aber noch war es nicht so weit. Nicht an diesem schönen Abend, der mir so warm und friedlich erschien. Nicht, während Poppy in ihrem Becken planschte, eine Handvoll Wasser nach der anderen in die Luft warf und dann im Slip durch den Garten sauste, beschmiert mit Erde, ganz im Bann ihres Spiels. Nicht, während die Vögel zum Vogelhaus kamen und die Abendsonne durch das Laub der Bäume fiel und zuckende Schatten über den Boden tanzen ließ.

Ich fragte mich, was ich Poppy gegenüber ansprechen sollte und was nicht. Sollte ich einfach warten, bis die Zeit ihre Erinnerungen und Albträume fortspülte, oder sollte ich zu ihr sagen: Du hast schlimme Dinge gesehen, aber jetzt sind sie vorbei? Du warst verwirrt und verängstigt, aber jetzt brauchst du dich nicht mehr zu fürchten. Ich habe einen bösen Mann in unser Haus gelassen, aber er wird nie wieder zu uns kommen. Deine Welt ist sicher.

Doch die Welt ist nie sicher, nicht für ein kleines Mädchen, das alles ungefiltert registriert, mit großen Augen und gespitzten Ohren offen ist für sie, alles sieht und hört, alle Eindrücke in sich aufnimmt wie ein Windspiel, das schon der leiseste Hauch zum Klingen bringt.

»Zeit zum Schlafengehen!«, verkündete ich.

»Geschichten!« forderte sie. »Bis ich Halt sage! Eulenbabys und Tiger beim Tee, kleiner Bär und der Mond, und dann springt die Kuh – und das kleine Schwein! Geschichten! Geschichten!«

65

Am nächsten Tag wartete Jason vor dem Kindergarten, als ich mit Poppy herauskam.

»Wann hattest du vor, es mir zu erzählen?«, fragte er.

»Wie hast du davon erfahren?«

»Die Polizei hat mich angerufen. Sie gingen davon aus, dass ich es schon wusste.«

Ich war im Begriff zu antworten, dass er mir ja verboten hatte, mit ihm in Kontakt zu treten, doch dann spürte ich Poppys warme Hand und hielt mich zurück. Ich wollte nicht mehr so sein.

»Es tut mir wirklich leid, dass du es auf diesem Weg erfahren musstest«, sagte ich. »Du hast vollkommen recht. Ich hätte dich sofort informieren sollen. Es war bloß alles so …« Ich brach ab. In meinen Augen brannten Tränen, aber ich wollte nicht vor Poppy weinen, und auch nicht vor Jason. Ich wünschte, ich läge in einem dunklen Raum und könnte den Tränen freien Lauf lassen – einfach weinen vor Angst und Schuldgefühl und Erleichterung.

»Wo bin ich heute?«, fragte Poppy, während sie zu uns beiden aufblickte. »Heute Abend bei mir«, antwortete ich, »und morgen bei Daddy, wie jeden Mittwoch. Heute ist Dienstag, morgen ist Mittwoch.«

»Das kann ich! Das weiß ich! Montag, Dienstag, Mittwoch, Donnerstag, Freitag, Samstag, Sonntag!«, rief sie mit aufgeregter Singsangstimme.

»Toll«, lobte ich sie. An Jason gewandt, fügte ich hinzu: »Können wir drei einen kleinen Spaziergang machen?«

Er nickte und nahm Poppy an der anderen Hand. Seine Stimmung konnte ich nicht einschätzen. Er war für mich nur noch ein gut aussehender Fremder.

»Lasst mich fliegen!«, befahl Poppy wie üblich. Prompt machte sie sich so schwer, dass sie mit dem Hinterteil fast den Gehsteig berührte. »Ganz hoch hinauf!«

Also legten wir los, Mummy und Daddy und unsere rothaarige kleine Tochter, die zwischen uns nach oben segelte.

»Willst du dich nicht bei mir entschuldigen?«, fragte Jason.

»Doch, das will ich.«

»Du hast mich mehr oder weniger beschuldigt, eine Frau ermordet zu haben. Du hast mir die Polizei auf den Hals gehetzt. Und jetzt stellt sich plötzlich heraus, dass es dein Freund war. Es spielte sich alles unter deinem eigenen Dach ab.«

»Noch mal! Noch mal!«

»Eins, zwei, drei, hoch! Damit werde ich den Rest meines Lebens klarkommen müssen. Ich lag falsch. Ich schaute in die falsche Richtung. Dabei übersah ich, was direkt vor meiner Nase geschah – unter meinem eigenen Dach, wie du sagst.«

Und in meinem Bett, fügte ich in Gedanken hinzu, woraufhin die vertraute Übelkeit in mir hochstieg.

»Deswegen möchte ich mich aus tiefstem Herzen bei dir entschuldigen«, fuhr ich fort. »Es tut mir leid, dass ich den Verdacht hegte, du könntest etwas mit Skyes Tod zu tun haben. Es tut mir leid, dass ich jemandem vertraut habe, der sich am Ende als Mörder entpuppte. Am meisten tut mir leid, dass ich Poppy in Gefahr gebracht habe, während ich doch die ganze Zeit glaubte, sie zu beschützen.«

Ich griff mir mit der freien Hand an den Hals. Mein ganzer Körper fühlte sich wund an. Meine Augen brannten. Ich wartete auf seine Reaktion.

»Ich könnte jetzt das alleinige Sorgerecht beantragen, das ist dir doch wohl klar«, sagte er.

Nun war es so weit. Genau das hatte ich befürchtet.

»Noch mal!«, rief Poppy herrisch.

Schon flog sie wieder hoch in die Luft, unsere rothaarige Tochter.

»Ich würde jeden Zentimeter des Weges gegen dich kämpfen«, erklärte ich. »Lauf ruhig schon vor bis zur Ecke, Poppy.«

Wir warteten, bis sie davongesaust war.

»Ich lag zwar falsch, als ich dir eine Affäre mit Skye unterstellte, aber ansonsten lag ich keineswegs falsch, was dich betrifft.«

»Was, zum Teufel, soll das heißen?«

»Es stimmt, dass du niemanden getötet hast«, antwortete ich in leisem Ton. »Aber du hast mich tyrannisiert, betrogen und belogen, und als wir uns dann trennten, hast du es so hingedreht, als würden wir es in gegenseitigem Einvernehmen tun, auf zivilisierte Weise. Und jetzt tust du Emily das Gleiche an, und auch noch weiteren Frauen – sogar welchen, die für dich arbeiten.« Ich registrierte seinen schockierten Blick. »Ja, ich weiß Dinge über dich, von denen du bestimmt nicht möchtest, dass andere davon erfahren. Vor Gericht würde sich das nicht gut machen, oder? Außerdem hast du zugelassen, dass Poppy deinen Verrat mitbekam. Du bist kein Mörder. Diesbezüglich lag ich falsch. Ansonsten aber lag ich, wie gesagt, durchaus richtig, was dich betrifft. Ich glaube, jeder Richter würde in Anbetracht der Beweislage erkennen, dass ich eine Närrin war, aber in gutem Glauben handelte, wohingegen du – du warst treulos.«

»So ist das also.«

»Jason, ich wünsche mir, dass wir auf zivilisierte Weise miteinander umgehen, Poppy zuliebe. Ich möchte nicht, dass wir uns den Rest unseres Lebens bekriegen. Aber ich schwöre dir, dass ich mich nicht zivilisiert verhalten werde, wenn du versuchst, mir Poppy wegzunehmen.«

Er starrte mich einen Moment an. Ich sah winzige rote Äderchen im Weiß seiner Augen und in seinem Mundwinkel eine kleine Spur von Speichel. Dann veränderte sich etwas an seiner Miene.

»Wir waren mal ein gutes Paar«, sagte er. »Was ist mit uns passiert?«

»Wir waren nie ein gutes Paar. Ich war jung und dumm. Aber wir können versuchen, gute Eltern zu sein.«

Wir holten Poppy ein. Ich griff nach ihrer Hand.

»Ab nach Hause«, sagte ich.

66

Monate später war ich an einem kalten Februartag allein unterwegs. Ich marschierte gerade durch Covent Garden, als ich ihn ein Stück vor mir entdeckte. Ich erkannte ihn sofort, obwohl ich ihn nur von hinten sah, genau wie damals, als ich ihm das erste Mal begegnet war, an der Seite von Peggy Nolan, bei der Anhörung. Ich legte einen Zahn zu, holte ihn rasch ein und tippte ihm auf die Schulter.

Charlie blieb stehen und starrte mich an, erst überrascht, dann sichtlich bekümmert.

»Es ist lange her«, sagte ich.

Er murmelte bloß etwas, das ich nicht verstand.

»Sie haben nicht zufällig Zeit für einen Kaffee?«

»Das halte ich für keine gute Idee.« Er blickte sich um. »Was tun Sie hier? Ich hatte nicht damit gerechnet, dass wir uns jemals wiedersehen.«

»Entschuldigen Sie«, sagte ich, um einen beruhigenden Ton bemüht. »Es tut mir leid, wenn ich Sie erschreckt habe. Ich bin Ihnen nicht gefolgt, sondern nur zufällig hier.«

Er wirkte misstrauisch. »Ist etwas passiert? Hat Ihnen jemand gesagt, wo ich bin?«

Ich hob beschwichtigend beide Hände. »Es ist wirklich Zufall. Ich bin unterwegs zu einer Freundin. Ehrlich.«

Wir musterten uns einen Moment.

»Es hat mich überrascht, dass Sie nicht zur Verhandlung gekommen sind«, fuhr ich fort. »Zumindest konnte ich Sie auf den Zuschauerplätzen nicht entdecken, obwohl ich nach Ihnen Ausschau hielt, als ich meine Zeugenaussage machte.«

»Ich war dazu einfach nicht in der Lage. Den Grund können Sie sich ja denken.«

»Danach habe ich versucht, Sie zu erreichen. Ich dachte, Sie hätten vielleicht das Bedürfnis zu reden. Aber womöglich haben Sie meine Nachrichten gar nicht bekommen.«

Er beugte sich vor, doch der Verkehrslärm war so laut, dass ich sein heiseres Flüstern kaum verstehen konnte.

»Doch, ich habe sie bekommen«, stieß er hervor. »Aber worüber hätte ich reden sollen? Darüber, dass ich in die Wohnung Ihres Freundes eingebrochen bin und dort die Sachen versteckt habe, die ich von Peggy bekommen hatte? Wollten Sie darüber mit mir plaudern?«

»Sie sind nicht eingebrochen. Ich habe Ihnen den Schlüssel gegeben.«

»Es ist trotzdem eine Straftat. Wissen Sie, ich habe niemals auch nur einen Stift aus meinem Büro mitgenommen, wenn er mir nicht gehörte, und nun habe ich mitgeholfen, einem Mann zwei Morde anzuhängen.«

Jetzt war ich diejenige, die den Kopf wandte, um zu sehen, ob irgendjemand mitbekommen haben könnte, was Charlie gerade gesagt hatte.

»Müssen wir diese Unterhaltung hier auf der Straße führen?«

»Ich möchte sie überhaupt nicht führen. Ich weiß nur, dass ich ein Verbrechen begangen habe.«

Ich streckte eine Hand nach ihm aus, doch er schien vor mir zurückzuzucken.

»Charlie, ich wollte mich nur mit Ihnen in Verbindung setzen, um Ihnen zu danken. Aidan hat die Frau getötet, die Sie liebten, und dann auch noch die Mutter dieser Frau. Ihnen ist doch sicher klar, dass er nicht nur durch den Becher und das Buch überführt wurde, sondern durch eine Vielzahl von Beweisen. Seine Fingerabdrücke wurden in Skyes Wohnung gefunden. Mehrere Leute hatten ihn in der besagten Kneipe mit ihr gesehen. Wir haben die Polizei lediglich dazu gebracht, am richtigen Ort zu suchen, was sie ohnehin hätten machen sollen. Wenn Sie nicht getan hätten, was Sie getan haben, dann wäre er nicht nur mit dem Mord an Peggy und Skye davongekommen, sondern hätte irgendwann auch mich und mein kleines Mädchen getötet. Deswegen stehe ich für immer in Ihrer Schuld.«

»Sie haben sich doch selbst gerettet«, widersprach Charlie. »Ich habe nichts getan, außer den Schlüssel abzuholen und …« Er zögerte. »Na ja, den ganzen Rest.«

»Ja, den ganzen Rest. Deswegen verdanke ich Ihnen mein Leben.«

»Das mag ja sein. Aber wird Gott mir vergeben?«, erwiderte Charlie. »Die Lügen, den Einbruch?«

Die Frage überraschte mich. Einen Moment wusste ich gar nicht, was ich sagen sollte.

»Keine Ahnung«, antwortete ich schließlich. »Mit Gottes Vergebung kenne ich mich nicht so gut aus. Überhaupt bin ich nicht sehr bewandert, was Gott betrifft. Aber ich weiß, dass ich in großer Not war und mich alle, an die ich mich wandte, im Stich ließen. Nur Sie nicht.«

Ich überlegte einen Moment. Was konnte ich sagen, um diesen Mann zu trösten? »Vielleicht macht es ja gerade das erst zu einer richtig guten Tat. Es wäre zu leicht, einfach nur zu tun, was man sowieso tun soll. Um mir zu helfen, mussten Sie gegen Ihren Glauben verstoßen, und gegen das Gesetz. Sie haben mir einen ganz großen Gefallen erwiesen, gerade weil es so schwer für Sie war. Ich bin mir sicher, dass Gott das berücksichtigen wird.«

Auf Charlies Gesicht breitete sich langsam ein Lächeln aus. »Sie glauben wirklich, dass Gott das so sehen wird?«

Ich brachte ebenfalls ein Lächeln zustande. »Keine Ahnung. Ich versuche nur, Sie zu trösten.«

Sein Lächeln erstarb. »Ihnen ist schon klar, dass er eines Tages wieder rauskommt, oder? Was dann?«

»Er hat an dem Tag vor Gericht ziemlich deutlich gemacht, was dann. Aber dem Richter zufolge wird er mindestens dreißig Jahre absitzen müssen. Er hat zwei Frauen umgebracht, und in beiden Fällen handelte es sich um vorsätzlichen Mord. Wenn er irgendwann tatsächlich wieder rauskommt, ist Poppy an der Reihe, auf *mich* aufzupassen.«

Er nickte. Nervös trat er von einem Fuß auf den anderen. »Na ja, wenigstens ist es vorbei.«

»Demnach werden wir beide uns wohl nicht mehr sehen.«

»Wahrscheinlich nicht«, bestätigte Charlie. »Es sei denn, Sie sind verkabelt.«

Ich lächelte. »Nein, ich bin nicht verkabelt. Und Sie sollten stolz sein auf das, was Sie für Skye und Peggy getan haben.«

»Ja, vielleicht«, antwortete er, klang aber nicht sehr überzeugt.

67

An einem kühlen, stürmischen Sonntag im Mai brachte ich Poppy zur Feier von Alicias fünftem Geburtstag. Meine Gedanken wanderten zurück zu Alicias letzter Geburtstagsparty. Ich sah Poppy wieder vor mir, in dem Tüllrock, den ich rasch mit der Nähmaschine für sie zusammengestichelt hatte, und dem goldenen Hexenumhang, der inzwischen abgelegt und schäbig vom zu vielen Tragen ganz hinten in einer Schublade lag. Ich brachte es nicht übers Herz, ihn wegzuwerfen.

Heute trug sie eine ausgewaschene Jeans, lässige halbhohe Schnürschuhe aus Wildleder und eine Bomberjacke, die Jake nicht mehr passte. Jake war in den letzten sechs Monaten stark in die Höhe geschossen und wirkte jetzt schlaksig und linkisch. Poppy war nach wie vor klein, eine der kleinsten in ihrer Vorschulklasse. Ihr rotes Haar erschien mir inzwischen noch leuchtender, ihre blasse Haut noch sommersprossiger. Ihre Augen blitzten. Sie sprühte vor Energie.

»Wenn wir in deinem Auto fahren würden …«, sagte sie.

»Ich habe kein Auto.«

»Ja, aber wenn wir darin fahren würden, und ich würde mit einem Schrei aus dem Fenster springen, über dem Gehsteig einen Salto schlagen und dann bis zum Meer rennen, was würdest du tun?«

»Ich schätze, ich müsste das Auto anhalten und dir nachlaufen.«

»Den ganzen Weg bis zum Meer?«

»Klar, es sei denn, ich würde dich vorher einholen.«

»Aber was, wenn ich fliegen kann und du nicht?«

»Das erscheint mir ungerecht. Wenn du fliegen kannst, warum ich nicht?«

»Erwachsene können nicht fliegen. Nur Kinder.«

Als wir Alicias Haus erreichten, drückte ich Poppy das Geburtstagsgeschenk in die Hand, das wir dabeihatten, und drückte den Klingelknopf. Alicias Mutter machte uns auf. Sie sah bereits erschöpft aus. Hinter ihr erspähte ich eine Schar aufgeregter Kinder.

»Viel Spaß«, sagte ich zu Poppy, doch sie rührte sich nicht von der Stelle, hielt meine Hand fest umklammert und starrte zu mir hoch.

»Ich komme bald wieder«, versicherte ich ihr.

»Großes Indianerehrenwort?«

Ich widerstand dem Drang, sie hochzuheben und fest an mich zu drücken.

»Ja. Indianerehrenwort.«

Sie ließ meine Hand los und trat über die Schwelle.

»Viel Glück«, sagte ich zu Alicias Mutter.

»Ich habe Malkreiden für dich!«, rief Poppy, während sie sich in die kleine Menge stürzte. »Mach sie auf! Kreiden in allen Farben!«

Es lohnte sich nicht, in der Zwischenzeit nach Hause zu gehen, weswegen ich durch London Fields zum Broadway Market marschierte. Dort wanderte ich eine Weile zwischen den Ständen umher und spielte sogar mit dem Gedanken, mir einen schönen Bronzeanhänger zu kaufen, auch wenn ich es dann doch nicht tat. Stattdessen ging ich in ein Café, bestellte mir einen Milchkaffee und ein buttriges, noch warmes Croissant und ließ mich an einem kleinen Tisch in Fensternähe nieder.

Mein Handy hatte ich ausgeschaltet. Niemand wusste, dass ich hier war. Es fühlte sich an wie ein verbotenes Vergnügen. In aller Ruhe trank ich meinen Kaffee und verspeiste genüsslich mein Gebäck. Die letzten paar Krümel des Croissants tupfte ich mit dem Zeigefinger auf. Ich lernte gerade, mir Zeit zu lassen, mir bewusst Zeit zu gönnen und der Welt um mich herum Gelegenheit zu geben, sich langsam einzupendeln, damit ich mich selbst wieder – und sei es nur für kurze Momente – als Mittelpunkt meines eigenen Lebens wahrnehmen konnte.

Es war nun ein Jahr her. Hin und wieder schaffte ich es schon, für ein paar Stunden oder manchmal sogar Tage zu vergessen, was letzten Sommer geschehen war – was Poppy und ich durchgemacht hatten und welchem Schicksal wir entkommen waren. Doch es gab Dinge, die ich nie vergessen durfte. Ich hatte Jason kennengelernt, nachdem mich mein vorheriger Freund wegen meiner Freundin verlassen hatte, und Aidan war ich begegnet, nachdem Jason mich verlassen hatte. Beide Männer hatten meine Verletzlichkeit gespürt und sie ausgenutzt wie Einbrecher ein offenes Fenster oder eine unverschlossene Tür. Manche Häuser luden regelrecht zum Einbruch ein.

Als ich das Gina gegenüber erwähnte, starrte sie mich erschrocken an. »Du willst dich doch hoffentlich nicht komplett einmauern.«

Aber ich wollte auch nie wieder so wehrlos sein.

Ich musste daran denken, wie ich Aidan in mein Haus gelassen hatte, in mein Bett und in mein Herz. Und in Poppys Leben. Dadurch war ihr sicheres Zuhause zu einem Ort der Gefahr und der Angst geworden.

Poppy hatte immer noch Albträume. Nachts kam sie ziemlich oft in mein Zimmer gepatscht und kroch zu mir unter die Decke, wo sie ihren kleinen Körper fest an meinen schmiegte. Sie war nach wie vor anhänglich und wollte mich nicht außer Sichtweite lassen. Aber ganz langsam wich die Angst wie ein sich auflösender Nebel, von dem irgendwann nur noch ein paar schwebende Fetzen übrig bleiben. Sie hatte mittlerweile einen kleinen Bruder namens Arlo. Zu Weihnachten hatte ich ihr ein Fahrrad geschenkt, mit dem sie nun jeden Morgen zum Kindergarten fuhr, auch wenn ich vorerst noch neben ihr herrannte, um sie aufzufangen, falls sie kippte, oder einzubremsen, wenn sie zu schnell wurde und Gefahr lief, die Kontrolle über ihr Fahrzeug zu verlieren. Sie hatte einen kleinen Freundeskreis, den sie herumkommandierte, für ihre komplizierten Fantasiespiele einspannte und ansonsten mit Zuneigung überschüttete. Und sie konnte inzwischen lesen. Nach unseren üblichen Gutenachtgeschichten ließ ich sie abends oft über ein Buch gebeugt zurück, die Zunge an der Oberlippe, während sich ihr Mund zu den Worten bewegte. Sie schrieb auch Geschichten. Ihre krakeligen Buchstaben neigten noch dazu, aus den Zeilen zu quellen, doch ich konnte sie entziffern: Geschichten über Abenteuer, über Drachen und Einhörner und geheimnisvolle Höhlen, über hohe Berge und grüne Meere, und über ein kleines Mädchen namens Poppy. Zu diesen Geschichten malte sie Bilder in kühnen, leuchtenden Farben: Häuser, Blumen, Regenbogen, Sonnen, Katzen und Elefanten – deren Namen sie inzwischen perfekt aussprechen konnte.

Während die Tage und Wochen vergingen, hörte ich nach und nach auf, mir ihretwegen ständig Sorgen zu machen, und mich überkamen auch nicht mehr so schlimme Angstzustände, wenn mich in den frühen Morgenstunden irgendein Geräusch weckte und ich dann in der Dunkelheit wach lag und das Haus ächzte oder draußen der Wind seufzte oder Sunny im Schlaf wimmerte, weil er träumte, was alte Kater eben so träumen.

Manchmal kam mir das, was wir erlebt hatten, gar nicht mehr real vor, sondern eher wie eine Geschichte, die ein Kind erzählt, oder wie eine Kinderzeichnung: ein Bild, angefertigt mit dicker schwarzer Kreide. Das Kind kann einem nicht sagen, was es bedeutet, nur dass es beängstigend ist – dass es dem Kind Angst macht und man ihm zuhören muss. Denn Kinder sehen und hören, und die ganze großartige, bedrohliche Welt strömt ungefiltert in sie hinein.

Ich kehrte ein bisschen zu früh zu der Party zurück, aber es begannen auch schon andere Eltern einzutrudeln. Alicias Mutter führte mich ins Wohnzimmer, wo sich mir ein Bild der Verwüstung bot: Chips, Kekse und Schokolade waren in den Teppich getreten, und auf dem Sofa tummelten sich Kinder mit klebrigen Händen, die einander mit Kissen bewarfen, während draußen im Garten andere Kinder im Blumenbeet herumtrampelten, berauscht von zu viel Zucker und Adrenalin. Poppy befand sich unter ihnen. Ich sah ihr Haar leuchten und hörte ihre Stimme, lauter und durchdringender als alle anderen.

»Das Ganze ist ein bisschen aus dem Ruder gelaufen«, erklärte Alicias Mutter mit grimmiger Miene. »Ich hatte jede Menge Spiele vorbereitet, aber die Kinder waren in null Komma nichts damit durch und dann – nun ja. Chaos pur. Jetzt brauche ich einen Drink.«

»Wir können helfen, zumindest das Schlimmste aufzuräumen«, bot der Mann neben mir an. Gerade kam ein Kind angerannt, prallte gegen ihn und sauste in eine andere Richtung davon wie ein fehlgeleiteter Satellit.

Ich kannte den Mann vom Sehen. Er war der Vater des neuen Jungen in Poppys Vorschulgruppe. Er verstand sich recht gut mit Laurie, die beiden Männer hatten sich ein bisschen angefreundet, deswegen wusste ich von Gina, dass seine Partnerin an einer seltenen Krebsart gestorben war, als ihr Sohn erst zwei Jahre alt war.

»Ich glaube, wir haben uns noch gar nicht richtig kennengelernt«, sagte er. »Ich bin Baxter, Leos Vater.«

»Tess«, antwortete ich, woraufhin er lächelnd meinte, das wisse er schon. Um seine Befangenheit zu kaschieren, beugte er sich hinunter, um ein paar Pappteller aufzuheben, die mit matschigen Kuchenresten bedeckt waren.

»Meringen zu kaufen, war wohl doch keine so gute Idee«, meinte Alicias Mutter. »Schaut euch das an!«

Sie verließ den Raum. Baxter und ich wechselten einen Blick, beide plötzlich ein wenig verlegen.

»Leo sagt, Poppy ist sehr wild, aber auf eine gute Art.«

»Manchmal auch auf eine nicht ganz so gute Art«, antwortete ich. »Hat Leo sich schon etwas eingewöhnt?«

»Ja. Anfangs war es schwer für ihn, aber langsam wird es besser.« Er schien noch etwas hinzufügen zu wollen, überlegte es sich dann jedoch anders.

»Gut. Das ist gut.«

»Vielleicht hätten Sie und Poppy Lust, nach der Vorschule mal bei uns vorbeizuschauen?«, sagte er. »Dann könnten die beiden ein bisschen miteinander spielen.«

»Das würde Poppy bestimmt gefallen.«

Hüstelnd rieb er sich die Wange.

»Ich bin in so was nicht sehr gut. Besser gesagt, ich bin aus der Übung. Eigentlich wollte ich fragen, ob Sie vielleicht Lust hätten, mal auf einen Kaffee vorbeizukommen oder irgendwo was trinken zu gehen. Mit mir, meine ich.«

Ich sah ihn an. Er war ein wenig größer als ich, ein schlanker Mann mit haselnussbraunen Augen und freundlichem Gesicht. Seine Partnerin war gestorben. Er war alleinerziehender Vater eines ängstlichen Jungen mit Segelohren. Und er war bereit, das Chaos in den Häusern anderer Leute aufzuräumen – also ein Mann ganz nach meinem Geschmack. In mir regte sich etwas.

Was sollte ich sagen? Schon mein ganzes Leben lang hatte ich das Bedürfnis, mich zu entschuldigen, meinen Mitmenschen Ärger zu ersparen, mich in sie hineinzuversetzen, Rücksicht auf ihre Gefühle zu nehmen und sie möglichst wenig zu verletzen, am besten gar nicht. Wie sollte ich das jetzt ausdrücken?

»Nein«, sagte ich und schüttelte den Kopf. »Nein.«

DANK

Ein dunkler Abgrund entstand 2020, in Phasen des Lockdowns und Monaten gesellschaftlicher Isolation. Trotzdem fühlten wir uns nie weit weg von unseren Agenten und Verlagspartnern, die uns in diesen seltsamen, verstörenden Zeiten ermutigten und zum Weitermachen motivierten, obwohl sie mit ihren eigenen Problemen zu kämpfen hatten. Wir sind ihnen ungemein dankbar und werden nicht vergessen, wie großzügig sie ihre Zeit, Energie und Hoffnung investierten und auf uns achtgaben.

Besonders bedanken möchten wir uns bei unserer großartigen, lieben und charmanten Agentin Sarah Ballard, die stets unsere erste Leserin ist und unser vollstes Vertrauen genießt, und ihrer Assistentin, der fabelhaften Eli Keren. Ebenso danken wir unseren wundervollen Agenten bei ILA, Nicki Kennedy und Sam Edenborough, für ihren beständigen Beistand.

Suzanne Baboneau, unsere Lektorin, beflügelte uns mit ihrer Begeisterung, Fantasie und Energie, und von der gesamten Verlagsfamilie bei Simon & Schuster wurden wir durchweg unterstützt. Besonders erwähnen möchten wir Ian Chapman, Jessica Barratt, Hayley McMullan und Alice Rodgers.

Unserer Agentin in den Vereinigten Staaten, Joy Harris, die wir nun schon so viele Jahre kennen und schätzen, danken wir für alles, was sie für uns tut. Äußerst dankbar sind wir auch unserer fabelhaften amerikanischen Lektorin Emily Krump für ihr Können und ihren Glauben an uns. Wir schätzen uns sehr glücklich, von allen bei HarperCollins derart unterstützt zu werden, insbesondere von Julia Elliott und Christina Joell, die beide so geduldig und unermüdlich sind.

Als weiteren Glücksfall betrachten wir es, dass Ambo Anthos unsere Verlagsheimat in den Niederlanden ist, seit wir als Nicci French schreiben. Unser herzlicher Dank gilt unserer dortigen Lektorin, Tanja Hendriks, und dem gesamten, äußerst engagierten und einfallsreichen Team, vor allem Jennifer Boomkamp, Kanta van Zonneveld, Bertine Schipper, Maartje de Jong und Marije Lenstra. Und Willemien Cazzato-Wagner: Wir sind immer noch hin und weg von diesen Tulpen!

Bestimmt haben wir einige vergessen zu erwähnen. Es heißt, Schreiben ist ein einsames Geschäft. Manchmal trifft das zu, doch es ist auch ein freudvoller Prozess des Zusammenwirkens: So viele Menschen arbeiten zusammen, um ein Buch auf die Welt zu bringen. Wir wissen, was für ein Glück wir haben, von so vielen lieben, talentierten und engagierten Menschen umgeben und beschützt zu sein. Dank euch allen.